喻莉娟◎著

崖窝

好久不到这方来，这方凉水上青苔。
心想喝口清凉水，一朵鲜花冒出来。

情妹下河洗围腰，十个指头水上漂，
哪个喝了围腰水，不害相思也害痨。

九州出版社
JIUZHOUPRESS

图书在版编目（CIP）数据

崖窝 / 喻莉娟著. -- 北京：九州出版社，2016. 12
ISBN 978 - 7 - 5108 - 4842 - 1

Ⅰ. ①崖… Ⅱ. ①喻… Ⅲ. ①中篇小说—小说集—中国—当代 Ⅳ. ①I247. 5

中国版本图书馆 CIP 数据核字（2016）第 308108 号

崖窝

作　　者	喻莉娟　著
出版发行	九州出版社
地　　址	北京市西城区阜外大街甲 35 号（100037）
发行电话	（010）68992190/3/5/6
网　　址	www. jiuzhoupress. com
电子信箱	jiuzhou@ jiuzhoupress. com
印　　刷	北京天正元印务有限公司
开　　本	710 毫米 ×1000 毫米　16 开
印　　张	16. 5
字　　数	269 千字
版　　次	2017 年 1 月第 1 版
印　　次	2017 年 1 月第 1 次印刷
书　　号	ISBN 978 - 7 - 5108 - 4842 - 1
定　　价	49. 00 元

喻莉娟出版著作

文学作品

1. 散文集《水灯载去我的祝福》
2. 散文集《风流草》
3. 《喻莉娟小说散文集》
4. 长篇小说《卉卉》

理论专著

5. 《文学欣赏艺术》
6. 《心灵的行走》
7. 《公文写作实务》
8. 《公安写作 100 问》
9. 《公文写作技巧》
10. 《公安文书写作》
11. 《公安实用写作》
12. 《中华传统文化读本》
13. 《新编公安写作一百问》
14. 《公文写作要义》
15. 《记叙文入门劲射》

目录

崖　窝

去崖窝。

爸爸被从农村中心工作组调回来，集中到崖窝“五七”干校劳动改造。

爸爸从崖窝“五七”干校回县城看病，问我们想不想去他们那里玩。说，他们那里很好玩，有山有水，有吃有住，要过年了，有好多家的孩子都去那里玩，我们去了也有伴。我们当然想去，既然是那么好玩的地方，还能不去？但爸爸说，我们不能一下子都去，大家一起去了地方不够住。因为去的孩子都是跟爸爸妈妈睡。小弟是男娃娃，可以跟爸爸睡。

哥哥不可能去，他正在忙他的上山下乡，全国都在响应毛主席的号召，“知识青年到农村去，接受贫下中农的再教育”，说是“农村是一个广阔的天地，在那里是可以大有作为的”。虽然哥哥才小学毕业，但他读书很晚，也有十七岁了。在家里呆着，又没有书读，做小工又不好找。见大家都在上山下乡，他也就想去。他整天在外面到处打听下乡的事情。

我和小妹都想去，就央求爸爸。爸爸说我们去了没有地方住，我们去了只有去找一个阿姨挤着睡，会影响别人的休息，“不好”。最后，我想出了一个办法：我们带着被窝去，我和小妹自己铺床睡。爸爸终于同意了。

妈妈下班回来，爸爸给她说这个事。妈妈说：“你把他们都带到那里去，有什么好处，崖窝很早以前是一个劳改农场，不是什么好地方。现在那里都是些有问题的人，也是劳动改造，把这些娃娃带到那里对他们的影响不好。再说，你一个人一下就带三个小孩去，带队的领导那里会同意吗？”

“那里以前是劳改农场，现在是‘五七’干校。现在在里面劳动改造的人，都是些很好的人，你又不是不知道。大家除了劳动以外，都在学一些手艺，木工、漆工、中医、中药，搞得认真得很，杨书记、万县长，连洪老县长都在学。如果你去看了，你也会觉得那里是一个大学校，能学到很多东西。带孩子们去那里，也能让他们学点东西。一天在家到处乱跑，还不如去那里看看。至于那里监督管理我们的人，都是过去的同志，除一两个死顽固，都跟我们处得比较好。大头头们刚开始的时候还去一下，现在很少去。就王家才在干校的时间比较多，他手下有几个人是很讨厌的。但那里的小孩子也不少，大家都习惯了，他们也只好默认了。只是没有人一下就带三个孩子去的，好在她们很懂事，只要把住的地方找好，吃饭交伙食费，就没有什么。”

妈妈听了，没再表示什么意见，对爸爸说：“小海说要去参加上山下乡，这几天天天在外面跑，可知青办的人说没有小学毕业就去上山下乡的。我倒是想，要不让他下到我的老家南县去，外婆、舅舅都在那里，一寨子上的人都是亲戚，他们也会照顾他。现在又没有书读，一天到处晃，怕是不行。再说，不知道我们今后会怎么打发，让他先去安一个窝，今后不管怎么样，大家也有一个后路。”

“这倒可以。我把他们三姐弟带到干校，这一段时间，你就和小海回南县去看看。”

我们就收拾行装，和爸爸一起到了崖窝“五七”干校。

我特意带了一个笔记本，跟毛主席语录本一样大小，红壳子，上面有几个烫金的字——“笔记簿”，这是前年我做“三好”学生时，学校发的奖品，我一直没有舍得用。我在上面摘录了一些警句：“刀不磨要生锈，人不劳动要变修”“镜子越擦越亮，脑子越用越灵”“对同志要像春天般的温暖，对敌人要像秋风扫落叶一样残酷”……又悄悄地在同学家借了两本书——《红岩》和《青春之歌》，准备带去慢慢地看。当然还带了本毛主席语录。

到了干校，才发现这里的人实际上好多我都认识，大多是县委县政府大院里的叔叔伯伯阿姨，有的虽然叫不出名字，也是经常看到的。印象最深的要算杨晓扶、万富宏，一个是县委书记，一个是县长。一见到他们，我眼前就浮现万人批斗会的情景。爸爸带着我们，把我们一一介绍给这些人，当走到一个白发老人面前的时候，爸爸特意告诉我们："这是洪伯伯!"

"'一朵鲜花冒出来!'你看，又冒出来了。"看见我，那个洪伯伯笑了，我也笑了，倒搞得爸爸莫名其妙摸不着头脑。

其实这个洪伯伯我早就认识，只是不知道他叫"洪伯伯"。我们在县半山福泉水井边玩，一个过路的老人，来喝水。他的头发全白了，可衣服干净整洁，样子很精神。他喝完后坐在旁边的石凳上休息，看着我们在那里玩，就对我们说："小朋友，过来过来，过来我给你们唱首山歌。这首山歌是一次我在这里喝水，我和一个过路的农民对歌，他唱给我听的。你们听着，唱完了我还要问你们的问题。

我唱的是这样的：

好久不到这方来，
这方凉水长青苔。
心想喝口清凉水，
又怕青苔顺口来。

他唱的是这样的：

好久不到这方来，
这方凉水上青苔。
心想喝口清凉水，
一朵鲜花冒出来。

你们说这两首山歌好不好听？哪一首更好些？"

我们只听这老人唱得很投入，抑扬顿挫、婉转优美，每一句我们都听得很清楚，是很好听，我们感到很新鲜。但要问哪一首好，为什么好，我们就不知道了。

"这是一首山歌的两种不同的唱法，其实两种唱法都很好，各有千秋。第一首它具有哲理，好久不到一个地方，这个地方的各方面形势都发生了变化，不了解情况，就贸然做事，就会出现问题。第二首更偏重于美学，'心想喝口清凉水，一朵鲜花冒出来。'这是怎么回事？知道吗？"

"我们不知道。"

"不知道，你们小姑娘到水井边去喝点水试试。你去!"他指着我，用命令的口气要我去，“你去看看就知道了”。我踌躇着走到井边，弯着腰正要去捧水喝，老人大声说道：“看到了没有?”“看到什么?”“你好好看看，看到了没有?‘一朵鲜花冒出来’了。”我再认真地观察，水里面除了我的影子和几片飘进来的树叶，什么也没有。他哈哈地笑起来：“一朵鲜花已经冒出来了嘛!”

他讲的这些，我没听懂什么，但有一点我是记住了，那就是“民间有好多好东西”。这可是我以前从来没有听到过的，民间也就是唱山歌这一类的东西，有什么好我就不知道了。

“你们认识?”爸爸奇怪了。

“怎么样，你收集的民间文学?”洪伯伯问我。

“她知道什么民间文学，你的题目出得也太大了!”爸爸说。

“这你就不知道了，你不要小看他们，以为他们什么都不知道，其实不然，就要从小给他们要求，给他们题目，让他们去想、去做!”

“那也要切合实际!”

“我不切合实际，那我们就长着眼睛看，看看谁的正确！小姑娘，不要听你爸爸的，要听我的，听到没有?”洪伯伯说。

“好的。我听洪伯伯的!”其实他说的什么我也没有听懂，不过看着他是那样的慈祥，出于礼貌我这样回答。

爸爸很快把我们的吃住安排好，我和小妹与王阿姨、李阿姨住在一间房里，在这里劳动的阿姨不多，我们还算住得宽畅。我们一进门，她们就帮我们收拾、铺床。爸爸把照看我们的事拜托给她们，就出去了。王阿姨开始打毛线，李阿姨勾花。这是当时很时兴的女红。我早就想学勾花，现在有了好机会了，可以跟李阿姨学了。

第二天一大早，我就听到有动静，欠着身子向窗外望，有人在活动。王阿姨说：“是去冬泳的人。”“冬泳是做什么?”小妹问。我也不知道冬泳是做什么。“冬泳就是像这样的天气去浮澡。”王阿姨给我们解释。

“走，我们去看他们冬泳去。”王阿姨带我们两个跑了出去。

天还没有大亮，就有好多叔叔、伯伯已经站在河边。这条河离我们住的地方很近。河面很宽，水很平。冷风吹得我直打哆嗦。冬泳的叔叔阿姨们在做准备活动。他们的准备活动没有统一的标准，也没有人指挥，每个人做的动作都不一样，但都做得很认真。最认真的要算杨晓扶，他是个北方人，个子很高大，在那里弯腰、扩胸，一板一眼的做得很到位。万富宏已经脱了衣服，在用火酒擦身子，只见他双手在头上身上到处擦，身上的皮肤看着看着就变红了。他精神得很，对杨晓扶说："来'五七'干校真好，可以免去批斗，还能锻炼身体。你看我现在的身体比以前好多了，功劳就是冬泳。"

"对于我们来讲，可能主要还是能免去批斗吧！"杨晓扶说。

"还是多方面的，多方面的。现在就比以前的精神压力小得多。"

"那是，那是！"杨晓扶笑说。

爸爸带着小弟走过来。看见他们两个，爸爸对他们说："早，凤县最大的头、二号走资派！"

"老张，带着儿子来了。好！过来'胖子'，来，伯伯教你喝酒，喝完我们下去游泳！"万富宏对小弟说。

"他还不行，今天第一次来，还要慢慢来！"爸爸把小弟拉到河边，要他先在里面洗脸。自己去做准备活动，要下水了。这时候已经有好几个人下水了。这么冷的天，他们好像一点也没有感觉到，没有一个人像我们这样缩着脖子，耸着肩的，一下就扑到水里，在那里游得很欢，似乎不是在冬天。

我和小妹也学着王阿姨，把外衣脱了在那里洗脸。爸爸还在做准备活动，我走过去对爸爸说："爸，我也要下去冬泳?!"

爸爸看了看我说："下去是很冷的，不要看着别人吃豆腐牙齿快！"

这两年学校不上课，一个夏天多数时间都在河里。游泳我早就会了，但冬泳却没有尝试过，我非要试一试。

"你衣服也没有，怎么游?"爸爸见我态度坚决，口气软下来。

"我们平常浮澡都是穿短裤、褂褂，现在还不是就是这样！"

"那好，你多做一会儿准备活动，我等着你一起下去！"

我过来给王阿姨、小妹打了个招呼，就在做准备活动，王阿姨说："卉卉，冬泳要慢慢地来，哪里有你这个样子，一来就下去的?"

"这个没有什么，我经常做小工，身体好着呢，还有这么多的叔叔伯伯，他们都不怕，我也不怕，不就是冷一点嘛。"我对王阿姨说，实际上也是在对我自己说。

小妹说："不怕！卉卉，我要是会浮澡，我也下去了。毛主席要我们到大风大浪中去锻炼自己，这里最多就是冷，又没有风浪。你去，我帮你服务!”

我脱了衣服，河风吹得我直打哆嗦。我加紧做操，想赶快把身上做发热。爸爸说：“脱了衣服，做操一直要做到发热才能下水，下水就加紧游，游两圈就赶快上来，不要一下在水里待的时间太长，要慢慢来。”

我按照爸爸说的方法，一下进入到水里，天啦！全身都是冰木了！我闭着眼，紧张得全身都僵了，赶紧死劲地划水。这时，我听见爸爸在身旁说：“不要闭着眼睛，眼睛要看前方，放松，用力。”过了一两分钟，身上开始缓和，手脚这时候才是自己的。爸爸却说：“游回去了!”我跟着爸爸，很快就游到了岸上。王阿姨、小妹就成了我的救护队，赶忙用衣服把我包起来。

我完成了第一次冬泳！体会了那刺骨的水，寒冷的风，特别穿的那湿褂褂，就像一副冰冷的盔甲，死巴在皮肤上，风一吹，就有受刑的感觉。爸爸说，穿游泳衣就好多了。游泳衣？是什么样子，我听都没听说过，更没有见过，更不要说穿了。王阿姨和小妹帮我穿好衣服，不一会儿，全身都在发热。我很高兴，也很兴奋，叔叔阿姨看到都说：“卉卉不错!”他们都给以称赞的目光。这一天，我都处在这种兴奋与幸福之中。

第二天，我又和爸爸他们冬泳的人一起，进行了又一次的锻炼，又有了一点进步。

游完了泳，就是两个小时的学习时间。十点钟开饭。吃完饭，就开始了他们每天的劳动，爸爸他们十多个县里较大的走资派这样的人物，今天安排的是到二十里地以外的崖窝背炭。天冷了，这里的取暖问题要他们自己解决。他们早就派人到崖窝去烧木炭，那地方人迹罕至，森林很大，在那里砍柴烧炭是最好的。那边烧好，干校再派人去背。那里没有车路，全靠人背。

他们各人按照自己的任务去准备工具。爸爸准备了扁担和绳子，他说：“挑，比背篼拿得多，又好走。”我对爸爸说，我要和他们一块去背炭，爸爸答应了。小弟小妹走不了那么远的路，爸爸就不让他们去，让他们跟王阿姨、李阿姨她们在一块，在食堂帮忙做饭。

爸爸给我找了一个背篼，我认为太小，背不了多少，爸爸说：“你不要认为这个背篼背不了多少，你只要把这来回四十里的山路走下来就不错了，还要嫌背篼小。”

我背着爸爸给我准备的小背篼跟着这十多位叔叔伯伯上了路。他们这一路年纪最大的就是老县长洪伯伯，尽管才五十多岁，可他的头发好多都白了，看起来是很老。小的要算秦叔叔，才二十多岁。他是因为在一次抄写大字报的时候，没注意下面垫着一张报纸，有一幅毛主席像，被透下来的墨涂脏了，被当场抓为现行反革命。批斗了很长一段时间，后来没人管他了，“五七”干校建立以后就把他放到了这里，他现在最大的特点就是不说话，每天基本上见不到他说一句话。要他做什么事都可以，你就是听不到他说话。他在干校年龄最小，做事最多。其余的人都和爸爸的年纪不相上下，三十多四十岁。

我们走了两个多小时才到那里，烧炭的几个叔叔出来迎接我们，“你们再不来我们都变成野人了!”“野人好啊，野人没人管啦，哪像我们!”万县长说。

大家走到后，都找一个位置准备就地而坐，洪伯伯忙说：“都不要忙坐，站着歇一会儿，这是走山路的规矩。”大家也很听话，都站了起来。万县长站起来，走到水井边，正要捧水喝，“哎！不要忙，不要忙，喝生水前先吃瓣蒜，我保你们不会闹肚子!”

“我说你洪老者名堂多，哪来你那么多讲究!”万县长说完接过蒜在那里嚼来吃。

洪伯伯每人发了一瓣蒜，也给了我一瓣，对我说：“小姑娘，一定要吃，不要怕辣!”他听到万伯伯的话就说：“在‘家里’大小事我听你的，出门路上的事，你就要听我的了。”

“现在哪个听我的，只有我听人家的。你看到了这里，我还要听你的！你说现在我们这些人还有什么用。”

爸爸走过来，“什么用？能吃饭，就有用。来，把给他们带的口粮拿出来!”爸爸说完，从背篼里拿出我们来时给烧炭的叔叔们带来的粮油盐菜，把它们提到了小屋，“给你们吃的，管事的要我告诉你们，再烧两窑就不烧了。怎么样，近段还好吧。有什么好吃的找点出来”。

“好吃的有，还给你们留着呢！前几天我们在山上放的夹子，夹住了一只山羊。肉我们切成块炕着呢，蒸一下就可以吃!”烧炭叔叔指着他们的临时厨房上的一些黑红半干的山羊肉说。

爸爸走过去看了看说：“来不及了，我们这一队老的老，小的小，还要赶快回去，现在天又黑得早。留着吧，留着我们下次来吃吧，可能过个十天半月我们又要来了。"

"来得及，来得及！你们把炭装好，我这里就蒸好了！"说着烧炭叔叔就动手。

我很想吃，好久没有吃过肉了，还是在国庆节的时候每人供应一斤肉，我们自己做了一顿红烧肉、一顿回锅肉吃，吃得好实在。这种山羊肉还没吃过，不过只要是肉都好吃。听爸爸说野味更香。烧炭叔叔在忙着做，我依稀觉得有香味，就走了过去。"想吃了吧！卉卉。"烧炭叔叔对我说。"你怎么知道我叫卉卉?""我和你爸爸是老关系了，怎么不知道呢？山羊肉你吃过吗?""没有!""那你马上就可以吃了！你来看我的这些东西。"说着他走到旁边的一个架子前，拿出叮叮当当的好多东西，都是山羊身上的。一对羊角、羊头骨、羊的四只蹄子、穿好的一串羊的牙齿，每一样都洗得很干净，剔得很干净，雕得很光滑。我从来不知道能把这些兽骨做得这么好看。最好看的是那四只小蹄子，油绿色，光滑均匀，娇小玲珑。那串牙齿也很好，一颗颗洗得很白，大大小小交错成一串。没有两颗一样的，最好看的是那小尖牙，那样的锋利，像活的一样。

"你如果喜欢就选一样吧，做一个纪念。"烧炭叔叔说。

我不知道选什么，最后还是拿起一个蹄子向他示意。"你喜欢这个小蹄子？那好！你是属什么的?""属鸡。""好，我把它雕成一只鸡，下次他们来带给你。"

说话间，外面爸爸在喊："炭装好喽，大家准备走!"烧炭叔叔赶快把他蒸的山羊肉拿出来，按我们的人数切为十多块拿出去。站在路口边，每个人给一块。他给了我两块说："你一个小姑娘来这么艰难的地方应该多给一块。"大家拿着这热烫烫的山羊肉，没有一个人吃，都在手上捂着，天很冷，拿在手上又热又香，不时闻一闻。我们上了路，还是我忍不住最先开始吃。一大块全是瘦肉，我一丝一丝地吃。这可真是人间美味，可能再没有这样好吃的东西了。吃了一点我舍不得吃完，把它放在荷包里。

走着走着，就觉得背上背的东西越来越重，我双手托着背篼底，托了托，似乎肩上轻了一点。

这时候，这一大队人马没有一个人说话，只有喘粗气的声音。大家都在与面前的坡作斗争，想要尽快爬上去。爸爸走在前面，他从小是在农村长大，农民的"十八般武艺"他样样会。炼得一身好力气，一副好身板。他会说好多农民的段子，为了缓和气氛他开始吼起来了。

“哦！有力不和坡打斗！喔！”

“哎！仰仰坡，慢慢拖！”

爸爸拉长了嗓子喊，一副老农民的声音。大家开始有了一点动静，有的也想跟着爸爸吼两句，但一时又找不到合适的词。

洪伯伯把背篼靠在一个高坎上，长长地嘘了口气，吼一声：“哎……越走越陡，哎……上去就好走！”

洪伯伯是解放前的大学生，不过这么多年来他长期搞农村工作，乡下的这些话他记得很多。他不是要我们收集民间文学吗？这些农民的话话，可能就是民间文学吧！

爸爸一直走在我的后面，突然快走了几步，超到我的前面，他要我坚持，说这是锻炼意志的好机会，只要坚持就能走上去。其实，我已经走不动了，背上的炭压得我喘不过气来，一双脚已经开始不听使唤。爸爸这么一说，我心里只想到坚持，的确又有了许多力气，走起来也轻松了一点。

爸爸走到洪伯伯面前说：“洪老者，你多歇一下，慢慢来，我上去以后下来接你。”说完他一连超过他前面的几个人。他是挑高挑的，也就是筐和扁担一样高，扁担穿在箩筐上，这样上坡下坎的方便，走起来又利索。他一会儿就爬到了坡顶。他在上面大声地喊：“喔……平阳大路，甩开脚步！”

“哎！快了快了，富子都到顶了！”万伯伯说。他们都叫爸爸为富子。杨晓扶伯伯不说话，埋头爬坡，这样的坡对他这个北方南下干部是很艰难的。他一个大个子，爸爸他们在给他装炭的时候就装得很少，特意照顾他。开始他不同意，要和大家一样多，爸爸对他说：“不是你不愿意背，而是你不能背，背不了。愿不愿意背是态度问题，能不能背是能力问题。毛主席说：‘一个人的能力有大小，但只要有这种精神，就是一个高尚的人，一个纯粹的人，一个有道德的人，一个脱离了低级趣味的人，一个有利于人民的人。’就背这么多了，你只要能把这点背回去就不得了，不要‘灶门前试担子’，轻得很，这是还要走二十里山路。”现在他相信了，还好没有按他自己的要求背那么多，要不是就背不动了。

爸爸从前面返回来，把洪伯伯的背篼，背着就走。当爸爸要把我的也背上时，我坚决不同意，“我能背得动，不要你背”。说完我急急地走了两步，走到了前面。爸爸说："能行就好，坚持就是胜利。"

我们终于翻到了坡顶，大家坐下来休息。现在可以吃那块山羊肉了。我最先摸出来吃，吃了两口，觉得现在最需要的还是喝水。正好洪伯伯在那边喊："要喝水的到这里来，这里有水井。不要忘记吃一瓣蒜，我放在这里了。"说完他坐在了井边，监督每一个喝水的人，是不是都吃蒜了。我走过去，喝了水坐到了洪伯伯的旁边。

看着远处的山，洪伯伯问我："你知道这里为什么叫崖窝吗？不知道吧？你看我们站在这高处看，就可以看到一点情形。你看那个方向，有几个深坑。它不是一般的坑，而是宽大幽深的，有多深从来就没有人知道，更没有人下去过。他是一种天坑，当地的老百姓就把这叫做'崖窝'。不叫'天坑'叫'崖窝'这是群众的智慧，人民群众的语言是很丰富的。你想如果叫'天坑'这个名字多吓人，多难听，它叫'崖窝'，这个'窝'字，就很温暖，很人格化。"

我觉得"崖窝"是山崖下的巨大的坑坑、窝窝，也就是说这一段路坑坑窝窝的不平。洪伯伯说了很多，我没听懂多少，就知道"崖窝"好听，"天坑"不好听，人民群众是真正的英雄。

我们又开始上路了，出发前大家发现秦叔叔不见了，他是个不说话的人，去哪里也不打个招呼。大家喊了一阵，万伯伯说："刚才我看到他在这条路上转，也许他已经走了。"爸爸说："问题不大，他一个年轻人，不会有什么问题的，我们赶路要紧，走到前面要不见他，我再回来接他。"

大家一上路，接着就是下坡。下坡刚开始还好，轻松多了，没有上坡那么费力。但下了一会儿，就不行了，一脚踩下去，脚在发抖还没有站稳，又要迈另一只脚去发抖了。双脚就这样交替运行，实在是比上坡还难。爸爸在坡顶就给杨晓扶和我准备了一根棍子，有了它，这时候就如多了一只脚，稳当多了，得力多了。我回过头一看，看到洪伯伯也有一根拿在手里。洪伯伯说："它是好东西，上坡下坡可以帮把力，天热的时候可以用它打蛇，路过人家户还可以打狗。在农村出门什么时候手里都要拿根棍子，就是这个道理。"

我们还没走多久，就看着小秦叔叔返回来了，他空着手，他是把炭背到了前面放着，返回来接我们。大家都在问他为什么不说一声，还以为他不见了。他什么都不说，一直走到洪伯伯那里，把洪伯伯的背篼接过来，背着就走。洪伯伯还来不及说什么，他已经走远了。

我们下完了坡，走到了河边，见小秦叔叔坐在那里，看着河水出神。现在只要过了这条河就到干校了，大家也轻松了很多，都在河边坐下来。但现在大家看起来可以轻松了，很快就走到了自己的家门。实际上还有一个大麻烦，那就是过河。这条河不大也不小，水流很急，河面上是一排石墩，我们都叫它“跳墩”，走一步又要跳一步。这是在一些河面水不深，人们想出的过河的好方式，它不用修桥，就解决过河的问题。

现在我们面前的这条河，不大也不小，但水流很急，每一步跳墩的距离很大，跳墩很高。大家不知道这种过河方式的难处。去的时候是另外一条路，回来走这条路，图的是要近得多。我们每一个人想的是，只要过了河就要到家了，现在应该多歇一下，把一身的疲惫都歇尽。爸爸这时候对大家说：“我们准备过河了，先不要背炭，上去走一下，看看是不是走得过去，走不过去就不要勉强！”

“富子，你认为我们走不过去？”万县长说。

“那不一定！不要以为你是县长，就走得上去，你要上去走才知道！”爸爸说。

“那好，我就先上去走！”万县长走上去了，开始几步还可以，快到河的中间的时候就不行了，他双脚颤巍巍的，不敢向前迈，看着河水直发昏。“我不行了！我不行了！”他一双手到处抓，想抓到一个什么能够扶他一把。眼看就要下去了，这时候他的面前出现了一只手，是小秦叔叔，他看见这个情况，一下跳到水里，水的寒冷对他似乎没什么作用，也许是坚持冬泳的结果。小秦叔叔在水里站着牵他走两步，走过艰难的那两步，他很快走过了河。

小秦叔叔还站在河中间，这时爸爸叫大家赶快过跳墩河，他在头上牵着一个一个地走上去，小秦叔叔在水中间，每个人牵着走两步，最后是万县长接应。很快我们都过去了，洪伯伯走得还比较轻松。他说他在乡下经常走这样的跳墩，只是都没有这么险。最后还有杨伯伯没有过来，他在对岸着急，他不敢走，就是第一步也不敢走。爸爸最后只有采取革命行动，一下背着他，就走上了跳墩。小秦叔叔还在水里面，在最艰难的那两步他要拉爸爸一把，可爸爸双手要背杨伯伯，只见爸爸摇了摇头，稳稳几步，很快上了岸。大家都非常高兴终于都过来了，都围过来看着小秦叔叔，他的裤子全是湿的，也不知道怎么办，天是那样的冷。爸爸脱下他外面的裤子递给小秦叔叔：“来！穿一条干的比穿湿的好！”

说完，不容分说地塞给了他。

这时，大家突然发现杨伯伯蹲在那里哭，边哭边说他没有用，一个大男人，这一点都走不过来，丢人，的确应该接受批判什么的。大家一阵安慰他。

“富子又过去了！”不知是谁喊了一声，大家才回过神来，我们现在是，人都过来了，背的炭还全在河对面。只见爸爸一边肩膀背一个背篼，飞也似的从跳墩上过，他这样来回跑了几趟，那边的一篼篼炭就转到了这边。“富子真是好力气！”“他完全就是一个英雄！”“如果今天没有他，我们这些人怎么办。”大家说。我也觉得爸爸就是一个英雄。在他的召集下，我们这一路人完成了背炭的任务。小秦叔叔也是一个英雄。我觉得我也不错，能坚持把炭背回来，跳墩也是我自己过来的，比杨伯伯光荣。不过爸爸说，不能这样去比，杨伯伯只不过是没走过这样的山路水路而已，并不能说明什么问题，不要认为自己就比杨伯伯能干，没有这样的事。回来以后我第一件事就是把还有的一块山羊肉给小妹，爸爸的那一块没有吃，留给了小弟，他们当然是非常的欢喜。

有我们背来的炭，干校的人又可以烧一阵子了。

准备过年了。在这里劳动改造的人，家里有事的，经批准回家去了。留在这里的也还有几十人，过一个革命化的春节也还是好办的。但大家总要吃饭，要吃饭就要想办法搞一点好的来吃，特别是像爸爸这种会做饭的人，在吃的问题上，他们是肯下功夫的。在干校能有什么呢？也就只有那两头猪，是自己喂的，现在正是肥的时候。以前喂的时候就是准备过春节的时候杀，现在强调要过革命化的春节，就谁也不敢提杀猪的事，怕与上面的要求相背离。

一天早上，搞完冬泳，开始政治学习。我也坐在李阿姨的旁边，因为我觉得参加学习也是很有意思的，学习毛主席语录、中共中央文件，听叔叔阿姨们的发言，有很多知识，也很有意思。大家也把我看成他们的一员，让我坐在那里，只不过我不发言，就是听他们联系自己的情况，谈思想改造。那天学习的主要内容是一篇《人民日报》社论，关于怎样过一个革命化春节的问题。组织学习的是王家才，自从“五七”干校建立以来，他就在这里当领导，管理几十号人。大家对他很了解，现在虽然不像以前那样可以随便打人，但他是会经常想些绝招来让这些人“加强锻炼”。比如烧炭背炭，就是他的主意。这里的人对他的安排不敢说一个不字。

王家才指着小秦叔叔说："坐那么远干什么！坐这里，读这篇社论！"他和小秦叔叔是同班同学，小秦叔叔出事，实际就是因为他。当时就是他们几个人在抄大字报，那张有毛主席画像的报纸为什么会到所抄大字报的下面去的，没有人去追查。当时出了问题他就马上拿出来追究小秦叔叔政治责任，用心是很清楚的。这时候，小秦叔叔一字一句地小心地读着，害怕读错一个字，招来大祸。

读完以后，王家才说："大家看看，我们今天就联系实际情况，看我们应该怎样过一个革命化的春节，以实际行动来体现我们的思想改造。"大家都不说话，都不知道对这个问题应该怎样说。过了几分钟，还是没有声音。"对这个问题大家也要认识到它是一个革命与不革命的问题，不能是不说话就算了，不说话是过不了关的！"王家才与他旁边的一个人商量了一下对大家说道。大家还是不说话。

"张兴富，你先谈谈！"他见没人说就开始点名说。

爸爸放下手上的报纸，清了清喉咙说："我认为过革命化的春节是非常好的，我们国家地大物博，人口众多，我们的生活是'芝麻开花——节节高'，但'世界上还有三分之二的人处在水深火热之中，需要我们去解放'。所以，我们要过革命化的春节，我以实际行动来体现我对这一问题的认识，我们无论吃什么都比旧社会好之千倍，我们要感谢党、感谢毛主席，为我们带来的幸福生活。为了过一个革命化的春节，我把小孩也带来了，主要是让他们在革命的大家庭里得到锻炼，同时通过劳动磨炼他们的意志，这样来达到过一个革命化春节的目的。我说完了。"

"说得不错！接着讲。"王家才说。

"我来发个言，我觉得革命化的春节就是要唱革命歌曲，吃忆苦饭，这样才能称得上革命化的春节，要不跟以前的春节有什么区别。"李阿姨提出。

她的话刚说完，王家才就说："这个建议好，我们就是要这样做，才能真正体现革命化的春节。那我在这里就落实了，从明天开始，政治学习之前由李平教唱革命歌曲，我们要把革命歌曲唱起来，激励我们的斗志。忆苦饭的事由食堂，张兴富你们管，我们在大年三十的晚上，年夜饭就是忆苦饭。大家接着谈，还有什么想法，主要是要谈自己。"

"我是有个想法，也不知道能不能说？"万富宏一直在那里抱着手闭着眼睛，现在他站起来，活动活动了双脚，在那里不紧不慢地说。“你说，我们又没有说什么是不能说的，只要不是反党反社会主义的言论。”王家才旁边的那个人说。

“我要说的是，我们吃忆苦饭的目的是什么？就是说为什么要吃忆苦饭？”

“有话你就说，还卖什么关子！‘忆苦’当然是‘思甜’了？还有什么好说的！”王家才有些不耐烦地说。

“那我就要问我们怎么样思甜了？”万富宏真是当县长的，一下就接触到了他的主题。

“对这个问题我们要好好讨论一下，当然也是我们食堂的事，大家的意见是什么就拿出来？”爸爸在说话。

“我的意见是杀猪！”是哪位叔叔说的我没听见，他说得很急促，声音也很小，不过大家听得很清楚。

“杀猪，可以呀！我们也希望听到这样的意见！”王家才旁边的人说。

“那好！这当然是我们食堂的来做！”爸爸说。

王家才见讨论得差不多了，就说：“那就这样，大年三十那天晚上，再增加一个项目，一边是忆苦饭，一边是思甜饭。把猪杀了！”这时候大家都有些激动，最想听到的就是这句话。

第二天一大早，我们冬泳回来，就看见院坝的旁边挖了两个大坑，上面放着两口锅，小秦叔叔在那里忙着生火烧水，爸爸说那是在准备烧水杀猪。李阿姨已经在喊了，要大家赶快去唱歌。冬泳的、跑步的、做操的从不同的方向走到学习室，李阿姨已经开始教歌了。我们在那里唱了一会儿，爸爸对王家才说：“我们食堂的今天能不能请个假，要不完不成任务。”“不能都不去，需要几个，就去几个！”王家才说。

爸爸他们出去了五个，杀猪的。他们五个都没有一个杀过猪。爸爸从小在农村，十七八岁参加工作就出来，他也没有杀过猪。不过他说他在家的时候杀过羊子，大家就推荐要他来杀，说是杀猪羊差不多。爸爸在乡下还是经常看见别人家杀猪，过年过节，谁家有红白喜事，凡需要帮忙的时候，总有他在场，自然知道怎么样杀猪，就是没有亲自操刀。爸爸和大家一起做好了准备工作，在杀的时候每一个人做什么作了安排。两大锅水就要开了。爸爸喊：“好，把猪赶出来！”

他们把猪赶了出来，猪在院子里漫步，还不知道明年的今天就是它的忌日。

他们一齐冲了上去，笨猪还没有反应过来就被两个人抬前腿，两个人抬后腿，一下就抬到了杀猪凳上，猪唔唔地叫个不停，这声音里就蕴涵着节日的气氛。那边唱歌的声音小了，大家都被猪的叫声所吸引。爸爸这边拿刀对准猪的喉部，一刀下去，猪的吼声这下才是声嘶力竭，四脚拼命地乱蹬。一下，它挣脱了按它的四双手，跳了起来。鲜血从它的脖子上汩汩往下流。爸爸杀下去的那一刀深度不够，气管也没割断，猪在满地跑，一院坝都是血。唱歌的人全都跑了出来，大家看着这一情景，在那里笑成一团，到处都是主意，四方都有叫声。爸爸喊"来来来，大家来，我们把他抬上去，再给它补一刀"。那猪这时候是在尽它最后的一点力气挣扎，被几个人再一次抬上凳子的时候已经没有多少气了，爸爸又给它补了一刀，完结了它的生命。

接下来，爸爸在它的后腿下割了个口，用一根细长的钢钎穿进去后，对准那个口用力吹气，一个人拿着棍子在猪身上打，那气就顺着往前走，一会儿，整个猪就像吹胀了的气球，毛一根根地竖起来了，就像要从皮子上飞出来。这下才抬到烧开的那锅水里，开水一浇上去，一把专门的刨刀，两下三下，一个黑毛猪儿，就变成白皮猪儿。白净净、壮鼓鼓的。它四只脚朝天撑着，一副任人宰割的模样。爸爸和那几个叔叔把它抬到杀猪的凳子上，又在它的身上刮一遍，刮出许多黑泱，抬了两桶水冲洗干净，猪现在变得更白了。爸爸用一根绳子捆住猪的一条腿，倒挂在树干上，吼了一声"水开没有?""开了，开了!"小秦叔叔在那边回答，平时不说话的小秦叔叔声音是那样的大，那样的好听。"我要开膛了!"爸爸一边说一边把锋利的刀伸向猪的胸膛，哗的一下，猪胸膛打开了，里边一股热气直冒。小秦叔叔端着个盆过来。爸爸开膛后，在打开的猪胸膛里割了几块肉，鲜嫩嫩的、热腾腾的，好像那肉还在跳动，又割了猪肝、猪心、猪腰子，小秦叔叔飞快地把它切成小块，倒进那锅翻滚的开水里，加了两瓢盐，那肉块在汤里翻滚，很是惹人喜爱。

唱歌的人不知什么时候已把碗盏、钵子拿来了，他们在那里等候。爸爸舀了一点汤尝了尝，细细地品味，他眯了眯眼，那其味无穷的样子，让我们羡慕。"小秦，可以把血旺倒进去了!"小秦叔叔把已经煮过一下的小半盆猪血，端过来，那血看起来是熟的，已经变成深红色，小秦叔叔一下把它倒进锅里。爸爸在锅里搞了两下，大声地喊道："吃刨汤肉喽!"拿碗的队伍又向锅边挪动了一下。

“小秦，去报告，我们开始吃刨汤肉了！”爸爸对小秦叔叔说。

小秦叔叔不用走远，王家才就在人后头，“报告，我们要开始吃刨汤肉了？”小秦叔叔把爸爸的话重复一遍。“开始！老规矩。”他的老规矩是，凡是吃好的，先把他们几个管教干部的留出来，其他的每人一瓢。爸爸他们是早就训练出来了，每次做的菜是按人头每人一瓢，刚好够分，不会不够，也不会剩得太多。不够分当然是不行的，有剩的也是不行的，这就意味着你食堂的人有多吃的。要做到不多不少，这也是一门技术。

爸爸得到可以开始吃的指令，很快把那一锅刨汤肉分给了每一个人。大家美美地享受这热热的、鲜美的刨锅汤。我们可是从来没有吃这种汤，只是听说过，在乡下，过年要杀猪要吃刨汤肉、刨锅汤。今天是知道了什么是刨汤肉，它就是要在杀猪的现场做来吃，非常鲜，拿回厨房做，就完全没有那个味了。

大家吃得正香，突然来了两个人，紧紧张张的样子，不知道在给爸爸他们大人说些什么，大家一下端着的碗都不动了，在那里傻傻地站着。这时候只听到一声凄惨的叫声，吓得我不知道要做什么，“妈呀！为什么会这样?!”这时候我才听到是李阿姨的声音，只见她一下就倒了过去，几个阿姨把她扶住，她已经是闭着眼睛不省人事。大家一阵叫她，才把她叫醒，她没有哭，目光呆滞地看着大家。“把她扶回去休息，留两个人招抚她。小王，你跟她一个寝室，你负责！小吴你和卉卉她们两姊妹换一下，你到她们那个寝室去住，好照顾小李。一定要把她照看好，快去吧！这边的事我们来管！”万县长指挥着大家，还是一县之长的模样。

这时候我才弄清楚，进来的两个人就是前几天我们去背炭那里的两位叔叔，就是没看见答应给我做山羊脚小饰品的“烧炭叔叔”，他们在讲述着今天早上发生的事情。

“我们不是还要烧一窑炭就回来吗？这两天我们已经砍了一些炭柴，今天早上，我们准备再砍一点来添着就可以架窑烧了。我们俩都认为就在附近林子里随便砍一点就可以了，小汪说要到前面崖窝的深坑处去砍，说是那边有好多漂亮的炭柴，清一色的米青钢，铁实，是最好的炭柴。我们说不过他，就跟他一块去了。大家都知道崖窝的深坑就是个无底坑，从来没有人知道下面有多深，我们说好就在边上砍一点就够了，他也答应了。我和他在坑边砍，那实际上就是悬崖，小车在上面拖。我们砍着砍着，只觉得脚下的泥巴有一点松动，干树叶也在跟着往下缩，我们正要准备上去，脚下滑动了，哗！我们两一齐往下滑，根本来不及反应应该怎么做，只是想今天完了，一点希望都没有了。突然，我的脚不再动了，我慢慢缓过神来，我踩在一个很窄的岩石上停住了，我知道我这是得救了。我赶快就叫小汪，这时候什么声音也没有，天空一片安宁，我知道出大事了，在那里撕着嗓子喊，只有山谷的回声。小车在上面吓得不知怎么办，听到我叫小汪的声音，在上面喊道：'老刘啊！你还在吗？'那声音带着哭腔，也带着一点欣喜。我听到他的声音，就想到，这声音不远，我还有救。小汪怎么办？怕是上不来了。我又在那里喊一阵，直到确定完全没有希望了，小车从上面丢一根绳子下来，我才慢慢地爬上来。上来后，我是走不动了，吓得全身就像一团泥，在那里坐了好一阵，才回过神来。我们就赶快回来报信。"

听完他的述说，大家就知道小汪肯定是没有命，不过大家的意见还是要去再找找，万一又有一个什么树桩、岩石把他卡住了，开始他只是昏过去了呢？还是再去找找，好让人安心。

王家才的看法不一样，"还有什么好找的，这样的情况是百分之百的没命，老刘那就是万幸了，哪里还有那么好的事，还在什么地方等着你们？那是白徒劳！"

"不管怎么样我们也要去再找找，这才对得起我们的同志，对得起他的家属！"万县长说。

"万富宏，你要组织人去，你就要负责，这可不是开玩笑的，不要以为你还是以前的县长，你现在是靠边站的，你有什么权力召集人去做这样事？要去！你立下字据，一切后果由你负责！"王家才气势汹汹地说。

"这个可以！"万县长摸出笔，拿出学习笔记本，飞舞着写了几个字，撕下来交给王家才。"找五个人跟我走，大家是自愿的，没人强求。我们还是要去再找找，这心里才踏实。"万县长说完，就有好多叔叔表示愿意，站了出来。万县长挑选了五个人跟他去，其中有爸爸和小秦叔叔。"大家赶快准备绳索、工具，老刘你带路！""我也要去带路！"小车叔叔见没有点到他的名字赶紧说。"那好，你也算一个，我们准备走！"万县长很果断，他们很快就出发了。其他的人都端着那碗还没吃完的刨锅汤回去了，没人再吃一口。

万县长、爸爸他们去找"烧炭叔叔"小汪去了，在家的所有人都是什么事也不做，王家才安排大家今天就是打扫卫生，要以一个新的面貌迎接新年，大家也似动非动地在那里做。不时听到李阿姨的哭喊声。我不敢去看李阿姨，害怕看到她的那样子，早上还在兴致勃勃地教大家唱歌，一下就变成这样，真是祸从天降。我来这里后，是今天才知道“烧炭叔叔”就是李阿姨的丈夫，他们两个都长得那么漂亮，真是般配。“烧炭叔叔”不在了，李阿姨该怎么办，我很担心。“烧炭叔叔”还答应给我做的山羊脚小饰物，这下是没有了，这倒是没有什么，只是“烧炭叔叔”人很好，背炭那天就那一会儿，我就觉得他是我见过的最好的人，对每一个人都那样的好，那天如果没有他赶急给大家蒸的那一块山羊肉，我们那么晚才回来，肯定挨饿，特别是年纪大的那几个伯伯，他们是吃不消的。现在见不到他了，大家都非常难过。真是像有的大人所说的那样，好人命不长吗？

想着想着，我心里很难过。也就找了把扫帚和叔叔们一起打扫院坝。院坝里刚才杀猪时的那种热闹、欢喜的气氛没有了，有的是一片寂静，偶尔有几声扫地的扫帚声。我们在那里扫了一会儿，我觉得在这个氛围里让人透不过气来，就约弟弟妹妹一块去河边玩。

我们在河边玩了好久，也不知道在做些什么。一直到下午也没有人听到吃饭的哨子声，不过我们也感觉不到饿。还是小弟在说：“我们的刨汤肉还没吃完呢？我想吃！”小弟这样一说我就觉得很饿了，便说道：“走，我们回去吃吧！”

我们回来后，看到厨房里也没人做饭，冷冰冰的。还有几个来干校玩的小朋友也跑来看，见到什么也没有转身就跑。我们端出没吃完的刨汤肉，正准备吃，洪伯伯看到了，他在那里紧张地说：“哎！不能吃，不能吃！这样吃了肚子要痛的！来，端过来，端过来！我们热一下吃，好吃多了！”我们端着走了过去。洪伯伯把我们三人的没吃完的刨汤肉倒在一个小锑盆里，放在烤火的炭火上，又架了几块炭在旁边正好把小锑盆放稳。洪伯伯见我在仔细地看他的小锑盆，便解释说：“你不要看我的这个盆，它是我洗脸洗脚的，不过我洗干净了，又先在火上烧了一下，高温消毒，干净得很。”我笑了笑说：“没有，我是看这个盆好看！”“你要喜欢，洪伯伯就送你！”“不！洪伯伯，送我了，你没有用的！”“送你，送你，你们小姑娘家，热个水什么的方便。”

汤热开以后，洪伯伯硬是要把这个小锑盆送我，叫我们端着汤回去吃。我把汤端回来，平均分成三碗，小弟先拿，小妹第二，剩下的一碗就是我的。我们三个吃什么东西都这样，很平均，不过每次我都要悄悄地把我的再分一点给小弟。我们吃完热热的半碗刨汤肉，全身舒服，热乎乎的。

天快黑的时候，万县长、爸爸他们回来了，没找到“烧炭叔叔”的活人，也没有找到他的尸。大家都是一脸的沮丧。刘伯伯走过来告诉大家，他们用绳子拴着下到半崖，什么也没有找到。看到一根树桩上挂着这个，这是小汪的东西，再往下看就是万丈深渊，没有什么东西能够挡住小汪了。小汪是下去了，没有人能够把他找得回来，下面有多深没人知道。万县长、爸爸他们都不说话。这时候刘伯伯拿着一个用一根麻绳穿着的东西走到我的面前说：“这是你的，小汪叔叔前几天就在雕这个东西，他说是答应给你做的，我们在半山悬崖边的树桩上就发现了这个，给你!”我接过那个用山羊脚雕的小公鸡，多么好看的小东西，我想哭，现在就连向“烧炭叔叔”说声谢谢的机会都没有了。我把那小东西挂在脖子上。大家在那里站了一会儿，都各自回去了。

“烧炭叔叔”不见了，这两天大家都沉在悲哀之中。一个人说不见了，就不见了。不见了也没有什么办法，也不开个什么会悼念。说是现在不兴搞这些，王家才他们说：“你们找到一例，我们也就开。他当然也算是死在工作岗位上。”万县长他们提出家属的抚恤问题，得到的回答是“那是他原单位的问题，与我们没有关系，我们也解决不了”。小汪叔叔以前是检察院的，现在公检法早就被砸烂了，根本就不存在，去找谁？这个事情也就这样算了。李阿姨两三天是不吃不喝，在大家的劝导下，也开始恢复过来。“死了的就死了，活着的还要继续活下去。”在李阿姨那里这两天听到的最多的话就是这一句话。第三天早上她开始和冬泳的人一起到河边走走，只是回去以后，她不再教大家唱革命歌曲。早上学习的时候由王家才起一个头，大家一起唱，不管好坏，还是能完整地唱完两首，革命化春节的一个项目还是能够进行。不过我总是不明白，毛主席在“老三篇”，《为人民服务》里都说得很明白，“村上的人死了，开个追悼会，寄托我们的哀思”，为什么就不可以给“烧炭叔叔”开追悼会？

“烧炭叔叔”的事也就这样完结了，也没人再去管它。大年三十是说到就到。按照早就准备好的革命化春节的安排，要做“忆苦”“思甜”的饭。这下最忙的就是爸爸他们食堂的几个人。要说忙，关键是要做两种饭，就要比以前的过节要多一倍的工作量。杨晓扶、万富宏、洪老县长他们被派来帮厨，我也跟着爸爸他们在厨房转，帮助拣拣菜，跑跑腿，做得很高兴。其实主要是能随时看到锅里面煮的那一锅肉，闻到那种香味，随时都处于一种兴奋状态。不过我们不敢偷吃一点，有专门派来监厨的管理人员，他们是随时随地都在岗位上。

“忆苦饭”是用糠壳加红苕做的，先把红苕煮熟，再和糠壳揉在一起，做成一个个的粑粑。糠壳还是筛得很细的，爸爸说“粗了吃不下去，就算吃下去也拉不出来”。王家才当然是属于监厨者之一，他看了这个忆苦饭很不满意，说是还不够苦，要求再加点野菜。爸爸说：“这地冻天寒的，走什么地方去找野菜。那留到开春有野菜以后再做那种忆苦饭吧。”

王家才说：“我就不相信一点野菜也找不到，你们几个看着点，我出去转转！”他对另外几个监厨的人说，说完他出去了。

不一会儿他回来了，手里拿了一把草，递给爸爸，“这个能吃吗？”爸爸接过来说：“这是苦蒿，能倒是能吃，就是太苦，做出来大家恐怕是一点也吃不下去。”

“这叫忆苦，又不是让你们来享受的，就是要知道以前的苦，才懂得今天的甜！做做做！赶快做！”王家才不容分辩地说。

杨晓扶在一边做着糠粑一边说：“那个东西，三年自然灾害，饿饭的时候我吃过，很少一点就苦得很，吃不下去！”

“吃得下去还叫什么忆苦！快做，废话少说！”一个监厨的人在一边说。

万富宏走过来说：“我看这样，现在要把苦蒿加到糠粑里去，恐怕来不及了，都基本上做完了。我建议，把这些苦蒿用来做一锅汤，汤下糠粑正合适。”

大家都认为这个办法好，就这样做了。忆苦饭很快做好了，看着那一锅汤，清清的，苦菜在里面漂着，就像鱼缸里的鱼草一样漂浮着，很是漂亮。一滴油都没有，锅面上晶匀透亮，正如他们说的那样，是一锅玻璃汤。

“思甜饭”好做，只要有肉，怎么做都是吃。按安排每人半斤肉下锅，煮到半熟捞起来，炒回锅肉，煮肉的汤就用来炖萝卜。

终于在安排开饭了，大家要先吃完“忆苦饭”才能去吃“思甜饭”。监厨的人站在打“忆苦饭”那里，每个人两个糠粑，一瓢苦菜汤，要把汤喝完，才能去打“思甜饭”。这个汤可真是苦，比我生病的时候吃的中药还要苦得多，我先尝了一口，实在难喝，抬头看到那几个监厨的人好像都在看着我，就有意捏着鼻子一口喝下去，觉得也不怎么苦。小弟、小妹喝了一口就再也喝不下去了。

我叫他们背过人去，悄悄地倒进棉衣里面。他们转过身去，完成了，还好一点破绽都没有。我们高兴地拿着碗，啃着糠粑去吃“思甜饭”，不过还好，糠粑还不算难吃，慢慢吃，还有点香。

“思甜饭”是每人一份回锅肉、一份炖萝卜。家属呢，不管你有多少也是一样，一份。我们三姊妹也就只能是这样的一份。不过我们觉得我们的这一份回锅肉里面，肉很多。打菜那里专门站的有一个监厨的，爸爸在那里掌勺，到我们的时候，爸爸把勺递给了在旁边监厨的那个人，是他给我们打的。我们这一勺里，的确大片大片的肥肉特别的多。我专门数了一下共有十五片，我们每人分得五片，剩下的辣椒、葱蒜我们也分来拌饭吃了。

爸爸那里的菜也打完了，不多不少，刚好每一个人一份。监厨的人都有些不相信，不可能有这么巧的事。但一切都是在他们的监督之下进行的。可能他们还只望能够有剩余，可以多得一点，现在是完全不行了。他们认为是爸爸他们在这里面做了手脚。

王家才一直都在那里走来走去的，见到是这样的结局，有一脸的不满，对厨房的人说：“明天还是今天一样的吃回锅肉，一样的肉下锅。做好以后，由我来掌勺打，一人一瓢，我就不相信就一点也不会剩。”爸爸说：“这当然好，不过，你要把我们食堂的几个人的先打出来！”“先给你们打出来就是了，我还不是按规矩打！”王家才说。

大家听说明天还有这么多肉吃，都非常高兴，本来想把今天的肉留一点明天吃的人，想着明天还有，也就把它全吃完了。明天还有肉吃，大家又在盼望着。

第二天，爸爸他们食堂的几个人，还是在监厨的管理人的监督下，把回锅肉做好。王家才在开饭之前，就按昨天定的规矩，把爸爸他们几个厨房的人的回锅肉先打了出来，然后宣布开饭。大家一进来，看到今天掌勺的换人了，有些奇怪。有的说：“耶，今天换人了！”有的说：“废什么话，你只管打你的菜，吃你的就行，有你什么事！”

打好菜的人端着走出来，有人在小声地说：“今天的明显要比昨天的少。”“是要少点！”“算了，不要说这些，有吃就行。”杨晓扶赶紧劝阻到，又对他们说：“到那边去打馒头！今天的馒头做得特别好。富子还会做‘白案’，以前都认为他只是会做‘红案’，会做肉食，不知道他还会做馒头。走，我们去看，那蒸好的一个个的馒头像小猪，可爱得很。”他们走过去打馒头。到“五七”干校这么久，今天是第一次吃面食，大家都纷纷地赞叹爸爸做馒头的技术。说他天生就是一个好厨师，从来没见他做过，会做得这样的好。其实爸爸在家的时候就经常给我们做麦粑、蒸馒头，还要做出各种花样，小猪、小鱼、小兔子什么的，好看极了。

这边的馒头打完了。打菜的那边突然有些喧哗，有几个人在和王家才说什么。到“五七”干校以后，大家不像以前那样怕他。他是一个管教干部的领导，他不能打人。大家也不去惹他，他安排什么事大家去做就行了。都认为惹不起还躲不起吗？不过今天为什么会和他吵起来呢？是因为他的菜到后来是越打越少了。大家都知道，今天是和昨天一样多的肉下锅的，怎么会出现这样的情况？还有这么多的人在监厨，肉会飞不成？那几个叔叔把打好的回锅肉放到桌子上，要大家来评评理。王家才也一肚子火地说：“评什么理？你就看到你的碗里少了，就不知道我们几个干部还一点都没有!?”

“那就奇怪了？是谁偷来吃了?”万富宏见人围在这里，也赶过来插嘴说道。

“这么多双眼睛看着谁偷来吃?”杨晓扶还端着碗，在那里用筷子挑着碗里的肉说道。

我们几个小孩跑来跑去地看热闹，我们的早就打来吃了，也没管它是多是少。现在看着他们吵起来，几个管教干部最后是没有吃的了。我暗暗地庆幸我们先就把它打了，要不可能就是我们没有了。这时候，只见王家才几个人在那里摔锅砸碗的。王家才说：“你们就会说。我们没有吃的，谁来管我们?”

爸爸走过来说：“小王，今天这事，可是你亲自一样样看着做的。肉是你称的，勺是你掌的，与我们食堂的人没有任何的关系。要不这样，我们食堂几个人的都还没有吃，把它分一点给你们吃?”

“吃，吃个屁!”王家才说着把手上的瓢一甩，“走!”几个来监厨的干部跟在他的后面走了。

这时候食堂里面才真正是过节的样子，大家敲着碗，哼着调。最好玩的是万县长，他走到大家的中间，拍着爸爸的肩，用《智取威虎山》郭剑光称赞杨子荣的话说：“老杨，英雄啊!”

爸爸对大家说：“哎，空话少说，来来来，我们准备吃饭！把菜倒进锅里热一下吃，把你们的菜也倒进来热一下，一起吃!”爸爸对最后来打菜的那几个人说。他们也就把碗里的肉倒进了锅里一起热。爸爸对小秦叔叔说："小秦我们不是还有一点酒，去拿来，今天是过节，大家喝一点！"

小秦叔叔去把酒拿来了，大半瓶苞谷酒，十几个人每人倒了一点，围在桌前。洪伯伯首先发话，"今天的事，太戏剧性了，真是神了！来！大家为此喝一口！"

大家举着杯要喝，杨晓扶突然说道："不要忙喝，今天的事到底怎么回事，我还没搞清楚。一样的肉下锅，他打给每一个人的肉还没有昨天的多，为什么最后还不够，这是为什么？再是神仙，也有一个说法？"

"老杨，先喝，先喝了再说！"万富宏说完，先喝了一口。

洪伯伯说："我看今天这事，'解铃还须系铃人'。富子你就给大家指点迷津吧！"

"富子，你说说，你是用什么办法，把今天的事做得这么漂亮！"万富宏说。

爸爸端起酒碗，对大家说："来！喝一口！""好，喝一口！"大家都喝了一口。"其实今天这事很简单，我不过就是在炒肉的时候，在锅里多炒了几转。不要小看就这几转，肥肉的油都出来了。昨天的肥肉都是一块块雄雄地立着，它不就占地方吗？没几片就是一瓢。今天的因为多炒了几转，肥肉的油出来了，每一片片肥肉都变小了，一瓢就要好多肉来装。所以不管他怎么样地打，到最后还是不够。我早就给他算好的，所以我要他先把我们的打出来，要不现在我们就没有吃的了。厨房的事，不怕他会监厨！老话说得好，'干不死的高粱，饿不死的厨房！'这里面学问多了。"

"富子，真有你的，想不到厨房里的学问大呢！"洪伯伯又一次赞叹。

大家一边议论，一边吃，今天是吃得最香的。万富宏说："这叫你会算，我会干！来，大家来，为了我们的胜利！"

从这以后，管教干部再也不来监厨了。

春节一过，天气变暖，春天说到就到了。干校的人按照自己每天的生活规律，早上冬泳、政治学习，中午、下午出去劳动，闲下来的时候，就做自己的一门手艺活。做得最多的就是木工和挖草药。做这些也成了一阵风，大家都在做。特别是木工，他们的东西虽然做得不好，还是有一种成就感。自己做小凳子、小椅子、小桌子，没来干校的时候，谁都不会，现在是都可以做了，不用花钱去买，当然是让人很得意的事情。每人都有一套木匠的工具，有空就随时做。做好以后还学着用生漆、清漆把它漆好。漆的工夫不是好学的，就不是每一个人都能做好的。漆得最好的是小秦叔叔，他不怕生漆，就是去摸着也不会过敏，生漆疮。他有很多小木块，正面漆了反面漆，成天反复地练。最后在干校，只有他漆工是最好的，漆得匀净透亮。他漆的东西就像一面镜子，可以看得到人，真是神奇得很。

洪伯伯是去挖草药，他说做木工活，他做不动了，到山上挖挖草药，对身体有好处。他听说我们三姊妹过完年，开春就要回去了。一天下午，他对我说："姑娘，走，我带你去找一种草药。算是洪伯伯送你的一件礼物，你以后说不准能派上用场。"

对草药什么的我并不感兴趣，那些草草根根的有什么用处？不过我看洪伯伯对它就是着了迷，看到过什么草都要在那里说一半天。然后，把它挖回来晾在那里，他房间的周围都晾的是些草草根根。他要把一种草药作为礼物送给我，我不好说，对它没有兴趣，也就跟他走到我们住房前面的田坎上转。他说："姑娘，你不要认这个老者啰嗦，拿你这个草草来做什么？我这根草药，还是前些年我在乡下搞农村工作的时候，一个老农民告诉我的，他也是作为一个礼物送给我。当时我住在他家，他家孙姑娘出麻疹，我有一个偏方，给那个小姑娘用了，几天小姑娘就好了，没有一点疤痕。他就告诉我这个偏方。方子很简单，就一味药，我用过两次，的确有效。今天我教给你，说不准你哪天能派上用场。"

洪伯伯说了很多，我还是有注意听的样子。我跟着他在田坎上转，不知道他要带我找的是什么样的草。他问我为什么要回去了，现在又不上学了，回去做什么？我告诉他，哥哥要下乡我们回去送他。洪伯伯听我这么一说，很是惊奇的样子。有好一阵没有说话，突然他自言自语地说："你哥哥才小学毕业就去下乡？错了，这步棋走错了！"

"谁错了？"

"没有谁，我是说你爸爸！"

我们在田边转了一会儿，洪伯伯指着一棵草对我说："找到了，找到了！就是它！"说完他蹲下去，小心地把它连根拔起来。递到我的面前，要我仔细地看，"你看，认准了！"他告诉我这叫"五匹枫"，一个头上长出四五根叶枝，每一根枝的尖上有五张叶子，那叶子有些像枫叶。也许就是这样才叫“五匹枫”吧。我仔细观察这棵小草，觉得它长得很有特色。不要说它是药，把它拿回去找个小碗栽起来，也很好看。洪伯伯告诉我说：“记住了，我只说一遍，还有也不能把方子随便告诉别人，你在给别人用的时候要把它捣烂。每个知道方子的人只能传一个人，否则，方子就不灵了。这是传方子给我的人说的。”“洪伯伯这不是迷信吧？”我听他这样说，就觉得有些像迷信的东西。

“不是迷信，是乡下人为了他方子的保密性才这样说的，让它带有一点神秘的色彩，为的是方子不外传！”

“那它到底有什么用，你还没有说呢？”

“是没有说，不是先要把政策交代好吗？我也不能破坏了人家的规矩。好，你听好了，这种草要用新鲜的，洗干净，加淘米水捣碎，吃了医治狂犬病。也就是农村所说的被疯狗咬的人，有特效，我试过，的确有用。在农村一般又没有药医治这种病，得了就是等死，用它就救得一命。”

我拿着洪伯伯教我认的“五匹枫”，回到寝室后，夹在我的那个笔记本里。洪伯伯和爸爸在外面说话。“你们要送儿子去下乡？”“是。”“小学毕业，哪有就下乡的？”“反正现在也没有书读，让他到农村去接受贫下中农的再教育，也是很不错的。天天在家晃着也不是办法。再有一点，这时局不知道怎么变，我们这些人今后怎么办？说赶你就赶你，到来赶你走的时候才打主意就晚了。现在要他到农村去，实际上是先去铺个路，到时候一家老小打着背包去就行了！”爸爸说得很有理，这几句话他说过好多次了，每次都得到对方的称赞，认为爸爸妈妈有远见，把一家的后路都安排好了。万富宏、杨晓扶他们特别地感叹，认为这样一家就没有后顾之忧了，在自己的老家农村生活一辈子，也没有什么不好的。祖祖辈辈不都是在农村，只可惜他们的老家都太远，也没有什么人，不可能走这条路。子女下乡的问题就由他们几个同学，自己随便到一个地方。哪里考虑到这样多，也没有这样的条件。每当这样的时候爸爸总是很得意，很高兴。可他今天讲完，没听到洪伯伯的赞扬声，他用奇怪的眼神看着洪伯伯，想知道洪伯伯想说什么。等了好一阵，洪伯伯才慢慢地说：“我看你这步棋走错了？”

“错了？为什么？”爸爸第一次听到这个意见，很难接受。

“你现在应该还来得及，你们可以考虑一下我的意见。儿子才小学毕业，又没有人叫他去上山下乡，他就还有读书的机会。你们把他一送下去就完了，不管怎么样，什么时候读书都是很需要的！”

“问题是现在不让你读！读书？你没看见现在我家就有三个在这里晃着！”爸爸的道理很充分。

“这肯定是暂时的，你把他放下去，就失去了机会！”洪伯伯还想说服爸爸。可爸爸的神态，就像一个将军，在三军上阵前那样的果断而有信心。

“没有办法，只能这样了！”爸爸坚定地说。

洪伯伯还是不肯放弃，还在对爸爸说：“你还是再考虑一下我的意见！”

“好，好好，我们再考虑一下你的意见！”爸爸的口气显然有些敷衍。

对哥哥是不是上山下乡的问题，我觉得爸爸妈妈是对的，上山下乡有什么不好的，况且他去的那里还有外婆和舅舅在那里。自己有一个家有多好，想干什么就干什么，又没有人来干涉。喂猪养羊，一大群鸡满院子跑，要吃就杀，房前屋后种瓜种豆，最好是种桃树李树，那时候就是什么东西都有的吃了，那有多好。要能让我去，我都愿意去。

我们在干校待了两个月，春节过完，爸爸要送我们回去了，说是他们开春以后，劳动就比较忙了，我们总待在那里不好，其他来这里玩的小孩也都陆续回去了。我想到干校来最大的收获就是敢于冬泳，再有就是李阿姨教唱了几首好听的革命歌曲，李阿姨说“这叫青春赞歌”，自从小汪叔叔，我的“烧炭叔叔”不见了以后，她不再唱了。每天只要一有空就是打毛衣，她织了好几件送人。她给小弟织了一件背心，很是漂亮，上面织的是凤尾花，弟弟穿起来很帅气。李阿姨说，她以后有线的时候再给我和妹妹织。我很高兴的是她教会我打毛线，她打的那种凤尾花我也会打了，回去我就自己打一件。这也是到干校的收获。再有算是看到了真正的农村。以前所了解的农村就是城边上的，现在看来他们是很好的了。看到这里的崖窝，那些地方的农民，才知道我们是在天上，我们的日子有多好。以前爸爸说我们是身在福中不知福，我还不以为然，现在知道爸爸说的道理了。

要走了，我们得赶快收拾东西，当看到“烧炭叔叔”给我做的那小公鸡，心里一阵的难过，想到不要让李阿姨看到，免得引起她的难过。我转过头看她时，她还在那里专心地打毛衣，有意无意地，什么也没看。我想李阿姨好可怜啊，现在除了劳动就是打毛衣，打毛衣就是她的全部精神生活。我把那小公鸡放到我的包里，拿起我的那个笔记本，翻看着我来的时候所抄的那些名言、警句，后面写了一些日记，每一篇都很短，也就一百字左右。虽然短，有的也还是写得很精彩的。因为就是按生活照实记录的。一下翻到夹有那片五匹枫的那一页，五匹枫也快干了，叶子的颜色也淡了一些，它上面有一层绒绒毛，现在看得很清楚。我把它夹好放到包里，决定去对洪伯伯说一声告别。

走到洪伯伯那里，我还没说话洪伯伯就说了："要走了姑娘，回去以后要好好读书，记住我给你说过的，要收集民间的东西，给你的方子记住，以后会有用的。去吧，再见了，以后去洪伯伯家玩。"

我转身就走了，什么也没有说，这个老人家很特别的，要走了还真舍不得他。

我回来的时候，杨晓扶、万富宏两位伯伯在那里，爸爸已经把我们的被窝捆好了。爸爸看见我进来就说："快来看，这是伯伯送你们的小椅子。"说着把一张漆得油亮的小椅子推了过来。杨伯伯赶快解释道："不是你万伯伯一个人的功劳，也有我一份，椅子的每一根横条都是我推的，漆是小秦叔叔的功劳。你万伯伯的功劳就是把这些横条斗在一起，你说哪个的功劳大？"

"都大！"我看着小椅子很是喜欢地说。

"耶！姑娘还很会说话呢！"万伯伯说。

"我要这椅子！"弟弟毫不客气地先要占为已有。"大家坐嘛！你要来抱着睡觉？"爸爸对弟弟说。

万伯伯见这个情况说："不要紧，过一段我们的技术练好了，给你们一人做一个！"正说着话，车来了。

我们坐上了回家的大卡车，离开了崖窝。

本文发表于《黄河文学》2013年第4期，获第五届中国大众文学百花奖

石　轱

一

石轱急叨叨地赶到县文化馆报到，这是他一生最大的事，最高兴的事。比他接媳妇还高兴。

接媳妇那天，本来他妈叫他去姚二公家借大盆来办酒席，走到半路，听说城关镇那边在排节目，他便改变了方向。

结婚在前些年都是革命化了，大家坐在一起，向毛主席敬礼，高唱《敬爱的毛主席我们心中的红太阳》等革命歌曲，吃几颗花生瓜子，好的人家还发两颗糖，结婚也就大功告成了，因此，结婚就叫“吃糖”、“吃喜糖”。不过，如果经济条件差一点，只有花生瓜子，没有糖，也还是叫“吃糖”。这两年好点了，花生瓜子，放在那里，随抓，糖也放在那里，想吃就拿，一般人也就乘人不注意的时候，多拿几颗放在包包里头。现在的问题，参加婚礼是要吃饭的，虽然简单些的人家也就是吃碗粉就行了，但结婚也就从“吃糖”变成了“吃酒”、“吃喜酒”。其实，酒，也就是县酒厂烧的苞谷酒，而大多数人家往往是只有饭没有酒，但大家还是把过去的老称谓捡了起来，凡是去参加婚礼，都叫“吃酒”。办喜酒都是在自己家里办，几天前就要开始忙起，街坊邻居，三姑六婆一齐上任，大家喜欢的就是这个过程。

到了石轱家，石轱妈是亲自主刀，她认为要这样才有喜庆的气氛，自己也有喜庆的感觉，累得高兴。她头天晚上就把各个人的任务安排好，“该做哪样，大家就自己安排自己了哈，娘娘姑婆们！我家石轱的事，也就靠大家啰！”“石轱妈，这点事还用得着你扎服，我们哪家的红白喜事冇得你跑前跑后？你直管大方向，我们包客人们满意！”大家就各自完成自己的任务去了。石轱妈吩咐石轱：“明天是你的大事，这些年说是一切都是革命化，我们各人家还是要把它搞得闹热些，在街坊邻居、亲戚朋友面前，还是要给你家老子争个面子啦嘛。”“妈，你放心，要热闹，那还不好办，看我的！”“空话就不要说了，记到明天早点，去二公家把大盆借来，要用。”

结果，他这一去就是大半天。他在那里一会儿帮人家打锣，一会儿又帮人窜场。别人跳花灯舞，他在一边陪着跳，有时候比正经跳的人还起劲。跳花灯的是罗丽和张影。两人手摇花扇，跳得很投入。

这里的花灯，可叫跳花灯，也可叫唱花灯。一旦一丑，丑拿扇子，旦拿手帕，又唱又说又舞。旦丑身旁，花灯围绕，还有伴唱、伴舞。乐器主要有马锣、钹、大镲、盆鼓。锣、钹、鼓点一起，一旦一丑就出场了。花灯有很多形式，比如耍耍灯、还愿灯、拜年灯等，每种形式的花灯都有自己的调子，各种调子又都有一些基本的固定旋律。而词虽然也有很多口口相传的传统词，但多数都是即兴创作，动作也多根据情景即兴表演。

前些年花灯被作为封建的东西砸烂了，这两年又在农村一些民间团体里出现，但现在已经没有了花灯的原始形式，不过只是几对灯，一男一女对跳而已，早已没有旦丑的装扮。城里的宣传队，也用花灯的调子，唱现在的革命化新词，唱跳的人也不限两个，往往变成了集体舞。但花灯的锣鼓点子和手中的扇子还是保留的，娱人的意思还是有一点。罗丽和张影两个小学初中都是同班同学，初中还没有毕业，就赶上全国上山下乡当农民——成了知识青年。在乡下搞了几年，回城后也没有工作，就呆在家里。因两人家庭条件都不好，招工、当兵都没有他们的份，只有找一些小工和临时工做做。两个人情投意合，最大的特点就是都喜欢文艺，是一对唱歌跳舞的才子佳人。他们以前是自己组织一帮爱好者，排排节目，宣传毛泽东思想，自己也高兴。城关镇组织宣传队，他们两个就跑去报名参加了。虽说是城关镇正规组织的宣传队，但报酬是没有的，饭也是自己在家吃饱了再来。就是这样，大家也争着来，还从不耽误一天。像石轱，想来还进不来。在这里，大家找到了快乐。特别是罗丽和张影，二人花灯一跳起来，两人配合得如行云流水，表演十分投入，旁若无人。

石轱在一旁看着他们两个的表演，看着看着，就情不自禁加了进去，还边唱边演冒充起指导老师来："看到，应该这样：

栀子芙蓉花呢，杨柳新呢，呀咿呀啊喂……"

他手绕扇子，一招一式，比划得十分认真。他用恳切的目光看着罗丽和张影，希望他们接受他的意见。罗丽和张影笑了笑，没有说什么。而石轱也并不在意，只管自己边跳边说。跳一跳的，石轱放声唱了起来：

公社今天开来拖拉机，贫下中农心里好呀好欢喜，好欢喜呀，上坡下坡跑得快，打谷打田，抽水打米，大搞农业现代化，敢叫山村换天地，换天地。驾驶着拖拉机，快乐地奔驰在广阔天地。

这是他前几天刚写的一个新花灯段子，每次唱，他自己都很沉醉。

正在投入，突然有人叫他："石轱，帮我拿点水来！""要得！"石轱也答应得十分干脆，放下扇子，跑得也很快。在这里，无论是谁，有事就喊他，要求他做哪样事，他都是十分乐意，仿佛这就是他的天职。他习惯，大家也习惯。他经常来这里，大家都把他看成这里的一员。哪天见不到他，就觉得少了点什么。

石轱的大名叫什么，大家都不知道，也许石轱就是大名，也许不是，反正大家都喊他石轱，他的母亲也喊他石轱。其实石轱不是唱歌跳舞的材料，人如其名，长得也就是一个石轱，矮矮小小，一个石疙瘩。唱起歌来，跟老鸭子叫唤一个样，声音干涩嘶哑，他唱得费力，也听得人火起。五官就更不要说了，最让过目不忘的就是他的那苞谷嘴，满口的牙齿好像都堆在口腔前面，上下嘴唇的长度不够，牙齿就爱跑到外面来亮相。就像成熟的苞谷棒子，长得太饱满，苞米从壳里爆出来。把这样的嘴巴叫苞谷嘴，真是十分形象。可想，如此这般的石轱，哪里是吃歌舞这碗饭的人。而事情就是奇了怪了，他却偏喜欢唱歌跳舞，尤其痴爱花灯。如果在从前，他在花灯里扮一个丑，似乎还可以将就，反正都是丑角，逗人乐而已。但现在不行了，现在跳花灯都是正规的表演，上台的可都是英俊小伙，哪里容得他这个"石轱"上场呢。不过他却不在乎，要他跳，他高兴，没有他的戏，只有在一边端茶送水扛道具的份，他也乐意。一天不吃饭，不睡觉，他无所谓，一天没有唱歌跳舞，他就觉得无法忍受。因此，大家给他取了个外号，叫"爱歌舞"。他一听这个外号，拍起手就乐了！用他自己的话说，"爱歌舞，好！合我得很，我就是和歌舞一命生的！"

那天，石轱在排练场那里忙里忙外，去了大半天还没有把大盆借回去，哪里晓得家里还在等着用呢。于是，家里派去找他的人就找到这里来了。在这个小县城里，无人不知，不管哪个时候，要找石轱，很容易，只要知道哪里在演戏排节目，他一定在那里。找他的人对他说："轱哥，幺妈叫你快点回去！"石轱头也不抬地说："晓得了，晓得了！你没看到我在写歌词啦吗?""幺妈说，今天是你结婚，别人代替不了，要你快点回去！""好好好！你回去给幺妈说，我在写首歌词，整完就回来。也不要等我，饭搞好了，你们就吃，晚上我回来睡觉就行了！"石轱说完就再也不理来人了，只顾埋着头在那里写写画画。那人只有咕咕哝哝："你作歌词，让我回去遭骂！你这才是结个脑壳昏喽！"不过也没办法，最后只有怏怏地回去了。

石轱的确在作歌词。其实他在这上头倒还真有一两下子。他能记得很多花灯调，茶花调、穿灯调、梳妆调……很多。不过现在调子可用，词就要新作了，他就根据演家的要求填上时下要求的新词。每当作新词的时候，他就像是一次新生，冥思苦想，心无旁骛，就像十月怀胎，酝酿足了才能诞生。他对创作的环境讲究得很特别，可说是独一无二，一定要在歌舞场，最好要有歌舞在那里闹着，那些词就溜溜地在脑子里窜出来。而且一定是命题作文，一定是有人要求他写，写了一定要用，他就写得顺溜。平时是不会写的。按他的话说，"自己写，写不出来，写出来的就不是旧瓶装新酒，而是旧瓶装老酒，要不得！要不得！"

给人家现场作词，这也是他喜欢唱歌跳舞的重要原因。在这样的环境和氛围里，才能有新"生命"的诞生。本来，他是来这里耍耍，就回去的，今天是他的大喜之日，老妈还在等着他借的大盆做喜宴用。小县城，娶媳妇倒是很简单，亲戚朋友大家一起吃顿饭就行了，也不需要什么专门的仪式，来了，把礼金礼物往管账簿的那里一交，坐上桌，等坐满八个人，就上菜，就有帮忙的大嫂小妹抱起甑子来添饭，吃完，就走。不过不管怎样，结婚的大喜日子，新郎官是一定得在场呀。哪晓得他来这里舞了蹈了一会儿。城关镇宣传队领导来了，求他给他们写一个农业学大寨的花灯调。这一下石轱来劲了，蹲在排练的屋子边，扯出圆珠笔就写上了。几个钟头过去了，他也丝毫不觉脚麻腿酸，结婚，借盆，早在九霄云外去了。

一直到中午，排练的人都要回家吃饭，有人叫他："石轱，还不回家吃饭！"

“好！你们吃了饭还来不来？”

“还来！”

“那好，我就在这里等你们！”

过了一会儿，家里又打发人来叫他：“轱哥，幺妈叫你快点回去！大家都来了，要开席喽！”

没有听到石轱的声音。来的人催得急了，他抬头看了看，又是那句话：“晓得了，晓得了！你没看到我在写歌词吗？”说着把他手上纸片抖了抖，“这是人家要等到用的”。

“幺妈说，大家都在等你，你是新郎官啊！”

“等哪样等？叫他们先吃，我就来，还有一段就写完了，哪里能打断呢！”说完，又埋着头，再不接话了。

没有多久，吃过饭的人又陆续回来了。大家一看石轱还在，都吃了一惊。

“咦！石轱，爱歌舞，还没吃饭吧？在搞些哪样？”

“跟你们写歌词呢嘛，冇看到。”

“能当饭吃？”

“哎，比饭还好吃！”

“咦！石轱，你今天不是结婚吗？你这个新郎官啷个还在这里？要不，干脆把新媳妇叫来，就在这里大家帮你热闹一下？”

“我倒不论，老妈不同意啊！”

“不来搞两段。”

“倒是不要打岔哟。”

石轱家，亲戚朋友该来的都来了，就是一直不见新郎官。石轱妈没得法，只好对大家说：“石轱在那边排戏嘞，大家都知道他从小就是这个样子，我们不管他，大家就开席吧！”石轱妈话音刚落地，大家早就吃开了。该吃的就吃，也没人觉得是不是吃喜酒，也没有觉得新郎官不在，有什么不对头。大家这时候关心的不是新郎官石轱，而是桌子上的“九大碗”。菜就是九大碗，肉菜都按人头装碗。一桌人关心的就是不要让自己的那一份被别人夹走了。特别是那红烧肉，如黑桃大，黑红而透亮，溢着油，一年也吃不上几次。盛上桌，都是一碗八坨，每人一坨，一坨不少，也一坨不多。一开席，“九大碗”很快就风卷残云般地被解决了。吃完了，完得很干净，盛红烧肉的碗被人用白饭蹭得干干净净，像抹过一样。吃完饭，大家也就陆续散了。

这一天，新娘子小云却是忙里忙外。到这个家之前，她就知道石轱爱唱爱跳，是出了名的“爱歌舞”，歌痴舞痴。不过她还是要嫁给石轱，她是乡下人，嫁给石轱她就有了居民户口，就是城里人了，用不着每天日出就起，日落才归，遭日晒雨淋的罪了。再说，她也喜欢石轱，喜欢他人好，喜欢他的一根筋。在她看来，男人只要不是瘸子麻子驼子，只要不是眼瞎耳聋，就是好的。她倒不像个新娘子，一边招呼大家，一边解释：“我们石轱，就是这样的，只要有跳舞唱歌的事，就是油瓶倒了，他也不会扶。他的那事，是可以当饭吃的，饭都可以不吃。你们看，倒好像今天结婚与他无关。”

有人和小云开玩笑说：“新娘子，与他无关那就与我们有关了！”“他不在，不要紧，我们还在，要不，今晚我来做新郎官？”

小云一边笑，一边说：“要得，他今天晚上要是不回来，你们哪个都可以！”“那就说好了！”“我们都排起队等到呦！”

大家你一言我一语地扯着嗓子喊，不见新郎官，一样热闹。

难过的是石轱妈，对这个儿子她一点办法也没有。自从石轱家爹抗美援朝一去不返，她一个人把石轱带大，担心的就是石轱今后的日子怎么过，要劳力没有劳力，要文化也就是个初中的文凭，却哪有初中的水平。去年招兵，石轱妈想，他既然爱唱爱跳，就让他去当个文艺兵。只要能去当兵，其实做哪样都行。石轱先是不愿意，好不容易给她说动了，去报名。一见面，招兵的解放军就婉言拒绝了，说是过两年长高点再来。其实石轱都有二十一了，任你再过好多年又哪里可能长得高，人家是婉言拒绝呢。石轱妈说：“你们还是现在就带他走啰！又等过两年整哪样喽？”解放军说：“这是没有办法的，我们有规定。”石轱妈只好作罢。参军不行，石轱倒没什么，他反倒说，不要他还是好事，到部队跳舞，他还不喜欢。她妈妈念叨多了，石轱说：“冇得哪样稀奇的，要不行了，我就跳着花灯到街上要饭！你不要说，有人给钱的哟！”

石轱妈只好自我解嘲地说：“儿孙自有儿孙福，一辈不管一辈的事！我也管不了你了！”

石轱却用他的花灯调唱着说：“‘儿孙自有儿孙福，一辈不管一辈的事！’我还是要管我妈这一辈的事。呀嘿咿哟喂!”

石轱妈看他这样子，也不想去犯这个愁了，只好随他去。

好人有好报，好事还是来了。今年一开春，县里的人来到石轱家，因为石轱根红苗正，老爹把骨头留在了朝鲜战场，他属于县里安排工作照顾的对象。粮食局、邮电系统、供销社等好单位，他都可以选择，都是最红火的单位。在这个小县像他这样家庭情况的人不多。县里人来到他家，对他们说清楚政策情况后，以为他们会很感动，没想到石轱却对来的人说，这些地方他都不去。这让来的人惊讶，告诉他，过了这个村就再也没有这个店了，这些都是多好的地方啊，人家脑壳削尖了也钻不进去哟。石轱妈在旁边干着急，也不晓得该怎么办，只有一边骂一边数落：“你个小祖宗，你要啷个？这是你老子用命给你换来的，你还不去，你要整哪样嘛!”说着只有哭。石轱的爸爸参加抗美援朝，走的时候，石轱还没有生，等石轱妈得到他在朝鲜战场牺牲的消息的时候，石轱已经可以下地跑了。这么多年来石轱妈一个人带着石轱，靠国家的抚恤金，日子倒还是过得去。但现在石轱大了，不能总靠她那点抚恤金过日子。也应该有自己的工作来养活自己，有一个自己的家，这个当妈的才能安心，也才对得起他死了的爹。这么多年国家都没有安排工作的事，今年有了这样的机会，那是多好的机会。石轱妈想到这些，更是放声大哭起来。

看着母亲这样伤心，石轱说了：“我说个地方，你们看我能不能去，要去，我就去那里!”县里的人忙说：“那你说说看，你要去哪里?”“文化馆!”来的人先是吃一惊，笑起来，接着又抠脑壳，他们做不了主。

县文化馆在当时已是名存实亡，基本上没有工作可做，馆里的人都散着呢。现有的人，能够动的，都被抽去搞中心工作，跑乡下去了，老弱病残的，在家里闲着。再说文化馆这样的地方，石轱能做什么？唱歌跳舞？样板戏？他演座山雕都不合格，只能扮个土匪喽啰。但石轱说：“反正你们叫我去哪里我都不去，只去文化馆，在那里，干哪样都可以。”但这事不是那样好办，县里下的指标里面却没有文化馆这个地方。县里来的人只好说，这事只有向领导汇报后，再说了。后来县里为他的事专门开会，最后决定，他是烈士的后代，这样的情况在县里也不多，反正是照顾，他喜欢文化馆，就让他去文化馆。在那里他能做哪样，就安排他做哪样。

工作落实了，石轱妈就张罗石轱的婚事，想趁他上班之前，就把事情办了。

日子到了，早上起来，石轱今天是新郎官，也不要他做哪样，只安排他去姚二公家借个大盆。这一借，人就借不在了。石轱妈也无法，只好打发邻居大毛跑去帮忙借了回来。

终于，这边排练场，石轱的花灯词，在大家曲终人散之时，总算作好了。只见他手拿着一个废烟盒纸片，抖了抖身上的土，站起来，活动一下腿，清了清他那沙哑嗓子，提高嗓门喊道："哎，注意了，注意了！我唱给大家听一下，大家多提宝贵意见啊！这是为我们县的最大的水利工程'青坪水库'写的。大家都知道，青坪水库是我县在海拔2500多米的泥原高山上，修建的一个大型水库，现在正在火热的进行之中。领导要我写个农业学大寨的花灯，还有哪样题材比这个好啊！"

说着他就手舞足蹈地唱起来：

红日在胸前照，大坝在肩上挑，一腔热血一身汗，敢教山河换新貌。……

唱完后，大家一片喝彩，在大家的喝彩声中他得到了一种说不出的满足，他的新婚宴席，早被他忘记得一干二净。

其实，罗丽和张影他们早就盘算好了，等石轱这里一完成，大家就一起去他家，给石轱一个热热闹闹的婚礼！石轱高兴地说："这！这只是有些不好意思麻烦大家了！大家正好一起过去吃饭！"

石轱带着十来个人，拿着花灯乐器道具过来了！

石轱家的结婚酒席，客人们已经陆续在散去。见到石轱回来，还带来了花灯表演队，又折回来了。大家都喊："看花灯去！看花灯去！石轱家娶媳妇跳花灯了！"

人们又跟着花灯队，回到院坝里。

石轱一进门，石轱妈先是骂，后是哭，大家一劝"人都回来了，还哭哪样"，又无可奈何地笑了。等石轱妈骂完哭完笑完，石轱一句话也不说，只是张罗着在家门口院坝前，把场子圈好了。

石轱妈骂骂哭哭笑笑，累了，她却不想看石轱他们的花灯，除了石轱爹年轻时跳的花灯，她就再也不想看其他人跳的花灯了，这些年轻人跳的那是哪样花灯，他们哪里能和石轱爹比哟。她年轻时招呼石轱，把他爹的那些段子都教给了小石轱，石轱长大了，她就从此和花灯绝了缘，她只想去招呼她的新媳妇小云，今天才是难为她这个新媳妇了。

小云是石轱妈从乡下给石轱说来的媳妇，人不算漂亮，但长得周正。石轱妈找的就是这样的姑娘。本来，她也只是试一试，石轱那个相貌，怕人家姑娘难以同意。不想，第一次说，人家说要想一下，第二次一说，姑娘竟高高兴兴答应了。

原来在小云这边来说，一个农村姑娘，能嫁到城里来，就是她们最大的愿望。开始她觉得石轱不好，个子矮又是个苞谷嘴，还不高兴这门婚事。只是她们村的好多姑娘在知道他们的这门婚事后，却都很羡慕她，认为她是从“糠箩箩跳到了米箩箩”。尤其是一个贴心姊妹的话让她改变了想法，坚定了信心：“你要选哪样的人嘛？你又不是皇帝的金枝玉叶，你要好好想一下，人家要不是那个样子，会到乡下来找你！我可给你说在前头，你要是真不愿意，我马上找人去说，我愿意！到时候你不要说我不够朋友呦！”有的人说得更绝：“能够到城里去，嫁给哪个不行，就是嫁个狗，只要有居民户口，我也要去！”小云就应下了这门亲事。

后来，小云进城赶场，就悄悄打听石轱。没有想到，在县里，只要一说到石轱，没有不认得他的。有的说他好玩，有的说他有点疯，但大家都说这个人是个好人，人又勤快，肯帮忙，哪个有事情，喊一声，他就来了，一街人都和他处得好。听到人们这样说，小云再偷偷看石轱，又觉得人虽然不好看，倒长得有点味道。

后来，小云到石轱家玩，没有想到石轱跳起花灯来很疯，见到姑娘却一本正经，说话倒爱说，但还有点脸红。她就有点一老一实喜欢石轱了。

倒是石轱妈，看到这个未过门的媳妇到家里来，像看到宝贝一样喜欢得不得了。后来石轱妈开着玩笑对小云说，“想给我当媳妇的，你们村那些姑娘可都是在排队等着呢！”其实石轱妈说的是实话，可选的人多，比小云漂亮能干的也有。她选中小云，那是因为她太了解她的石轱啰，给他这样的人从农村找个媳妇进家门，搞不好就惹来一大堆事，那日子是没法过了。小云的家还比较单纯，条件好。两个哥都结婚娶媳妇了，自立门户过日子，父母还年轻能够做活路，不要他们任何人的供养，还给两个哥带娃娃，两老看到孙子围着脚杆跑，一天高兴得很，家庭和睦。小云本人虽说不算漂亮，却也还是周周正正，石轱妈最看好她的是好脾气，大方，能干，手脚勤快，没心眼，哪样事都不在心里过夜，睡一觉起来再大的事就什么都没有了，倒真像是石轱家的人。当石轱妈对石轱说给他找小云做媳妇的时候，石轱说："哪个都可以，只要你喜欢，我冇得意见。"

石轱妈正找小云呢，没想到那边跳花灯的出事了。

外面的花灯表演惹来了好多看的人。老的说是好久没听到过这样的花灯调了，小的说从来没看过这种表演。宣传队的表演，演得真切动人，围观的人都鼓掌叫好。看到大家都这么高兴，石轱兴趣大发，一忘情，就把他肚皮里头的老花灯调唱出来了。只见他把扇子一舞，腰杆一扭：

情妹下河洗围腰，十个指头水上漂，
哪个喝了围腰水，不害相思也害痨。

哥吹木叶当唱歌，歌声飞过几重坡，
奴妹听见木叶响，扑爬跟斗来会哥。

妹的山歌唱得乖，方帕包来要哥揣，
十字街头打开看，刚刚发芽正好栽。

哥的山歌唱得好，妹拿方帕来包倒，
阳沟后头打开看，飞的飞来跑的跑。

一首接一首，围看的人已站到大门口。观看的人都在兴头上，这样的表演过瘾，比刚才吃饭的时候桌子上的"九大碗"还要来劲。大家看得起劲，喝彩声不断，有的人干脆就喊起来了：

"石轱，石轱，爱歌舞！"

"石轱，再来一个！"

石轱更是兴奋了，对他的伙伴们说："来来来，把金钱杆打起来！大家一起来，我们一起打个'洋钱调'。都会的哈？跟着我来！"

只听他唱道：

一打雪花来盖顶，二打古树来盘根，……干哥子！唉！小妹子！唉！姊妹耍起来！……

小县城，那些四十岁上下的人，哪个不能唱两句！石轱一带，满场坝的人都跟到扭起来了！

唱呀跳呀的，大家正闹得欢，忽然拱进来四五个人，一进院坝就喊：“石轱，石轱！停了，停了！你们这是在搞哪样?”大家见到突然钻出来这么几个人，一喊，一下都蒙了，赶快停了下来，收拾东西，准备开溜。“你们就想走?站到！在哪里放了毒，就要在哪里收回去。你们这是干哪样？想这样就走!”另一个人说：“你说，石轱，你们这是在干哪样?”

“冇干哪样，我结婚，请大家吃饭！吃完嘞，大家闹热一盘，冇整哪样。”石轱楞眉鼓眼看到来人，一副傻样。

石轱这个人从来不惹事，爱的就是他的歌舞，除此就是给人家帮忙肯下力，因此，满县城人都敬待他。他也从来不怕事，他常爱说一句话：“老子的老子美国鬼子都不怕，我还有哪样好怕的!”不要看他个子不高，爱唱爱跳像个姑娘，遇事却能显出个汉子样。

原来进来的这几个人是公安局的人，他们一吼，大家都不吭声了，院子里一下安静下来。

“你结个哪样婚，我看你是脑壳昏啰！现在都是革命化的婚礼，你还在这里聚众大搞封资修的东西！走！跟我们到公安局去说吧!”

一听到惊动了公安局的人，石轱妈就吓倒了，连忙从里头跑出来说好话：“同志，同志，石轱是结婚高兴。高兴就忘性了，他也冇得哪样意思。我们家是革命烈士家庭，你们就高抬贵手，以后我教训这个小狗日的你们看好不好？啊!”

“晓得你们是烈士家庭，要不是就不是这样对待他了。但，不把问题说清楚，怕也是过不去！走!”

石轱却嬉皮笑脸地说：“妈，你跟他们说哪样软话，我又冇犯法。老子们唱花灯，唱的是革命新词啊，唱的是农业学大寨啊，‘青坪水库高又高唛咿呀嘿，战天斗地志气豪唛呀嗬喂，毛主席号召学大寨，贫下中农动起来唛呀嗬咿呀嘿!’大家说是不是？你们都听到的，我就是这样唱的！咹！走就走，走哪点我都不怕，你敢把我吃了不成!”

“妈，你放心，冇得哪样。过两天就回来了。”

石轱妈只好把手一拍，大声喊道："小云！小云！嘟个办喽？都怪我哟，早晓得，我教他这些害人兜兜整哪样嘛！"

却听不到小云的声音……

二

没想到过几天，石轱却忽然到县文化馆报到了，这几天正心上心下的老馆长大出意外，赶忙到门口接他。

石轱这个"爱歌舞"，老馆长是太熟悉不过了。听说石轱哪个好单位都不去，偏要到文化馆来工作，别人都笑他是个怪人、憨包，老馆长却是感动得要哭！在这样的年成，还有人这样地痴迷民间文艺、地方歌舞，那是个宝贝疙瘩呀！

"这个娃娃得自家传，成分又好，比不得我手下那些骨干，手艺高的，成分又不占起手，难做事。唉，我老朱累心一辈子，怕在这个崽崽这里还要做点事情出来呦！"老馆长悄悄对天流过几次老泪。

当他听说石轱被公安局抓去，犹如晴天霹雳："看来，这个年成，老天也不容得艺术？"当人家告诉他，石轱来报到上班，他还以为听错了。谁知到门口一看，真是那个怪娃娃！他一把抓住，话都说不出来。

"老馆长，让你老人家受累啰！"石轱见老馆长这样激动，倒觉得心里过意不去，他抱住老馆长，笑嘻嘻地说，眼里却含了些泪水。

"石轱呀，我们是老朋友了，我早就盼望你来，改变一下我们的工作状态呦！"老馆长真诚地说。

"老馆长，我有几斤几两，你老人家还不晓得。我是个二杆子，会做哪样，不就是个爱唱爱跳，哪里做得成哪样事。不过来到这里，你喊我做哪样，我就绊起命跟你做就是了。你只管安排。"

县文化馆有三四间办公室，大多空着，人都下乡搞"中心工作"去了，也就是帮助督促春种秋收、催粮和政治学习。一个戏台兼电影院，戏台一般都空着，只有配合政治需要偶尔搞一下调演，或者县里开大会用用。电影翻来复去都是那十来部电影，一个星期放两回，但倒还场场爆满。一间保管室，在电影院大楼的下面，说是一楼，其实跟地下室差不多，很阴暗，又不透气。

老馆长带着石轱来到保管室，打开保管室的办公室，桌上杂乱地堆放着一些道具，灰尘已覆盖了它们的颜色。几张破败的凳子显然不能坐人。馆长歉意地对他说：“来到这里，也没有什么事，我们商量了一下，你就先做做保管的工作，这也是很重要的，你看看这些道具布景材料，都是好多年前的，要把它们清理好，说不准哪天用得着呦。还有这些戏服，前几天他们卖过一次，也值不了几个钱。你看怎么把它处理完算了。”

“你是说……它们遭……卖了！”石轱惊讶地问道。

“啊，有人要就不错了，卖都卖不赢。要不是，堆在这里又无人敢用，你理都难得理。”

“卖给哪些人了？”

“我也不清楚，是他们几个人卖的。卖都卖了，就卖吧，这些戏服也没什么用了。我说不卖，他们又不听，说卖了多少得几个钱，总比最后烂了好。一想，这些年也就堆在这里，能卖就卖吧！的确卖几个钱，馆里还可以做点事。唉！”老馆长说着拉着石轱出来，抖了抖身上的灰。

石轱也就不说这件事了。和老馆长四处逛了逛，馆里留守的老人妇女，哪个不认得石轱，一阵打招呼、开玩笑，一下午也就混过去了，小县城，一到下午四点钟，大家也就纷纷下班回家做饭去了，反正也无事。

石轱回到家，喊一声“妈，小云，我上班回来了！”未等人家答应，却开口就跟老母要钱。问他有什么用。他哈哈哈地说：“当然有用，给你说，也不懂，你就找一点钱给我。从今以后，我的工资每月有二十三块五，不少了吧！先预支点给我急用。”石轱妈对这个儿子是没有办法的，只好给他几块钱。

第二天，石轱就到处打听，县城里有哪家买过文化馆的戏服。一家家的居然让他打听清楚了，又去买了回来。也有的家已经把它另作他用，买不回来了。也有的人家觉得奇怪，不愿意退还给他。他们说，我们是买的，又不是偷的，为什么又要拿回去。要拿回去又与你石轱有什么关系，你石轱成天唱歌跳舞有点疯，也用不着来管这些婆娘事。你现在是文化馆的人，又有哪样了不起，这些戏服还不是文化馆的人卖给我们的。

比如王二娘就吵着对他说：“不给，管他好多钱，卖都卖给我了，要拿回去，休想！我就是剪了它，也是我自家的事。”说着，王二娘拿出把剪刀，对到戏服比来比去，就要动剪刀。

石轱急了，又是拦到二娘的手，又是赔笑脸：“二娘，要不得，要不得！剪坏了就回不来了，你又冇得错，是我错了，是我喜欢这个东西。你就当做好事，把它卖给我了嘛！我求求你了！”

“你求我做哪样，我好好买的东西，你要来这里买回去，你说，哪有这个道理？这些戏服还不是文化馆的人卖给我们的，人家都不要了，这些封资修的东西早就该烧了，现在我们拿来也是当块窗帘布，还派点用场。就是不还给你。”

“二娘，不生气，二娘，你看我给你跳个花灯。这里戏服又是现成的！”石轱说着，套上戏服，抽出扇子，就跳。满街人都晓得石轱有个习惯，他的花灯扇子随时都别在腰间，要唱要跳，顺手就扯得出来。大家都是一条街上的人，抬头不见低头见的，他又二娘、二娘的喊得甜，二娘看着石轱穿着长大的戏服，想笑，又忍住。石轱看看二娘的神色，急忙掏出两块钱，丢在桌子上，说：“二娘，我就穿走了哦！”说着就往外走。二娘才喊道：“回来，回来，你这个遭刀砍脑壳的，哪个要你的钱嘛，逗你玩的。再说，我又不是搞投机倒把的，我买的时候就一块钱，也不能多要。”石轱说：“不怕，不怕，不多，不多。”一溜烟就跑了。二娘只好干笑：“这个憨娃娃，逗都逗不得。”

石轱从二娘家回来，把买回来的几套戏服叠放整齐，又送到文化馆保管室。来文化馆没几天，他就把保管室收拾得干净利索了。平常上班也没事，他就收拾，打扫卫生，把馆里的杂七杂八理顺。

这天老馆长到馆里，看到石轱把几间屋都收拾得干净整齐，还把一些破旧的道具修理好，几张歪歪倒倒的椅子凳子也修好了，很是高兴。就和石轱聊本地的民间文艺。石轱来了劲，兴奋地对老馆长说，前几天到了小云娘家，正赶上那里的一家人接新媳妇，碰到一个老歌班，得了好多段子。说着说着，他就忍不住唱了起来，惹得老馆长嘴都合不上。

原来石轱结婚那天被公安局的弄去，说他搞封资修，要他反省。哪晓得石轱嬉皮笑脸地就是不顺到他们的杆子爬，“哪样叫封资修？我唱的是农业学大寨呦，莫非农业学大寨是封资修？恐怕你们才是反革命喽！”倒搞得公安局的人一愣一愣的。公安局的人说：“那哪个有人说你在唱黄色花灯呢？”石轱倒反问：“是哪个舅子打胡乱说，你们帮我找来问下，看他哪个时候听到我在唱黄色花灯。是不是地富反坏右在破坏我们贫下中农、革命烈士家庭和革命政权的关系呦？”公安局的被他几个大帽子，一句话也说不出来。

第二天，等公安局的人到街上调查，哪晓得这个事关重大，即使有个把人在下面起一下哄，等到正规一调查，这是要害人坐班房的事，哪个敢承认。再说，石轱家两娘母为人又好，就是晓得真相要说，又怕左邻右舍晓得，今后在县里为不起人。公安局调查一半天，半点眉眼都调查不出来。结果一讨论，有人说："算了，他家是烈属，不要整出事来，大家都不好说话!"有人说："烈属？烈属就能搞这些封建迷信的东西？"一个人又说："你看到听到了？哪个给你证明？"大家就睁起眼睛说不出话来。坐一半天，有人说："我看还是放了他为好!""放了好!""放了好！放了好！实际平日也是家好人，大家都说冇听到唱些哪样封资修，那也就是冇得流毒，我们又还计较哪样喽？"

结果，他们拿他没有办法，好吃好喝关了两天就把石轱放了回来，走的时候，倒贴一对红温瓶，一副红花碗，说是祝贺他大喜。石轱也不计较前嫌，"大哥兄弟"，乱亲热一阵，喜滋滋地回来了。

正走到后街路口，却碰到小云和她爹，两个哥，一大帮农民。原来那天，石轱妈找小云不见，老妈哭得不行，哪晓得小云一看石轱被公安局带走了，一溜烟就往乡下娘家跑去了。

小云的娘家离城也不算太远，二三十里路，但等走回到娘家，也已很晚了。家里人大吃了一惊，忙问为哪样大喜日子，小云一个人黑天黑地地跑回来了？小云抱住娘就哭，说是石轱唱花灯，遭公安局抓了。问唱哪样，要遭抓？小云说无非唱两句情哥调，就要抓。

小云爹一听，就骂："妈皮，我们贫下中农天天在田头土边唱情歌调，他们哪个不来帮我们抓去呀！他们城头不是乱球搞呀？不怕，我们贫下中农的姑爷，那就是贫下中农！再说石轱还是烈士子女，等明天我们到大队去，叫大队帮我们召集人，到城头去，要他们给我们贫下中农一个交待、给帮我们贫下中农打美国鬼子的革命烈士一个交待！怕他们敢不放人？"

小云说，他们又冇听到唱，不晓得是哪个在街上乱嚼舌头，遭他们听到了，他们一来，石轱就冇唱了的，石轱走的时候，就递点子，说他唱的是农业学大寨。小云爹一听，哈哈大笑，说这个狗日的崽崽倒还像老子的女婿，"不怕，明天我们就去要人，冇得问题，一抹两头红!"

第二天，一大伙人就去找大队，大队长晓得了这个事，乡下一个大队，也就是一个寨子，差不多都是亲亲戚戚，喊起老老少少，能说会讲的一大帮人，就往城头来。没有想到走到后街口，却碰到石轱提着两个红温瓶、一副红花碗，兴冲冲地走路，倒像不是遭公安局抓过，是到哪里去领赏回来。

大家正万分稀奇，听石轱把来龙去脉一说，都哈哈大笑。小云爹说："这样，今天，我们来的人太多，也冇带礼物，不好去见亲家母。干脆石轱就跑去给老妈说一声，把东西放起就过来，今天各人到我们乡下住两天再回来。"石轱说："我回去整哪样？麻烦哥过去说一声，妈晓得就行了。正好公安局送我这两样好东西，我看爹家还正用得着。你们平时又不买温瓶，但过年过节其实又需要。这样好的碗，我看娘最喜欢啦，不如将就孝敬两老，最安逸了！小云，你说呀？"小云早高兴死了，见问她，却又说："你说啷个就啷个，问我整哪样喽？"

小云爹哈哈笑了说："要得要得，石轱和你老爹我还斗劲，干脆！就是这样，一家人，就不客套了。"

一大帮人就浩浩荡荡又往乡下去了。住了一天，正好赶上水井湾三公家接媳妇，石轱跑去送了两块钱，赶个闹热。

结果，在小云娘家这两天，石轱多数时间都在三公家磨缠，听三公唱山歌。他万万没有想到，在小云家的寨子里，遇见了一个山歌王。石轱高兴得不得了，恨不得把三公的脑壳都搬过来自己用。小云跑去喊他，他却说："来来来，小云，听三公唱号子歌，'桃花溜溜红'！"

说着，也不管小云听不听，就唱：

桃花溜溜红呀，喂呀咦山咗喂，
要把那石王吻，吆后咗来，牵啦起走啰吼喂。
桃花溜溜红，喂呀咦山咗喂，
天上白云赶红云，地上工程赶工程，
工程三月时光好，鲁班巧修洛阳城，
桃花溜溜红……

小云只有耐起性子听他唱完，急忙拉住他的手说："好，好，好得很，三公的山歌，不说拿箩筐挑，你就是拿个拖拉机来装都贮得满当当的够，有时间了，我陪你来听他三天三夜。现在呢，你就赶快跟我走了，你出来这么多天了，你不着急，你妈恐怕都想跑到乡下来喽。她老人家不晓得是啷个一回事嘛。我们赶快下去，吃了晌午就走。”

石轱只好恋恋不舍地收起他的笔，对三公说：“三公，你老人家好好休息，我回去，过一段时间我来接你去城里，到我家去坐起，我们两公孙慢慢地唱。啊！”

“要得，要得。这点东西，承蒙你看得起。我们两公孙斗得起脾气。你随时和小云下来，我慢慢给你唱！”

“那，哪天我干脆拜三公为师傅，你收不收我呀？”

“乃咦！你才谦虚哦，哪里敢说拜师哟，你看得起么，我肚皮头这些存货，都交给你就是了嘛！”

“要拜师，要拜师，哪里去找你这样一个好师傅呦。小云，你帮我准备好拜师礼，这个师，我是一定要拜的哟！”

两老少，喜笑颜开，依依不舍。小云好容易才把石轱拉回来。吃饭，回城，石轱一路走，一路都在笑。走一走的，他看四处无人，抱住小云就亲了一口：“好小云，新娘子，你硬是我的福星呢！”小云吓了一大跳，急忙推开石轱，骂他：“你要死，闯到人哪个办！羞死人了！”石轱抓住小云的手，哈哈大笑。

回到家，只见家里坐满一屋人，原来城关宣传队的年轻人们正来打听石轱的消息，见他们两个进屋，大家都松了一口气，只有罗丽抱住小云就呜呜地哭了起来，小云从来没有经历过这种阵式，只好傻愣愣地跟到流泪。石轱说：“罗丽，我家小云从来是个花木兰，你这种搞法，她有见识过哟，你不要几泡眼睛水，把个土坷垃泡成稀泥巴呦！”小云还没有反应过来，罗丽急忙不好意思地拿出手帕揩眼泪，一屋人都笑。石轱妈过去敲石轱的脑壳：“硬是个讨嫌崽崽！”

石轱又是比，又是唱，把这段经历摆给老馆长一听，老馆长哈哈大笑起来，指着石轱说：“石轱呀石轱，文化馆到处找题材编戏，钻头觅缝不好找，我看你石轱就是个戏！”石轱也哈哈大笑：“我是个哪样戏？是个戏迷倒是正正经经的。”

过了两天，石轱抽了个空到城关镇宣传队看罗丽他们跳舞，见他们正在排演前次他给写的那个花灯调。一看见他，大家就起哄了：“咦！人家现在是县文化馆的人了，就不来我们这里看我们了。”

“打胡乱说，刚刚去报到，不是有好多事要做吗？”“有哪样事，不就是打扫卫生吗?”“打扫卫生，就不是事了？不说那些，来来来，好几天没跳了，来搞两段，搞两段嘛。”石轱从腰杆上抽出扇子。

张影招呼石轱：“石轱，你来，你是县文化馆的，我问你个事，不晓得你知道不知道？听说县里要组织宣传队，现在到处抽调人呢。听说我们城关镇也有几个名额。”

“我倒还不晓得呢，这种活动，是宣传部来管，文化馆最多做些具体跑腿的事，馆里还有听到传达。这种好事，恐怕我摊不上呦。”石轱嘴上回答，面上不动声色，心里却像有几只蚂蚁在爬。县里头多才多艺、年轻英俊的小伙姑娘多的是，现在的宣传队，要求个个是多面手，个个上得台，不像以前演川戏，总得要好多“吼包”（注：就是打旗、翻跟斗的小喽啰，四川、重庆、黔北一带都称为“吼包”）。自己只能是个超级爱好者，只有“吼包”的资格，要被选上做正式演员……从不知道泄气的石轱，这回倒有点蔫了。

大家都在兴奋地推测，他们这里有哪些人能够参加。这是这些年来，第一次由县委组织的宣传队，主要任务是要参加明年开春后的地区调演，调演之前就是排练，然后在县里先作一些试演，调演完后，还要到各区作巡回演出。听说还要搞一个大型歌剧《高山平湖大寨潮》，听说省里下来的一个大学生把剧本都写好了，宣传部正在审查。

大家说得正热闹，石轱却悄悄地走了……

石轱回到家，吃了饭，坐在藤椅上出神，一句话都不说。小云过来打他一下，“遭鬼打了？像个蔫茄子”。石轱转过身抓住小云的手说：“小云，我跟你说，县里要组织宣传队，现在正在抽调人，你说，会不会有我？啷个办呢?”

“石轱，不是我说你，你平时闹着耍一下，还可以，哪里能上县里组织的宣传队呢？去那里的人都是经过挑选的，各有各的特长不说，个个都长得抻抻抖抖，不是哪个想去就可以去的。你能去做哪样，帮人家打杂、做饭还差不多!”

“打杂、做饭?!”听了小云的玩笑话，石轱却跳了起来，笑笑，拍拍小云的肩膀，唱到：

半岩一窝映山红，不怕雨来不怕风，哪年哪月人看见，岩上岩下一样红。

一头唱，一头就往门外走，走出门，还跟小云招个手。小云笑骂一句：“不晓得哪样鬼板眼又出来了!”

石轱一溜烟跑到老馆长家。气还没有喘匀，就问老馆长晓不晓得这件事。

老馆长说："馆里还冇接到正式通知。只是部长跟我透了个口风。其实，我当时也顺便把你推荐了，说你可以帮到搞歌词的创作。但部长说这回有省里放下来的大学生，创作就不要大家操心了。我这还在帮你想办法，找个哪样理由……"

石轱笑了说："不要那些站不住脚的理由，有一个问题他们包管没有考虑到！"

"说笑哦，堂堂县委宣传部，搞个文艺宣传队，小事一桩，有哪样是人家考虑不到的？"

石轱轻轻竖起两个指头，微微一笑："吃饭！从全县来的三四十个人，集中排练，还要下乡巡演，三四十张嘴巴，冇得人来管，排练个屁呀！再说，我去管伙食，就不光是伙食，搭台子，安道具，我哪样不在行？一个顶得几个用不是？"

老馆长一听，拍了手说："聪明！硬是聪明！只是我要提醒你，这可不是在我们文化馆当保管员，认真负责一点就行了。那是要去想办法，找吃的东西回来，才有做的，有做的，才有吃的。具体得很喽。那是三十来个人的饭，不是你家，可以动不动就喊少吃一顿。你要考虑清楚吻。"

石轱一下站起来，说："老馆长，他们以为我石轱真的就是只知道跳舞唱歌，错了，我们家是个贫苦之家，前些年在农村当农民，杀猪宰羊我哪样冇干过。像我们这些人，是生活在社会的下面，我又不是文化人，哪像他们那些秀才鸡巴文绉绉，到社会上恐怕是两眼一抹黑，哪样都不晓得，现在要抓生活，只有我们才能办，有的是路子，哪里找头猪，哪里牵头羊，要讲买什么'黑市'，只要有钱给我，我就能办到。他们，走哪去找？遭人晓得了，他们还要遭办，我们，是贫下中农、革命烈士子女！咹？"石轱说着，自己都笑了。

老馆长听到听到，也笑了："说你是台戏，你就是台戏，人虽然是好人，也是有些鬼板眼的！"

"哈哈哈哈！"两老少一齐笑了。

三

半月后，宣传队的名单确定下来了，三十个人，石轱在最后一个。

三十个人的伙食，不好搞，因为什么都要凭票，肉票、油票、粮票、豆腐票。宣传队这些人的所有票，都是按计划发在家里的，本来就不多，不可能让大家交票到宣传队里来。没票要开火，就要看管伙食的人的本事了。其他人哪里做得到！那些文艺人不晓得石轱在县里头就是个地里鬼，三教九流，没有他不认得的人。在大家报到之前，石轱就街上邻里、乡下田头，到处窜，把伙食的一干麻烦事情都办利索了。

报道的人来了几个，石轱就出来和他们招呼，都是些吹拉弹唱的老熟人。城关镇宣传队的罗丽、张影他们也来了。

石轱就问起上次的农业学大寨的花灯调，“怎么样，你们最后是咋个演的?”石轱说着说着就忍不住：“来来来，我们来搞两段，搞两段。先来一段赶场调。”

石轱抽出扇子，吊了吊嗓门就开始舞起来：

清早起来去赶场，望着姑娘在河床，我想邀她一路行，又怕她家大伯娘。……

来的都是搞文艺的，一听这个地道的东西，忍不住都喝起彩来。

“安逸安逸，再来段，再来段！”

“好了，好了，哪天有人的时候我再多唱点。大家还等我的饭吃，要不队长听到要挨批了。”石轱笑嘻嘻地说着，就溜走了。

这天去赶场，赶场的人好多。石轱对赶场并不感兴趣，他直奔他的目的地，前两天他找好人给他买的几只鸡要去拿。一路走，石轱一路在想，这几只母鸡拿回去应该怎么做，最好就是清炖，唱歌跳舞的人，要紧的是保护嗓子，辣子鸡倒是开胃，但这些秀才娘娘不能吃，海椒一刺激，不就都成了他的这副“沙克”嗓了。

其实，石轱的嗓子也不是天生就坏的，他妈妈告诉他，小时候他嗓子好得很，在学校的唱歌比赛上他的一曲“公鸡好汉子，大红的冠子，油亮的脖子，金黄的爪子”，还得了一个第一。后来在他换嗓的时候，没有吃的，天天都是辣椒汤泡苞谷饭，感冒生病，嗓子痛得说不出话来，还是吃辣椒汤泡饭，把他吃成了这个样子。石轱死在朝鲜战场的老爹，高大英俊，一副好嗓子，石轱妈妈当年就迷他唱的歌才和他好上的。每当说到这些，石轱妈就要叹一口气，“要不，我家石轱就凭他对唱歌跳舞这样痴，这样迷，也会是个角！命，命啦!”

石轱却笑嘻嘻地说，好汉不提当年勇，管它哪样，他就是个爱好，唱起跳起就安逸。石轱为了他这里那里的排戏，跳舞唱歌，叫他去买米，他往往回到屋头，看到等他拿东西回来做饭的老妈和媳妇，才想起正经事来，弄得家里有时候会有上顿无下顿的，幸好小云也不嫌弃，小云只有一句话："跟着你跳到'米箩箩'还要遭挨饿!"那口气却不是挨饿的口气。石轱也总是嬉皮笑脸地一句话："少吃一顿又饿不死。"

今天他出来赶场，出门时小云叫他顺便买点米回来，还特别强调，"要早点买来，今天的晚饭就等你的米下锅了哈!"石轱把背篼往身上一甩，对小云做了个鬼脸，唱了一个花灯调：

婆娘叫我去买米，走齐半路就吃起，婆娘问我吃哪样，幺妹的粑粑瞒着你!

石轱一直走到朋友家，人家已经给他把要买的鸡准备好了，还给他准备了三十多斤牛肉。农村对牛看得重得很，那是庄稼人的依靠，一般是不会杀牛来卖的。这是后坝生产队的一头才一岁的牛昨天在垭口踩虚脚摔死了，偷偷拿来黑市卖的，不是靠得住的人，人家还不敢卖。朋友知道他在县宣传队管伙食，特地给他留了三十几斤。朋友说："我可是专门给你留在这里的，要的人有的是，在街上买不到，这你是知道的。被'市管会'的知道那就麻烦了!要就快点悄悄拿走。"

石轱拍着朋友的肩膀说："才笑人喽，哪个不要，我要，我要!'市管会'的我怕个球。但是我没带那样多的钱。"

"那我就冇法了，大家都不宽裕，人家也等着钱用，我也冇钱给你垫啦!"

"好，我要，哪个说冇得钱，钱还是有一点。"石轱摸出小云叫他买米的钱，递过去，提起牛肉就走。

石轱提着鸡和牛肉，回到宣传队，交给煮饭的，就去和管钱的结账。账是结了，牛肉钱没拿到，写了个条子给他，要他明天来拿。

下午宣传队的人基本上到齐了，一切正事办完，就等开饭。石轱吆喝着大家来到院坝里，大家各人拿碗筷，八人一桌。说是"一桌"，却不见桌子，大家围成一个圈，菜来了就地蹲下，有吃的，其他就不在乎。一会儿，只见石轱和几个厨房师傅抬着热气腾腾的、一脸盆一脸盆的清炖老母鸡来了。"大家让一下，我们的桌子大，所以装菜的碗也大，不要笑话!"

接二连三地在地下摆了三"桌"，每桌一大脸盆鸡汤，两小脸盆白菜豆腐，一大碗生海椒拌盐巴。"大家快吃快吃，清炖老母鸡，先来一碗汤，安逸得很!喝了我的鸡肉汤，唱起歌来亮堂堂!"

于是大家蹲在地上就是一顿风卷残云。都夸石轱办的这个伙食好，在家也吃不着。

石轱端着个饭盆四处走，给大家添饭，老馆长叫住石轱，要他自己赶快添饭吃，不用给大家添，放在那里大家自己会添。石轱说：“那么多人跑来跑去添饭，多麻烦，我一个走动着添，又不影响大家吃饭。我吃得快，你们吃了，我再吃，也误不了事。”

石轱走到罗丽、张影他们那桌，小声地对他们说：“怎么样，石轱大爷的饭菜？吃完了等着我，庆贺我们的开张，今天要来搞两段喽!”

石轱正兴高采烈地张罗，有人喊：“石轱，小云来了，问你买的米在哪里，她还要拿回去做饭!”

石轱看着在院墙大门外面站着的小云，拍了一下脑壳，张眉诳眼地问：“咹，我买的米吔……”

本文发表于《山花》2010 年第 6 期，获“《长篇小说》、《散文选刊》第六届海内外华语文学创作笔会”小说类二等奖第一名（2011 年 4 月 22 日）

公务员

筱筱、尹忠刚参加一个聚会，大家余兴未尽，还没有散席。尹忠接到了个电话，悄悄地对筱筱说：“不好，还有一拨人要见你。”筱筱有些不愿意，说想早点回家。尹忠说：“别人说的是，早就知道你是某市的选美冠军，今天你来了人家要一睹风采，这怪不得我。”筱筱想也是这样，不去尹忠也没面子，便对尹忠说要回家去换衣服，既然他们有“选美冠军”这样的前提，那一定要闪亮登场，才对得起观众。

尹忠认为大家都还没有散，提前走了不好，就让筱筱自己回去，他在这里等她来后，一道过去见那一拨朋友。

筱筱开着车回家去了。这里到他们的家没多远。这时候天早已黑了，视线不好，街灯总也让人视线模糊。筱筱慢慢地开着，盘算着穿哪件衣服，配什么提包。前面一个路口，红灯亮了，筱筱脚踩刹车，车慢慢地停在线内，就在同时后车厢被重重地撞了一下，她的身体猛向前送，要不是有安全带的保护，她这下可要吃大亏了。她马上反应过来是后面的车追尾了，而且力量不小。她气愤地下来，走过去，大声地说：“怎么回事，把我的车撞成这个样子，开车睡觉了是不是？你说说怎么办吧!?”

奇怪了，不管她怎么说，就是没有人应，也没有任何动向。好像这个车是无人驾驶的，就是一个沉默是金。天已晚，路上没有人，也没有交警。筱筱走到那车的驾驶窗前，猫着头看，这可让她惊呆了，里面的人趴在方向盘上，不动。怎么回事？她使劲拍打车门还是没反应。车门又是锁着的也开不开。筱筱觉得事情不好，这人是怎么回事，不会是得了什么急毛病吧。她赶紧给尹忠打电话，尹忠说他马上过来，要她赶快报警。筱筱从尹忠那里出来没几步，她刚报警，尹忠就到了，一看这情景，想到赶快救人，得想法把门打开，便迅速从自己的车上拿来工具，打开了肇事车门。

“师傅你怎么回事?”当尹忠问这话的时候，他已经明白了怎么回事。车里强烈的酒精味告诉了他。他气愤地喊道：“你这人怎么回事，喝成这样还开车，今天就算没要你的命，也够你拿钱出来数！出来，出来!”尹忠连托带拽地把醉鬼从驾驶位上拉下来。他一下就搭在尹忠身上，总算开始说话了：“到家了，是到家那嘛！钥匙在这里！哟，你是哪个，不是马仔!”尹忠托着他不知道该把他怎么办，听他这样一说更是火起：“老子是你的马仔？老子是你的老总！赶快给老子把修车的钱拿出来，我们好赶路!”醉鬼的眼睛睁了睁，把手抬了抬，指着前面说：“钱在家，进家去拿，去拿!”

尹忠看这样子，是没法说清楚的，把他拖到路边的石坎上坐着。现在唯一的办法就是等交警来出现场。筱筱在一边看着这样子，想这今天真是倒霉，好好的聚会碰上这样一个醉鬼，大冷天的在这马路边站着，还不知道要等到什么时候。她靠着尹忠站着，这时候的尹忠没有任何的语言，只有无奈地看着醉鬼。

过了一会儿，尹忠打电话告诉他的朋友说：今天在路上出了点事，改天见面喽。他看了看表，已过去半个小时了，还不见交警来，嘴里咕噜着：“这帮人是做什么的，都多少时间了，还没人来。”他又打电话去叫了一遍，回答是已经出来了。他们也就只有耐心地等，和这个醉鬼是不可能有双方自己协调解决的，只能等交警。

醉鬼在路边坐了一会儿，冷风吹过，他的酒好像醒了些，慢慢站起来，一摇一晃爬上车去，说是还没到家，在这里干什么？尹忠哪里能让他走，早就把车钥匙拿下来了。他见车钥匙不在，又下来，到处找钥匙，最后他认定钥匙在尹忠身上，就踹着要从尹忠那里拿。尹忠告诉他：“你把我老婆的车撞坏了，现在等交警出现场。”他好像听懂了怎么回事，急着说：“你老婆，这哪有你老婆？我撞了你老婆的车？你老婆在哪里？我看看!”筱筱站在那里没动，这种醉鬼她见得多了，喝醉了什么事都敢做，酒醒了之后，都记不得了。

“你老婆，你老婆在哪里?”醉鬼还在叫喊着，尹忠见他这样，真想一拳给他打过去，看他醒不醒。不过他从来都是很控制自己，不要随便出拳。他这一拳出去的分量不比一般。他从小练拳击，在大学的时候，大学生拳击比赛他是在重量级打遍天下无敌手的。不能随便动手，怕伤着人不好说话。

醉鬼又走过来了，走到筱筱的面前，把筱筱上下考察了一番说："哟，你好像我的一个熟人嘞！"说着那双带着浓浓酒味的手在筱筱脸上走了一圈。这下尹忠可是忍不住了，一下跳了过来，筱筱赶紧挡住他，不过已经晚了，一个直拳落在了醉鬼的左眉骨上。醉鬼往后退了一步，一下倒退在地上，双手捂着头，血从指缝间汩汩流下，很快就是满脸血，流到满身。

这时候，醉鬼的马仔来了，一见这个阵势，知道要打，他两三个也不是尹忠的对手，只是扯着嗓子说："你们等着，有你们好看的。"说着打电话叫人。电话还没有拨出去，交警来了。他只好做罢。

交警勘察完现场，要把双方的车都拖到车管所，让他们第二天到车管所接受处理。筱筱找警察理论："应该是他的全责，我是受害者，车撞坏了，在这里冷了半天，还要处理我，没这个道理吧？"交警说："单讲交通事故，是他的责任。不过现在是还有故意伤害的事。不管你怎么有理，打人总归是错的吧，看你们把人打成这个样子。明天看怎么处理吧。"醉鬼一直没说话，双手捂着头。警察说完，他站起来了，这下他的酒好像醒了一半，晃悠着说："你他妈的！敢打我？知道我是什么人吗？我要发话，有你们好看的！"马仔更是不可一世，在一边帮腔。他扶着醉鬼，气愤地说："老大，我们走，今天不跟他们理论。"两人走了，没走两步，马仔转过头，恶狠狠地说："你们等着，我们的血不会白流的，我们后会有期！"

筱筱和尹忠回到家，觉得今天的事坏在那一拳上，那个醉鬼回去出了什么问题，那就糟糕了。筱筱埋怨尹忠太冲动："他是一个醉鬼，就算他摸一下，又有什么？你不是从来不出拳的吗？今天这一拳出了，明天等我们的就是大祸，他们肯定要纠结人来报复的。想想明天怎么办吧！"尹忠说："还算好了，你挡了一下，我的拳头还没握紧，是一个空心，没有到最大的力度。要是握紧了拳头，那一拳出去，那才是叫他好受。对一般人来说，是没有抗击能力的，不比练拳击的人。怎么办呢？拳已经出了，我只祈祷他不要有什么大事。不过我们明天去车管所，也还是要有所准备，他们不是要以血还血吗，我们不准备要吃亏。""怎么准备？"

尹忠连夜去找到他的一个警察朋友，希望他能帮助他们。警察朋友说："这样的事我怎么帮你呢?”尹忠说:“什么都不用你做，只要你穿着制服走在我们后面就行了，什么事也不用管，你完全可以装作不认识我们。”这个条件警察朋友同意了。

第二天一早，他们去了。走到车管所的外面，筱筱说:“你们就在这里等着，让我先去看看，他们那面的是什么阵势，免得吃亏。”

筱筱进了车管所。里面一切都很正常，看不出有什么动静，各办公室的人刚上班，人也不多。筱筱找到事故科，房里有动静，听到有人在说话:“你是公务员吗?”

“那是，那是。”

“知道公务员酒后驾车的后果吗?”

“那是，那是。”

“那是什么?”

“知道，知道。我认罚，认罚。”

筱筱在门口探了个头，一看，吓了她一跳。就是昨天的那两个人，那马仔拿着包，瑟瑟地站在醉鬼的后面，昨天的气势完全没有了。醉鬼是完全没有了人样，一个头都是纱布，留下一只眼睛，半张脸，仔细一看才知道还有一只眼睛还在乌紫的眼眶中闪动。筱筱想，这是昨天那个人吗?看着他身边的马仔，知道就是他，绝对没错。她在害怕不知道等待他们的是什么后果。她祈祷的是，给他一点钱，算赔偿他的医疗费、营养、误工费等，了结这事。不要再有什么事端。筱筱四处搜望，没见有什么事，就招手示意尹忠他们过来。

筱筱把里面的情形说了，尹忠说，没法了，随他去了。尹忠、筱筱他们一进门，马仔对醉鬼说了什么，醉鬼一下精神起来。

“噢!来了，老哥，你好!抽烟!你好功夫啊!你的那一拳打得好，打得好啊!你把我打醒了。我从内心深处感谢你!今天这样，这里的一切费用都是我的，马仔!赶快去交费!老哥，你来，你来我给你说。这是我另外给你们的赔偿费。”说着从马仔手上拿过一个信封说:“这个你们一定得收下。”说着不顾一切地塞在尹忠的口袋里。尹忠、筱筱被这样的情景惊呆了，不知道，这是怎么回事。打了人还有钱收。天下会有这样的事?

事故科的人告诉他们，处理完了，交完罚款，就都可以走了。“你打人的事，对方不追究，你就没事了。”事故科的人对尹忠说道。

尹忠、筱筱从进门到出门，没说一句话。还没反应过来，就说什么事都办好了，没事了。还得到赔偿费。这是怎么回事，我们家祖上烧高香，今天可真是天上掉馅饼。

他们正在对今天的事纳闷。尹忠的警察朋友走来对他们说："行哈，你这一拳把人家打成这样了，还什么事没有，别人还要说打得好，还要给你钱！这样的好事被你摊到了！"尹忠急着对他说："你快说，今天这是怎么回事？"

警察朋友告诉他："我刚才打听清楚了，那个人是公务员，是某单位的一个处长。他只能这样解决，公务员酒后驾车轻则处分，重则开除公职。"

本文发表于《小说选刊·增刊》（2011年3月），获2010年《小说月报》首届笔会三等奖

桃　桃

凌晨四点，一切都那么寂静。桃桃的生物钟到点了，翻身起来，头还有些晕乎乎的，桃桃坐在床前愣着，这时闹钟也响了，她急着关掉闹钟，怕吵醒熟睡的女儿。她活动活动晕乎乎的头，穿衣起来。她已习惯了早起，要不了几分钟就精神了。洗把脸，伸伸臂弯弯腰，急急地坐到桌子边，开始忙着。

这几年她一直是这样。不管在哪里上班，做什么工作，她都是早上四点钟起床，坐在桌子边，忙两个小时，作她自己喜欢的文学。只有这两个小时是属于她自己的，她觉得这是一种人生的享受，在这里坐着就是她的幸福。她给自己定的规矩，不管这一天会有什么特殊的事，那都是六点钟以后的事情，四点到六点她雷打不动地坐着在这里，完成她一天的任务，享受一天属于她自己的时间。就是她这样的痴迷于文学，老公常说，这像个哪样家，你这个老婆拿来做哪样，瞌睡都睡不到一个完整的。她就对老公笑笑说：“那你早点睡不是一样。”老公说：“早点睡要睡得着，你以为哪个都像你，每天晚上十点钟就睡觉了，再说，我们还不是要耍一下，那样早就睡，一天就是上班睡觉了两件事！这是过的哪样的日子！我不晓得你一天是为个哪样，不找钱，不赚米的，也没看到你写的在哪本书上！不都还宝贝似的丢在那里，唉！说来你就是一个疯子。”桃桃对老公的这样一些话，只有一个回应，那就是什么都不说，每天照样行事。

这样的时候多了，老公也不爱管她了。时间就这样过去，日子就这样过着。桃桃过她的日子，老公过他的日子。老公有什么变化，桃桃好像也没在意。不过到后来，他们吵架的时候少了，经常是老公回来的时候她已经睡了，那是因为第二天凌晨四点要早起。她很少看电视，特别是电视连续剧，在她看来电视剧用真人把艺术形象表演出来，那是对语言文字形象的亵渎，只有文学语言描绘的形象才能让人产生联想和想象。文学没有了联想和想象就已经失去了它的价值，就成为完全供人休闲消遣的对象，那就是一种消磨时间，固定思维的东西，与她认为的文学相去甚远。电视她只是对国内外新闻、国家大事看个要点。她关注的是现实的生活，是她身边的人和事，思考的是用文学把它们表现出来，不知为什么，她总觉得这是她的责任。还在读高中的时候，她的作文就常常是老师讲的范文，就是从广播里传出来的声音，每当这样的时候，桃桃总是忍不住的喜悦。同学说，桃桃今天文章又上板报了！桃桃的文章就是写得好！桃桃的回答说得最多的一句是，要把它变成铅字，那才叫真功夫！桃桃的理想是上大学中文系，可以天天写文章。只是桃桃家是农村的，父亲走得早，母亲一个人担着全家的事，几个弟妹也要上学，桃桃高中还没毕业，看着母亲的艰难就决定辍学回家，不读书了。后来参加过两次高考，数学总是让她拿不到分，上不了分数线，只有死了上大学中文系这份心。不过她还总是想着要把她的故事变成铅字，就这样桃桃从农村到了城市，不论生活怎样的艰难，怎样变化，她总没有忘记。桃桃的人生总是有压力，生活的压力还好一些，这么多年来不管怎么过，都能过得去，就是现在，下岗了，人也有些岁数了，孩子要读书，这时候应该是她人生中最艰难的，可在桃桃看来还好，这也是她常对关心她的人爱说的一句话，能够养活我们母女俩就好，要求不高还是可以的。压力最大的还是她自己给自己的定位，要用文学反映社会，让人们在整天谈钱的话题中看到人应该怎样的生活。她和老公说这样的话，老公说她的确是疯子，自己都下岗了，还说别人应该怎样生活，你是什么人!？桃桃要想搞文学，这在她是难得的，现在整个社会都不搞文学，搞经济了，一个下岗的人还在这里搞什么文学，而且是一点效果也没见的文学，是有些可笑。她就这样坚持着。

老公的事她管不着，也没心思管，直到有一天老公突然提出离婚，桃桃觉得和这个人一起生活了这么多年，从来没想过他会提出这个问题，没听他说过这样的话，平时要是说到哪家两口子离婚了，他的一句话是说，这些人是活腻了，穷折腾。虽然他们为睡觉的事常常有些争吵，为文学的事老公不乏讥讽，最后也都是有雷无雨，两个人和好解决。没想到女儿都读中学了，他还会提出这个问题。他在政府机关工作，这么多年，也就一个小科长，在单位里也不起眼，他们之间怎么说也到不了离婚的地步，怎么能说离就离呢。要别人问起来为什么事，最大的问题就是每天早上四点钟必须起床那点事情，还有什么？桃桃就没有同意，想着女儿，不管怎样都要给她一个完整的家。又过了些日子才知道，老公实际上早就在外面有了女人。桃桃有些震惊，回来在面对老公的时候，桃桃问他是不是有这个事情，老公面色有些尴尬，又有些得意地说："你整天就是你的什么小说散文的，你倒是有你的伴，有你的爱，我有哪样，一天回家来说话的人都没有一个，还不许我在外面有个爱的，既然我们爱不到一起，分手就好，你有你爱的，我有我爱的，都不耽误。"桃桃听他这样一说，也没什么好说的，更没什么遗憾的，带着女儿出门，离婚走人。现在而今离婚也不是什么丢人的事，分开了大家都好。这些年他们也没有什么共同财产，提着母女俩的几件衣服，卷铺盖卷什么的，到外面租了间小屋住下，桃桃觉得心里踏实多了。

桃桃每天凌晨四点的两个小时写作，对她来说是文思泉涌的，那是因为这时候要写的已经是头天工作的时候就想好的，在上床睡觉前又在大脑中过了一遍，有时候梦境又给她增添一些情节，醒来只管抓着笔写，生怕忘了。

六点，桃桃上高中的女儿起床，她轻脚轻手做着事，生怕打扰妈妈。这些年，她是看着妈妈有多么的不容易，要上班要写作，也不见有什么东西上报刊，也不可能出书，不过她很支持妈妈的，她总认为，像她妈妈这样的人，就是能在文学上成功的，早晚而已。她常对妈妈说："你喜欢就写，不要想你是不是大学生，是不是中文系的，我告诉你，好多著名作家，他们都没有多高的学业，有的就是一个普通人，人家照样成功。你天天写，我支持你。"有女儿的理解和支持，桃桃的信心更足了。不过看到这些年来她的稿件投出去多是石沉大海，桃桃还是有些灰心。女儿说："妈，你只管写，我就是你的忠实的读者，刊物不发你的稿子只能说明编辑没有眼光，我认为你的作品好，它不是写给今天的人看的，而是写给二十年、三十年以后的人看的，你晓得曹雪芹的《红楼梦》吧，那就是最好的事例。"女儿这样说，桃桃常常感动得热泪盈眶，就好似看到她成功的时刻。

桃桃的女儿起来以后，边梳洗边准备早餐，不一会儿，就把一碗滚烫的豆浆，一个热和的馒头端到桃桃的桌前。桃桃只管做自己的事，没有和女儿打招呼。女儿收拾完成，吃了早餐，准备出门。桃桃叫住她说："你等一会儿，我们一起走，我有事跟你说。"桃桃放下手上正写得顺手的活路，她就觉得写作在暂时中断的时间，最后就是在写的最为酣畅淋漓的时候，以便下一次提着笔就能很快进入创作的境界。桃桃拿着头天晚上就准备好的一天上班需要的东西，还有一天要办的事情的有关准备，出门。这一出门要到下午六七点钟才回家了，该带的都要带上。女儿忙着赶路上学，看着妈妈还在收拾东西，有些不高兴地说："妈，一路上我还得背历史呢！没有时间和你说话！"她知道妈妈每天都要和她一起出门，一是母女一路有个伴，二是妈妈喜欢利用这个时间了解她们这些90后的娃娃辈有些哪样新鲜事，当然还有他们的时尚。妈妈经常从她嘴里得到好多鲜活的故事，有时候母女俩摆得高兴，走过了地方，多走了好多的路。女儿撒娇地说道："哪有那么多时间和你说话！我还是先走吧！"桃桃说："等等，等等，我来了。你背你的历史，我就和你说一会儿话，也不耽误你多少时间。"说着，桃桃将一碗豆浆倒进了肚子里，拿着馒头就走。

母女俩沿街走着。桃桃对女儿说："这几天你又晓得些哪样新鲜事？"女儿每天上学路上这点时间也是很宝贵的，见妈妈又要耽误她背历史，撒着娇有些不耐烦地说："前两天不是给你说过，我们同学家有一只特别有人性的狗吗？她奶奶生病了，那只小狗为了逗奶奶高兴，总是到奶奶的床前两只脚着地跳舞。奶奶家的儿孙们也还算尽孝，却只是例行公事地到奶奶那里问候一声，交代一下保姆，就走人。对比之下，你不觉得有意思吗？""有，那是很有意思的，我们现在有的子女对父母，就还不如一只狗！""妈，你这话不是说给我听的吧，我可不是那样的人哈！""那是，我家乖女，哪个能比，不说别的，就是每天给妈妈做早餐，这一点，就没人能赶得上。""不要说我了，我背书了，到你拿报纸的地方了，快去，快去！去晚了没得了。"桃桃说："哪会没得咯，人家给我留在那点的。哪有你这样赶妈走的！好，我走了，那你一路小心点，走在人行道上，不要只想着背书啊！""我晓得，天天都是这些话！"桃桃走了，走了几步停下来，回头看着女儿走着，女儿默默地走着，不时看看手上的小本子。桃桃欣赏地看着，直看到她的身影在远处的晨曦中消失，才慢慢离开。只是想，后半辈子，有这女儿，也就知足了。桃桃想着，女儿今年考上大学，再有四年，大学毕业后，有了工作，自己也可以不去上班了，所有时间都是自己的，可以全身心投入到文学创作上去，那有多好。

桃桃来到报纸分发点，对分发报纸的老人说："老板我的报子？"批发报纸的是一个六十多岁的老人，见到桃桃笑着说："喊哪样老板喔，一个批发报纸的！来这里，给你留着的，晓得你桃桃阿姨每天都要来拿的。你好准时哦，每天就像上好点的闹钟。"桃桃说："是！每天都是那些固定的事情，每天来的时间也就差不多啰。"桃桃说着拿了几十份《晨报》，她每天都是一个数，批发店的人是早就给她留在一边的。她抱着一大捆报纸，一边走一边叫卖，《晨报》，《晨报》。这时天大亮了，桃桃开始了她一天的工作。

桃桃几年前，从一个国营厂下岗了，刚开始的时候和朋友一起做点生意，结果是老本都赔了，她知道自己不是做生意的料。不做生意了，可总要找点事情做，也不能就在家呆着吃低保，还有女儿要长大，要读书，没有经济来源，日子是过不下去的。可话又说回来，桃桃又能做那样咯，要技术没得，要劳力，也干不了下力的事，四五十岁的人了，"文化大革命"时期的高中，也没学什么。现代市场需要的计算机、英语、管理能力什么的，没有一样拿得起，难啊！就这样桃桃两年前，承包了民心路公厕的卫生管理，当了个厕所保洁员，这份工作钱虽然不多，辛苦一点，但不要技术，也还自由，只要把厕所打扫干净，就没有别的事。别人觉得做这样的事，又脏又臭，起早贪黑的，桃桃却干得很愉快。厕所保洁员没有多少工资，每月800元，她之所以选择这项工作，主要还是这里离家近，不用赶公共汽车，可以节约一笔车费。时间也好把握，半个小时就走到了。只是她必须再找点事情带着做，才够她家娘俩的生活。按她的工作情况，卖一点报纸是可以兼着做，她每天可以在来上班的时候拿一点《晨报》，一路卖着来，她总是在规定上班时间之前赶到。一般情况，一路走来报纸也卖了一小半了，剩下的放到她工作的地方，民心路公厕卖，这样一来做两件事也互不耽误，这就可以填补一点家里的生活费。

一天，一个以前的姐儿们见到她在打扫厕所、卖报纸，回去就给其他几个姐妹说了，大家觉得她生活很艰难，凑了一点钱，到她上班的地方来看她，说笑一阵，走的时候她们塞点钱给她，说是给女儿读书的，桃桃是坚决不要。桃桃说："你们要认为我的生活困难，那你们就错了，不要看你们一天好像很宽裕，有时候一天麻将下来就是我一月的工资，可我比你们富有，我每天都很充实，还很快活。不要给我钱，有空来我这里走走，上个厕所，我们聊聊天，比什么都好。”姐儿们见她这样说，也不再给她钱，有时候来这里聊聊，走的时候每人买张报纸，算是对她的支持。

桃桃为了把她承包的厕所搞得漂亮点，她是动了脑筋的。从家里抬来了一个小方桌，放在公厕的一角，桌上放一小钵她花了三块钱从花市买来的文竹，文竹前面是她每天要卖的报纸，再从家里抬了一把木椅子，桃桃把椅子刷洗得发白，能见着木纹。墙角边还要不时点上一两根藏香，她专门选的玫瑰花香型的藏香，她觉得只有这个香型的才符合她的这个厕所的品位。她买的藏香不贵，是朋友支持她的工作按批发价给她的，就是她朋友批发时候的一些零散，用不了几个钱，对改善厕所的空气就有益了。

为了厕所的环境不仅干净还要美好，桃桃每天上班的路上，不会忘记到路边的一个卖花的小店，拿几枝她们进货来的时候的一些损耗品，有杆太短的花朵，也有散落的鲜美花瓣，还有好看多姿的叶子，在一般人看来这些都是废料，是垃圾，在桃桃的手下，这些都是她的厕所里的美，是在那里飘香。两年来她几乎每天都要来这个花店，来拿这些废料，日子长了，要哪天不见她去，花店小老板还是给她留着。桃桃说要给一点钱，花店小老板说：“给钱？那应该是我们给你才对呀，是你帮我们处理废料，处理垃圾的呀！”桃桃没有感激她们的机会，也就只有说：“虽然现在我们的公厕都是不收费的，你们的厕所问题可以在就近的公厕解决，我还是要请你们到我那里去走走，去上厕所啰！”花店小老板爽爽地说：“那我们是要经常来享受的哈！”

七点钟上班，桃桃总是要提前到她的民心公厕。她一到就忙开来。虽说晚上用厕所的人不多，经过一个晚上那么长的时间，也是要够她忙的。她要先打扫一遍，再用“84”消毒液走一遍，消毒液是她自己准备，在厕所管理条例中没有这个要求，只要打扫干净，保持清洁。而她说，一瓶“84”消毒液也就两三块钱，可以用两个星期，这样效果可好。一切完成她才开始用她在小花店里找来的花叶装饰这里。这些都要赶在早晨上厕所的人流高峰之前做好。

这天她正在男厕所里打扫着，外面有人大声说话了，“我来了，还在忙吗？”桃桃提高嗓门回答：“哎！是王大爷吧！马上就弄完了，你的《晨报》在桌子上呢，你先看着。”王大爷大声地说：“好的，好的！”王大爷说着，在桌子边坐下，自言自语地说：“我们这个厕所自从有了你就改变样子了，以前我们小区的人一般是不会到这里来上厕所的，那时候是又脏又臭，下不得脚。现在我们的公厕是比家里的厕所还干净！以前在家里一早上起来，大家都争着上厕所，早上这个时间家里的厕所也挤得很，人人都急，就轮不上我老头啰，上学的忙，上班的也忙，就我们老的闲，闲的就该憋着！现在好了，我们老的，可以到这里来上公厕，干净，人不多，出门空气又好，出来走走，解决完一天的大事，还可以把当天的报纸买回家，慢慢看。”王大爷说着站起来，拿了五角钱放在桌上的一个盒子里，大声地说：“报纸我拿了，钱放在里面了。”说着，拿着报纸坐在那里看。

报纸旁边有一个精致的小铁盒子，桃桃常不能够在这里卖报收费，就弄一个盒子放在那里，买报纸的人说一声，拿了报纸，把钱放到盒子里就好。慢慢地人们习惯了，也不管她在不在，只管把钱放在那里，拿了报纸就走人。来这里上厕所的人多是这一面街道的，天天都能见到，都是自觉把买报纸的钱放在里面，有的还专门到她这里来买报纸。也有过路上厕所的，见大家把钱放在这个盒子，他们也都跟着这样，这叫入乡随俗，他们是入厕随俗。两年来还没有拿报纸不交钱的。一天一个《晨报》记者来这里上厕所，发现了这个现象，还在报纸上专门报道，付上报纸和小铁盒的照片，标题是“特别报亭”，引得好多人的关注。

桃桃一个上午，很快就忙过去了。十二点到两点是她的休息时间，她不用回家，女儿在学校吃饭。桃桃回去也就一个人，来回也耽误时间。桃桃就在对面的一个小店，花五块钱吃一个简餐，然后就是去旁边的一家书店。在那里坐着看书、看杂志。现在的书店都是开架，这个书店成了她的图书馆，每天中午她可以在这里待近两个小时，这又是她的最大满足。只要是没有特别要办的事情的时候，她都是准时到这里。天天去，书店的服务员都认识她，见她来都要和她打个招呼。一开始桃桃还不好意思，觉得自己天天来这里又不买书，只是看，是来占便宜的，觉得有些亏欠，心里总是不安。终于有一天她把这个想法对书店的服务员说了，书店的小服务员们说：“哪有的事，现在的书店就是开放性的，只要你来，那就好，没有人管你买不买，你尽管来，我们欢迎得很，现在你这样的读书人那是太少了！”尽管这样，桃桃还是觉得不过意。买书，对于她来说是太贵了，一般都是二三十块钱一本，这个钱那就够她买大半年的“84”消毒液了。再说了，买回去也没有时间看，只能是在这里看。后来她找到了一个方法，来解决她的这种亏欠的感觉，那就是在她来看书要走之前，把书店里面的一个厕所打扫一遍，反正自己也要上厕所，这里的厕所也不大，用不了几分钟的时间就打扫完成，有时还放上小花店里带来的一两枝小花。这样她每天在这里看书觉得踏实一些。

这天她来到书店，找了几本杂志拿到阅读台，准备慢慢翻阅。刚坐下来，在一本《妇女》杂志的目录上看到自己不久前寄出去的一篇文章《会跳舞的小狗》，她不敢相信，这是真的，她又仔细地看了作者名，那就是她，不会有误。又翻到具体的内容，是，就是她写的。她有多高兴呢，按她女儿对她说的是“幸福来敲门的时候，你就在门边！”这可真是的！这些年她起早贪黑地干，除了解决温饱，就是要把女儿养大成人，自己的幸福就是每天早上四点钟起来，在桌子边的那两个小时，这两个小时的写作，实际上是她一天工作的思考。打扫厕所，没人的时候，想着的是她要写的文章内容。每天晚上十点就要上床睡觉，那其实不是睡觉，是睡在床上，把第二天要写的内容梳理一遍，早上四点钟翻身起来，很快把头天晚上想好的内容写下来。这就是她的成就，就是她的幸福，她希望自己写的这些能够让更多的人看到，那就是在报刊上能够发表，行话叫“与读者见面”。这是她的最大幸福。只是“与读者见面”这一天来得太辛苦了。她从小就喜欢文学作品，尽管她们那个时期没有什么文学作品，她是把《红岩》《青春之歌》《林海雪原》这样的革命小说看得溜熟，有的细节都能背诵。上初中高中的时候，写点什么广播稿，得到老师的赞扬，从那时起，就埋下文学的种子。没想到这颗种子在经历二十多年生活的孕育，它开始发芽，生长起来了。这些年，为了生活，为了女儿，占了她的所有时间，常常是心有余而力不足，上世纪末文学还有好高的地位，好多读者，现在文学算什么，还有多少人在看。不过，就这些年，桃桃认为文学还是那么神圣，现在桃桃的那颗文学的种子开始发芽了。女儿大了，她开始调节自己的作息时间，她想，要有专门的时间写作，那就只有在每天的凌晨，只有这个时间才是自己的。这样的写作行为从什么时候开始的，现在她也说不清楚，不过少说也有七八年了吧。这些年，她写的东西不少，按她老公的说法是，都是废纸，既然都是废纸，还用得着你一天在上面写写画画，直接把那些纸搬到废纸篼作废纸就行了。对于老公的这些话她是很难过的，不过，就知道她的老公主要就是因为她的这种写作情形和她吵架。终于有一天不吵架了，老公在外面已经有女人了，而且是他们住在一起已经有两年多了。桃桃却一点也不知道，离婚可以，桃桃的条件就是要女儿，这个条件她的老公高兴得很，桃桃带着女儿，带着文学的希望走出了家门。

对桃桃来说，现在生活没有那么大的压力了，现在对她来说最重要的就是要在报纸刊物上看到自己的名字。在人前从不敢说，怕别人说她一个下岗吃低保的人还自不量力，异想天开。天天的写作是她的生活，这么多年来她就这样写，这样把一篇方格子手抄稿送出去，多少次石沉大海。不过她从不泄气，总是每天四点就起来写两个小时，完成一篇就寄出去，到后来，她好像从来不过问这些寄出去的文章会怎么样，只要交出去就行，就像是在给上帝交答卷，那样的神圣，而不问结果。她不知道这是她寄出去的多少篇文章中的一篇，她好像早就忘记了有这样一篇文章。她哆嗦着在那里反复看了一遍又遍，就是她的文章不会错。她激动着，不知道该怎么做，手捧杂志，头埋着，竟然呼呼地哭起来。中午在这里看书的人很多，多是一二十岁的学生，见此情景，不知怎么回事，赶紧叫来服务员。服务员走到桃桃跟前，还以为她是遇到了什么难事，只小声地说："桃桃阿姨，有什么难事给我们说说，大家一块想办法！"桃桃抬起头，擦擦眼泪，似笑非笑地对小服务员说出缘由。这一下，学生都抢着看那份杂志。特别是小服务员向读书的人们介绍，《会跳舞的小狗》这篇文章的作者桃桃，就是前面民心路公厕的保洁员！学生们感慨纷纷，激动得一起鼓掌！一个女孩子擦着激动的眼泪说："桃桃阿姨你真了不起！"

这以后，桃桃还是天天都在她这条生活工作的线上走，天天如此。

桃桃在这里干保洁员的工作，两年了，每天都是一样程序，简单得很，可厕所的工作却做得天天一个样，来这里的人说，在这里上厕所是一种享受，这个厕所才称得上星级。桃桃得到来这里的人的称赞是经常的，为此她很高兴。可犯愁时间也有呀，那就是这边片区停水的时候，特别是有时的突然停水，这叫她犯难了，前几天突然停水，最后只有自己到有水的地方去弄，有时候还要叫上女儿，再不行就是花点钱找人弄。前些天她在南京一家杂志上看着一个报道，南京一百名作家体验"飘香厕所"，那是南京一家企业搞的一场厕所的革命。桃桃在想，他们这样的革命，要到我们这些地方普及开，不知还要多少年。我们现在要厕所飘香，那只要保洁员认真打扫，应该就没有问题，但是要节能，少用水，那就难办到了！每天冲厕所的水哗哗地流走，让人心痛。要做到有飘香的厕所，又有节能的厕所，她干了两年的厕所保洁员，把她在保洁又节能的一些思考，用一篇小说写下来了，最理解最支持她的是女儿，认为这个思考是成熟的，人物也是有精神的。桃桃完成了她的小说《飘香的厕所》，把它寄了出去，这是又一篇向上帝递交的答卷。

这天一大早王大爷来了，又在那里看报。桃桃打扫完成出来，见他还在那里，就说："王大爷你怎么还没有去上厕所，我刚才打扫完成男厕所出来的时候就叫你去呢，现在我女厕所都搞完了，你怎么还在这里坐着看报？"

王大爷好像没听见桃桃的话，只是拿着报纸激动地说："你快来看，快来看，报上写你呢！你看这里，这里，《飘香的厕所》，黎老师写的！"王大爷为他的发现有些得意。

桃桃看了一眼，不以为然，在洗手池边摆着她的花瓣，几个花瓣鲜活地在水池边的小玻璃钵子里，那样的自然鲜美。桃桃走过来端桌子上文竹到水管边，在上面撒点水，又端回来放好，文竹叶子上还带着水珠。王大爷又把报纸递过来，"你好好看看！这也是我们小区的光荣啊！"桃桃接过报纸看了看，问道："哪个黎老师写的？写我做哪样？"

"就是我们小区阮老师家黎老师。你看看，看，这里人家黎老师说，有一天她来上厕所，看到如此清新的厕所很是感动，在和你摆谈的时候，你不经意的一句话，最让她感动，你说：'做好这个工作其实没得哪样的，只要把它当成自己家的厕所来打扫，就什么事都没有了。'她写了这篇文章在报纸发表表扬你。你在我们这里这样工作保持两年了，天天如一日，不容易哟！"

桃桃觉得这有什么，不就是打扫厕所，保持天天一个样嘛。就是个简单劳动，只要认真，哪个人都可以做到。她又想到了自己的文学，要做好文学那可就不一样了，不是人人想做好就可以做好的，要做好，那要耐得住清贫与寂寞，那是要多少个日日夜夜的劳动，而这些劳动有可能就是见不到成果的。她相信自己的这一点，这才是自己更应该坚持的。她庆幸自己选择了这份工作，很容易就把它做好了，还可以有时间去做自己喜欢的事情。

这天的报纸也卖得特别的快，还不到下午下班的时间，报纸就没有了。桃桃照例把最后的一份留下，夹到报夹上，留在这里一个星期，常有上厕所的人顺便来看看。

这时候外面热闹起来，还不等桃桃出来看，黎老师就带着一些人进来。黎老师大声地说："你们电视台的不要报道我，我只是发现了她的精神，写了那篇报道。电视台是要好好报道一下她，她这样的人才是我们电视上百姓最关注的。"

电视台的人对桃桃作为公厕保洁员所做的事作了一一采访。桃桃没有太多的语言，最朴实的回答那就是，不管做什么事，就要当自己事，把它做好，不管别人怎么看。

采访进行得很快，还采访了像王大爷一样的这里的群众。采访告一段落的时候，电视台的人对桃桃说："最后我想问一下，你最大的愿望是什么?"

桃桃想了想，考虑这理想应该怎么说："还没有把她的理想说出来，女儿放学回来，拿着一本杂志高高地挥舞着，大声喊道："妈，妈妈，你的小说《飘香的厕所》发表了!"

本文发表于《海外文摘·文学版》2012 年第 2 期

叶老伯

叶老伯起床了，他每天总在六点，一定要起来。其实五点钟就醒了，他的生物钟就像定时闹钟一样的准，只是醒了还不急着起。电视上的《养生堂》不是教老人们早上醒了，不要起得那样急，在床上懒一下，做一下养生的操，这一点叶老伯可是坚持的，每天大概做半个多小时的养生操，慢慢起来，做碗面吃。

七点出门，到小区走一圈。好多老人在锻炼身体，唱歌跳舞的，打拳的，有的是自创的操不规范，主要在活动筋骨。这时候花园边有人叫他："叶老伯，早！不参加我们来一段广场舞?"叶老伯小声地说："我哪有那个本事，从来不会跳。跳舞应该是女同志的专利吧。"说着走了。树荫下，有几个提着鸟笼的老人看着他笑，叶老伯走过去，看着挂在树上的鸟笼，深色的罩布打开了一大半，鸟儿叫得着实好听，叶老伯走过去和那几个人打了个招呼。

"这鸟叫口好，有它们我们的小区也有了生气！只是鸟儿啊，你就可怜啰，天天关在这里面，好吃好喝的有什么用。"一边的几个老头不高兴了："叶老，它知道什么呀，怎么就是把它关在里面，其实它高兴着呢！看它们唱得多高兴。其实您老也搞两只养，来参加我们吧，大家一起好玩。你成天一个人在家，这日子该怎么过呀？前面小区的一个孤老人，死在家几天才被人发现，有哪样意思哦，可怜啊！"

叶老伯看了看说话的老人说："那不行，我侍候不了那娇贵的主。我，把自己管好就是福了。你们玩，你们玩！我回去了。"说着走了。

叶老伯在小区院子里走了一圈，又转回去了。其实叶老伯很喜欢鸟，只是他不愿意把那小精灵关在一个小笼子里，那太虐待它们了。所以他每次在欣赏鸟笼里的小鸟的时候，赞美声中透着怜悯和惋惜。就这样，他一个人也不愿意去买一个他喜欢的小鸟来陪他玩。

回家来，打开房门，门外是春暖花开，晨曦里充满了清新的空气，进了房门，窜出一股阴冷之气。老伴去年底离他而去，说好不先走的，可她还是违约了。两老唯一的女儿两年前，婚姻不幸，带着一个刚上小学的儿子走了。她不愿意在这个城市再待下去，看着这里的一切都有阴影。最主要的是她要在前夫的面前活出个样子来，不是说离了他，她们母子就活不下去。走的时候放不下心的是两个老的，不过两老一辈子恩爱，身体也还好，两老从银行系统退休下来，钱也不少，日子好过。自己带着儿子出去打拼几年再来照顾两老。主意想好，跟两个老的商量。两老听她说要出去，虽然舍不得，但儿女有自己的生活，也不想勉强留她，让她出去过自己想过的日子，也就支持她走了。两老统一思想，认为只要女儿高兴，要怎么做随她去了。女儿带着儿子去到法国，在巴黎一间大学教汉语，很快找了一个法国老公，开始了新的生活。两老得到这消息，很是高兴，女儿的事总算落心了。在哪里都是一样的生活，只要在那里过得好，他们也不需要她的照顾。

本来两老的日子过得开心，谁想到，去年下半年，老伴突然心肌梗死，说走就走了，一句话也没留下，就撇下了他。女儿带着儿子还有法国的老公赶回来，办完事急着要回去，工作在那边，家在那边。女儿说："爸，你和我们过去休息一段时间再回来吧?"

叶老伯说："我去干哪样，一天就在屋子里关着，尽管有吃有喝，和那关在笼子里的鸟一样，有哪样意思，出门就是聋子哑巴，路都找不到，我才不去受那份洋罪。就算那里什么都有，也不如在自己的家里好啊。你放心去，你老爸一个在家能够生活的。"

女儿没有办法，含着泪说，如果不行还是来接他过去。这一点叶老伯是坚决不过去的，他想，就算死也是在自己的家。到法国去算什么。临上飞机，女儿又塞了一叠钱给他说："爸，不要心疼钱，要吃什么就买，我回去后再给你汇来。"叶老伯对女儿说："你放心吧，没有什么不行的。就算做饭菜不怎么样，我还不会买来吃。我家下面馆子什么都有。"

叶老伯女儿一家走了，去了法国，坐飞机也要一天，他是不可能去的。老伴走了，去了天堂，好远好远，不过要去那里是说快就快。叶老伯看着女儿一家的背影消失在安检的门后，看不见了，他还朝旁边偏着看了看，确定是看不见了，才慢慢离开，登上回家的民航大巴。

这以后，叶老伯整个人，一下变了，头发全白了，以前很硬朗的身板，现在仿佛站都站不住了，背驼了，走路迈不开腿。叶老伯知道，老话说，不管怎么样，好死，不如赖活着。是呀，死了的人死了，活着的人还要艰难地活着。其实就是活着的这一天天的日子难熬，总要给自己找点事情做，来打发这难熬的日子。

走进清冷的房间，他把以前的东西收拾一下，前些天女儿要收拾，他不让，这些东西都是这些年他和老伴一件件放的，现在还是要按以前的摆放，只是归顺一点，收拾一下。

他收拾着，他费了好大的劲才从柜子顶上拖下一个大纸盒子，上面积了一层灰，打开看看，是些什么。原来大盒子里面还有个小一点的盒子，里面是好多老照片，都是老伴以前收拾的，放在上面也忘记了。看着一张张泛着黄的照片，好像就是这人生的一个个片段，人生也就这么简单，其实也就是每个时期一张照片就记录了。小学中学大学，25 岁结婚，孩子周岁……他呆呆地看着，想起每一件事就是昨天，他的一生太简单，平凡，没有荣华富贵，也没有太大苦难，不过他现在觉得人生是太短，一切都像是昨天的事情。不过现在怎么就觉得每一天很难挨。他看着这一盒照片，不知道该怎么做。看到有的照片上有霉点，叶老伯起身找了一块干净软布，坐在那里珍惜地擦。结果霉点下来了，照片也擦坏了。他不擦了，他想着拿到照相馆去翻拍。他知道现在翻拍以后还可以修复，做出来新的一样。他找了两张他最喜欢的，准备去翻拍。一张是他们的结婚照，有半个世纪了，那时候他们多年轻，漂亮，照片还是彩色的。那时候没有冲洗彩色照片的技术，彩色是在照片上涂画上去的，就像人化了妆。不过他喜欢，看上去很有喜气。再一张是女儿的周岁的照片，好可爱，像个小童星。他把其他的照片放回盒子里，找了个信封装好这两张照片，出门了。

走出门，到了小区花园后又返回去，好像门没有反锁，还要回去检查一下门是否关好，他记得是反锁的，出来后又不确定，必须去看一下。检查结果是锁好的，才放心出去了。

小区外，有一个周周照相馆，想来应该是个技术不错的，门面上还写着身份证、护照、证件专照点。叶老伯好多年没进过照相馆了，走进里面一看完全不是以前的形式了，看不见以前的那种相机，里面的布置很漂亮，倒像是休闲的地方，有沙发，有喝咖啡的桌子椅子，干净整洁。出来一个漂亮时尚的三十多岁的女人，叶老伯想这应该是老板娘了，就说，老板在不在？

那女的笑笑说："叔，哪样老板哦，我姓周，大家都叫我周周。"周周见叶老伯进来，那样子不像照相的，对他说："叔，你要洗照片？"

"是呢，你咋个晓得？"

"来我在这里照相、洗相的人，见多了就知道了，哪些是照相的，哪些是洗相的。"

叶老伯说："不过，准确地说不是洗照片，是翻拍照片。"叶老伯觉得这个姑娘很面善，也就和她摆了起来。周周拿过照片看了看说："叔，你要马上拿着走，还是明天来拿？马上拿的这种要贵些哟。"

"贵，没得关系，我等你弄好拿起走，我没得哪样事情，就在这里等着。"叶老伯觉得坐在这里好，干净整洁，还可以看看街外面的闹热，就在桌子边坐下。周周今天的生意不错，在那里忙。

叶老伯坐在那里，周周抽空过来给他倒了一杯水，说："叔，你在这点坐一下，个把钟头就可以了，这有今天的报纸。"

"不着急，我就在这点等着，你忙你的。"说着拿起报纸翻看。

照片弄好了。叶老伯坐在那里拿着翻拍的照片，看了又看，新噜噜的老照片，很是喜欢。走到柜台前，对周周说："小周，还是过个塑，好保存。""要得！没得问题。"周周拿过去很快过了塑，递给叶老伯。"你老人家再坐一会儿再走吧。"叶老伯想了一下说："好，我再坐一会儿，坐一会儿。"叶老伯又在那里坐下，继续看他的街，看他的报。到下午了，他才起身回去。周周见他走，对他说："叔，你常来哈。"他回头看了看说："哎，要来，要来。"

这以后，叶老伯每天都要拿两张照片来，翻拍。每天都一样，等着拿着走。周周对叶老伯说："叔，你反正天天都要来，不要搞急件了，这要多花钱。你头天拿来的，第二天来拿是一样的嘛，又不耽误事情，还要节约一二十块钱。"

叶老伯说："不一样，不一样，你不知道。我不怕花钱，你只管给我搞急件，这种好。"叶老伯说着坐在墙角边靠窗的位子，这个位子相对安静，没人来打扰，又可以透过橱窗看到街景。这段时间以来，这个位子基本上就是他的专位。每天上午开门一会儿他就来了，要到下午五点钟他才离开。周周他们好像也懂得叶老伯的心思，照片弄好了，也不急着给他，他不来问，他们也不主动拿给他，随便他在哪里坐着。

中午，周周他们打来盒饭，给叶老伯送碗过来，“叔，你跟着我们吃点饭嘛”。

“谢谢了！我不吃，你们的那个我吃不惯。”说着，从袋子里摸出个馒头，拿了包榨菜，起身倒杯热开水说：“我吃这个比什么都好，你们慢慢吃，我也吃。”

周周对他的老公说：“奇怪了，这个老人，说他没钱吧，就他这样洗照片每天都要多花一二十块钱。说他有钱吧，每天来这里，就吃馒头榨菜加开水，出门街上要吃什么都有，他也不去，一个老人家也可怜。每天到这里就跟上班一样，七八个钟头，家里也没人找他。”

周周老公说：“你管他的，他在这里也没有碍着我们哪样事，每天还可以有钱赚，我觉得也没得哪样，他爱这样，那就让他天天都在这里呗！就算我们给他老人家提供一个坐着玩的地方。”周周说：“我是见他可怜，也不知道他家有人没有。”周周老公说：“会有哪样人，有人他不会天天来这里这样坐的。”

叶老伯慢慢地吃他的馒头榨菜，一袋榨菜吃完了，他把榨菜袋子撕开，撕了块馒头把包包上的榨菜汁粘干净吃，吃得很认真，看得出他觉得很美味。不过他这样吃倒是有一个好处，没有筷子碗要洗，吃完就干净了，一个榨菜口袋，把它交给旁边的垃圾桶，一切都完了。叶老伯站起来，拍拍身上的馒头馍馍，倒了杯水，又继续坐着看报纸，看着看着他睡着了。其实他每天都是这样，在桌子边上睡一觉，醒了看看报纸。周周他们都习惯了，没人打扰他，就像是他大学的时候在图书馆看书一样。

一天，一个来照相的人走进来，六月天，外面太阳很大，白花花的，见不到一朵云。他一头的汗，走进照相馆，擦着头上的汗水说：“老板你们是只做生意不管人是不是的，这么热的天，我还说来你们这里凉快一下，怎么这么热，空调也舍不得开，你们受得了，客人也跟你们受罪是不是？”

周周笑着说：“哪里是你说的那样。空调我们这也是刚刚才关的。”说着她指了指趴在桌子上睡着的叶老伯说：“那老人家睡着了，空调一直开着对着他吹，会感冒的。”

“哦，你们这里还兼做休闲室，是不是？”

“我说师傅，话不能这样讲，人家是老人。”

“好好好。你快来给我照相。到我老的时候，也来这里睡觉，还有照顾。”周周说：“那当然可以！”

叶老伯一觉醒来已经快五点了，他收拾着报纸，嘴里咕哝着：“咳，今天的报还没看完嘞。”他整理着一叠报纸，这是他今天来的时候自己买的一份《南方周末》，来的时候走到小区门口，一个报刊亭，他仔细看了看。发现好久不看的《南方周末》报纸，想正好可以坐在那里看。周周他们那里的晚报不够他看，广告多，可看的内容少，便买了一份来看，结果还没看完，就放在这里明天来看。周周见他准备走了，走过来看着他的《南方周末》对他说：“叔，这个报纸好看？”

“好看？那要看你怎么说，不过你看看就知道了。”

“叔，你不说我也晓得，这样的报纸是你们这些有知识有文化的人看的。不过你来这里后把我们的文化品位都提高了，我们也看看这样的有文化的报纸。”叶老伯笑笑说：“你们看看，那很好，那很好。”

第二天，叶老伯按时来了，问周周他留在这里的报纸看没有，周周说，看了一点，文章太长了，没得时间看完。叶老伯说：“那你今天晚上看这份，它上面的文章多数都很短，你有好多时间，就看好多了。”说着他把一本《读者文摘》放在桌子上说：“我看了，你们再看，利用率高，这书就值了。书就是要有人看嘞，要不就和废纸一样。”

“我看，有空我就看。叔，你不是说你的老照片都翻拍完了吗？今天还要来翻拍。我昨天大致算了一下，你这几个月在我们这里翻拍的照片，算起来有一两万块钱了，我都不知道应该怎样谢谢你，你这样支持周周的照相馆，我们都不好意思再收你的钱。你如果还有要翻拍的，我们就给你免费。”

叶老伯说：“不是这样说，应该是我谢谢你们，我每天都到你们这里来，你们也不嫌弃我这个糟老头，我就感激不尽了。每天都来这点坐一下我心里踏实，日子好过。不过现在白天的时间好过，晚上就难挨。”

周周说：“叔，你不要说我多嘴，你一个人，应该找个伴。”

“那个可不行，找个人成了人家的拖累，那更麻烦，反正也活不了多久了，就这样过呗。”周周说：“其实也不是你这样想的，有的时候，是两个人相互是伴呢，也不存在谁是谁的拖累。叔，你要是不反对，我看有合适的给你老人家介绍一个?”“那可不行，你坚决不能哈，要不然，到时候伤害人家也不好得。我有我的事情做，每天来你们这里翻拍照片，不是很好的。”

周周说：“那今天说好了哈，你还有要翻拍的，我们免费。我们不能老是这样收你的钱。”

“好好好，再要翻拍就免费。”说着他从袋子里取出个数码相机，递给周周说：“姑娘，这里面有我今天起来照的一张照片，你给我洗一下。这个不是翻拍的，要收钱！那一张照片要收多少钱？不过你要给我的照片处理一下，加‘我栽的花’几个字，那是要收两样费用哈，我懂的。”周周笑了，别人都希望少收费，这个老人来，是想方设法让你多收费。

周周没得办法，叶老伯每天来洗照片都要当天结账，就要按翻拍的钱给，不收是坚决不行的，他说：“你要是不收钱那就是撵我走了，明天我就不来了!”看着这固执的老人，周周还真不敢不收他的钱。

第二天一早，叶老伯又来了，拿来的还是他昨天的那张照片那朵花。周周说：“叔，这张照片不是昨天的那张吗？字也给你加了，还洗它做什么!”

“加个日期吧!”叶老伯头也不抬，看着今天的报纸。加个日期再洗出来，周周想，早知道这样，昨天就给他把日期加上，免得今天还花这冤枉钱。周周说：“好，加个日期。写今天还是昨天?”“没得关系都可以。”刚开门，顾客少，周周有时间和叶老伯说话，“我说叔，今天带的哪样中午饭，又是馒头？我说，你以后就不要带了，要吃什么我们出去帮你老人家买，你拿钱，我们去买一会儿我就回来了。天天都是馒头榨菜，没得营养”。

“可以啦，有这个吃就好了，哪个说没得营养。”

第二天一早，叶老伯又来了，周周笑着说：“叔，你好早。”叶老伯什么也不说，把昨天刚加了日期的花照片递给周周，周周说：“叔还是这张照片?”“今天没来得及照我家的草，还是张花，今天把一朵花变为两朵花，我知道现在有这个技术。”周周笑笑说，这个现在都不算什么技术了，更高的技术都有。叶老伯说，那就慢慢来洗这些更高的技术。

周周在给叶老伯弄着照片，今天她有经验了，先就给他把日期加上，免得他明天又来加日期。下午走时交给叶老伯。

叶老伯拿着照片，说是今天有个朋友约好的，小区花园见。周周笑着说：“叔不会是女朋友吧?”“鬼丫头，有你这样和叔说话的。”说完拿着照片走了。

以后的两天周周都没见着叶老伯来洗照片，她对老公说：“叶老伯这两天怎么不见来，不会有哪样事情吧。”“会有哪样事，我看叶老伯的身体好着呢。”“你看，是不是，我给他把照片上的日期提前写好了，他就不来了。因为他这天的任务已经完成了。”“那是这样，你的意思是他每天来这里洗照片是个任务。”“我想是这样的。”

又过了两天，周周家两口子正准备开门，送晚报的人来了，还没进门就说：“周周，经常来你家照相馆的那个老伯死了，你们看，这上面写着呢，两天前死在家里床上，没人知。”

床头上放着好多翻拍的照片。

本文发表于《海外文摘·文学版》2016 年 7 期

幸福的苦难

我们的大串联

准备去串联。全国的大中学校的学生都投入到这场革命中去了。有到北京，得到毛主席接见回来的人，在街头巷尾把他们的幸福与激情传递给还没有打算出门的和正准备出门的人们。人们听得如痴如醉，激动万分。我们一帮小学生也在这些人堆里拱，听他们策划，看他们激动，准备走的人三五成群地计划着，不打算走的现在也要走了。有人说，大家走就行了，出门如果能赶上什么车那就是幸福的，行程比较轻松快捷。开始的时候串联的人们坚持的是步行，那就是有车也不坐，这样才能体现革命精神，不过走几天后，人也累了，路程也没有赶多少，那就开始找车，不管哪样车，火车客车货车只要能代步，那是见车就爬，只要能爬上去，那就是胜利。有时候有马车也很好，可以轻松走一段。走出县到地区，汽车多，更有火车，那就快了。吃宿在全国各地大小城镇都有接待站，不用花一分钱，只要签名就行。得到毛主席接见的几个人说，他们能及时赶到北京，得到毛主席的接见，就是因为他们几个敢爬火车，会爬火车，要不是要乘上北京的火车见毛主席是不可能的。火车到站一般是不能开门的，上面的人已经很满了，人们是从窗爬进去，还要站在最佳爬窗位置，央求里面的战友帮助，有战友的友谊之手的才能上去。他们是爬装货的火车，几次被抓到，送下站来又爬别的，只要不被抓到，就成功了，几经转折，最终赶到了北京，那是经过好几个站的转折。

听他们说着那是太精彩了，我们只想自己怎么就不多长几岁，像他们一样大，到处串联，那是太精彩了。

我们几个虽然才小学三四年级，在他们这些中学生的影响下也想要去串联。母儿提出异议说，没有听说过红小兵串联的，怕没人接待哦。说是说，我们也不敢走，就是走，往哪走，都是问题。不过大家还是不甘心，决定一起商量一下。

我们决定去敬老院，在那里商量。敬老院是我们经常去做好人好事的地方，正好把前几天给他们买的东西带去。到了敬老院我们把给他们买的针头线脑的小东西给老人们。大家到后面水井的小亭里商量，正说着敬老院的负责人周大爷走上来对我们说："有件事，还没有经你们的同意，我就先给你们定下了？"

"什么事？周大爷，凡是你老人家定下的事，我们就去做。"花崽抢着说。大家对花崽有些不满，什么事他总是一副吊儿郎当的样子。我说，让周大爷具体讲，不要吊儿郎当的！我说花崽时白了他一眼。

"周大爷，周大爷什么事你对我说，我说干就干！"母儿来劲了。

周大爷说："是这样的，县民政科要把敬老院修补一下，工程还不小，这就需要一些煤沙，这个事情你们能做，我就给他们说了，把这个事留给你们做。十五块钱一方，估计需要十来方。不过要从山下筛好后，挑上来，我们敬老院上面有一点煤渣可以筛，不过那是很少的。怎么样，你们愿不愿意干。"这样的好事我们还能不干，要知道，农具厂是我们这里唯一的工厂，年轻的工人每月的工资就是九块多钱。能有这个活路做，我们几个是高兴得忘了是来这里商量串联的事情。大家围着周大爷要他给我们讲故事，这是对周大爷的报答。周大爷喜欢给我们讲故事，他讲的故事我们经常听，有的已经听过好几遍了，不过他喜欢给我们讲，只要一高兴他就会说，今天我该给你们讲故事了。就像喜欢喝酒的人一高兴就说，今天应该喝两杯了。周大爷六十多岁，解放凤县的时候他是个民兵参加县里的几次剿匪行动，立过功。唯一的儿子在朝鲜战场上牺牲了，成了烈属，他和老伴后来进了敬老院。老伴在前几年也丢下她先走了，进敬老院已经好多年了，是这里的老人。敬老院的事现在县里也没人管，就是他在具体负责，他给我们找了这样的好事，我们当然非常高兴，这就意味着我们可以找到钱，有钱可以帮补家用，还可以去做更多的好事。大家幸福地围着周大爷，听他讲故事。

故事讲完，我们就开始查看这里都多少煤灰，准备怎么做。没有想到这样的好事落到我们头上，大家七嘴八舌说开了，好像马上事情就做完了，钱拿到了手。

周大爷见我们兴奋的样子说："你们虽然还是娃娃，就从这些时间你们经常来我们这里帮我们这些孤寡老人做事，就冲这一点，我看重你们，相信你们能做好这件事。不过这不是闹着玩的，是要见真功夫的，答应了，你们就要好好干，要按时，保证质量完成喔！动工还有几天，你们要是把煤沙筛好了，就挑上来，放在这里，他们来丈量，按方付给你们钱。一方，是好多你们晓得不，具体讲就是，长宽高都是一米。也就这样高。"他用手在腰前划了划。"他们会计算的，不会亏你们的。那就这样了，我先下去。"周大爷说完走了。

周大爷的一席话，说得我们知道这件事的严重性。大家就讨论什么地方有煤沙，哪家有筛子，几个人一组分成几组，要怎么干才快。母儿站起来打断别人的话说："我觉得我们现在就可以去筛煤沙了，用不着等几天。要不就被别人筛了，现在的小工活路少得很，我们要把握机会。"

争鸣说："这个事情不存在什么问题，周大爷跟我们说好的，他就要用我们的，其他人即使知道，也没有什么办法。我们和周大爷和敬老院这么久的友谊，他不会叫别人搞的，况且是他先提出这个问题的。还有什么好担心的，我们现在还是商量出去串联的事吧！"

两个意见都有道理，实际上是要决定：串联我们要去还是不去？最后就采用举手投票解决，争鸣、花崽和我赞成去，母儿、云霞赞成不去，最后还是决定要去。

去什么地方？远了肯定不行，我们几个又没有钱，还走不出遵义，就得饿死，那就只能是去近的地方。近的地方是哪里呢？只有到区里。凤县的几个区，都有几十公里，最近的也有二十多公里。我们怎么去？这时候云霞说她的外婆家所在的那个区，三凤区就是最近的，二十多公里。听他舅舅前几天来的时候说，区里也有接待站，还经常有红卫兵去。既然是这样大家最后决定就去三凤区，串联。

第二天一早，我们几个穿得干干净净，戴着毛泽东思想红小兵的红袖章，每人都背了一块毛主席语录板。当然语录板还是我的那块最好看，那是我爸爸亲自给我做的，它不是一般的就是一个平板的那种，它是有边的，红底黄字，是那样的耀眼。一面写着，领导我们事业的核心力量，是中国共产党，指导我们思想的理论基础是马克思列宁主义。另一面写着，我们共产党人好比种子，人民好比土地，我们到了一个地方，就要和那里的人民结合起来，在人民中间生根开花。母儿很羡慕我的，想拿他的那块和我换着背，我不愿意，在他的再三央求下，我才同意出了城，换给他背一下。

我们排着队出发了，云霞在前面扛着旗子，上面几个金灿灿的大字：毛泽东思想红小兵。我背了一大包我们昨天晚上加班印的传单。一路走一路发，我们自豪地走出城，好像很多人都在看着我们，欣赏我们。我们也要去串联了，仿佛我们也是红卫兵了，从这里走出去，就能见到毛主席，这是多么光荣的事情。

前面就是母儿的舅娘家，也就在城边农村，东门外，二十分钟就走到了。母儿要我们去他家舅娘家玩玩再走，去吃新苞谷花。大家同意，有好东西吃，还有不去的，我们到了，他的舅娘也正好在家，见我们来了，马上端出她刚炒的苞谷花。她炒的苞谷花很奇怪，说是苞谷花，其实一点爆开的花也没有，按我们的说法，全是“哑子”，我们自已炒的苞谷花至少有一半是爆开的。她炒的这种全是哑子的我从来没见过，比我们炒的要好吃得多，又香又脆。大家都揣一点在口袋里边吃边玩。我跑到母儿家舅娘的锅台那里，看她是怎样炒的。我觉得这种炒法，一定要学会，好回家炒得好吃一点。家里每次炒苞谷花下油茶，我们几姊妹都不太喜欢吃，如果能炒出这样的就不一样了。因为粮食不够吃，我家经常吃杂粮，其中一种就是吃苞谷花下油茶。油茶是凤县的一种吃法，用油炒少许米、茶叶，有条件的还可以加芝麻、花生，炒到飘香加水熬，实际上就是油、茶、米三样的混合粥。它是这里的一种主要饮食方式，只是我不喜欢吃，不管油茶下苞谷花还是下红苕，我都不喜欢吃，吃多了一想到就厌。不过她炒的这种我爱吃。母儿家舅娘说，这种炒法最重要就是要把苞谷先煮一下，也不能煮得太过了，舀出来，然后用盐或河沙炒，这就保证香脆。我看她炒，对她说：“我能自已炒一次吗？”她说：“可以呀，你来炒，我来看。”说着她把铲子递给了我。在她的指导下，我很快就会了。

我们正炒得热闹，母儿的舅舅匆匆地走进来，大声说：“鸡巴，狗日的们，吃饱了没事干了，我不相信天下就是他们的了！现在是要操家伙和他们干！”我们都愣了，不知道他要干什么。母儿家舅娘说：“你这是说些哪样，是哪个惹的事？”“哪个惹的，你去找毛主席问，我只晓得人不犯我，我不犯人！”说着他拿起扁担就走，走到大门口，扯着嗓子喊："二毛、火三，操家伙，走!"上面的人在答应："来了，来了，我们先下去喊谷雨他们!""拿好家伙，今天怕是要见红的哟!"

"你们是做哪样?"母儿家舅娘急着问，也没人回答。看着寨里的老爷们一个个急着跑，我们几个小孩赶忙跟着跑了出去。只见外面匆匆忙忙来了好多戴红袖章的，上面写的都是××战斗队，都往一个方向去，那是东门水库前面的箭塔。造反派们拿着钢钎、大锤，红袖章特别耀眼；有的敞开衣服、光着膀子，那是要砸烂一切的气势。走到大田边，他们不走了。原来大田边站着同样敞开衣服、光着膀子的农民，他们手挽着手，扁担刀叉，意志坚定，誓死保卫。高处站着一个个子不大，声音却很洪亮的男人在吼："三队、五队的兄弟们，这一坝谷子就要收了，它们是我们的命根子，我们明年的日子就靠它了，今天有人要来砸这坝中间的箭塔，就是要糟蹋我们的粮食，我们能答应吗?""不能!"下面齐声回答，声音如洪钟一样。"对，不能！今天我们是要誓死保卫!""誓死保卫！誓死保卫!"大田的边上紧紧地围了一个人墙。外面的人也不敢轻易动，在等待着。

这一坝田，是下坝生产队最好的一片良田，一年要打几百担谷子。这样好的田地，靠的是从它中间流过的一条小河。小河的水是从城中间流过，再流到这里。河水清澈，有时候还能捉到小鱼，是我们经常玩的美好天地。东门下坝的这一段河，是我们夏天经常来游泳的地方，这里充满着我们的快乐，四面的秧田一片油绿，河水半人深，下面是干净细腻的河沙，光着脚踩在上面，细细的软软的，像走在丝绸被子上；河两岸水草茂密，野花次第开放，我们在河里捉小鱼、小虾，还有那石板下面的小螃蟹，抓来捆成一串串，放在地上四处爬，玩够了用竹签子签着，点着一堆小火烧着吃，真是美味。小河上有一座石拱桥，跟中国传统的石拱桥一样，单孔，只不过它比一般的要高大，上面可以行汽车，河对面有一个煤厂，凤县用的煤多是靠它，所以桥在这里就显得更为重要，拉煤的汽车马车从上面过，留下的是桥面的黑灰，弄开黑灰可以看到桥石头是那样的刚硬、沧桑，上面还有不同时期的石刻，有的也看不清楚，只有斑斑印记。桥身四处可见常青藤，有的从桥洞垂下，形成错落有致长帘，透过常青藤的长帘，是宽阔的水库。河水从石桥缓缓流过进入下坝水库。这是凤县最大的水库，里面有好多大鱼。有一年涨大水，水库的鱼都满出来到下面的田里。下坝农民捞到街上来卖，很是便宜，那年人们可是品尝到从来没有过的大餐。我从来没见过这样大的鱼，这样多的鱼，找不到怎样装这么多的鱼，农民们是用网拦着围在地上卖，最大的有一米多长、一百多斤，小的也有七八斤，鱼们在地上的还在张着嘴，尾巴拍在地上吧嗒吧嗒的，一副无可奈何的样子。我一直在那里看这盛大的鱼市，跑前跑后参观。那次我家买了两条十多斤的，我们几姊妹是高兴得不得了，把吃鱼的各种做法都做了一遍，美美地吃了几天。

坝中间的箭塔，塔尖正对桥的中央，“桥是弯弓塔是箭”，那是一景，桥与塔，不但美，更是这里的镇城之宝。明末清初这里经常闹匪，闹瘟疫，老百姓集资修建了这座塔，为的就是保护这个小城镇。四百多年来，在人们眼里，箭塔是很神很灵的，有了大灾小病都要来拜祭。这个塔，现在就成了“四旧”的东西，四旧，“旧思想、旧文化、旧风俗、旧习惯”，现在必须把它砸烂。造反派的人大声吼着。农民们说：“老子不管哪样，糟蹋了老子们的谷子，那就不行，我们吃饭，找哪个要？你们倒是有国家粮食吃，今天看有哪个敢进田里去砸塔，它惹着你家了，你家妈在里面!?”有人高声喊：“三队、五队的老少爷们，看好了哈，哪个敢进去砸塔，我们先把他给砸了!”

僵持了一两个小时，面对几百手拿扁担洋叉的农民们，造反派头头商议后决定，等谷子收完后再来砸，看那时候还有谁敢来阻拦。也就只好让大家慢慢撤离了。刚才他们来的时候，那阵势可真是排山倒海，现在说散就散，有如一泻千里。

母儿提着他在他的舅妈家拿的那一包东西，走到我们面前说：“来，来来，吃这个东西。他们退了，我们赶快走吧!”我们一人抓了两大把，原来是炒米花，是刚打的新米炒的，真是香。

我们顺着公路走出了下坝，一路没有车，也没有见到多少人。下午，我问路边劳动的人，到三凤区还有多远，他们说是就要到了，前面就是。我们在路边找了一个宽敞一点的地方坐下，把带的饭菜、红苕什么吃的摆出来，开饭。正吃得香，路边收割谷子的农民，见我们几个打着旗子挂着语录牌，以为我们是下乡来宣传的，就在那里大声地喊：“下来表演个节目！哎！来给我们跳个舞!”

“我们，去吗?”我试探性地问，其实，我是很想去表现一下。

“走走，人家很欢迎我们。”母儿说着就要走。

花崽站起来说，怕时间来不及了，我们还要赶到区政府招待所才有接待站呢。我说，去表演两个节目就回来，耽误不了多少时间，还是去吧。

“那我们就去表演两个节目就赶快走。”争鸣说完，带着我们一伙人下去了。

我们就在刚割完谷子的稻田里表演节目，农民们在稻草堆上坐着，一个天然的舞台。舞台边上有我们的旗子，我们背着毛主席语录牌放声唱：秋风送爽，稻谷香，好一片丰收在手，好景象。红旗飘扬，歌声嘹亮，红小兵走上了战场……

我们把近段来所排练的节目都表演了一遍。最受欢迎的还是“三句半”：全国形势一片大好，祖国河山如此多娇，牛鬼蛇神见此不妙，逃之夭夭！……后面的半句都是母儿说，他风趣幽默、形象逼真的表现，惹得大家哈哈大笑，激起一阵阵的掌声。来看的人越来越多，周边田里劳动的人都来了。我们也很高兴、激动，自编自演的节目都演完了，还在那里现场发挥，大家完全忘记了我们还要赶路。

最后，还是花崽没有忘记时间问题，召集大家急忙“谢幕”，我们才又踏上征程。

我们按照农民告诉我们的路线，走小路，近得多。走了一段羊肠小道，从山顶直下到山脚，准备过渡口，过了渡口，爬上山顶，就可以说到了。

这条河叫凤儿河，它穿过一个大坝子，从凤县县城旁边流过。为什么县城址当年没有选在凤儿河，老人们说：凤儿河三年五年要泛滥一次，河水大，县城依着它不好，所以县城就选到在凤落山脚下。老人们说，欺山不欺水，像现在这样，县城里只有一条小河，少有洪水的泛滥，依着山，又有山的灵气，是最好的县城址。

在凤儿河上，58 年“大跃进”时代就提出的要兴建两个电站，直到现在十年了，还没有修建好。全凤县的人还在盼着“楼上楼下，电灯电话”也不知道要在什么时候才能实现。

我们走到了凤儿河边，没有桥，这里过河用渡船，一看渡船，在对岸，又没有船家。我们怎么过去呀，大家都有些着急。刚才还夕阳在山，这时候，天黑了下来。大家突然意识到问题的严重性，要是过不了渡，我们也不可能往回走，那是很远的路，还有一段山路，刚才农民们还说晚上这一带山里有豺狗。我们一齐大声地叫喊：我们要过渡！有人没有？只有我们的声音在山里回荡，见不到一个人。

母儿说："我喊一二三，我们一起喊。一、二、三！"我们一起放开嗓子喊"我们要过渡……有人没有……"声音真是在山谷里回荡，但是只有空谷回荡却没有什么别的声音。喊着、喊着我们更是害怕了，带着哭腔。云霞大声地哭了起来说："叫你们不要来，你们偏要来。我说这里没有什么好玩的，你们不相信。去田里表演的时候我就告诉你们，还要过一个渡口，你们还是要去表演。现在没有人摆渡了，我看你们怎么办！""不要哭，云霞，我们会有办法的！"我在安慰云霞，其实我就很想哭。

有谁小声说，游过去吧？

"那可不行，几个女生是游不过去的，这里少说也有五十米。要不我游过去，把船划过来接你们。"争鸣提出了一个大胆的想法。

花崽说："我和你一起游过去，相互有个照应。这点距离我们是能够游过去的。只是天凉水深，我们要把衣服全脱了，只穿一条短裤过去，等一会儿好穿干衣服。争鸣，我们跳一跳先活动活动，我和我哥他们搞过冬泳，也没什么稀奇！"他们说着就开始脱衣服。

我反对，说："不行，你们这样做太危险，万一出什么事怎么办。要是没有人摆渡，我们就转回去。只要翻过这个山，走不了多远，就可以到我们刚才表演节目的那个地方，在那里找个人家住，明天再来。"争鸣说："你说得好，走上去这一段也很危险的，还不如游泳有把握！"

"不用说了，这点距离我们保证安全，我们最多十分钟！"花崽激动地说。

我没办法劝得了他们，他们下去了。这是一个危险的办法，但现在也没有其他的办法。花崽把他们两个的衣服捆在一起，顶在头上，踩着水下去了。他们一会儿就远了，可总不见上岸。看来其实并不像他们说的那样最多五十米，水上的距离是不好估计的。这时候，对面半山上有人在喊："是哪个？"

"是我们！"听到对面有人问话，我们就像找到了救星，赶紧喊了起来，"河里有人！"

摆渡的人从山上走下来，正看到争鸣、花崽他们游上岸。看着光光的两个人爬上来，他吓了一跳，一看是两个十多岁的娃娃，更是吃惊，一问情况，他说："你们这些娃儿，胆子大，这里河面这样宽，淹死了算哪个的。我就住在坡顶上，你们多喊一下，我就听到了。幸好没得哪样事，快点来穿好衣服。"船工来了，我们很快就过了渡。和他一起爬上了山。到了山顶，他看着我们这群娃娃，天黑了没有找到驻地，还在这里跑，便带我们到区里的招待所，找到了接待站，对接待站人说："这些是来串联的娃娃，你们看怎样安排。这样大点年纪不在家好好读书，出来串些哪样，出点事怎么得了，也不晓得是造些哪样孽哦！"他说着，看着我们在接待站有人管了他才回去。

我们走进接待站，这时候真有到家的感觉，最大的愿望就是能吃点什么。大家都在过厅的凳子上坐着，这时候才体会到安全感对我们的意义。争鸣一个人在接待处登记，一会儿，就听他和里面的那个阿姨吵了起来。"你为什么不让我们住，我们红小兵走在哪里的接待站不能吃住的？全国一个样！接待站是用来干什么的？不要说你们这里，北京上海的接待站我们也要住！"

那个阿姨见争鸣说话不客气，也不客气地说："你去住北京上海好了，今天我们这里就是不让住！"

听她这样一说，我们刚才的好心情，一下就不见了，都紧张地看着他们。这是怎么回事，现在天都黑了，不让我们住，那怎么行？我们赶紧上去问个清楚，才知道事情是这样的：这里前两天接待了一批红小兵，也是我们这样的十二三岁的娃娃，现在全国的学校都不上课，大家都出来串联，当然是到处都是学生。小学生年龄小，走不了远处，就都在近处串了，他们比我们搞得快，都串到这里了。他们在这里住了一晚第二天一大早就走了，后来打扫卫生的服务员发现，房间里的茶杯里装满了尿。那是因为招待所的房间里没有厕所，要到外面解决，他们晚上起来拉尿，害怕，不敢出去，就拉在了茶杯里。服务员就向招待所的所长反映，认为这些革命小将太不像话，做出这样没有道德的事情，要去把他们追回来。所长说："算了，他们还是娃娃，追回来又怎么样？以后我们这里对红小兵只管饭，不管住宿。"这是所长昨天的指示，这个阿姨当然不让我们住。也不知道上一批是哪些人在这里做了这种憨事，丢我们的脸，还让我们来受害。我们怎么办，总不能露宿街头吧。

我和云霞我们一个劲地央求那个阿姨，一再地下保证，可是没有用。张囡还在和她吵，"你们这样对待毛主席的红小兵，我们要写信到北京给毛主席，告你们！"

"写信告我们？你写好了，我等着你们告，我等着！我告诉你们，要吃，里面食堂已经给你们准备好了，有炒饭、有面条，住宿没有！"她说着，关了门拿着她的钥匙就走了。

“阿姨，你走了，我们怎么办？你让我们住嘛，我们不会做坏事的。我们向毛主席保证！”我焦急地对她说。

“没用的，你向谁保证都没有用，这是规定。”她毫不留情地走了。张囡还在生气，争鸣、花崽走过来劝她说：“不用生气了，人家也不是针对我们，只是怪我们运气不好。都到这里了，还怕什么，了不起我们就在过厅这里坐一晚上，没有什么了不得。走！吃饭去！吃了饭再说。”争鸣说着叫着大家走向食堂。

我们到食堂吃饭，这顿饭真是好香，好香。葱油饭、面条，我每样吃了一碗，他们男生每样吃了两碗。我们觉得简直比在家好吃多了，从来就没有吃过这样的一顿饭，反正又不要钱，我们多吃点，吃得大家都撑着肚子。

吃完饭，要解决睡觉的问题。争鸣问云霞这里离她的外婆家还有多远，云霞说，走出场口，还要走一个小时的路，路倒是大马路，外婆家就在马路边。我们商量，决定到云霞外婆家去住。特别是张囡坚决要求要走，她说：“有什么稀奇的，不在这里住也死不了，我们走！”争鸣对大家说：“走！我们走。走到云霞的外婆家，也不过一个钟头，这一路都是大马路，没有什么关系。我拿着旗子走前面，大家手牵着手走。”在争鸣的号召下，大家精神抖擞、雄赳赳气昂昂地上了路。只要肚子吃饱了，还有什么好怕的。

“我们唱歌，大家跟着我一起唱！”争鸣说着起了个头，大家一起唱：下定决心，不怕牺牲，排除万难，去争取胜利。反复唱两遍以后，还有节奏地又朗诵了一遍，那气势，让我们在黑黑的夜里也不感到害怕。然后，我们把所有的会唱的语录歌和革命歌曲都收来唱了一遍。这时候我说：“我会唱《四季歌》，是县门口疯子花猫唱的，我教你们。”

还没教几句，云霞说她外婆家到了。我们觉得今天晚上走得太快了，我们还有好多歌都没有唱呢，就到了。云霞大声地喊她外婆。

她外婆听到喊声，开门出来，老远就大声说道：“哎哟，你这个鬼姑娘，你是做哪样，深更老半夜的，你怎么来了？来，快进来！”云霞的外婆边说边招呼着我们进屋。

一进门，云霞的外婆就给我们烧水洗脚，一盆水，先让我们几个女生洗。我们洗完后，就是那盆水又叫男生，“你们几个小伙快去洗。走了一天的路，要泡泡脚”。

母儿犹豫了一会儿说："婆婆，我们换点水？"

"换水做什么？脚又不脏，只要有点水泡泡就行了。"云霞的外婆说。可她见他们几个还是不动，就说："哎，你们城里的娃娃还讲究得很！快来，这里还有点水。"母儿把我们洗的水倒了，端着盆过去。他看到云霞的外婆说的还有一点水，是在煮猪食的锅里舀的，愣了一下，"用这个洗？"

"这个不行呐？"

"这个水有点黑？"

"这是我刚才洗菜的水，倒在这里面煮猪食的。猪都能吃，洗脚还不行？"云霞的外婆说着，舀了两瓢给母儿。母儿端着盆在那里不动。花崽叫他："母儿，快端过来，你还站在那里哪样？"

母儿很不情愿地端着水过来，花崽把脚放下去，"不就是洗个脚，你做成那样子！"

母儿也把脚放了下去，水虽然有点猪草味，但很热，大气直冒。母儿笑着说："哎，不错，我们今晚用中草药泡脚，明天走多远脚都不痛。"

云霞告诉大家，这里的水金贵得很，要到很远的地方去背，一个早上就只能背一回。这里的水是洗菜的水喂猪，洗脸的水洗脚洗衣服。经常是一小点水一家人洗脸洗脚。我们几个女生刚才有一盆干净水洗脚，那是外婆给的特殊待遇。

我们从来没有听说过用水会有这么难，真是像金子一样的"金贵"。

洗完脚，云霞的舅舅、舅妈也过来了，他们端来了刚煮好的苞谷面稀饭，里面有点酸菜有点盐，很好吃，我们每人吃了一碗。这是我们的消夜，平时还从来没有这样的享受。吃过消夜，云霞的外婆、舅妈给我们安排好了睡觉的地方。

云霞和她的外婆睡，我们分别住在楼上楼下。张囡听说有楼上，赶紧对云霞说，我们女生睡楼上！

云霞的外婆说："楼上冷，你们姑娘家，就睡在楼下。"

她还是坚持要在楼上，她说，在楼下，睡在这里，来来往往的人都看见，不行。

大家没办法，最后还是我们女生睡楼上。云霞的舅妈还特意拿了一块床单上去铺在床上。其实这个"床"，就是在地上垫了一层谷草，铺得有一个床的样子就是了。“床”上有一个用秧草编的，像棉絮一样的东西。云霞的舅妈说：“这是‘秧稿件’，用来盖的。你们盖这一个东西可能有点冷，我去给你们拿个棉絮来。”她说着把那个床单铺在那些谷草上，四周用木头压着。她下楼去拿了一个千疮百孔的棉絮来。张囡悄悄地说，这可能是旧社会的东西！

张囡对云霞的舅妈说：“还有那个‘秧稿件’没有？我们要一个。”

“没有了，下面的几个娃崽，就用了两个，你们这个还是今年刚做的新的，很热和，加这个棉絮就行了。”云霞的舅妈说完就走了，她不知道我们还要一个“秧稿件”，是嫌这个棉絮很烂，她还以为给我们棉絮是照顾我们。

开始我们没用那个棉絮，睡了一会儿，觉得到处都在吹风，他们这个楼是用木板栏的，四面透风。我们三个睡在一头，抱成一团，还是冷得不行。最后张囡起来，把那个棉絮拿来盖上才好一点，她说，这可能就是旧社会的生活了。我接着她的话说，我们只不过是在进行忆苦思甜。

刚睡了一会儿，不好，我好像觉得全身都在痒，实在是支持不住，就爬起来，满身地抠。张囡也坐起来了，坐在那里，困得闭着眼睛，也到处地抠。

我努力地睁着眼睛，翻开“秧稿件”，没有什么。又把那个棉絮翻开，哟！有好多小动物在运动。我赶快叫张囡把灯拿来，惊呼呼地叫：“你们快来看，好多臭虫，太可怕了！”那臭虫是一队一队，像坦克队伍一样，她一下撩开棉絮站起来，在那里发抖。

我翻着棉絮看，太多了，还有的正从那棉絮的缝隙中爬出，我们不要这个棉絮了，吓死人了！

不要它了！不要了！我们把棉絮掀在一边，把四周的稻草都聚到中间来，我们就睡在一堆稻草的中间，再盖上“秧稿件”。这才安身地睡了。

我们刚睡一会儿，就听到母儿在那里闹：大天白亮，死猪起床，我来看猪，猪在床上。他一路模仿着号声走上楼来又喊又叫，“起来了，起来了！听到没有？”张囡说，一个男生，跑到女生的寝室来，不要脸。

“起来，起来，云霞家外婆把早饭都做好了，就等吃了。”母儿走到张囡那边，蹬在那里嬉皮笑脸地说。

张囡站起来捡着身上的稻草，对母儿说：“帮我看看后面有没有草。”母儿说：“我帮你看，我帮你看。有棵稻草有什么稀奇的，电影上不是有人还专门插一棵稻草在头上。”说着他悄悄地把一棵稻草插在了她辫子上，并示意我们不要说话。

我们下来时，早饭早就做好了，是苞谷稀饭和蒸红苕。我们都吃得很饱。云霞的外婆还给我们放了几个红苕在口袋里，因为我们下一站在什么地方吃上饭谁也不知道。要出门的时候，争鸣告诉张囡，按每人交四两粮票、两角钱给云霞的外婆。

云霞的外婆接到这些钱、粮票，有些激动，手拿着钱说道："不用了，哪里要你们拿钱。"

"拿着，婆婆拿着我们才高兴。"张囡把钱、粮票塞到了她的手中。看着高兴的婆婆把钱揣好，我们也高兴地走了。

我们背着我们的语录牌、扛着我们的旗子，又上了路。我们往哪里走呢？大家边走边商量，最后决定，去汞矿厂。

我们走到了三凤汞矿厂，看到厂门牌子上的大字，我心里踏实了，想到，今天有地方吃住了，工厂总不会不管我们吧。

也很奇怪，不是星期天，可厂里看不到几个人。我们扛着旗帜，排成一队，理直气壮地走了进去，也没有人来管我们。我们在大门前的院坝里站了一会儿，上上下下只有几个人。我们把带来的宣传单发给他们，他们认真地看。一个高个歪脖的人走过来和我们聊，当他知道我们要表演节目时，便说："你们等等，我去去就来！"说完就跑了。

一会儿，他带了二三十个人来。一看就知道他们多是厂里的工人，都穿着劳动布工作服，衣服的左上方印有"三凤汞矿"几个字，也有几个人穿的是农民衣服的。加上刚才的那些看传单的人，观众也不少了。在这么多的人面前表演节目我们还是第一次，我们特别激动，大家都急急地整理衣服，白天虽然不化装，但还是把头发整理一下。张囡辫子上的那棵稻草还在插着，我对她说："你头上有根草！"母儿紧接着说："哪个头上有朵花，明天老虎拖他家妈。……"他反复地念，张囡生气了，满头地摸，"就是你给我弄上去的！"

母儿说："我们准备把你卖了，又觉得不好，就让你自己把自己卖了，你看，大半天了，也没人买。"

张囡生气了说："你们演，我不演了。"这一下，可让大家着急了，都来骂母儿一顿。母儿说："好，我投降，我投降。毛主席说，要允许人犯错误，也要允许人改正错误。犯错误不要紧，改了就是好同志。现在可以了吧!”说着他把那棵稻草拿了下来。张囡才平静下来。

我们把路上在稻田里表演的节目又表演了一次。这次有了前面的基础，表演得就更好。赢得了一阵阵的掌声和喝彩声。特别是母儿他们的“三句半”，逗得他们哈哈大笑，最受欢迎。

我们表演结束后，天已经晚了。高个歪脖走过来告诉我们，一起去食堂吃饭。花崽说：“行吗？我们这么多人，你能处理吗?”

“这你们就不要管，只管吃饭去!”

我们跟着他走过了几栋厂房，来到了食堂。食堂正在开饭，工人们一人端一个饭盒，一盒饭，上面黑乎乎的菜。高个歪脖把我们安排在一个大桌子边坐着，向食堂里面走去。

一会儿他跟一个人出来，他对那个人说：“你看，就这些客人，你赶快给我端上来，只要是能吃的!”“高哥，这事不好办，从哪里出这个饭钱?”说话的是一个五十多岁的老伯，他说得很小声。

“哪里出？军宣队！记在他们的账上，人家是来宣传毛泽东思想，又不是来白吃饭。你去，有事有我高皋!”

那个老伯站在高个歪脖的面前，头在不停地摇动，我注意看他，他的头是在不停地摇，完全是无意的。这时我注意看，在食堂吃饭的人还有这样的，只要人不动，头就会微微地摇动。歪脖子的人也不少，很奇怪。

“那好，我就去端来!”那位大伯走了。

一会儿，他端来一盆饭、一盆菜、一碗辣椒。那菜就是水煮白菜，看不到一点的油，黑乎乎的。“就只有这个菜？再去弄点别的什么菜来!”“没有了，今天就只有这一个菜，大家都是吃这个菜，要吃好的，到军宣队里想点办法!”

这里早就有解放军进驻，管理工厂了。一切都是军宣队领导说了算。高个歪脖和老伯他们正说着，就看到有几个解放军进来。高个歪脖拉长声音叫：“哎！李参谋，李参谋，给你说个事!”

那个李参谋走过来说：“什么事?”

“要给这几个红小兵加两个菜，他们是‘不远万里’来我们这里宣传毛泽东思想的，刚在我们厂演出，我们不能让人家就吃这个!”他端着那盆菜给李参谋看。“你看行不行?”

“加两个，加两个，就记在我们的账上。对于毛主席的红小兵，我们的客人，应该优待。就这样了。我还有事，我先走了，高师傅。”李参谋一身军装笔挺的，不新也不旧，是我们认为最好看的那种，里面的衬衣露着一圈雪白雪白的领子。“那好我就不言谢了！”高个歪脖对走远了的李参谋扬了扬手，满意地坐下。

一会儿，加的两个菜就上来了。一个炒豆腐、一个回锅肉，这就是我们家里过年的菜了，大家有些兴奋，没人说话就是吃，埋头吃，几个月没有肉吃了，哪里还等得。吃了一会儿才发现高个歪脖端着一个饭盒，自己站在一边吃。见我们看他，忙说：“你们吃你们的，我已经吃好了！”说着他把饭盒一放说，“你们看，吃完了！”

说着，他走过来，对我们说：“住宿问题，我给你们说，不要到旅店去，你们就到这附近的工人家里去住，他们不会收你们几个钱的，我都已经打过招呼了，我走了，有事到二宿舍6号找我！”说完他走了。我们慢慢地在那里享受这一顿晚餐。

吃完饭，天就要黑了。我们按照高个歪脖子的指点，走进了家属宿舍，问了好几家，都因为我们的人多，安排不下，不能住。让我们分到两家住，我们又有些不愿意。

我们终于走到一个比较偏僻的人家，她家好像就只有她一个人。我们说明了来意，她犹豫了一下，对我们说：“你们为什么不住在前面那些人家呢？”

张因解释说：“我们几个想住在一块，那些家都住不下，你这里行吗？”

“行倒是行，只是我还有些事情。”她看着我们，还是没说可以。

我对她说：“阿姨，你有什么事你去做，我们不会影响你的，我们决不会拿你的东西，毛主席教导我们，不拿群众一针一线。我们是牢牢记住的。”我说着已经走进了她家里。她家很简陋，但很干净。两个房间，里面一间又用木板隔成两隔，虽然是用木板隔的，但做得还好，面上又用报纸糊好，中间还贴得有一张毛主席接见红卫兵的画，是这屋里最好的装饰，屋里照得很亮堂，真是毛主席像太阳照到哪里哪里亮。这家的床倒是很多，里面一隔有一张大床，外面一隔的一张稍微小一点，外面这个房间是一张单人床。看不到有男人和小孩的任何东西。我一进门特别注意的就是床，看我们几个是不是住得下，这下我心里踏实了，无论怎样，我们今天晚上都要睡在这里。

我走过去小声地对争鸣说，她家很宽，我们完全能住！

争鸣上前去对她说："阿姨，你就让我们在你家住吧，我们不会妨碍你什么事的，我们在里面关着门，你做你的事。我们人多，可能再也找不到其他住的地方了。我们给你交房钱，你就让我们住下吧！"

"给不给钱，倒没有关系，我今天晚上本来的确有事，既然你们这样说，我的事就不做了，你们就住在这里，也算是做个好事，我也喜欢热闹。三个姑娘睡里面隔的大床，三个儿娃睡外面。"她终于同意了，我们又是一阵的欢天喜地，今天的事怎么都是这样的好呢？来这里我们既见了世面，看到了真正的工厂是什么样子，又认识了工人阶级，还有好吃好住。这在哪里能够办到。

这个阿姨二十多岁，人很漂亮，两根大辫子黑油油的，穿一件红色底上有白色小花花的衣服，是《红灯记》的李铁梅穿的那种。这是我们平常很少看到的。因为这种布是很难买到的。买布要凭布票，一般都是一色的布，花布很少有，特别是这种好看的花布。

她告诉我们她男人是这里的一个工人，在去年的一次事故中死了，她没有单位，就在家里靠厂里的一点抚恤金过日子，又不能离开这里，就这样一天又一天地过。我心里一直有一个疑团想解开，就赶快问她说："阿姨，我想问你件事！"

"什么事？你说！"

"我看见厂里的人有好多都怪怪的，有的脖子是歪着的，有的说话时不停地摇头，是怎么回事呢？"

"这个嘛，是一种病。汞矿厂嘛，就是汞中毒，长期干这种工作，就容易得这种病。"

"会传染吗？"想着今天高个歪脖一直和我们在一起，我赶紧问她。

"这种病不会传染。它是一种慢性中毒的现象，怎么会传染呢？不会的。"

我觉得她懂得好多，知识很渊博，一定读过好多书，便说："阿姨，你读过高中吗？"

"高中毕业，就开始了文化大革命，不能上大学，也不知道怎么办。家里兄弟姐妹多，父母也难得养，就找了个工人结婚。三凤汞矿的工人，在外面大家都是很羡慕的，我找的这个人，很不错，哪个知道他会遇到事故呢？留下我你们说应该怎么办？一个结过婚的人，走到那里别人都用另外一种眼光看你，只有在这里混了。”她说话显得很平静，但眼睛里含着眼泪。

“你回家去吧？一个人在这里太难过了！”张囡说。

“回去？哪像你们想的那么容易。好了，我们不说这些了，走了那么多的路，接着又演出，够累的了，大家都进去睡吧！”其实我们每一个人都还想玩一会儿，但她叫我们去睡，就只有去睡了。

我们一进去，大家都各就各位，一点声音也没有，很安静。听到她在外面收拾房间。朦胧中我睡着了。做了个梦，梦到了造反派又来揪斗爸爸，爸爸的《我的检查》还没有交，他们来清问。几个头戴藤帽，手拿钢钎的男女，气势汹汹来到我家，我在门口大声地喊：“爸爸，有人来抓你，快跑！”爸爸坐在火盆边，埋着头，听到我的喊声，还没有站起来，就被他们抓住了。他们把爸爸带走了，我哭。哭得一下醒了，才知道是做了个噩梦，慢慢缓过神来。

这时我好像听到外面有声音，我们的灯已关掉，外面有很暗的灯光。我仔细听是有人在讲话。“我这里今天有人，改天再说吧。”“我们今天是说好的，兄弟们都在等着勒！老价钱，又不会少给你，你为什么要留别人？”“你以为都是做你们那些事的？”“不是做我们这些事的就好，我知道你是时常惦记着我的，我们开始吧，还等什么，兄弟们在外面等我出去，早就不耐烦了！”“不行，不行！”

我听那个男人的声音很熟悉。我悄悄地走到门边，从门缝里看到里面的那个人，他就是高个歪脖。他坐在床上，抱着阿姨，手在她的身上慢慢地摸。我心里很紧张，也不知道他们要做什么事，只是觉得不会是什么好事吧，一个男人抱着个女人。我想走开，又想看看他们做哪样。高个歪脖好像在脱衣服。阿姨忙从床上起来说：“不能在这里，我们出去！先说好，今天几个？”“四个，‘工农兵’，怎么样？给你的都是高价了！”

他们两个说完熄了灯，开门出去。他们是在做什么生意我不知道，但“工农兵”这几个字的意思我是懂的，那就是五块钱，五块钱上面的图案就是工农兵三个人。他们走后我又回去睡了。第二天一早，张囡就起来了，她把我们一个个都揪了出来，“滚起来，滚起来！我们回家了！”

我们爬起来就准备走了。阿姨还在睡觉，不知道她昨晚是什么时候回来的。张囡过去把我们的房钱交给阿姨，她坚决不要，对我们说：“你们快走吧，这钱你们留着路上用，再见了，不送你们。”说完，她又倒下睡了。

我们从她家出来，张囡他们说去二宿舍给高个歪脖说一声，我说："你们几个去就行了，我在这里等你们。"因为昨天晚上的事，我不想看见高个歪脖。

我们的串联就这样结束了！

我们的第一桶金

串联回来后，很快就完成了敬老院周大爷给我们找的活路，每人都有小小的一点收入。没隔多久花崽说，我们又有一个挣钱的机会了。他妈妈认识县食品公司的人，可以搞到赶羊子到地区去的事。每年开春以后都要赶羊子上遵义去。这是因为县里没有车子运上去。羊子从乡下收上来，集到一定的数量就要赶到地区去。从县里赶到遵义，每只羊两块钱，一次两个人可以赶几十只。从凤县到地区有两百多公里，一般五六天就能赶到，回来的时候找一个便车回来，那是很划算的。这样的好事一般人当然是得不到的。以前也听说过赶羊的事，没想到花崽这回说，他妈妈也给他搞到了这事，等到羊子聚集数量够了我们就可以动身。

花崽约了争鸣和我，说是其他人一般是两个人，我们是第一次，多一个人好赶一些。两个人赶是前面一个人，后面一个人。前面的人负责看好领头羊，每一群羊子里面都有一个领头的羊子，只要管好这只领头的羊子，其他的羊子是会跟着它走的。后面的人负责善后，不要有羊子走掉了。走到有草有水的地方，还要停下来让羊子吃饱了才能走，要不赶到的时候，羊都饿死了。最难管的也就是在吃草喝水的时候，羊这时候不愿上路，搞不好就要走乱。而每天要走的路程基本上是定好的，只有走到这些地方才找得到歇脚处，否则在荒郊野外的马路边上，是很不安全的。

花崽给我们介绍赶羊的情况后，问我们愿不愿意赶。我们当然是很愿意的，这是找不到的好事。不过我提出，要花崽去给他妈妈说，多给我们一点羊子，我们还是应该去喊母儿和张囡一块去，云霞现在是不可能的呐，前一段得了脑膜炎，住了好久的医院，现在她的病好了以后，还怕有后遗症，她妈妈不会让她和我们去那么远的地方的。但母儿和张囡我们以前做什么都在一起，现在有这样的好事情，我们就背着他们自己去，我觉得很不好。花崽有些为难，说是一般送去羊都是有一定数的，很难多得。听他这样一说我只好说："既然是这样，那你们两个去，我就不去了！"我觉得只要我不去也就不存在有什么对不起他们了。

花崽见我这样说，也觉得这样做是有些不好，就说："那我去给我妈说，看看有没有希望多得一点。"

过了几天，花崽一大早和争鸣来叫我，说是有一个好机会，正好送来一批羊有一百只。分为两队又少了，作为一队又有些多。我们五个人赶一队，正好可以多赶一点，花崽的妈妈一说我们几个的情况，食品站的人也就把它们都给了我们，但有一个要求，要我们今天就上路，站里没地方关这些羊。花崽的妈妈已经去给我们办手续去了，要我们赶快准备。

我们也没有什么好准备的，最关键的就是要穿一双球鞋，我正好有一双半新的解放鞋，把军用水壶的水灌满，拿了一条洗脸帕捆在水壶带上。妈妈还没有去上班，我急急地给妈妈说，现在我们就要出发去赶羊子。因我前几天就对她说过这事，她也没有反对，只是说都快要成一个野姑娘，成天到处跑。现在对她说，她只是觉得我们为什么这样慌张，什么都没有准备。不过我们已有过前次到三凤串联的经验，她也比较放心，给了我两块钱，五斤粮票。妈妈是算好给我的，正好是来回的费用，我也不会乱用一分钱，在我自己掌管经济的时候，我常常都是有节约的。妈妈要我放好了，我说："放心，我放的地方是最保险的！"用一张纸把钱包好，从袜子里放下去，晚上也不脱袜子的，怎么也不会搞掉。

我们去叫张囡，她爸爸不让她去，她在家里哭，我们没有时间等她，正准备转身走，她爸爸站了出来，大声地对我们说："你们要去做这些事，你们去，不要来影响我家张囡！去你们的！"说着双手像赶瘟神一样地赶我们。完全是莫名其妙，我们一下都懵了，不知道我们什么时候得罪了他，也不知该怎么办。

张囡的妈妈出来拉住他说："你这个人怎么回事，小孩子们又没有对不起你，你是在家关成疯子了！撒气到人家孩子身上！"说完抱歉地对我们说："张囡她今天不去，以后有机会再和你们去。"她说完我们没趣地走了，也不知道该说什么。

张囡的爸爸是历史反革命，不知是怎么回事，以前我们来找张囡，他还和我们打个招呼，现在只要一见着我们，他就是一脸的敌视，不知在嘀咕些哪样。张囡说："他不是针对你们的，他对外面的人，都是这样，对家里的人就是骂，有时候骂得你不知道他在骂什么，是在骂谁。现在也没有人批斗他了，他只是有时候叫去参加‘四类分子’劳动。在外面一句话也不说，叫做什么就做什么，回来就开始骂人。我们都习惯了，没有人去理他。有时候骂得太烦了，我妈说他两句，他就没有声音了。”

“四类分子”在现阶段应该是最坏的，最应该管教的人，他是包括“地主、富农、反革命、坏分子”，平时就简称“四类分子”。现在我爸爸妈妈还有好多以前被批斗的人不再被批斗，也不会去参加“四类分子”劳动。张囡的爸爸还要去，可见他的严重性。对他爸爸这样的情况，张囡平时也没什么，她常说，不理他就行了！我觉得张囡有些可怜，现在她不能和我们一块去，我心里很不好受。

从张囡家出来，我们就去叫母儿。母儿听我们说张囡的事以后，在那里大发高论说：“这事是张囡，要是我？我根本就不听他的，他一个历史反革命，也就是从来就是反党、反社会主义、反人民的人，这样的人应该坚决和他划清界限，还要听他的，我看张囡是没有觉悟！走！我去给她说，叫她和我们走！”他说着就要去找张囡。

争鸣说：“那是不可能的！你想得太简单，你把她叫出来，她以后怎么办？她不回去了？那是她的爸爸妈妈呢！”

“有什么稀奇的，这样的人，离了他又不是不能活！”母儿还是要坚持去叫张囡。我们没有办法，争鸣只好对他说：“那你去，我们去食品站赶羊子出来，一个小时以后我们在客车站前等你。不管情况怎样，你都得来给我们一个信！”

我们刚把羊子赶到客车站，就看到张囡和母儿已经等在那里了。我们都很高兴，还是母儿有办法。他得意地告诉我们是怎样取胜的：一到张囡家悄悄地去找到张囡的妈妈，把情况给她说了。她妈妈觉得这也是好事，特别是母儿说的，毛主席说，我们应该经风雨，见世面，要到大风大浪中去锻炼成长。她认为是应该这样，出去走走，有这么几个同学在一起不会有什么问题，而且还能挣钱，也就同意了。她同意，张囡的爸爸是没有什么好说的，张囡的妈妈是工人成分，在他们家里工人阶级领导一切，得到充分体现，一切都是她妈妈说了算。张囡收拾东西和母儿一起走，她爸爸在说什么，她也没听见。

张囡见到我们说：“以后对他这样的人，我要采取一点硬的，‘我们要反抗，要斗争，要干社会主义！’我觉得母儿这话是对的！”

母儿说：“还说呢，刚才你还说，要我不要白费劲，现在又英雄了！”张囡说："情况是在不断地变化的，'要允许人犯错误，允许人改正错误'，毛主席的教导我们要记心间！"

张囡又找到打击母儿的事了，神秘地对大家说："我昨天下午去叫母儿，你们猜怎么样？"

"哪个儿才讲那个事！"母儿急了，在那里发咒。

"哪个儿才不讲！"争鸣说。

"对对对，哪个儿才不讲！有什么不可以讲的，我们几个是什么关系，讲，什么重要新闻？"争鸣说。

"那我就说了。昨天下午我去母儿家，我和他约好的要去敬老院，昨天是该我们的班。走到门口就听到他爸爸骂他的声音：'你这个狗崽子，今天你出来不出来？'

'不出来，就是不出来！'母儿的声音高昂，完全是一派革命到底的气势。

'老子今天就在这里等着，看你能在里面多久！'接着又是一阵棍棒声音。

'革命到底，打死不投降！革命到底，打死不投降！'

我走到门边悄悄地看，才知道母儿躲到了床下，其实还有个屁股在外面，他爸爸不过是象征性地在床边敲打，真要打他屁股不开花才怪。这时他爸爸说：'你还不出来，你们同学来叫你呢？'母儿知道是我来叫他去敬老院，忙说：'我出来，我出来，革命无罪，反戈一击有功！我出来，我出来，革命无罪，反戈一击有功！'母儿一溜就从床下钻了出来，嬉皮笑脸地走到他爸爸面前说：'报告司令，本人要去敬老院执行任务！'他爸爸把棍子往地上一扔说：'滚，回来再找你算账！'"

听完张囡有声有色的讲述，大家都笑了。母儿不好意思地走到一边去了。从此，母儿的"革命到底，打死不投降！"就成了我们的口头禅，只要他和我们争吵，我们就用这一句来对付他，真灵，他立刻就没了气。

母儿名叫母家驹，小名叫母儿，从上学的那一天起，老师、同学都叫他母儿。他平时看起来吊儿郎当、嬉皮笑脸，其实人很老实、厚道。我们几个都属于狗崽子，家庭出身不好，爸爸妈妈有问题，只有他家是工人阶级，是革命家庭，"根红苗正"。可他从来没有在这方面有优越感，很多事还靠他给我们打抱不平。

"我们要赶快上路了，你们两个有什么嘴巴官司，留到我们在路上再打，这么几天的路我们还寂寞呢?”争鸣对他们说，招呼我们几个准备上路。

我们的一百只羊有好大一群，站在那里是黑压压的一片。这样多的羊赶在路上，要遇到车是不好退让的。花崽认为还是要把它们分为两队，这样走起来要轻松一些，最后我们决定分成两队赶。

这些羊是一块来的，就跟约好似的要走在一起，不管你怎么让它们分开，拉开距离，它们很快又窜上去了，我们费了好大的劲才把它们分开。我和花崽赶四十五只在前面，他们三个赶五十五只在后面，两队一开始相距一二十米远，走着走着，就只相距几米。我们这一队的领头羊是一个高大健壮的公羊，实际上它就是这一百只羊的领头。我的责任就是看着它，领着它走，让它带好路，它的责任重大，当然我的责任也就更大。

这只羊高大雄劲，它的一对角向里弯着，就因为它有一对好看的弯弯角，我叫它“弯弯”。出门的时候食品站的人就告诉我，一定要把它管好，只要它听我的，其它就没有问题，还抓了一把青草要我喂它。我轻轻地摸着它那弯弯的角，它吃完草，又来舔舔我的手，好像知道它的新主人是谁。一切办完以后，我拉了拉它的角，对它说，我们上路了！顺便捆了一把草吊在腰上，这是我专门给它准备的。

一开始都还是走得比较顺利，只管叫着“弯弯”，它也跟着我，听我的召唤。老天爷也很友好，不时有太阳的关照，大家走得很高兴。只是要和他们后面的说话，就比较费劲，要很大的声音。

走着走着，前面过来了两辆解放牌卡车，车子要接近我们的时候速度很慢，我们把羊慢慢地靠在一边，我紧紧抓住“弯弯”的角，它贴着我的裤子站着，雄雄地回头看看它的队伍，一副酋长的模样。汽车缓缓地通过羊群，车子走过后，我们的两队羊子又变成了一队。我只管叫着领头羊在前面走，他们在后面不管怎样也不能再把它们分为两队。最后只好一块走，大家认为这样也好，走到一起闹热。

走到一起最好的是能听到大家的说话，要不我一个人在前，就只有和“弯弯”说，它又不和我说，只是默默地跟着走，寂寞得我有时候在打瞌睡，后面的花崽喊，我得一惊。现在就不会了，有了两个话多的在后面，热闹得很。刚才过去的这两辆车的车棚上还贴有标语，标语上写的字让人难解。

母儿说话了：“你们都看到汽车上的标语了吗?”

“我们又不是瞎子，那么大的字，谁没看见？不就是写着‘支援贵州懒汉！’是什么意思？我们怎么懒了！谁敢这样说。”张囡接着母儿的话说。“为什么这样写你就不知道了吧？”母儿问。

我们可能谁也不知道，大家不作声。母儿得意地说：“还是我来告诉你们，车上拉的是粮食，是东北、山东那边运来支援贵州的，说是在省里的火车上到处都有这样的标语。”

花崽感慨地说：“是不是这样哦？他们支援我们还要骂我们懒汉，我们怎么懒了？”

“你是万事通？你怎么知道呢？你爸爸是邮电局的，又不是粮食局的！”张囡说。

“毛主席说：‘我们应该相信群众，我们应该相信党，这是两条根本的原理，如果怀疑这条原理，那就什么事情也做不成了。’你们是不相信群众，还是不相信党，我虽然不能代表党，但我是群众的代表，你们就应该相信我。这是听我爸爸说的，前几天就运来过两车。”母儿说完，很自信地看着大家。这时候，没有一个人说话，大家都跟着羊走着。

我们这一百只羊是清一色的黑山羊，走在路上是黑乎乎的一大片。这些羊好像是有人给它们洗过一样，那短短的、干净的、油亮的毛，摸着有如摸在绸缎上，那感觉真好。这种羊不是本地的，是在凤县最高的地方叫“栗原”的高山平原上喂养的特殊品种。凤县海拔不到八百，那里的海拔却有一千八百多。山高坡陡，爬上去很艰难。爬上去，却是一眼望不尽的大平原，或者说是大草原。上面的草长得不是用茂盛就可以形容的。草又嫩又长，春天羊群放在里面，基本上看不到羊们，只有风吹来的时候才可以隐隐约约见到它们的身影，真是“风吹草低见牛羊”。

这一巨大的山脉上的高山台地栗园草场，是西南最大的天然草场，面积十万亩，有资料证明它是“长江以南特大型高山草场”。这上面，最难的是冬天牲口的食料、人的蔬菜问题。

这上面的人每年仲秋开始，家家户户都用大木桶砸酸菜，有多大的木桶呢？一个人差不多可以在里面躺着睡觉。砸好酸菜以后人要跳上去踩紧，然后用大石头压上，以保证不进空气，就不会腐烂。这样的一桶酸菜就是一家人三五个月的菜。由于是高山台地，上面天气冷的程度，有这样的说法，说是在凝冻天，一大早起来大门打不开了，老爹叫老娘：老奶，快拿板斧！门又打不开了！那是门被霜雪凝住了，要用板斧劈。说是人的鼻涕一出来马上变成冰条。

但你要认为这样的地方不适宜人的居住那也就大错了，这宽阔丰茂的草场，高山核桃树、栗子树，长在高山上的，可都是上品，因为它的生长周期长，肉质特好。这里的地名叫栗园，我想是与盛产栗子有关系的。

这里的一年四季，都有它特别的地方，春夏草木茂盛，“蓝蓝的天上白云飘，白云下面马儿跑”的景象处处可见。这时候的草，高壮，长得好的地方有半人高，可见这里的土地之肥沃，这时候人畜在草里行走，时隐时现，完全超过了“风吹草低见牛羊”的情景。冬季莽莽白雪覆盖着整个草原，草原上起伏的山峦，与远处的天边化为一体，让你难辩地与天，更有美妙处是草原西部的石林，在起伏多变的草原上有了石林更有几分阳刚之气，在白雪的掩映下，你会觉得这时候栗园草场有如处于冰河时代。

只是畜牧业发展不起来，那里不通公路，养出羊来不好卖。我们赶的这一百只，是县里的一个干部在那里检查工作，为了完成上面的任务，临时决定在那里从农民家，家家收购起来完成任务的。收好以后，找了两个农民慢慢赶下来的。它们都是黑山羊，好品种。这个品种，说是前些年有一个从省里来的专家，带上去的。专家考察到那里，看准了那块土地，准备在那里大量发展山羊。当他还没有完全发展起来的时候，就被抓了回去了。说他是只“专”不“红”，“只是埋头拉车，没有抬头看路”，走到资本主义道路上去了。他走以后，栗原上面的羊就基本上都是黑山羊，以前本地的品种，慢慢地也没有了。这个品种虽然好，也还是上不了规模，就是农民家自已养来吃，不过，还是有不少人已经知道应该怎样科学地喂养。他们决不让本地的羊子在上面繁殖，生产队就立有专门的规定，这一点，他们记住专家的教导，记住了专家给他们描绘的未来的美好蓝图，虽然他们还不知道这个未来能不能实现，在什么时候才能实现。

太阳要落山的时候，我们走到了路边的一个小村，我们不敢再往前走了，怕走到天黑时前不着村后不着店，走了一天的路，又累又饿还有一百只羊要管怎么办？我们决定就住在这里。我们走到一户农家，和主人家商量，他们很爽快地答应了，还把他家的大牛圈腾出来让我们关羊，还给它们抱来一些青草。只要找地方把羊关好了，我们就什么事也没有了。主人家给我们做了一大锅酸菜“苗饭”稀饭。说是稀饭，实际上也是干饭。它是把苞谷面调到水里，倒进锅里煮得半熟后，再把切得细细的酸菜倒进去搞匀，盖上盖子，小火烤，能闻到锅巴香的时候，就可以了，好吃得很，里面就加了一点盐，的确是美味。这种"苗饭"，我们在前次串联的时候，在云霞的外婆家吃过。

吃过晚饭，主人家抱来一大捆谷草，放在厨房火坑边铺好，用灰把明火盖了，让他们三个男娃娃睡在那里，说是这里热和。我们两个姑娘睡在他们的屋里，男主人去睡牛圈旁边的谷草堆里，说是也好给我们看着羊。我们连声感谢。我和张囡去睡的时候，看见有三个半大小孩已经睡在上面了，我们也就在旁边找了个空位倒下就睡着了。

第二天一大早，天还没亮，主人家就来叫我们吃早饭，说吃了好赶路。我们都吃得很饱，大家都知道，不知道要到什么时候才能吃。主人家又给我们包了一些带走，那女主人看我们这样子感慨地说，还是些娃娃就出来吃这个苦，城里人也不容易啊！

临走时我们给他们钱粮，他们是说什么也不要，争鸣和他们在那里推拉着，我趁他们不注意，从我这里拿了一块钱、一斤粮票放在灶上，用一个碗压着，走出来对争鸣使了个眼色，带着我的"弯弯"前面走了，大家也都各就各位，我们又上了路。刚走上路，就听到后面有人在喊，是那个男主人追着在喊我们，我拉了一下"弯弯"的角，它乖乖地停在我的脚边。

"你们的东西掉了！"那男主人跑到争鸣的跟前拿出那钱粮说，"这是你们的，拿着！"他说得很诚恳，说完使劲把钱塞进争鸣的荷包里，扭头就走。

他走了，争鸣没有再去追，我们看着他的背影在远方的小路上消失，心里都有一种说不出的滋味。我们这才想起，这家人姓什么、这个地方叫什么，我们都不知道，几个人只知道吃饭、睡觉。母儿看见大家都有些过意不去，就说："这事应该是我的责任，我向毛主席保证，以后这些事情都由我来完成！"

这一天我们都很顺利，走到下一站响水镇的时候，天色还早。我们找镇上唯一的一家饭店住下，把羊安顿好以后，就到小街上走走。小镇还干净，街不大，五分钟就可以走完。有两家卖东西的，我们每人买了几个两分钱一个的粑粑，一分钱一颗的光溜溜的水果糖。有这些东西，我就不打算吃晚饭了，花崽他们三个男生反对，我们又到饭店买了二斤米饭，煮了一碗白菜豆腐汤，大家分着吃。这一天是我们最顺利的一天，又能买到东西吃，大家都很高兴。

第三天，一出门就不顺利，我们的羊子走在路上，不知什么时候，有几只窜到路边的麦田吃别人的麦子，张囡、母儿去把它们赶上来，正好被一个农民发现。他吼叫着："我就早发现，我们的麦子被吃了，就是你们这些赶羊子的，今天你们要赔，每窝一角钱。你们自己去数！赔不出来你们别想走人。"他拿着一根扁担拦在我的前面，不让我们走。

母儿说："我们的羊子还没吃，就被我们赶上来了！你要我们赔个哪样？赔你坐三天三夜!？你等着!"

"那你就看着吧！今天不赔你们就走不了路!"

很快又来了几个农民，他们在那里指指点点地说，麦子被吃了好多好多，今天总算是抓到人了。

我们一点办法也没有，花崽、争鸣看这情况只好说："不要说了，赔就赔，你说赔多少?"

"吃好多，赔好多!"拿扁担的农民说。

"根本就没吃到几窝!"母儿不服气地说。

"不要说了，下去数!"争鸣对母儿说。

母儿、张囡下去数完，说是一共五窝，我们要赔五角钱。这个农民不同意，他说还有那边的没数。他这就是冤枉了，那边我们还没走过去，羊就更没过去了，不是我们的羊吃的，怎么叫我们赔。那农民的道理是：那我怎么知道，反正是被你们城里人赶的羊子吃的，抓着谁就叫谁赔，要不你说我们怎么办?

我们都不能接受这样的道理，在和他争。一会儿就聚了好多人围着，这样下去我们是要吃亏的，花崽要我看好羊子，他跑了出去。这里的争吵还在进行，也有的农民认为，应该是我们的羊吃多少就赔多少，其他的不干我们的事。可这个农民哪里肯听，仗着人多，他越说越得意。

突然一个粗莽的声音响起，"事情该是哪样就是哪样，我看是没有王法了，哪些是他们的羊子吃的，让他们赔了走人!"母儿他们赶快带来人到现场去看，看完他走上来说："叫他们赔五角钱，让人家走！天下都要讲个理字，是不是?"

"队长说得对，我们早就是这个意见!"人群里有人说。原来刚才花崽看这情形，赶快跑去把他们的生产队长叫来，才解决了这个问题。

我们赔了钱，又上了路，这一路上大家无话，都不想说。五角钱，正好摊到我们头上每人一角。张囡、母儿说，是他们边上没看好该他们赔。我说那怎么行。钱是由母儿给的，我们每人拿了一角给母儿。

天气要变了，刚才还好好的晴空，一下就开始下雨了。怪不得语文老师说“五月天孩儿面，说变就变”。

雨就这样下着，我们赶着一大群羊，根本找不到躲的地方，只有冒着雨走。雨虽然不很大，可一会儿衣服就湿透了，虽说已是五月了，下雨还是很冷的。我们加快脚步走着，速度加快身上就感觉要热和一点。这时候没有人说话，大家只想赶快走到一个可以落脚的地方，歇下来避雨、找东西吃，偏偏今天的路程特别长，总没有人家，老是在山上转。从山脚慢慢爬到山顶，又从山顶走下来，这大半天的路就是翻这座山。

下到山脚，雨也开始停了。前面有一人家，我们觉得又累又饿又冷，急于想找一个地方歇下来。这次母儿先冲上去打听情况，这家只有一个婆婆在，婆婆对母儿说，她今年六十了，他们这里叫黄灯坝，他家姓黄，这里方圆几里的人多姓黄，杂姓的少。儿子媳妇出去做活路去了还没有回来。母儿和她说明来意，她说：“可以，我说了就是，我能够做得了儿子、媳妇的主，你们只管住。只是羊子要吃亏了，没有地方关，就只有在屋阳沟后面。”

我们把羊赶到了她家的屋阳沟，实际上就是房子与后面山墙中间有两三米的一个放柴火的地方，两边用柴拦好，也还不错。张囡在数羊，数了两遍，都要差两只。这下可把我们吓着了，是在什么地方走掉的？谁也说不清楚，只有赶快沿路回去找。我和张囡留在这里，他们三个去找。

他们走后，我们在那里又数了一遍，希望有奇迹出现，结果还是只有九十八只。黄婆婆对我们说：“不要紧的，这样的羊它不会走多远的。我们这里山上的羊不是自家的，也不会有人去赶它的。”

听她这样说，我们放心了一点，趁天还没有完全黑，我们在黄婆婆家要了两把镰刀，到附近山边割点青草。羊们今天没有得到多少东西吃。天黑的时候，黄婆婆的儿子媳妇回来了，我和张囡坐到了火边，这时候我们才感觉到衣服一直是湿的，就把外面的脱下来烤，里面的已经基本上干了。快吃晚饭的时候他们三个赶着两只羊回来了。它们是在雨下得最大的时候，跑到一块大石头后面，吃草去了，我们走的时候没发现。花崽他们去的时候，两只羊子还在那里吃得乖乖的，哪里知道它们早已掉队了。

黄婆婆家很穷，好像什么也没有，我们不想麻烦他们，吃完饭我们商量说，羊必须要有人看，我和小琴守上半夜，他们三个男生守下半夜。黄婆婆他们也没有反对，就给我们抱了一大捆谷草，铺在羊群的旁边。我们两个卷着躺在那里，说是守羊，其实不知不觉就睡着了。三个男生跟昨天一样在灶门前睡。

我睡得迷乎乎，梦中老是听到有一只羊子在叫，它叫得很凄惨、很悲凉、很无助。我想，这只羊是怎么了，怎么会这样叫？突然它好像就是“弯弯”，不知是在什么地方摔断了角，头上光秃秃，一双流泪的眼睛看着我，好可怜。我伸手去抱它，又不见了，让人难过。

我突然醒了，的确有只羊在叫，叫得很痛苦。我一下坐起来，推醒了睡得很熟的张囡。这时候我听到这叫声中还有一个细小的、嫩嫩的声音，好像是两只羊在叫。这时候天很黑，一点亮光也没有，什么也看不见。张囡问我叫她干什么，醒了好害怕，我对她说了，她说是的，她也听到是我们的羊在这样痛苦地叫。我们站起来看到的是黑乎乎的一堆羊，没有办法，我们到厨房去叫他们几个，准备找个亮来看看。

我们进去，叫醒了他们，母儿不耐烦地说：“怎么这一会儿就该我们的班了？”“不是，我们老是听着有羊在叫。”张囡说。

“羊圈里，羊叫有什么稀奇的，大惊小怪的！”母儿说着又倒下睡了。争鸣、花崽听我们说，点亮了煤油灯，说出去看看。

我们走到羊群中，在一个角上看到有一只羊躺在那里，旁边还有一个黑乎乎的东西在动。我们走过去一看，是一只小羊子，“呀！它生小羊了！”张囡惊喜地叫着，说着就要去抱它。

“不要动它，好像还有呢！快去叫黄婆婆来！”花崽蹲在那里，轻轻地摸着那只母羊说。

争鸣和张囡急匆匆去叫人。这时我也蹲下，看那只母羊，它那双会说话的眼睛看着我们，在述说着它的痛苦和希望。它的身后是一堆血糊糊的东西，刚生下的小山羊已经会站起来了，它站起来又拐下去，试着走路的样子很可爱。它身上还湿漉漉，母羊不时在它身上舔，它咪咪地叫着，享受着母亲的爱。母羊好像是很累，又好像是很痛，她舔了一会儿，又在叫，叫两声又舔，那样子很辛苦。

争鸣他们叫着黄婆婆来了，黄婆婆叫我把我们睡的谷草抱过来，放在母羊的身下，我轻轻地给它放草，慢慢铺好，害怕碰着她肚子里的小宝宝。这时候我发现母羊身下，还有什么东西一大坨，我赶紧说：“婆婆这里是什么，你快看!”婆婆赶快抱开母羊一看，是一只刚出生的小羊，它身上还有一个血淋淋的东西包着，黄婆婆说，它已经死了，被它的妈妈压死了!

它死了吗?怎么会呢?我心里好难过。也像黄婆婆那样在它的脖子上摸了摸，还是热的，只是一点动静也没有。好可怜的小东西，睡在那里一动不动的，它的同胞兄弟都已经在旁边跑了，它却不能站起来了。我把它抱到它妈妈的头边，想让它妈妈看看它。母羊挪动着身子在这可怜的小东西的脖子上舔着，它好像不知道它的孩子已经死了，还那样亲切、关注地在小羊的喉咙的部位舔。它舔着舔着，奇迹出现了，小羊的喉管那里动了一下，我一惊，以为是我看花了眼，再专注地看，不!的确是在动，喉咙那里一上一下地动，我大声说:“你们看，它活了!”

大家都围过来看，它的确活过来了，它是活了!太好了，太好了!大家是一阵的欢喜。

“我来看看!”黄婆婆说着，帮小羊把包着它的东西拨开，这是它的衣包，现在没有用了。“还有一只马上就要生了!你快去拿点热水来!”黄婆婆叫她的媳妇。

一会儿，又一只小生命诞生了，这一只在黄婆婆的帮助下，很快就生出来了。黄婆婆的媳妇端了一碗热乎乎的苞谷面汤汤，递到母羊的嘴边，它慢慢地吃着，这是给她的最高待遇。

做完这些天都快要亮了，我们又该上路了。面对三个新生命，我们不知道该怎么办。它们那样小，怎么跟着走?最后我们决定，把这三只羊送给黄婆婆他们。我们来的时候，是按它们的羊头点来的一百只，到时候交上去的是一百只就行了，有谁管它是不是生崽崽了。我们带着它们太难走，送给黄婆婆他们喂养有多好。我们把这个意思给黄婆婆说后，黄婆婆说:“那不行，羊子是公家的，它的崽也是公家的我们不能要，再说了，它们才刚刚生出来，就让它们离开它的娘，太可怜了!不要紧的，你们慢慢赶着走。”

我们赶着羊走了，临走时黄婆婆给了我们一包黄豆面，要我们一路上给母羊吃，它才有奶喂小羊。这三只小羊一蹦一跳地跟着走，它们总是走在它们的母亲左右，不会走远，也不会找错。奇怪的是现在“弯弯”这只大公羊，它一定要等着这只母羊走，母羊要等它的小宝贝，“弯弯”也放慢了脚步，甚至是站着不动了。没有办法我们只有抱着这三只小羊走，就这样抱抱走走，它们才走得快一点。

有了这三只小羊，一路上我们又多了好多乐趣，在第五天的下午，我们走到了目的地。送到以后，我们担心的是多的那三只小羊，他们给不给我们算钱。开始我们打算把它们拿去卖了，这是在路上才多出来的，没人知道，见它们跑来跑去的离不开它们的妈妈，又不忍心。只好让它们母子一道，送到食品站。在食品站我们把情况说清楚以后，接受的叔叔说，这样的事以前还没有遇见过，怎么处理他们还要商量一下。我们在那里等他们商量。不一会儿，他出来了，他说他们研究决定按我们现在的实有头数给钱。我们当然是很高兴的，这样我们要多得六块钱，每个人都要多得一块二角钱。这可算是意外之财了。

我们很舍不得地离开了我们的羊。“弯弯”、小羊、母羊还有那些黑羊们。当我们走的时候，“弯弯”急急地要跟我走，我把它推了一下，要它站到一边，它有些莫名其妙地看着我，又跟了过来，我不忍心再推它。接受羊的叔叔走过来把它拉住，我含着眼泪，就如丢掉了一个好朋友，一个不可能说再见的好朋友。“弯弯”那会说话的眼睛看着我，似乎在问我这是为什么，为什么不要它们了！我有些想哭。看着在一边咩咩叫的三只小羊，张囡忍不住又跑过去摸摸它们。

花崽、争鸣把钱领来了，我们从来没有见过这么多的钱，有好大一把。我们把钱分了，每人四十一块二角。大家都有各自放钱的好地方，把它们放好，从家里带来的那点钱都还没有用完。现在我们觉得，世界上最富有就是我们几个了，因为我们现在身上的钱，是刚参加工作工人的四五个月的工资。刚参加工作的工人，每个月才九块钱。这一切的功劳当然要归在花崽头上，没有花崽妈妈给我们找来的这个差事，我们就不可能得到。大家都对花崽说一些感谢的话，花崽却说：“这有什么，没有大家我一个人也赶不来！”临走时我们又过去看了一眼我们赶来的羊，它们已经被赶进一个大铁栅栏里，我心里好难过，特别是那三只小羊，没有人管它们，真可怜！

第二天，我们几个乡巴佬观光了遵义这个大世界，这里有好多漂亮的房子，好宽的街道，这里的人穿的衣服，颜色与我们凤县的差不多，但看起来就是要洋气得多，张囡说，那是人家人洋气！是个土包子，穿什么都是土的！

我们在街上逛，有好多好东西好买，但大家都舍不得钱。走到一家百货公司，它好宽好大，比我们凤县百货公司的几个都还大，我们在里面走得晕乎乎的，差点就没有找到出来的门。在这里面我发现了一个蓝花瓷的罐子，那样子、花色都和破“四旧”时，我从家里拿出去交的那个一样，上面也是有一个喜字。我在那里看了又看，想买一个又觉得太贵，要两块四角钱。买了它就把我身上的所有零钱都买完了，吃饭要用，就要动我的那四十块钱，这是不能的，这个钱我要完整地交给妈妈，妈妈早就想给外婆做一件丝棉衣服，说是它又轻又暖和，外婆年纪大了，冬天怕冷。但就是腾不出这个钱，一直没做成，现在我有这么多钱，做一件丝棉衣服是完全够的。就是不能打散，打散就要扯来用了。最后我还是决定不买，走到另外的地方去看各种各样的东西去了。走来走去，不知怎么的，我们又走回到原来的地方。我再一次被那个罐子吸引。花崽见我老是在看那个罐子，就问我是不是想买。我悄悄地把我的想法对他说了，他说：“那就这样，你拿出小羊子的那一块二角出来就行了！”

我不知他是什么意思，就拿给了他，他把他的那一块二角钱也拿出来，一起递给了我说：“这个钱，是额外得的，你拿去买吧！”我看他很坚决，也就去把那个罐子买了。

我们在那里住了两个晚上，第三天一早，我们搭了个便车返回。是花崽的妈妈找人给我们联系的，一个拉水泥的车子，我们坐在上面的水泥袋上，就算有点水泥灰，不过还是很舒服的，还可以躺在上面。这几天，我们走累了，能在上面躺着，那是很舒服的。下午，我还想再睡一觉的时候，他们就在喊，说是到家了。

我们不能没有书

我们准时到了学校，同学们都已经到了。大家都猜测今天的活动是做什么。问李老师他也不说，说是到时候就知道了，还搞得神秘兮兮的。一会儿，李老师背着一个手风琴来了，那是学校唯一的一个手风琴，大家更是激动，今天又没有音乐课，老师还背手风琴，是要做什么？大家在猜测。

集合，集合！李老师发话了。大家很快站好了队。“大家听好了，我们五（一）班，今天出去搞活动，地点就在我们后面的菠萝山，我们先比赛爬山，从我们现在的地点开始，一直爬到山顶，到顶以后去拿那些树上挂的纸条，每人只能拿一张，上面写有一个人的名字，你要注意了，不是随便拿一张，到时候我们是要比哪个的最大，最大的前十个有奖。打前站的同学他们早就已经上去了。听清楚了？我们现在唱首歌，大家听我起个音。”他在手风琴的键盘上按了一下唱道：“大海航行靠舵手……预备，唱！”李老师拉着手风琴为我们伴奏。那天我们的歌唱得特别有精神。

菠萝山不算高，形似菠萝，平时我们就经常爬上去玩。今天更是爬得快，一会儿就爬到了顶。我第一个就冲上去了，看见不远的一排树上挂了一些纸条，赶紧跑了过去，纸条上的名字让我吃了一惊：刘少奇、邓小平、陶铸……邓拓、吴晗、廖沫沙、杨晓扶、万富宏……张兴富。这些都是从上到下的走资派，我爸爸是文教局局长，是县里最小的走资派之一。在我一愣之时，后面上来的两个同学不容分说地拿了前面两张最大的纸条，我趁他们不注意的时候，赶快把写着爸爸名字张兴富的那张纸条，拿来揣在荷包里。张囡、云霞她们也上来了，她们也赶快拿前面两张纸条。本来我是第一，我可以拿到前面写着刘少奇的那张纸条，可我不想太多的人看到这里有我爸爸的名字。

一会儿，同学们前前后后全都上来了。上来以后，有的在比大，有的为没有拿到纸条而沮丧。我上来得最早却很难过，不知道老师今天要上来搞这样一个活动。刚才的高兴，这一下全没有了。我没精打采地站在那里，看着大家高兴。李老师在拉手风琴，一些同学在跟着唱，欢乐这时候属于他们。

张囡好像看懂了我的心思，走过来对我说：“那边有一棵红子树，结了很多红子，又红又大颗，我们过去摘。”“你们去嘛，我不想去！”我的确不想动，手里拿着那张写有爸爸名字的纸条，在一横一竖地折，不知道应该怎么办，想把它撕掉，又怕老师一会儿要交上去，也不敢撕。

老师在组织领奖，同学们都在那里围着，张囡、云霞她们得到的都是不错的名次，还得了一个很好的奖品。特别是拿第一名的那个同学，拿着他的奖品，一个大笔记本在那里欢呼。我心里一直在想，那个笔记本本来应该是我的。

奖品很快就发完了。这时候，云霞他们几个在和老师说什么，老师刚才兴奋的表情，约有一点变化。他走了过来，走到我的面前，从我手里拿过纸条，看了看说：“好了，今天这事，我也有责任，我没有给他们打前站的同学讲清楚。不过，你也要接受这个客观事实，事实就摆在那里的，有哪个同学不知道呢？你也不要把它看得那么重。他们都说你是第一个上来的，现在好了，是你自己放弃的。现在只有以后再争取了。”我有些胆怯地说：“老师，以后有这样的活动，我可不可以不参加？”

“那可不行，我们要在革命的大风大浪中去锻炼自己，这点小事就经受不起，那怎么行！好，过去吧，我们集合了！”老师虽然没有答应我什么，但他的话还是让我明白了很多，心里似乎高兴了一点，跟着老师走到同学中。这时候没有一个人再说什么，大家就像什么事也不知道一样。

回家以后爸爸问：“你们今天搞的什么活动?”我说：“爬山比赛。”“你没有拿到名次?”“没有。”爸爸没再问。我赶快帮着爸爸做饭。吃过晚饭，小琴他们几个来叫我去排练节目，准备赶场天上街宣传，我给爸爸说了声就跟他们出去了。妈妈这一段时间主要在新华书店的一个老库房清理旧书。每天都要六七点钟才回来。每次都是我们几姊妹先吃，爸爸等着妈妈一块吃。

我们排练节目回来，也就是十点半钟，我们总是按时回家。回来后见妈妈正在洗她的工作大褂，准备洗了烤干，明天一早又穿着上班。她一边洗一边说：“那里面的书很多，也很乱，大捆大捆的，有好多，幸好破‘四旧’时没有被烧掉，好多是古今中外的名著，都集中在那里。听说，那还是在文化大革命刚刚有点动静的时候，很多地方也没人管，有人专门找人把文化馆、书店的‘四旧’东西全搬到了天主堂。”

“那你还要在那里清理多久?”爸爸问。

“谁也不知道，反正还早得很。”妈妈回答。

“那你也不要着急，就在那里慢慢清理，反正都是工作。”

“我知道。只是那里的书没人管，前天我发现里面的书被人偷了，告诉他们的，到今天还没有人去管。偷的人是从后面的窗子翻进去的，可能偷了很多，那里是空了一大片，也没个数。这两天还在不断地少，可能他们是天天都去偷。”妈妈说着，把她洗的衣服挂到了灶上烤。

她说的偷书的事，这两天我听到外面有些人说，说是县门口的肖番他们这几天得到很多书，是天主堂里面的书。也没人说是“偷”还是怎么得的。

听我哥说，那是邓天厚在天主堂里偷来卖给肖番的，还是邓天厚自己说的。哥现在已经没上学，因为他的小学已经读完了，初中老没有招生，他就在外面做小工。这一段就在和邓天厚他们一起挖土石方。邓天厚在他们看来是英雄，破四旧的时候，县城西门的那十二道牌坊，很快就被砸了十一道，一大群人跟在后面，看那些砸牌坊的革命行为。对于那些被认为是四旧的东西，要砸烂，大家已习惯了，造反派说应该砸就是应该砸吧。砸到十二道牌坊的时候，就没有那么顺利了，砸不下去了。从牌坊下面的屋子里走出一个二十出头的小伙子，一脸的怒气，对那些拿锤子钢钎的人说："老子今天给你们说，我不管你们要砸些哪样鸡巴，我邓天厚今天告诉你们，我家三代雇农，今天要是哪一个敢砸这个牌坊，让我跟我老娘没有住的地方，我就背着我老娘到他家去住！那就是要吃要喝的哟，我说到做到。"大家被他这一下给镇住了，没人敢动，也没人吭气。原来这个叫邓天厚家的房子一面是靠在牌坊上的，牌坊一砸，他家的房子也就垮了。他三代雇农，根红苗正，没人敢碰他。

这时候，人群里面有个大个子在大声地说："你雇农有什么稀奇的，老子家也是雇农，怕你？我没有家，也不怕你去我家住！来，大家动手，有什么事我一个人担着！这是革命行动，要砸烂封、资、修的东西！"封，就是封建；资，就是资产阶级；修，就是修正主义。这时候有几个人说有人担着他们就行动，完成这最后的一个，说着，慢慢地走向牌坊。只见邓天厚从屋里提着一把雪亮的斧子冲出来，站在牌坊下，"你们敢来，老子早就准备好的，今天也是打死一个够本，打死两个赚一个，老子在这里等着！"那几个人不敢再往前走，都愣在那里不动。大个子正要往前冲，被他旁边的一个人抓住，小声地对他说了什么，大个子对大家说："我们今天就到这里，暂时不砸这'四旧'的东西，我们改天再来，我要和他姓邓的较量一下，看看谁是英雄。走，我们走！我们去下一个目标！"邓天厚的房子保住了，更重要的是西门的十二道牌坊最后保住了一道，也是后来全县留下的最后一道牌坊。邓天厚并没有想到他为凤县全县人民保住了一笔巨大的文化遗产。

造反派当时没有敢砸，后来也没有人想到再来砸这个东西。邓天厚和他的妈妈也还安然地住在那里。邓天厚在生产队做一些农活，但他平时多数时间是在城里找一些小工做。这在当时，生产队是不允许的，这是资本主义的尾巴，要割掉，可就是他和造反派有过那次英勇斗争之后，就没有人敢管他，他也活得自在。

肖番这个人，"文化大革命"开始时他上高中。开始也跟着大家一块参加各种游行、宣传，后来就什么都不管了，也不参加什么派，成了逍遥派。成天在家里看书，外面的任何事情都与他没有关系。每天他都是看书、找书。家里的藏书有上千册，这是很不容易的。因为他家庭成分好，父母都是贫民，"文化革命”的事情与他家就一点关系也没有。他家就是一个“革命春风吹不到”的死角。邓天厚不知道从什么地方了解到肖番喜欢收藏书，平时在什么地方发现了书就给肖番搞来。开始也白给，后来次数多了，肖番也给他些钱。

邓天厚发现红卫兵、造反派抄家的时候容易搞到书，他就经常利用这个机会，得到手以后，悄悄地送到肖番那里。一次他拿一本书来就对肖番说：“你得给钱，我帮你找书耽误了我好多活路！”肖番接过书一看，《唐宋词选》，说：“好书！还是线装本！”

“我也不知好坏，反正我只知道你喜欢的就是这种黄兮兮的竖竖字，一句话，‘四旧’，你就要！”

“你也不要说它是‘四旧’，书就是好东西！”

“那我不管，你给我钱，多少你看着办，要不是，老子不给你找了！”

“下次给，我没有钱！”

“那就算了！”邓天厚一把抢过书，扭头就要走。

“哎哎，哎！给你，给你，你一定不能给任何人说，要不我们就做不成喽！”说着肖番摸了一角钱给他。

一天，邓天厚找到肖番，把他拉到一旁，悄悄地说：“我可以给你找好多的书，你是不是都给我钱？”

“那当然！”

“老价钱？”

“可以。”

当天晚上，邓天厚就给肖番送来了一麻袋书，按数给钱，邓天厚那天可是得了十块钱。这对邓天厚，可是从来没有过的钱。他一天在生产队劳动的价值也就一角几分钱，在外面做小工一天四五角钱。一个刚参加工作的工人一月只有九块钱。他觉得这次是发大财了，可以用这些钱和老妈过一段日子了。

他去了两次，都很顺利，这次去也很快就搞了一麻袋翻窗出来，正要扛着走，被人逮着。他想反抗，几个人把他按住，他只有束手就擒。第二天一早，被拉在大街上游行，把那一大麻袋书给他捆在背上，要让大家看看偷书贼的下场。大个子前次砸牌坊没有斗过他，邓天厚今天是栽在他们手里了。他高兴地说：“总算是出了口气，你邓天厚不是三代雇农吗，你不是凶得很吗？今天怎么了！”大个子走在前面打锣，高喊：“看看小偷，偷四旧东西也是偷！”游街不到半天，邓天厚所在的那个生产队的农民跑来要人，说是又没有偷钱偷米，那些四旧破烂东西本来就是要销毁，拿了又怎么样，还把他们的人抓起来，哪有这样的道理？大个子他们只好把邓天厚放了。

一天下午放学早，我去妈妈整理书的天主堂。这个地方我来过，不过以前是在外面的坝子玩，里面是什么样没有见过。天主堂的房子很高大，孤零零一栋耸在那里，外面一色的白，窗子好奇怪，一个个高尖尖向上，又高又大，窗檐边长久没人管，长出了小草还开了花。大门进来，向上是一个从地到天一直通到顶的穹，中间没有什么东西隔断，也没有柱子，似乎通过这里可以到天上，好威严。窗上的玻璃五颜六色、形状各异，太阳光透过它们照进来，五颜六色撒满了一屋，很是漂亮。

一进门，我没看见妈妈，只看见堆得成山的书，说它成山，是因为我叫妈妈只听到她回答的声音，而看不到她的人。我在这些书堆转了两圈，才发现她就在进门正对面高台上的那一堆书里。

“妈妈，这里的这么多书怎么看得完？”

“那也不是每一个人都要看完，都是有挑选地看。”

“那我怎么知道我应该看些什么？看哪些书？”

“这很简单，你看了就知道了。”

“这些不都是‘四旧’、毒草吗？”

“也不都是。”

“我可以看？”

“当然可以！这边的书灰很大，要看你到那边妈妈整理过的书架上去拿。”

“妈妈，现在我不看，我是来帮你整理书的。”

“那也好，你就帮我把这些书放过去。”

我在那里把妈妈要我放的书一一地放到架子上。都是些大书，我没有看的兴趣，只把它们按妈妈的要求放好。这么大的房子里只有我们两个人，显得非常的安静，这种安静让我害怕，我怕从那高高的屋顶上会掉一个什么东西下来，那顶上还贴有一些星星一样的图案，这么高是怎样贴上去的？我坐在一堆书上昏沉沉的，觉得没什么意思。

突然，我被堆在书架角的一堆书所吸引，上面的那一本，图案很鲜艳，红的，绿的，黄的，有两个人在上面，穿古装的一男一女，我走过去拿来看，《田螺姑娘》。我仔细地看每页下面的一排排字，它写的是：很久，很久以前，一个农夫，很勤劳，每天种地早出晚归。有一天，他种地回来，一进屋，就见桌子上已经摆满了饭菜，他到处找，希望知道这是怎么回事，是谁做的，找不到，他就吃了这顿丰富的晚餐。接着两天都是这样，第三天，他同样一早就出去种地，不过，走到半路，他又回来了，躲在屋后偷偷看。一会儿一个仙女模样的姑娘，从水缸里变出来，在那里做饭，农夫赶快跑进去抱住她。原来这是一个田螺姑娘，她被农夫的勤劳所感动，来帮助他，愿意与他结为夫妻。

我觉得这书很好看，从来没有看过这么好看的书，它上面五颜六色的图画，它的人物的模样都是那么样的美，特别是这个故事。我看完了字，又看了一遍图画，就在这一刻，我好像看懂了书。

以后我每天都要去那里帮妈妈整理书，更重要的是去看书，有时经妈妈的允许还要带一两本回家看，也正好借给争鸣、张囡他们几个看。很快我看完了那一堆小人书。

不过我还是喜欢去肖番的书屋看书，在那里可以听他们摆一些他们看后的心得。

一天我去肖番的书屋，走到县委门口，还没有绕进他家的院子，就看到很多人围在那里。我跑过去，挤进围看的人群，只见一捆捆的书提出来，扯得乱七八糟，一地都是书。肖番站在那里，一句话也不说。他看见我，却笑了起来，说："铁梅来了！你还应该用一块红布补在你的红衣服袖子上，就更像铁梅了。"他平时爱叫我铁梅，我虽然不答应，但心里还是很高兴的，他今天叫我铁梅，我很想哭，看着这些书，有好多还是我们在那次县里发大水的时候从洪水中挽救出来的，现在被扔在地上踩得不成样。我偷偷地擦着眼泪。肖番看着我，小声地唱："铁梅呀，你莫要哭，莫悲伤……"这是《红灯记》里面李奶奶的唱段，他是在安慰我，也是在宽慰他自己。

里面搜书的人出来了，走在前面的是大个子。现在他是县革命委员会主任了。天并不冷，他总是围上他的那条长围巾，把一边搭在肩后。我刚来凤县的时候，妈妈给我围过一条红围巾，第一天围到学校，被同学们认为是资产阶级，以后就没有再围过，放在那里被虫蛀了好多小洞洞。凤县很少有人围围巾，在这时候就更没有人围围巾。他是特殊人物，也没有人敢说他。他有时不围围巾，就觉得很奇怪，脖子细长细长的，像骷髅人。

他后面的一个人急匆匆拿着本书出来说："主任你看，你看，这里还有一本叫什么《牛氓》，这不是就是'流氓'书？"大个子不耐烦了，说："拿到一边去，什么流氓书？是一本资产阶级的书，不要在这里丢人了！"大个子以前在书店工作，这些书他是知道的。

"主任，这事怎么办？"一个人对大个子说。

"什么怎么办！书全部没收，抬回去！人就不用管了，看在他还小，又有老母要照顾，孤儿寡母，加强教育就行了。"

那个刚才把《牛虻》说是流氓书的人指手画脚地说："肖番，你听到没有，以后不准再搞这些反党反社会主义的东西毒害人民，这些书本本都是大毒草！全部没收，抬走！"肖番不说话，看着他这些年好不容易收到的书，被箩筐拖走，他的泪水就要流出来了。花崽和他的哥哥赶快把他拉走了。

大个子在一伙人的前呼后拥中，走了。他们走后，我们走到肖番家院坝里，把散在地上的散篇的书捡起来，一一整理。

几个经常来看书的娃娃也跟着走了过去，我们不知道应该对肖番说什么。有一个娃娃像突然想起什么一样，小声地说："幸好我前次借的书还没有还，还有两本在我家里。""我的也有几本没有还！"好几个都说他们还有没有还的书，一共也有十多本。肖番说："我知道大家的好意，书屋没有书了，就那几本也不够，那几本书就算是我送给大家的，作个纪念吧，上面都有书屋的收藏章。"我走到肖番的面前对他说："不要看这十几本书，把它收在一起，慢慢地再积，毛主席说，星星之火，可以燎原！"肖番仰头说："铁梅，有些事你不知道，在我们县，书就是那么多，能找的我都找了，现在是全部被没收了，你还从哪里找那么多的书？从什么地方去燎原？"花崽对肖番悄悄地说："前次涨水，书屋被淹，我们搬到上面仓库的书还一些没拿完，有些烂了，被水打湿得太多了，当时就没有拿回来，现在还可以把它拿来粘好。"肖番说："我知道，那也没有多少！"

我建议，我们现在还是去把书屋收拾好再说。

肖番看了看我说："好吧，回去收拾书屋。"

那几个娃娃回去拿他们还没有还的书，我和花崽去前次藏书的仓库把余下的书搬回来。其实也没有多少，不过一二十本。花崽是为了安慰肖番，才那样说的。

我们把书拿回来的时候，肖番他们已经把书屋收拾干净了。我们把拿来的书一页页地理开。被水打湿过的书，理出来，原来一薄本，现在变成了一厚本。我们没有办法，只有用砖一本本地压，也没有多大的作用，还是肖番的妈妈教我们用熨斗，一页页把它熨平。烫的时候要在已经干的书面上，用一块湿布搭上再熨，这样不至于烫坏，又有一点湿度，书纸便于恢复，这样搞出来效果还不错。

肖番的妈妈，年轻时就守寡，一直守着这个儿子。儿子从小酷爱书，家里的钱都被他用来买书了。不过只要是儿子要干的事，她就全力支持。现在儿子的书没有了，她也在那里着急，跟着我们一起修补破书。还对肖番说："儿子，有什么关系，我们从头再来。妈经历的事情多了，这算什么!"

我们补完后，一一地清点，加上那几个娃娃拿来还的，还不到四十本书。不过我们已经很高兴了，不管怎么样这个地下书屋还可以存在。整理完书，我就先走了，回到家，吃过晚饭。花崽来到我家，神神秘秘地叫我出来，对我说："我们有一个新的计划，马上就要行动!"

"要做什么?"

"我们已经找到了那些书放的地方了，准备去把它拿回来!"

"你是说去偷？不要忘了前次邓天厚的偷书事件了!"

"不能这么说，我们不能说就是偷，这些书本来就是肖番的，我们是去帮他拿回来。"

"在什么地方，偷得到吗?"

"地方我们已经查到，在县委大楼一楼最后的那一间房子里。那些房子都是一样的门、锁，我哥他们去看过，容易打开，很简单。如果不行就从窗户上爬进去。"花崽说得很轻松，就像顺手就可以拿到似的。

"不可能这样简单，要是被人发现了怎么办?"

"我哥他们都已经设计好了，需要多少人，怎么安排都做好了，时间就在今天晚上熄灯以后，以熄灯为号。"

"你们搞的这个好像阿尔巴尼亚电影里的地下游击队一样，是叫我去给你们放哨?"

"对，我就是来叫你的，我们一起去，不会有问题的！那就走?"

"走!"我们一切都准备好了，就等十点半电灯熄。凤县是老规矩，晚上十点半全县熄灯。新修了凤儿河电站，电灯不再是一根红丝线，尽管每天也就是三四个小时的照明，能够保证它亮堂堂的，人们已经是很满足了。广播里传出了那好听的声音：凤县人民广播站，今天的第三次播音到此结束。广播停了，电灯跟着也就停了。我们几个按照安排好的任务，开始行动。门外有两个放哨的，我负责在进门的走廊转角处放哨，花崽任务最重，他要想法把门打开，门口有两个人提着麻袋在等着，门一打开他们就进去，装好书就走。

一切就绪，只等花崽开门。他准备从门上的天窗翻进去开门，结果爬上去一看，天窗已被钉了一半，只能开一个小缝，人不可能进去。县委大楼是五十年代的苏式房子，空间高，门、窗也很高，他不可能从天窗上伸手打开门锁。不过他们早就有准备的，翻进去的方案不行，马上又改为第二套方案，下面的人给他递上去一根铁丝，他把它弄成一个勾，伸进里面去打开暗锁。下面门口的两个人正似满弓上的箭，随时都要射向里面。他在上面弄了一会儿，还不见弄开，我们都为他捏着一把汗，能不能打开，他也从来没有试练过，只是以前听邓天厚说过这种法能够打开。这次他们本来想找邓天厚一起来，但又怕他不牢靠。花崽自告奋勇，说是他行。看来翻窗他是没有问题，现在要搞开暗锁就是技术问题了，不那么简单。

肖番在下面小声地问："行不行？要不行，干脆下来了，回去看一下，明天再来。"花崽没有回答，只管弄。

突然，咔嗒一声，门开了！肖番他们呼地一下就窜进去了。花崽在门框上爬着，深深地吸了口气，太紧张了，他只想休息一下再下来。肖番说，每一箩里拿一点，最好不要让人察觉。争鸣说："你怕哪样，东西丢在这里了，其实根本不会有人管的！现在有哪个会要你这些书。"

很快，两麻袋装满了，他们提着书出来，花崽在后面关上门。这次"盗"书大获全胜。我们不能没有书，地下书屋继续运行了。

本文发表于《草海》2013 年 1 期，获"《海外文摘》2012 年全国文学笔会"征文活动小说类二等奖

偷书的故事

妈妈这一段时间主要在新华书店的一个老库房清理旧书。每天都要六七点钟才回来。妈妈是个爱整洁的人，每天晚上，都要把她唯一的工作大褂洗干净，在炉子上烘干，明天一早又穿着上班。她一边洗褂子一边说，老书库的书好多哦，大捆大捆的乱七八糟堆在那里，幸好，书店的造反派厉害，别家的不敢来管他们的事，破“四旧”的时候，就幸存下来了。妈妈轻悄悄地说，那里头有好多古今中外的名著呢！

爸爸竖起指头，紧张地摇了摇。妈妈瘪了下嘴，轻轻说：“我又不得那么憨，不会给其他人说的。”

“那你还要在那里清理多久?”爸爸问。

“哪个晓得，反正还早得很。”妈妈回答。

“倒不要着急，就在那里慢慢清理，反正都是工作，这个工作少惹人。”

“告诉你，有人偷书，前天我就发现里面的书少了好多。偷书贼是从后面的窗子翻进去的，靠窗那里是空了一大片。”妈妈说着，把洗好的衣服挂到了煤灶上烤着。

“我给管事的说过，他们说，那又不是现在进的书，卖又不能卖，那个东西又吃不得穿不得，哪个傻了去偷，白费力。就没得人管呢。”

爸爸笑笑说：“他们装耳朵聋，你就装眼睛瞎呗，这年月有人偷书，是好事呢。”爸爸妈妈咧嘴无声地笑起来。

其实妈妈说的书被偷的事，我倒晓得。

书是南门牌坊邓天厚偷的，偷来就给了县门前的肖番。除了书店库房，更多半是“破四旧”时在各家抄来堆在天主堂里面的书。

在我们看来，邓天厚是个大英雄。破四旧的时候，县城南门的那十二道牌坊，是最大的四旧，很快就被红卫兵造反派砸了十一道。每次砸牌坊，都有一大群人跟在后面，看闹热，其实这看闹热的人中也有好多摇头咬牙的，就是说，这里面有很多人是属于敢怒不敢言的。

砸到第十二道牌坊的时候，出意外了，砸不下去了。从牌坊下面的屋子里走出一个不到二十的小伙子，指到那些拿锤子钢钎的人说：“老子今天给你们说，我不管你们要砸些哪样鸡巴，我邓天厚今天告诉你们，我家三代雇农，今天要是哪一个敢砸这个牌坊，让我跟我老娘没有住的地方，我就背着我老娘到他家去住！那就是要吃要喝在他家，我说到做到。”大家被他这一下给镇住了，没人敢动，也没人吭气。原来这个邓天厚家的土墙房子的一面墙是靠在牌坊上的，牌坊一砸，他家的房子也就垮了。他家三代雇农，根红苗正，一个人带着一个生病的老娘，日子过得艰难，正是不怕事来找他的那种人。

这时候，人群里面有个大个子在大声地说：“你雇农有什么稀奇的，老子家也是雇农，怕你？再说了，我还没有家呢，也不怕你去我家住，要吃的嘛，你来的时候顺便给我也带点来！来，大家动手，有什么事我一个人担着！老子们这是革命行动，砸封、资、修的东西，哪个敢阻拦！”提着钢钎大锤的人们，慢慢地走向牌坊。“鸡巴！”只听一声大吼，邓天厚光着膀子，从屋里提出一把雪亮的斧子冲出来，站在牌坊下，指着那些人说：“你们敢来，哼哼！老子早就准备好的，今天你们让我过不下去，老子砍死一个够本，砍死两个赚一个，老子在这里等着，不怕死的就过来试一下！”一伙人就都愣在那里不敢动了。那大个子不服气，举起大锤就要往前冲，被他旁边的一个人抓住，小声地对他说：“算了，邓家娃儿不是吓人的，狗日是有名的下得手，好汉还不吃眼前亏呢，你跟他斗不值，他小子总有一天会撞到你手上！”大个子吞了一泡口水，悻悻地说：“这么大一坨‘四旧’的东西，跑不了，我们改天再来，老子倒要和他姓邓的较量一下，看看最后谁是英雄。我们走！先去下一个目标！”

邓天厚的房子保住了。邓天厚并没有想到，他无意之中，为凤城全县人民保住了全县留下的唯一一道牌坊。

造反派当时撤退了，后来也就没有人想到再来砸这个东西，本来绝大部分人就属于伙起疯，逗起闹，不过是发泄发泄兽性，也没有谁把这当成正事。邓天厚和他的老妈继续安然地住在那里。

邓天厚在生产队做一些农活，但靠那点工分，他老娘治病就没得指望。他多数时间是在城里找一些小工做。本来生产队是不允许队上的人到城里做事的，那是资本主义的不正之风。可邓天厚是有名的不信教不怕天，再说他家里就一个病老娘，你就算把他抓起来，还得给他养老娘，也就没有人敢管他。

造反派抄家抄来的书，也只有邓天厚敢偷，在那个时候，也只有肖番“傻兮兮”地才会要。

住在县门前的肖番喜欢书。县门前，就是旧社会县衙门口前一片街道巷子，凤城人就把那叫成了地名，后来人大政府在县衙的房子里办公，“县门前”这地名旧瓶新酒，也还蛮合适，就一直沿用下来。

“文化大革命”开始时，肖番上高中。也跟着大家一块闹过游行、批斗、破“四旧”。后来他发现，同学中闹得凶的，大部分都是过去学习不好的，老师中闹得凶的，大部分都是过去教书教不好的，渐渐觉得有些无聊，就慢慢地什么都不参加了，成了逍遥派。但他是个“悄悄”的逍遥派，不在外面晃荡，成天在家里躲起看书，成了个世外之人。他家也是成分好，父母都是贫民，在机修站和豆腐店上班。家庭既是贫民，又是籍籍无名之辈，他家就是一个“革命春风吹不到”的死角。看得多了，书就不够看，就悄悄找书。慢慢的，他的家里，就积起了上千册的书。

一次，邓天厚背老娘去看病，走到县门前，就走不动了，老娘也更是出气都不匀了。一街的人都慌了，但知道邓天厚和造反派作过对，无人敢上前帮忙。肖番在家听街上人声鼎沸又似乎压抑着声音，有些好奇，撩开窗帘一看，晓得是饿的，跑到厨房里，倒了一杯温水，抓了两个苞谷馒头，出门递给两娘母。邓老太太塞了一小口馒头在嘴里，喝点水在嘴里泡了慢慢咽下，渐渐回过神来。邓天厚几大口就把馒头吞下，咕嘟咕嘟一仰头把水喝完，顿时长了力气。他把口一抹，说：“兄弟，不多说，用得着就吱一声。”背上老娘，走了。

后来，邓天厚知道肖番喜欢收藏书，平时在什么地方发现了书就给肖番搞来。给得多了，肖番也硬塞给他些钱。

邓天厚发现红卫兵造反派抄家的时候容易搞到书，他就经常跟着去混闹，造反派抄出书来，他就拿在手里，乱糟糟地谁也不会注意。得到手以后，悄悄地送到肖番那里。一次他拿着几本书来就对肖番说："这次你得给钱了，你看这是什么书！"肖番接过书一看，《古文观止》的线装本，叫了一声好！又一看，两卷本的普希金的《唐璜》，又叫了一声好！

邓天厚说："我也不知好坏，反正我只知道你喜欢的就是这种黄兮兮的竖竖字，一句话，'四旧'，你就要！"

肖番笑了说："哪样'四旧'，这些东西，一万年不过时！"

邓天厚莫名其妙地摸摸头说："管他哪样，你喜欢，我就搞。"

肖番摸了五角钱给邓天厚。邓天厚吓了一跳，说："老天，哪里要这么多，你家又不是有钱人，我拿一角就安逸了。"

两人悄悄地推去推来，邓天厚只得拿了两毛钱，肖番一把抓不住，跑了。

一天，邓天厚找到肖番，把他拉到一旁，悄悄地说："这回，我可以给你找好多的书了。"肖番说："没问题吧？"邓天厚笑笑说："我还会有哪样问题！"

当天晚上，邓天厚就给肖番扛来了一麻袋书，肖番硬给了他五块钱，邓天厚推不脱，只得收下。邓天厚从生下来二十几年，口袋里从来没有揣过这么多钱。那时一个刚参加工作的工人一月只有九块钱。他一天在生产队劳动的价值最多时也就一角几分钱，在外面做小工一天也就四五角钱。那天他买了斤面条提着回家，妈最爱吃的就是这东西，只有过年过节和贵客上门才敢下一碗做菜。老娘说："买面条的钱哪里来的，不能去做坏事哟。"邓天厚说："娘你就放心吃，我是做坏事的人吗？"

邓天厚的书，是在天主堂搞来的，从各处抄来的书，就堆放在那里，天长日久造反派早就把它忘记了。只大门上一把锁。他去过两次，都很顺利。这天，开始也顺利，很快就搞了一麻袋，从窗户丢出去，人再翻窗出来，正要扛麻袋，背后就有几个人把他按住，好手不敌双拳，他只有束手就擒。

第二天一早，邓天厚被拉到大街上游街，把那一大麻袋书给他捆在背上，胸前挂着牌子。大个子高兴地说："老子总算是出了口气，你邓天厚不是三代雇农吗，你不是凶得很吗？十块钱的奖赏，就有革命群众检举你，怎么了！"

大个子走在前面高喊："大家看偷书贼啊，偷四旧东西也是偷啊！"邓天厚胸前的大牌子上写着"偷书现行犯——邓天厚"，满街的人伸头缩首地看，大半眼神充满同情。

走到十字街，游街队伍忽然停了下来。原来是南门生产队的一大队农民拦住了队伍，邓天厚的老娘被人搀着走在前面。别看老人家平日病歪歪的，这时却眼光如电，嗓音洪亮，原来邓天厚的老娘年轻时也是寨子里的一个好歌手。老娘大声说，声音就像一个大广播，“我家天厚三代贫雇农，从来不偷钱偷米，那些四旧破书，你们不是说要销毁呀，为哪样堆在那里无人管呀！我家天厚看不过，就是要拿去销毁的，这样的革命行动，你们不支持，还把我们的人抓起来，你们是要保护‘四旧’吗！你们今天不跟我们赔礼道歉，向毛主席他老人家认罪，我们就把你们扯到县革委会去!”

邓老娘的歪歪理，句句都是革命大道理，大个子一帮人面面相觑，张口结舌，硬是找不到合适的话来回。再看一大堆农民，个个手上都拿着扁担锄头。工农兵学商，大个子本是个“学四哥”，外强中干，看看“农二哥”这架势，只好把邓天厚放了。

邓老娘等大个子一伙人走不见人影，劈头就给邓天厚一巴掌，邓天厚低着头，大气都不敢喘。满街的人伸头一看，那伙人早已不见踪影，就都哈哈笑起来。

邓天厚游街事件过后，妈妈就被派到天主堂去整理书去了，其实也是敷衍老百姓。钥匙就交给妈妈，妈妈不要，说早上造反派按时开门，她按时上班，下午造反派按时来锁门就行了。书店的造反派头头笑了说：“省城下来的大学生，鬼聪明！也好，就依你的，免得出了问题大家都麻烦。”妈妈温顺地微笑，看不出到底是哪样表情。“文化革命”开始前，她和书店的年轻人关系都很好，所以他们也就不为难她。

这样，爸爸在家做好了饭，我就天天去天主堂给妈妈送饭，因为她中午是不能离开的。

天主堂的房子很高大，孤零零一栋耸在那里，比起县城其他的房子来，显得鹤立鸡群。外面一色的乳白，窗子好奇怪，不像我们的窗户是方的，而是一个个圆圆的尖尖的，尖尖向上，窗户又高又大，窗台又宽又厚，窗檐边长久没人管，长出了小草还开了花。

进了大门，向上是一个从地到天一直通到顶的穹，中间没有什么东西隔断，也没有柱子，站在地面仰头望，好空阔，好威严。墙上一直到屋顶，都是玻璃窗，窗玻璃五颜六色、形状各异，太阳光透过它们照进来，五颜六色撒满了一屋，就像个巨大的万花筒。

我看不见妈妈，只看见堆得成山的书。我叫妈妈，只听到她回答的声音，却看不到她的人。我在这些书堆里面转了两圈，才发现她就在进门正对面高台上的一堆书里。

“妈妈，我来帮你整理书。”

妈妈说：“哪个要你来帮哪样忙，这些书你拿去看，倒好。”

我疑惑地说：“这些书，不是抄来的四旧呀，你还喊我看。”

妈妈说：“傻姑娘，你不要跟任何人说，说了不得了！狗屁，哪样四旧，这是哄那些傻儿的，不读书才好乱跟到整。你坐到那里乖乖看哈。”

我就坐到窗台上乖乖看书。认不得的字就问妈妈。现在回想起来，在那个背语录代替读书的年代，我真正发蒙的地方，倒像是这个天主堂。

以后我每天都去送饭，更重要的是去看书。后来妈妈说，这里有些哪样书，有好多，那些憨包根本就心中无数。也没有人把这个事看成正事，根本无人过问。有好多书，只在妈妈的清理登记造册中。后来，发现好书，我就悄悄地带一两本回家，或者带几本给肖番大哥。新华书店在县门前斜对面，我哥和肖番是小学同学，“文革”前，哥哥也经常带我到他家去玩，他家的书屋，除了书，还有许多画册，我们几个小女孩都喜欢。

妈妈到天主堂整理书后，我又经常悄悄到肖番的书屋看书，有时顺便给他带几本书去，最主要的是听他们几个大哥哥摆一些他们看书的心得，在天主堂看书多了，渐渐我也懂得了他们谈的读书道理。听了他们的摆谈，再去看书，又觉得越来越看得懂。这一年，倒成了我的读书季。

一天，我又去肖番的书屋，刚走到县门前，就见肖番家门口围了很多人。我跑过去，挤进人群中一看，只见一捆捆的书提出来，扯得乱七八糟，满地都是书。肖番站在那里，一句话也不说。他看见我，把头转了过去，像不认识我一样。

里面搜书的人出来了，走在前面的又是那个大个子。现在他是县革委群众专政指挥部的主任了。天并不冷，他的脖子上却总是围着一条长围巾，把一边搭在肩后，风度是风度了，就是时令有些不对。

我刚来凤县的时候，妈妈给我围过一条红围巾，一到学校，就被同学老师认为是资产阶级，以后就没有再围过，放在那里被虫蛀了好多小洞洞。

凤县很少有人围围巾，在这个时候就更没有人敢围了。但大个子是特殊人物，既没有人敢说他资产阶级，也没有人敢说他憨得不分季节。有时候，他忘了围围巾，就觉得很奇怪，一根脖子细长细长的，像骷髅人，和他的身躯完全不相称。

一个人急匆匆拿着本书出来说："主任你看，你看，这里还有一本书，居然叫《流氓》，印出来的书，还写错别字，把流字都写成了水牛的牛。"大个子既是"学四哥"出身，《牛虻》是怎么回事还是知道的，骂道："甩到一边去，什么流氓书？这是一本资产阶级的书，不要在这里丢人了？"小喽啰被骂得灰溜溜地摸不着头脑，围观的人都悄悄掩口笑。

肖番的书被一箩筐一箩筐地抬到停在街道边的一辆汽车上，汽车鸣了一下喇叭，开走了，掀起满街的灰尘。

肖番看着他这些年好不容易收到的书被拖走，泪水就在眼眶里转，但他不敢说一句话。

汽车开走了，肖番转身低头朝家里走去，忽然撞到一个人身上，吓了一跳。抬头一看，是邓天厚。肖番看见邓天厚，眼泪终于憋不住，一下就流出来了。邓天厚说："兄弟，莫关系，哥包还你一个书屋。"肖番苦笑了笑，说："邓哥，兄弟谢谢你的好心！"低头进屋去了。邓天厚也不说话，走了。

我们几个经常来看书的年轻人和娃娃们，走到院坝里捡那些凌乱掉在地上的书。大家都不说话。走到屋里，大家又动手帮忙收拾被砸坏的书架，打扫卫生。完了，大家也不知道说什么好，默默地散了。

这天刚吃过晚饭，邓天厚来找我哥，对我们说："今天晚上有个大行动，你们两兄妹敢不敢去参加？"

哥哥问："你个胆包天，又要做什么？我们爸爸妈妈可是当权派臭知识分子，经不起影响的。"

邓天厚咧着嘴说："哎呀，我又不是不知道，我还会害你们？一起好玩嘛。"

"整哪样？"

"晓得造反派抄来的书放在哪里？"

哥哥笑了，我妈天天在清理，我们还不晓得放哪里？邓天厚更是笑了："你不知道了吧，还有个地方，是老县委后面的物资仓库，肖番的书就是丢在那里的。"

哥吓了一跳："你要整哪样？"邓天厚笑了说："去给肖番取书呀，敢不敢去，你们只管在远处看到玩就行了。”哥说：“看到玩？你是叫我们去把风吧？”邓天厚说：“有十几个娃娃都要去，你紧张兮兮地整哪样？包你们无事！”

哥哥还要说，我在旁边一听去把肖番的书给“偷”回来，就说他不去我去。哥哥只好无可奈何地说：“害死人。”邓天厚笑了，说：“还是卉卉胆子大，你枉做是个男的，不要紧，包你们无事。晚上熄灯后，南门街口集中。”说完，他大步流星地走了。

凤城县是老规矩，晚上十点半全县熄灯。熄灯以后全县是一片漆黑，死一般寂静。尽管县里新修了凤儿河电站，电灯不再是以前火电时的一根红丝线，但也还是做不到24小时供电。

等到晚上十点半，广播里传出了那好听的声音：凤城县人民广播站，今天的第三次播音到此结束。随着这声音，全城的电灯跟着也就唰的一声黑了。我和哥哥悄悄摸出家去，沿着街边一路小跑来到南门街口。

啊！南门街口，已经聚集了七八个大大小小的娃娃。还有十来个农民，都背着收苞谷用的大背篮。好壮观的队伍！大家都静悄悄的，不说话。我心里顿时就激动起来，觉得好惊险好刺激！就像游击队要去摸鬼子的炮楼！

大家在邓天厚的带领下，从豺狗寨坡坡上摸下来，神不知鬼不觉就到了老县委仓库后面。七八个娃娃散在四周，任你哪个方向来人，都会被我们发现。

邓天厚手提一根撬棍，窜到一个窗户下，轻轻一拗，窗户就开了！他把手一招，两三个提着一捆麻袋的农民大哥就溜过去，只见嗖嗖几个黑影就从窗户翻了进去。

不一会儿，窗户那里就递出一个大麻袋，一个背背篮的农民大哥嗖嗖窜到窗下，窗台上蹲着一个农民大哥，把麻袋放到背篮里。背背篮的农民大哥背上背篮就往豺狗寨坡坡上跑。于是，一个接一个，豺狗寨坡坡的路上就是一串背背篮的黑影。

不一会儿，邓天厚和三个农民大哥又从窗户里跳了出来，他转身轻轻地又把窗户推关上。一招手，娃娃们跟着他，跟着背背篮的农民大哥们又溜回到南门街口。只见背背篮的农民大哥们背着背篮直往大牌坊方向走去。邓天厚轻轻喊道：“后天中午大家到我家吃酸菜豆腐条炒饭，肖番书屋就开在大牌坊啦！”

本文发表于《丹水》2013年1期

永远的唢呐

一

永远回家没几天，就赶上本村伍福来家接媳妇。新媳妇进门那天，永远的父亲对永远说："你是我们村唯一的大学生，回来了就要早点过去帮忙，不要让人家说你骄傲。"

永远说："爸，我毕业了工作也没得个，回家来了就和大家一样，有哪样骄傲的。"

"那可不一样，你读那么多书，见过大世面。我们这里有的人还是大字认识不了一箩筐，哪个能和你比。现在的年轻人又不会做哪样事，种地都做不来，自己家的那点土地也给别人种了，去搞旅游，他们就只能卖点劳力，有点钱就是赌，也不晓得咋个办。"永远爹在那里念叨着，看得出来他很担心。永远听爹这样说，便说："你们不也是在搞旅游，搞餐饮服务吗？一样的，我们家除了那点菜园子地，现在还有的不就是那一亩三分地，你们不也是丢给别人种吗？我们也不会种地。不过我回来，不管我种不种地，我家那一亩三分地我们是要留着的，就算拿给别人种，也可以，它总归是我家的。我们可不能像村里有人，把耕地作为宅基地卖了，到头来除了那点卖地的钱外，在这个村里他还有哪样，地都没得他还能做什么？只有去打工，在家搞旅游。"还没有等永远的话说完，永远爹就说："现在只要有钱，还需要哪样，现在的人哪样没有，这有什么好说的。"

永远抬头看了看他爸说："你们就是只看钱！"

“不看钱，还有哪样好看的，你看现在的哪一个人不是在为钱忙!”

永远不想和爸争论这个问题，他觉得和他说不清楚，拿着唢呐往外走。永远爸看他这样，急着说：“你不去福来叔家帮忙，还要往哪点冲。”永远说：“我这就是去呀。”永远见父亲好像没有要去的意思，临走说：“爸，你不去他家吹唢呐？以前这样的时候你们早就在那里吹吹打打闹开了，今天为什么不去？他们那边也听不到吹打的声音？”

永远爸爸说：“现在早就不时兴吹吹打打了，现在都改成放音乐了。哪个还用吹打，那些都是老土的东西，过时了，现在的人不喜欢。我的唢呐都上灰了。再说了，现在馆子里的事情那么多，哪有精神去吹它。”永远的爸爸和哥永辉在村里开了个馆子，生意火得很。妈妈、嫂子也在馆子里做事，还请了几个小姑娘做下手。一家人忙得不知道家在哪里，平时大家多是以馆子为家，忙完一天的生意就在馆子里铺床睡觉。大家轮流回自己家去看看。他们的馆子生意做得火红，都是些农家菜，现在是农家菜最受欢迎，游客来就是吃他们在城里难得吃到的。自己喂的猪，满山跑的鸡，游客看好哪只抓哪只来杀，清炖好吃，辣子鸡也好吃，越辣越好吃，还有自己家推的水豆花，那是每桌客人都要点的菜，蔬菜多是他们家地里种的，城里人来了看见都喜欢，生意是很火。

他们除了馆子生意外还有祖传的手艺，那就是酿酒。他们酿的是一种本地人喜欢的低度酒。全是粮食酿造，一斤粮食酿一斤酒，那是香甜可口的甘醇。这里的人家都会酿制，每家每户在粮食收进家以后，都要酿几百斤，有的人家还要酿上千斤。他们是天天离不开酒，如果是过年过节，红白喜事，那就从早到晚都在酒里，在酒的歌里。现在的人忙着做自己的生意，好多人家不再酿酒，都是买。那都是在永远家酒店买，方圆几十里就他家的最好，他们的酒生意一直很好。只是这种酒只有这一带的人们喜欢喝，往外走销路不好，按现在的话说，生产上不了规模，赚不了多少钱。自从他们这里开始搞旅游，这里开馆子找钱，永远家的主要精力开始转向，都放到开馆子这一面。这一段时间永远的爸爸考虑不再做酿酒了，这个营生费力成本高，销量小找不到什么钱。只是考虑到这是祖业，不能轻易就把它放下，一直让它半死不活地做着，想让它自生自灭也就算了。永远回来就看出这个情况，也问了他老爸，老爸的回答让他下决心自己回来后不用去找别的什么事情做，就把自家的这个祖业做起来就好。这是自己应该做的，也完全能够做好，尽管家里人要求他去家里开的馆子里搞一些管理方面的工作，让他们的馆子上一个层次，把只搞餐饮的馆子发展成为酒店。永远不答应，还是想把酿酒的祖业接上手。他说："开馆子有你们搞就行了，为什么还要我也凑上去，我就搞酿酒。"父子俩各说各的，都不让步。

永远的哥哥在一旁，听到他们说这事，走过来对永远说："你要是不愿意来和我们搞馆子，也不要搞酿酒，那个酿酒作坊，我们可以用来发展别的。你可以先看看他们那些搞旅游的，去划个船什么的。这个我想你的老同学二毛会帮你的，很快你就会上路，再兼做个导游，就凭你大学生，挣的钱不比他们哪个都多。要珍惜这个机会，搞旅游，不是哪个都能搞的，不是本村人，还不得挣这份钱，其他大学生不得来这里做。这一点，你就庆幸你生在这石龙洞吧，要不是有这个洞，我们都找不到饭吃，你一个大学生回来搞哪样?"永远哥看着永远拿着唢呐在一边心爱地擦着说："看你，成天就唢呐不离身，告诉你，现在这里没人喜欢那东西了，大家关心的是什么东西可以找到钱。唢呐的时代不在了!"

父亲和哥的话永远不想听，一时也不想和他们争辩，拿着他的唢呐走了。

永远拿着唢呐走在路上。他看家乡美丽的青山绿水，实在有点陶醉。人们现在爱说什么审美疲劳，永远觉得从小就看到的东西，今天不但没有疲劳，还有更深的感受，更加眷恋了。本来大学毕业也不完全就是找不到什么事情做，只是不管在哪里，他都觉得没有家乡好。这里的山水就是不可复制的。就这一点他选择了回来。回来后他发现这里的山水没变，人变了。不知道现在家乡的人是怎么了，都很忙，都有钱，可就是少了些什么。少了什么，永远觉得少了以前那样的欢乐。就说唢呐吧，以前这两个村的人那是老老少少都喜欢唢呐。在这里土生土长的人都会吹，从外面嫁来的媳妇多是不会吹，那也喜欢唢呐带来的欢乐和喜庆。村里过年过节，不管是哪家的红白喜事都离不开唢呐。永远的父亲以前就是唢呐高手，每天可以不吃饭，就是不能不吹唢呐。永远小时候常听他妈妈对他爸说得最多的一句话那就是："你吹吧，吹吧，吹你的那唢呐能当饭吃?"每当这样的时候，父亲总是把眼睛瞪得更大，鼓着两腮，唢呐声更响。一曲完成后，父亲回敬他母亲的也是一句话，"你不就是喜欢我的唢呐才嫁给我的吗?"这时候的母亲笑了，也不再说什么了。

这条路上，有多少永远的唢呐声。小时候上学放学从这里回家，一路上就是永远和伙伴比试唢呐的时间，他们在这条路上练习了好多唢呐调调。伙伴中最好的就是福来叔家的二毛，两人的唢呐吹得呱呱叫。有一次上学路上，两个人走到路边的山石上坐着吹唢呐比赛，你一曲我一曲，看哪个能坚持到最后。就这样吹着，直吹得太阳老高，还停不下来。两个人一个劲地吹着，突然脑袋被棍子敲得嘣嘣响，接着是老师的吼声："我看你们今天是吹昏了，还不给我滚去教室。"老师找来了，他们两个平时不会迟到的，都是早早地来了，一人一把唢呐吹着。有时候来早了，就在操场边、树林里吹到上课。今天不见他们来，上课了教室里还不见他们。老师安排好同学们的作业，就冲出来找他们俩。要找他们容易得很，哪里有唢呐，哪里就能找到他们。从那以后永远他们再也不敢在路上坐下来吹唢呐，就是走着吹。每天的上学放学时间就是他们最好的吹唢呐时间。

想到小时候的事情永远觉得很有意思。当年的唢呐伙伴今天结婚，没有唢呐声音，是件奇怪的事，按永远想象应该有一个唢呐队吹个三天三夜不停。永远就是搞不懂，现在的人怎么了？他拿着唢呐擦了擦，气沉丹田鼓着腮帮吹响了《山村来了售货员》。这是他最喜欢的唢呐曲，从小听他爸爸吹得最多的一首曲子，也是永远最早会吹的唢呐曲，他和二毛在这条上学路上吹过多少遍，他说不清楚，不过每次吹起都是那样的新鲜。

二

永远的唢呐，在他上大学的时候，就让他小有名气。那是在他到学校不久，校团委组织的大型文艺晚会，他们中文系学生会要大家报才艺，永远报了他的唢呐，系学生会的同学看了他的才艺展示后，就要求他代表中文系出一个节目。永远没有推辞，他对自己的唢呐总是充满信心的。到学校最大的不习惯那就是平时没有地方吹唢呐。唢呐这玩意一点也不谦虚，一张嘴就让一个较大范围的人都听到，难免影响别人，永远还正是找不到吹奏的机会。平常要放开了练他的唢呐，没有场地，那是要跑到学校后山避人的地方练。好在爬山是他喜欢的活动，家乡的山就是他从小玩耍的地方，练就了他猴子一样的灵活，现在学校后的这点小山，他一个早锻炼可以上下几个来回，主要的是可以找一个僻静点的地方吹唢呐，这是一举两得。在联欢会表演以后，让他一夜间就成了学校的名人。一曲《喜洋洋》唢呐独奏，赢得多少人的称赞，更引来好多女生的关注。

永远身高一米七八，长得俊秀，让人过目不忘的是那双忧郁的眼睛。自从在学校登台后，在学校回头率是很高的。在登台演出后，就有个外语系的女生找到中文系打听永远的情况。在了解情况后，她是先找到永远的班长对他说："嗨，大班长给你打听个事情，你们班那吹唢呐的有朋友没有？"班长看出了她的心思说："他有没有我不知道，不过我可以告诉你，我没有，你看怎么样？"那女生说："谁和你开玩笑，我说正事。"班长笑笑说："有没有又怎么样，凭你的实力是可以把他弄到手的，你说是不是，到时候他就可以天天给你吹《喜洋洋》!"那女生对班长说："这个事情你知道了，那你一定要给我帮个忙哈。你也不是白帮忙，有条件的，我们班上，你要是看上哪一个，你找我，我帮你搞定!""好，那就这样，我一定帮你!"

几天后，这个女生，找到永远，对永远说要和他交个朋友。永远是个乡下出来的娃娃，还没有这样大胆，见这个女生这样对他说话很紧张，也觉得很稀奇，从来不认识的人，一上来就直接说，我要和你交个朋友，现在的女孩可真是有性格。好在永远从班长那里知道有这样一个人，也就见怪不怪了，只是红着脸不知道该说什么。这个女孩身材长相都不错，永远觉得在大学这个阶段有这样一个女朋友也还是不错的，两个人一来二去的，还真在一起做朋友。大学四年永远最大的收获还就是在这里，女孩子在省城长大，从小就学长笛，唱歌也是业余中的专业，音色好，组织音乐的能力强。她喜欢永远的形象气质，更被他的唢呐迷倒。两个人在一起的时候，多是找一个没人的地方安静地坐下，只有他们俩和唢呐。这时期永远的唢呐是大有长进。女孩子经常告诉他一些在长笛老师那里学来的音乐理论，把一些演奏的书介绍给他。永远把这些书都借来看了，在他们的你吹我唱的过程中永远提高了很多，也懂得一些音乐的理论，在演奏上有了一个质的飞跃。时间很快，他们进入大四了，当初女孩子喜欢永远，是他的外表和他的唢呐，对于永远这个农村孩子，一家人都是农民，这一点女孩一直不满意。永远邀请她去他们家乡走走看看，告诉她那里有多么的漂亮，她就是不去，说："再美有什么用，不管怎样不就是农村吗，我可不去你们乡下的，你要赶快改变你的这一劣势，要不然我们没有结果。"女孩是要他尽快改变家庭背景，离开农村，那最为快捷的方法就是在城里找个工作，不管哪样工作，先有个事情做着，不回去就好。永远在这个问题上考虑了很久，一直没有给女孩一个满意的答复。快毕业的一天，女孩知道永远最后还是打算回乡，大发脾气地说："你回去做什么，一个大学生，回去当农民，我看你有没有搞错？脑筋进水咯！”永远说：“那你说我做哪样？找工作，难！你找个给我看看，大学生满大街都是，我一个农村娃娃，没有钱，没有一个好老爸，到哪里去找一个适合我的工作？回去也好，回去有家，有地，有我喜欢的东西。把我喜欢的事情做好了，有饭吃，那不就好了？”女孩听他这样讲，急着说：“那好，我问你，你回去，我怎么办，和你一起回去？”永远说：“你去我们那里也不是不可以的，我们镇里的中学，他们现在正苦找不到外语老师，你去那是大受欢迎。到时候，你在镇中学教书，我在家乡发展，你不要说，那不是不好哦！”女孩气急了说：“我给你说清楚了，要回去你去，我是绝不会跟你到那里去的，你认为你们那里有多好多美，那是你的事情。你说，要你在城里先找一个什么事情做着，以后再慢慢说，我也没有对你有什么高要求。你不愿意，说是浪费时间，耽误了你的青春，我不知道你的青春大好时光可以去做什么。”永远说：“要做什么，我现在给你说也说不清楚，我总是想在那里我能有发展。”女孩说：“既然是这样，我们两个就只有各走各的路了！”两个人说不到一块，最后分手了。永远毕业以后，也没有再去找什么工作，在他看来这些工作就算找到，都不如回家去，家乡可以做的事情多，更何况他的家乡是那样的美，山山水水都是世界有名。

永远的家乡在贵州南边的一个小山村，小村有个好听的名字，响垄村。村不大，名声有点大，这里有著名的石龙洞，就是一个大溶洞，就在他家门前。洞里是千姿百态的钟乳石，曲折迂回的明沟暗河。在响垄村上面是旋塘村，两村紧相连，构成了这世界著名的旅游景点石龙洞。顺旋塘方向而下，是世界天然辐射剂量率最低的地方，到这里，最应该感受的就是这看不见的最低天然辐射，徒步其间给人的是神清气爽感觉。顺着公路走，青绿的两山，是那样的宁静，春季两边田地里种的都是油菜。三四月菜花节时，春风扶柳，花香扑面，站在进门高处，两边的群山形成一个开阔的山谷，谷底是葱绿的长川，油菜花金黄，其间套种胡豆，这时候的胡豆枝叶深绿饱满，二者相间，形成天然植物地毯艺术品。金色的菜花上是胡豆的深绿的艺术字，就如一巨龙飞舞在金黄的大海上。在一片葱绿间清晰地漂浮着一个深绿的龙字，好似鲜活青龙飞舞，那样轻盈自然。这个独特的创意，完成了人与自然的和谐统一，有一种“天人合一”的境界。在一片金海之中，那绿色苍劲之蛟龙，舞着身姿欢迎到这里的每一个人。

从高处走下，走进油菜地间葱绿的海洋，身在其间，巨龙在你的周围，这时候看不见哪是头，哪是尾，是一种扑朔迷离之美，更有那，“不识庐山真面目，只缘身在此山中”的认识。走出这个美景，迎接人们的是一巨幅山水画，那是万山进入大地为盆的景色，巨大的盆景在不断地变化着，山在葱绿间又现石壁，它们一个挨着一个，牵着手，靠着肩，形态各异，集中在这里展示。有馒头状、笋子形，像笔架、似马鞍，夕阳从云集中透出几米阳光，照在山边，照在那从山边远处流过来的顺水河上。这时候的顺水河上又多了那美丽的山影。山的倒影与河边的垂柳相吻，有几只鸭子悠闲而过，水鸟自由地飞翔。沿着河边的台阶而下，摸摸这如镜的水，它那样的平静，这如画的山水，灵动的天地盆景。

沿着顺水河，走过长烟落日下的农舍，慢慢走，细细体味着美妙的时刻。河水很平，几乎看不出它的流向，走着走着，河不见了，眼前是一个平静的池塘，塘很圆，就像是有人刻意修建的。在山村有塘并不稀奇，关键是跟着走过来的那条平静的河哪里去了，它到这个塘就不见了，那可是一条不小的河流，怎么可能一下在眼前消失了呢?！到这里的人们都会被这迷惑，觉得它是太神秘了。这就是“旋塘”，顺水河从这里旋转下去了，就像一个巨大的漏斗，把一条河慢慢旋转下去了。塘边的石碑上记着旋塘形成的原因。大自然真是奇妙，这么大一条河从这里旋转着流下地了，肉眼很难看出这个塘的水在旋转，它旋转着向下而去了，在这里消失了。这里被誉为比北大西洋的百慕大还要神秘的山不转水转的奇观。顺水河从这里旋转而下，就像一条龙得到了重生，它在这里，窜过重山，从后面观音洞脚下遮遮掩掩地，时隐时现地流过，好像是要看看这个全国最大的洞中寺院，观音洞；它在山里、山外窜进窜出，好似在考察石龙洞的十平方公里范围内形成的里里外外，大大小小的九十多个水洞旱洞，考察这个获得了世界吉尼斯纪录的景观。它窜过几重山从石龙洞的洞口打开一个天窗窜出来，这时的它不是前面的遮遮掩掩，时隐时现的温柔之龙，而是一条汹涌澎湃的苍劲之龙。在这里它形成全国最大的洞中瀑布，石龙洞龙门飞瀑。正是它的吞石为洞，吐石为花，造就了这神奇的石龙洞。是它相聚成湖，覆水成瀑，形成五段串珠式的溶洞，还有那弯弯曲曲的地下暗河，它五进五出，形似飞龙，时隐时现，它一往向前，打造了这里的山水。

这就是永远的家乡，永远对这里是再熟悉不过了，小时候成天就在这些地方跑。这里的人们看惯这些山水，也不知道它有什么美，那是它自古就这样，是太自然，太熟悉的东西。就在上个世纪八十年代，中国水利专家来这里考察这条顺水河，发现这里的奇妙，他们被震惊了，写了学术报告文章发表出去，这里被发现了。各种报告提案送上去，这里开始成为一个风景区，再后来这里变成是景点，再后来，就成了旅游景点，成了著名旅游景点。

自从这里成了景点，成了旅游之地，两个村的人就忙开了，年长的婆婆、伯妈，在景区摆个摊设个点，卖一点自己做的民族小东西，最多的是这里的蜡染，一下卖到全国全世界。蜡染还获得了好多个专利。年轻姑娘小伙首先发现了找钱的门道。小伙子撑船，有的给自由旅游的人带路。大姑娘小媳妇学着当导游，把以前在过年过节才穿的盛装拿来穿着，旅游的人们喜欢，那是多漂亮呀。小姑娘、老婆婆在路边摆一个小吃摊，卖点凉粉、米豆腐，吃的人很多，旅游旺季她们每天忙都忙不过来，大受欢迎。这里的人都有来钱的路，人们很快明白靠山水也能挣钱的道理，充分领会了那句老话，“靠山吃山，靠水吃水”。这才发现，原来挣钱这么容易，要想不富都不行。家乡的人，那份喜悦，随时都写在脸上。

三

永远吹着唢呐走到了伍福来家。老远就听到福来叔在安排人赶快去借麻将，“你们搞快点，人们在这里等着，没得玩的！”永远见院子里热闹得很，吃喜酒的人早就来了，有的早就坐上了麻将桌子，安静地关注他手上的牌，其他事与他无关。还没有坐上麻将桌的人，在一边观看，有的焦急地等着替别人摸一把。人们好像没有听到永远吹唢呐进来，也没看见他这个人的到来。永远看着这个场面，手上的唢呐这时候派不上用场。想起小时候不管是哪家办红白喜事，都离不开唢呐。最热闹就是那唢呐，吹吹打打，看的看，做的做，永远最喜欢的是在父亲他们那些吹打客在一曲又一曲的间隙时，他们放下手上的家什，喝口水，歇歇嘴的时候，永远常在这时候拿着父亲的唢呐吹，父亲他们那些吹打客笑他，他却在那里有调没调地吹一阵子，好开心。一次福来叔就对他说了：“永远好好吹，吹好了，我接儿媳妇时来给我吹。”永远看了看手上的唢呐，擦擦唢呐口，望着福来叔，自信地说：“叔，我现在就能吹！叫二毛现在就接媳妇。”福来叔笑了：“你这个鬼娃娃，还会说俏皮话哈，看我今天擂你！”说着拿着扫帚就打过来。永远拿着唢呐躲，喊道："叔，你要是把我的唢呐打烂了，就没人给你吹了！"福来叔边打边笑："好你个龟儿子，老子今天不和你说，起来吹一个！我们永远是个唢呐手的苗子，现在就吹一个。"大家叫着让永远吹一个。永远说"那我就吹一曲"，那是永远第一次在众人面前吹，他擦擦唢呐口，运足了气，吹了一曲。吹得好不好他不知道，不过这以后，他感觉到村里人看他的眼光变了，熟悉中带着赞赏。

有人说，老伍家永远，那个唢呐以后一定比他爹还吹得好，是我们这里的又一个唢呐高手。听到大家的议论，永远心里乐，总是把他的唢呐，擦了又擦，又吹上一曲。经常关心他的是福来叔，永远和福来叔家的二毛是同学，两人关系好，上学放学都是一路。每次都是先过二毛家，只要走过二毛家，福来叔总是站出来叫住永远："小子，好好吹哦！今天给我吹个哪样。"永远是经常受他老人家的邀请给他来一段。一天永远没等福来叔的邀请，找上门说："福来叔我刚学了一个新的曲子《百鸟朝凤》，好听，我给你老人家吹一个。"福来叔高兴地说："好，吹一个！"永远提起唢呐，吹起来。他总是那样认真地吹，他那样子就像是对着全村人的表演，那样认真投入。福来叔以后见人就说："我们村的永远那个唢呐吹得呦，百鸟都来朝凤了。"二毛说："老爹，人家那是《百鸟朝凤》，是唢呐曲的名字。""傻小子，你以为我不晓得，我是说吹得好，吹得百鸟都来朝凤。"永远高兴地说："那是福来叔会听曲。"永远的唢呐就是在村里人的喜欢下，一天不同于一天。

永远知道今天人们的中心早就没有那时的唢呐了，大家忙着打麻将。在这里，在麻将桌子上他们关心的是钱的进出。对唢呐没有兴趣，按他们的话是它不能吃不能穿的，拿来干哪样。

永远走进院子，走到麻将桌，一桌桌地走过打招呼。走到院门前的一桌对一个正摸起一张红中叫和的人说："三伯伯好手气！"三伯伯正认真地数他的番，头也不抬地回应说："来了！"

永远说："哎！回家来了。"

永远走到花三姑面前说："花三姑好？"花三姑好像听到永远刚才的话里有话就说："永远，你刚才说哪样，回家来了，是哪样意思？大学毕业了，就回家来了？"

"是的，花三姑。现在毕业了，也找不到合适的工作就回家来了。"永远在对花三姑说，实际上也是说给在座的老少爷们听的。

花三姑觉得她刚才问的话有些合适，抬头看了一眼永远说："永远不要紧的，现在工作不工作有哪样稀奇，在城里的那份工作我们还不愿意干！城里，城里有哪样好，空气不好，到处是污染，一家家住在那水泥房子里头，太阳月亮都难看到，有句话是怎么说的?"有人给她提示："那叫水泥森林。""哦，对的，天天面对的是水泥森林，压抑不？一个月干下来，那几个钱，还养活不了自己。回来，回来！看我们这里，他们搞旅游的，哪家不是大房子修起，来钱快得很，旺季一个月好几千。就你三姑我，不瞒你说，这个月也是四千多了！回来好好干，要不了两年你就是我们这里的首富！回来三姑给你说个媳妇，不管哪样，你大学生就是我们石龙洞的骄傲。"

永远说："三姑说笑了，我哪能啊！现在是先找点事情做到，养活自己再说。"正说着福来叔过来了，他对永远说："永远，你来了，今天是你的老同学二毛结婚，那是有你累的哦。你过来，过来，不要在这里打岔他们，他们忙得很。你快去给我再借些麻将桌来，人们还等着呢。"永远说："刚才你不是叫人去借了?"福来叔急急地说："不够，不够，快去!"永远看他那样急，赶快出门去借麻将桌。跑出门后，又想起什么事，又返回来，找到福来叔说："福来叔，我们今天为什么不请唢呐?"

"现在还有哪个听那东西，大家在一起就是玩麻将。你没有看见老老少少都喜欢。你看今天已经安排了十桌，还不够呢，快去旋塘村那边借几桌过来。"永远也没好再说什么，跑着出去，找了个拖拉机去旋塘村，又借十桌麻将过来。

安放好麻将桌，闲着的人们很快就在麻将桌上安静下来。永远找到二毛笑着说："你看只有麻将这东西让他们安静。""安静?"二毛笑了，"你说麻将能让他们安静，那也不全对。你现在看到的是安静，那是暂时的，说不定一会儿哪一桌就会吵起来，搞不好还会打起来。这一桌就会影响其他桌，那时候就热闹了"。"会有这样的事情?"永远手上的唢呐放到二毛的柜子上，很不懂二毛的话。二毛说："现在村里治安情况是这样的，偷牛盗马的案件少了，打架斗殴的事件多了，去年就有好几起。""那为什么?""为什么！还不就是牌桌子上的事情，几句话不对就大打出手，拍桌子，打板凳的是常事。""牌桌子上有哪样的事情?""牌桌子上那是钱呢！那有一句话叫做，麻将桌上无老少!"永远不理解地说："为哪样会这样。""我也说不清楚，这些年，你不大在家，家乡的事是变了好多。”

二毛高中没有毕业就回家了，开始在家搞劳动，从这里发现了龙宫，开始搞旅游，他们一家人承包了一条船在石龙洞里划船，他们是这石龙洞最早富起来的。现在和他的父兄分开了，自己搞了一条船，在石龙洞里划船，洞里划船比较阴湿，辛苦一点，挣钱可是多。兄弟俩修了三层楼的漂亮房子，日子过得那叫一个爽。见到永远，老朋友相会话就多，最多的话题是二毛要永远和他一起搞旅游。二毛说：“我是轻车熟路了，你先跟我一段，熟悉了，就自己搞!”永远很感激这个从小的朋友，现在能够这样地帮助他，不过他不想搞旅游，他认为一个村的人都在干这个，他再插进去，没有多大的意思，还不是和大家分这一碗饭吃。就旅游这方面也还有事可做，只是他现在还没有想好。永远说到唢呐的事，二毛说现在都没有人吹它了，也没有人喜欢了。“你来的时候一路上吹着来，我听见的，你看还有谁听到了？还去干这个有哪样用。现在的人们需要的就是来钱的路，哪样有钱就干哪样，现实得很。”永远说：“唢呐是我们这里祖辈就有的，这里的人以前是家家有唢呐，人人喜欢，现在好了，唢呐都不知丢在哪里咯。我说你二毛，还是要把唢呐吹起来。”二毛说：“吹哪样，有那个功夫我还不如多划两趟船。”在这上面两个人说不到一块，最后，永远说：“不管怎样今天是你大喜的日子，我们俩合奏一个，怎么样？算我求你。”二毛看看他这个老同学这样的固执，不想伤害他，也就说：“我给你说现在没人喜欢，你还是要坚持，我说不过你，那就依你的，吹一个吧。不过我还得去把我的唢呐找出来，好多时候不吹了。”永远高兴地说：“好，你快去，尽管现在的人们不再喜欢，为我们曾经的唢呐，今天来一曲。”

一会儿，一曲悠远的《黄土情》响起，这是一对多年的老朋友在述说，两人吹得很投入。

四

自从永远回来以后，石龙洞的人们就经常听到久违了的唢呐声。有人说：“永远是读书读呆了，现在是哪样年月了，还成天吹他的唢呐。”也有人说：“现在是哪样年月了？现在是一切以经济为中心的年月，这个‘中心’就是钱。他那唢呐能找多少钱?”每当这样的时候福来叔就说：“话也不能这样说，我就觉得唢呐好！永远的唢呐也吹得好!”“你说好，就算好，又有哪样用，我们这两个村除了他，现在还有哪个在吹唢呐，就他家爹那是我们这一方的唢呐高手，现在你们听到过他的唢呐吗?”

永远也听到有人这样说他，可他懒得解释，只管吹他的。人们的议论转变了，说是就让他吹吧，大学毕业找不到工作回来，那肯定是心里有怨气，就让他出出怨气。花三姑说：“你们说的那叫哪样话，我给他找个漂亮媳妇，一切都好了，他就安心了!”

花三姑没两个月，就给永远介绍一个姑娘，旋塘村田家的秋琳。秋琳漂亮大方。花三姑最懂永远的心，找的这个姑娘最大特点就是，会吹唢呐，说不上吹得有多好，但是会，这就让永远非常满意。花三姑一说这事，两家人都满意。很快就按现在人们的做法，找个合适的日子请了亲朋好友吃喜酒，就结了婚。结婚那天一切都是花三姑在操办。同样也是打麻将的十几桌。不过三姑有个创新，按三姑的说法那是，现在电视上不都在讲创新吗，我们永远也要来个创新，不过暂时保密。她说安排开席前有一个仪式，她悄悄地给摆席的说：“今天席上的筷子等我发话后才摆上桌哈，酒菜摆好了，我还有一个安排，不要一上桌大家就是吃。”摆席的人觉得奇怪，不知三姑要些哪样新花样。开席的时间到了，菜都上齐了，打麻将的人都坐上了桌，不过大家都愣子，怎么回事，没筷子，有人发话：“拿筷子，是哪样意思?你们今天要我们吃手抓饭是不是?”三姑示意等等，还有事。

只见三姑站在高处，提高嗓门说：“各个亲朋好友，今天是我们村唯一的大学生永远大婚的日子，我们也要有一点现代的新形式，也就是说也要有创新。我这个现代媒人说两句，第一句除了感谢还是感谢!第二句除了祝福还是祝福!重要的是在这里，为了答谢大家，现在请我们的一对新人给大家吹一个唢呐曲《喜洋洋》。”这可是大家没有想到的。有人说，怪不得桌子上不发筷子，还是有这个安排，大家好好听。永远会吹唢呐这是大家熟知的，今天新的媳妇秋琳也会吹唢呐，大家没有想到。

“这个秋琳她也会吹唢呐?”有人认真地说：“人家是自己悄悄学的。”“这真是天生的一对，地设的一双。”“真是不是一路人，不进一家门。”大家说着，喜庆的唢呐声响起，人们好久没有这样认真地听过唢呐，今天觉得它是那样的熟悉，那样的亲切。在座人全神贯注，端菜的，打杂的，掌勺的大厨都站出来了，大家被这一对新人的唢呐感动。就连他家的狗，串门的狗这时候也在一边静静地趴着，好像也听懂了这唢呐声。

秋琳嫁过来后，小两口商量让秋琳去做导游。她读过书，能说会道，形象又好，是个当导游的好材料。在永远的帮助下，她很快背熟了那本石龙洞的导游词。一天她对永远说："你看我怎么样，石龙洞的景点，你随便点，我给你介绍介绍！"永远点了几个，秋琳可真是介绍得和导游词上的没有出入。永远很佩服这个姑娘，他没有想到大学四年，也谈过两个女生，最后都没有成功，没有想到在家乡有一个这么好的姑娘等着他。最关键的是她居然会吹唢呐，想着这些永远笑了，真是老天有眼啊。秋琳背完，见永远笑，有些不高兴地说："你是哪样意思，我说得不对，有哪样好笑的，有哪样就说，你们大学生了不起呀？"永远听她这样说急了，"你说到哪里去了，我是看你背书的功夫好，这么快你就基本上记得了，不得了。看你像一个小学生一样的背书，那认真的样子，所以笑。不过我还真要给你说，不能这样背"。"那应该怎样，你说给我看看。"秋琳有些不高兴地说。永远说："你是个导游，最基本的功夫那就是对景区景点的介绍，也就是人们说的导游词。不过导游词只是背出来还不行，那是要把它说出来，要生动有情，语言要动听，有强调，有重点，有时候有的东西是要让游客记住，有时候却是通过你的介绍让游客在游玩中欣赏大自然的美丽中得到一种放松。"秋琳不服气地说："有这么复杂吗？我看村里那些做导游的没有哪个像你说的这样。他们不是一样在做导游？"永远说："是呀，那他们就一辈子都只有那个水平，客人怎么会满意呢？当然不可能，你去做，就要改变，不能就是那个老样子。好，今天你就按我说的去慢慢体会，一个点，一个点地突破。你要做到每一个景点都有一个重点，围绕重点怎么介绍那就要看你的。其实这就跟我们吹唢呐是一个道理，一首曲子就那些音，不是只要把它吹出来就行，那是要在千百次的反复练习中，仔细揣摩其中的道理，才能吹出最好的音，最动听的曲子。"

秋琳说："有必要这样吗？"

永远语气坚定地说："当然有必要！这样你的导游才做得好！"

秋琳从永远手里拿过导游词，有些不情愿地说："好嘛，就按你说的做。"秋琳说是说，实际上她是同意自己老公的观点的，只是要一下子接受，面子上有点过不去。秋琳拿过导游词，坐在院坝，把导游词翻了又翻，在上面圈圈画画，在那里边画边讲。永远见秋琳这样的专心，也从心里高兴，赶快去做饭。

吃过晚饭秋琳又找老公说："来来来，再给我听听旋塘这个景点的导游词，是不是有点改进了。"永远说："好，不过我有要求。"秋琳说："有哪样要求就明说，不要拿腔拿调的。你说哪样叫'有要求'？"永远诡谲地笑："晚上有要求你还不懂啰？"秋琳还不知道他的那些鬼把戏，笑着说："快点啰，管你哪样要求哦！我开始了哈。"秋琳说完旋塘这个点的介绍。永远说："的确是响鼓不用重锤，你看，现在就已经好多了。不过还要这样反复地去体会，不断提高。不是有句时髦话叫做，没有最好，只有更好！记住好好练。"

晚上永远坐在电脑旁，在网上查了好多怎样做导游的资料，从众多的资料中他总结出具体的可操作的十多条，对秋琳说："来来，现在还要对你的行为举止进行训练，今天先做两个方面，你先看看这些内容。"说着小两口又演练一番。

几天后，秋琳参加了他们那里的导游上岗前的一个测试，通过了。秋琳很快进入石龙洞景区的导游队伍，每天都做得很开心。在这里所有自由导游人员中，秋琳做得最好，每天的客人不断，客人给的小费多，特别是外国朋友，更是喜欢秋琳。秋琳有一点点英语基础，能和他们有一点点交流。这一点永远早就给她说好了："你不要怕，大胆说就行，只要你敢说，外国朋友他们总能听懂一点点，慢慢地，那些常用的就能够交流了。"永远经常给她作一点简单会话的训练，没多久秋琳还真能和外国朋友有一点交流，这可是村里的其他姐妹所没有的，她们好生羡慕。一时间，秋琳成了这里的形象大使。每天除了导游费用外，还经常能拿到小费，有时候小费也有好几百块。秋琳每天回到家脸上总带着喜悦。一天回来对永远说："老公，你看，我今天得的小费都有一千块。"说着摸出钱给永远。永远说："是，这就是人力资源啊。"秋琳说："说哪样话让人听不懂，其实你要去做这个导游挣的钱肯定比我还多。"

永远说："那倒不一定。我们家有你去做就行了。只是导游是吃青春饭的，不可能长期搞专门搞。以后做业余，有时间就去还可以。慢慢地你也得改做别的事情，现在就要有所准备。不过现在最重要的还是我的事情，我要自己找个事情做。我想，只有先把家里的现成事情做起来。""你说的家里的事情，那是爸爸哥他们开的馆子？""不是，那是我们家祖辈就在搞的酿酒。前些年生意很好，现在酿酒生意不行了，老爸他们也不想做了，这两年就一直是在那里不死不活地掉着，我把它做起来。我不指望它赚多少钱，能够养活我自己就行了，以后看怎样发展，再慢慢说。”秋琳说：“这样好，在旅游淡季的时候，没有哪样导游的事情做，我可以来帮你。”永远说：“不是帮我，那时候你是这个店的老板娘，这里是你的主业。做这个事情最大的好处在于时间灵活，我们可以自己安排时间。这样我们才有时间吹唢呐。”秋琳说：“你说的这个我觉得是最重要的，现在做哪样不是做，关键是在养活自己的前提下，做自己喜欢的，那就会有成功。这可是你经常念叨的。”

永远笑着说：“不错有进步，懂得多了。我们就要坚持我们的唢呐。现在就去拿唢呐来，我们来一段，今天教你个新的。”小半夜了，小两口的唢呐声在山谷里转。

永远很快就开始接管家里酿酒生意。本地土酒是一种低度酒，多年来这里的人都很喜欢，只是现在就本地人喜欢，没有外销的市场，发展不出去，再加上这两年，外面的酒进来的多了，他们家的本地酒的生意也就淡下来了。永远觉得生意淡不要紧，只要能把这个事做好，让家乡的人喜欢的酒，还有人酿，他们还能继续喝到这祖祖辈辈传下来的酒就好。近年来，就因为生意不好，他的父兄准备把这个酿酒作坊变卖了，扩大家里的饭店，让现在的石龙洞饭店上一个层次，变成石龙洞酒楼，他们已经考虑了好多时间，就在要作决断的时候，永远回来，又不愿意和他们一起搞饭店，他们也要给他一点做事的地方，永远提出要酿酒的作坊，那就让他先搞一段时间，看看再说。

永远接手酿酒作坊，自己打扫了两天，做了一些开业的准备，开始酿酒。开业那天，这里两个村的人家，基本上都有人来。他们这里，现在有个规矩，不管是哪家有什么红白喜事，开业乔迁，不用主人家一家家请，那是有专门的人提前通知。就像村里通知开会一样，大喇叭上一说，每家每户的小喇叭就告诉了。那是家家都要到的，根据各自的关系来决定送礼的大小。有送钱，也有的就是一只鸡，一袋米什么的，不过那可是都要站拢来。有的人来了，说几句祝福语，放下东西就走，这一般是礼比较轻的，有特别要紧的事情的。多数人家来了那是要吃酒席的，礼送了就坐在麻将桌上，一直到开席。这已是他们这里的唯一的娱乐活动。

永远本来开业不想请酒，觉得很麻烦，就自己开始搞就行了，可父亲说：“你这样算哪样，你请大家，这一来是要告诉大家一声，你在做这个生意，今天开业了，希望大家来照顾生意；二来，你回来成了家，你就是独立的一户，以后这里的各家各户有什么事，那你是要送礼的，你不请别人，以后别人家办事你不去送礼，你装着没有听见？你还想在这里做酒生意？你要是送礼，那你就是只有送的，没有收的，你也弄不起呀！小子，到处都是学问，不要以为你读了大学回来就不得了了，要学的东西还多呢！”父亲的话永远觉得还是有道理的，赶快把开业的时间告诉了村支书，支书安排通知下去。

开业这天，一大早就有人过来，他们多是永远小时候的同学，现在都是做父亲的人了，都是二毛约他们来的，说是早一点来帮永远收拾房子。二毛说：“永远你就是不一样，别人都不搞了的东西，你把他捡起来搞，有胆量，我相信你，要不了一年就让它翻身。”永远说：“那我倒没有指望，指望的是你们多多照顾生意，让我有口饭吃！”“你说得这样严重，你以后需要做哪样，只管给我们哥们几个吭一声，我们帮你。”这时候，有个永远小时候的同学，在外面喊：“永远，你看我给你送哪样来了？”永远一看，好漂亮的两个大木桶，还是半新的。永远说：“嗨，牛儿，你怎么把这么好的东西拿来了！”牛儿说：“你开业也没哪样送你，这两个大木桶是我家前些年用的，现在也用它们的时间不多，我妈要我给你送来，这可是好东西，酒要酿得好，就得用木桶，这是正宗的橡木哦，你看看！不过我有个要求。”大家笑了，二毛说：“你狗日的牛儿，送东西给人家还要提要求，你不能把你的这两件事分开说。”牛儿说：“不，就是要一起说，这是我妈说的！”永远说：“你说，不要管他们的，什么要求你只管说。”牛儿擦了擦头上的汗说：“我妈说，请你教我家儿学吹唢呐。”他这句话让永远有些震惊，他没有想到这个老人家还要求自己的孙子学习吹唢呐。永远说：“她老人家怎么想的哟，会叫孙子学吹唢呐，你看现在有哪个娃娃吹。”“我妈说，那是我们这一方祖上的东西，总要有人学。”永远说：“她老人家是这样说的？你们看，朴素的话语里，包含着那样深刻的道理，是我们好多人都不明白的。这个弟子我收了，他就是我的第一个学生。”

下午花三姑来了，一进门就是恭喜贺喜的，一阵礼数过后，把永远拉到一边小声地说：“我说永远，我听说你们家一直要撤这个酿酒坊，说它没有生意，找不到钱，不做了。你怎么来搞这个？我看你还是考虑一下做点别的嘛！”

“三姑，我晓得，不怕得，我有数。开这个店我不在要找好多钱，有饭吃就行啦。我这里还有事情要求三姑帮忙呢！”“看你，和三姑还讲这些客气话，有哪样你就说，三姑能做的事还有哪样话说。”永远说：“三姑的山歌唱得好，我想做三姑的一个徒弟，以后还要多教教我。”

“看你说的，山歌有哪样嘛，你吹唢呐就行了，还搞哪样山歌。”

“三姑你就不晓得啰，要把唢呐吹好，就是要学山歌。”

“有这个道理？那只要你愿意，你这个徒弟我收了，随时来找三姑！”

永远说：“那好，改天我要专门请拜师酒。”

五

永远的酿酒作坊开业了，一切都很顺利，永远是个聪明人，从小的耳濡目染，现在做起来觉得很顺手。父亲经常过来指导，没多久，他就能独立操作了。秋琳在旅游淡季，闲下来也来帮他。酿酒时间，小两口只要有空就是唢呐，秋琳在永远的监督和带动下，进步很快。石龙洞里，基本上每天都能够听到他们的唢呐声。

一次州里组织管乐比赛，永远得到这个消息，坚决去报名参加。秋琳说：“我们去行不行咯，自己吹着玩可以，参加比赛不要去丢脸嘞！”永远说：“有哪样丢脸的，参加就好，得奖高兴，不得奖也高兴。”秋琳笑着说：“哪有这样说的？”“是呀，就算不得奖，去参加，看看别人吹也是一种享受呀！不要怕，我们就当去州里玩一趟。”夫妻二人报名参加了。几场吹下来，他们还拿了个金牌。这是永远家两个自己没有想到的。回来后，一伙老朋友跑来恭喜，二狗问：“永远这次得了好多钱吧？”

永远说：“哪有好多钱，几百块钱的奖金！”

二狗惊讶地说：“金奖，才得几百块？有这个时间还不如在洞里划两天船！”

二毛说：“你说哪样屁话，这个不是钱不钱的事情！”

“那不是钱的事，你为哪样不去吹？”他问二毛。

“我去吹？我又拿不到奖！”

“我就说嘛，不是有重在参与吗？你还是不去？”

永远听他们说，也不想和他们多说。大家还在讨论着，永远的徒弟牛儿的娃娃来了，还在门外就说恭喜师傅师娘获得大奖。二毛说：“娃儿，好好学，以后像你家师傅师娘一样拿大奖。”

有人在外面喊：“永远，旋塘村老田家，叫你明天送六桶酒过去，他家装新门。”这里的人们红白喜事搬房建屋，村里人都要送礼，家家一样，一时间没有这些事务的人家，不能只送不收，也要找一点喜事来办，比如把旧房子的门重新装一下，也就是这家的喜事了。旋塘村老田家就是这样的情况。村里的人礼尚往来去恭喜。这一天，又是全村的一个节日，大家又有聚在一起玩的时间了。当然早些时候，最受人欢迎的是玩麻将，斗地主，还有一种铺金花，在这里按村里人的说法那是，现过现的有钱进。就是这样才有这样的诱惑力。在牌桌子上，经常出现争吵甚至于动气，搞不好就大打出手。村支书现在要解决的村里的矛盾有好多是来自于这上面的。

这天永远问村支书，人们为哪样这么样喜欢做这些，以前他们小的时候，过年有节，红白喜事的时候，人们聚在一起，那是唢呐声不断，有多欢乐。他们这里曾经就是有名的唢呐村，现在的人们为哪样就只是在牌桌子上才有快乐？村支书对他说："唢呐？那个娱乐不能来钱。玩牌，这个娱乐能够有钱进口袋！"

永远不解地说："那还不是有输的人！哪里就是个个赢？"

村支书说："人都是抱着赢的想法去的，每一次都是这样的想法，那就是再输他们也要去，要求把它赢回来，这就是他们的心。"

永远要给旋塘村田家送酒，连夜加班准备。秋琳回来说今天还吹不吹，永远一头大汗的忙着说："你先练着，我这里做完就来。不要忘记了，凤山县的祭祖的请帖，要我们去给他们吹唢呐。那里的时间只有不到半个月了，我们要抓紧练习，多准备几个曲子，除了前次参加州里比赛的那两个曲子外，还要准备两个，特别是你，还要练一点唢呐的练习曲，你把《百鸟朝凤》好好练一下。"秋琳笑着说："晓得了，你准备田家的酒，我在这里练。你带个耳朵听着，有哪样你好给我说。你这个是老手，要求我一个新手这么多，你不怕累死我？""我家老婆不怕累。"

月明星稀，山谷里，永远的作坊又传来阵阵的唢呐声。

第二天一早，永远开着个拖拉机，把六桶酒送到旋塘村老田家。回来快一年了，酿酒还是挣了一点钱，不过家里的收入主要还是秋琳导游的钱，一年积攒的钱用来买了个拖拉机，卖酒进货送货方便。今天还是第一次开它出来送货，跑在路上永远还真有点心旷神怡。从他们响垄村到旋塘村沿着顺水河平坦的公路走，也是平时旅游团从石龙洞出来到旋塘的必经之路。永远把酒送到田家，出村口，在旋塘前一队游客正在那里，秋琳的导游，她正在给大家介绍旋塘和石龙洞的情况，永远把拖拉机停在路边，听着秋琳给大家介绍，欣赏着自己的女人。秋琳声音大，她从不用扩音器，她说用那个东西声音效果不好，影响游客听。只听她悦耳的声音：

“大家看着，这是著名的旋塘，我们肉眼很难看出这个塘的水在旋转，可刚才我们走过来的那条顺水河到这里就不见了，找不到它了，这里就只有这个塘，顺水河的水是在这塘里旋转着下去了，消失了。很神奇吧！这里被誉为比北大西洋的百慕大还要神秘的山不转水转的奇观。科学家为了解开旋塘自转之谜做了很多的探索，其中有一种说法认为是路过的山风给吹的，因为在旋塘这块洼地只在北边有一个出口，风路过旋塘的时候就带动了水的旋转，结果经过测量发现风的旋转方向刚好与旋塘水转的方向相反，这个假说也就自己销声匿迹了。还有人认为这个旋塘和百慕大三角一样是被地磁吸引的，但是经过探查，这里的地磁不足以产生能让水旋转得能量来。现在最有说服力的说法是这个池塘下边有一个漏斗，池子里的水被漏到地下河里时产生的动力促使池塘水自转。

但是这里的老人们都说，这个池塘里的水从来都是一个样，基本保持在一个水平上，在雨季通旋河水大的时候，池塘里的水就旋转得比较快，而在枯水期，池水旋转得就很慢。科学家们又说了，如果说池塘下边有漏斗，那么是什么在控制着这个漏斗的漏水量呢？看来还有待进一步探索来解释。

顺水河从这里旋转而下，就像一条龙得到了重生，它窜过重山，从后面观音洞脚下遮遮掩掩地，时隐时现地流过，好像是要看看这个全国最大的洞中寺院，观音洞有多大。这个观音洞，我们马上就要走到那里去看。顺水河在山里、山外窜进窜出，好似在考察我们龙宫的十平方公里范围内形成的里里外外、大大小小的九十多个水洞旱洞，考察这个获得了世界吉尼斯纪录的景观。它窜过几重山从石龙洞的洞口打开一个天窗窜出来，这时它不再是前面的文静温柔，遮遮掩掩，时隐时现之龙，而是一条汹涌澎湃的苍劲之龙，在这里它形成全国最大的洞中瀑布，石龙洞龙门飞瀑。”

永远在认真地听着，欣赏着，今天他才发现自己老婆的声音有这么好听，导游词说得这样好，出口就是一篇优美的散文。今天回去后一定要好好犒劳她，赶快回去做她喜欢吃的。永远拖拉机起步轻轻按了一下喇叭，回头看秋琳，秋琳正好往这面看，四目相对，两人会心地笑了笑。拖拉机走了，走远了。

永远出来后，想到好久没有去家里的石龙洞饭店了，应该去看看爹妈，顺便就开了过去。一到店门前，看到大家正在忙，说是今天备中午一个旅游团队的中餐。永远妈端着一盆菜出来洗，见永远回来，高兴地放下手上的盆，手在围腰上擦了擦，过来接儿子。对这小儿子，她有说不出的爱，原本想他大学毕业要回来也好，一家人在一起，参加他们一起做个饭馆生意，有他父兄看管，他只管打个帮手就行了，也不用去费力。谁知道，他就是不愿意，要自己去搞那个祖业，这个小祖宗也犟得很，他决定了的事情，没有人拉得回来，只好随他了。尽管这一年下来小两口做得不错，还是让她放心不下，买本地土酒的人也就那么些，一辈子搞这个行当怕是不行哦，总是让人操心。

永远进屋，她赶快去拿来吃的，那是永远最爱吃的，永远说早上吃了。“知道你们俩吃得简单，叫你们回家来吃，又不，不晓得你们是为哪样，大家在一起搞多好，你就是要一个人去搞那个已经没有生意的事，我和你爹昨天还在说呢，你还是来和我们搞馆子，那边的作坊已经有好几个外商来说过，要买，价钱出得高。他们准备在这里搞度假村，还有周围好几户人家的，他们都要收购。如果我们把酿酒坊那里卖了，有了钱，这里马上就可以重建宾馆，自己的地基，快得很。”

永远对母亲说：“妈你不要管他们的事情，我那里是不会卖的，我有我的打算，你们不要看我那里好像没有多大的生意，做那个事情我自由，每天可以有时间做我自己的事情。家里馆子的事情，有爸和哥做就好了。我说你也不要管他们太多的事情，能做多少就做多少。你最好还是搞你的刺绣，做点包包帕帕的卖，那还是民间艺术。”

永远妈说：“那些活路我现在也做，做得多了，就放在店里卖，来吃饭的人多，有时还是有人买的。”

“对，好好做做这些，才是正话，店里的事有爸爸和哥嫂他们就够了，不用你操心。哦，妈，我和秋琳前几天商量，把你的那些刺绣拿来，我们在网上给你开个店。”“在网上开个店是哪样意思，还在上面卖东西？有这样的事情？你们可不准学那些骗子哈，好好地做你们的事。”“哪里的事情，在网上开店就一定是骗子，你不晓得，骗子他在哪里都是骗子，不是骗子的人，一样在哪里都不会去骗人。你不懂，几句话也给你说不清楚，哪天叫秋琳来你这里给你做这个事情，给你老人家登个记，有多少作品。然后挂在网上，又不用要人随时看着，这个事情秋琳可以学着做，妈你就放心，东西反正都在你这里放着，它跑不了，有人订，有钱进来，我们就发货。”“那我听你的，我也不懂，要记住不要骗人，也不能被人骗了。”

两人正说着，永辉来了，一见到永远就说：“你来得正好，快来给我看看这个电脑的问题。我把我们这个店挂上网，通过网上预订，按时间排好，想试着搞一下。”

永远说：“现在是网络时代，就是要这样发展。这样能把店很好地用起来。以前在旅游淡季就没有多少业务，现在这样可以在网上，把淡季的生意盘活，淡季的时候打折，组织搞一点什么民族活动，就会有人选择这时候来。一年四季都先有个计划有安排，也不会出现忙的时间很忙，有时生意都做不过来，闲的时间没有多少生意。按你们总是想着要扩大店的规模，修房子，修来还不是一年有半年都是闲着的。要那样的房子有哪样用，一个景区到处是房子，把风景都占完了，游客来这里有哪样好看的。”

永辉说：“这个又不是你我管得着的事。”

永远说：“都像你们这样想，那就完了！”说着忙着弄永辉的电脑。

六

永远爸和哥两人的心思还是在想把店扩大。打算年底做些准备，明年开春动工。他们打算着既然永远不愿意动他的作坊，现在又没有别的办法，那就只有动他家的一亩三分地。一亩三分地位置好，在景区的公路边。这两年按政府统一的规划公路两边及景区内的田土，每年的春季全种油菜，为的是每一年三四月的景区有一个统一的风景，铺天盖地的油菜花，那是山是绿色的浪，川是金色的海。这才有了专门的油菜花节。为了统一景区农作物风景，这个季节田地不准种麦子和其它农作物，全种油菜。每年的三四月份顺着公路走，青绿的两山，那样的宁静，两边田地里，全是油菜。春风扶柳，花香扑面，站在高处，两边的群山形成一个开阔的山谷，谷底是金灿灿的长川，金黄的油菜花，其间套种胡豆，这时候的胡豆枝叶深绿饱满，二者相间，胡豆按一草书的龙字形种，形成一植物的地毯艺术品，那是草书的龙字好似一巨龙在飞舞，在一片金黄间清晰地漂浮着一个深绿的龙字，它好似鲜活青龙飞舞，那样轻盈自然。这样的设计之初，农民并不是都愿意种油菜，他们多数要种麦子，种麦子的收益高，每亩可多收两百元。这样的差价农民是算得很清楚的，不愿意是理所当然的。政府为了旅游的需要，为了在每年的三四月间石龙洞增加一个亮点，加大旅游业的力度，反复动员没有多大的效果，最后决定由政府补贴这每亩的两百元差价给农民，才达成全都按照政府的统一安排去种油菜的协议，形成了现在的统一的油菜。这个旅游的景点才能打造成功，让经济作物和旅游成为一体。

永远家的一亩三分地，也就在这统一规划里面。他们没有时间来种地，都是拿给别人种，每年交一点钱给他们。再说了，要说种地，现在也只有他父母亲会种，他们这几个小辈都不会种，从小读书，没做过多少农活，家里的那点地，都是请人做，就是房前屋后的菜地，也多是请人种。家里店里需要的菜有的还是要到集市上买。也就因为这样，他的父兄商量着准备把那块地卖了，就可以有钱修宾馆。这件事情他们一直是瞒着永远的，是永远妈告诉了永远。永远知道后，就过饭店来找，一进门就问："哥，你们是不是准备把家里的那一亩三分地卖了？"

永辉说："你怎么知道的？"

"你不管我怎么知道的。你们做了，就自然会有人知道。不管你们怎么说，我坚决不同意卖地。我们家现在就只有那块地了，你们还要把他给卖了，没有了地，我们还是农民吗？卖了地，现在我们有钱用，我们的儿女他们怎么办，到时候怕是落脚的地方都没得。再说了，好好的一块地，每年就算是给人种，景区多一点风景，我们也还有收入，有什么不好的，卖给人家也就是用来修房子，到时候景区少了一块风景，多了一堆房子和垃圾。"

永辉说："我们是不是农民还用你操心，不是农民那不是更好，哪个愿意当农民，你愿意？再说了，'少了一块风景，多了一堆房子和垃圾'，这个关你屁事，你以为你是谁？"

永远说："你不管我是哪个，我就只管我家的。"永远知道这样和他说，是说不清楚的。"都像你们这样那就完了！我们没法说，那去叫爸来。"

一会儿他父母都来了，一看兄弟俩这个架势，知道也是难得劝的，永远爹说："这个事情是我考虑的，卖了就卖了，留着它也没有多大的意思，一年地里的那点钱，随便都可以找到，现在可以卖，还可以卖个好价钱，以后就难得说了。"

永远说："我不同意！只要我是这个家里的成员，就有我说话的权利。"

永远爸说："你也太霸道了，以前要你和我们一起搞，把酿酒作坊卖了，你不同意卖，要自己搞，我们就让你自己搞了。现在我是一家之主，我决定要卖，有你哪样事？该给你的那份钱，我会给你的，你还有哪样说的。我看你读书读到哪里去了，读到牛屁股丫去了！”

“老爸，我们都长大了，哪样事情要讲个理，现在家里又不是缺吃缺穿，你把地卖了就不能再生了，那就没有了，也买不回来，不能卖！”

“你看那人家的生意越做越大，我们就是发不起来，就是门面小了，不好接待顾客，最后还会被别人挤垮的，到时候一大家人能指望哪个，还能指望你？”永辉气愤地说，说着说着站了起来。

永远说：“你站起来搞哪样，有理不在声音大。你不会是要打架不成。我说过好多次，这个重在管理，我们把它管理好，就成了。前次不是给你们做了上网开店的事吗，你老哥不是很有信心吗，怎么突然就改变了？我们一个家庭式宾馆哪里用那样大的房子，拿来做哪样？”

永远爸没好气地说：“不管你说哪样，今天你既然已经说开了，这个事情就得听我的，我过了明天就去签合同！”

“老爸，你要是这样说，那我们就分家，那块地也有我的一份。”永远这样说好像有些绝情，实际上他知道，分家就要分地，分地了，他的那块不卖，那剩下的地就不好卖，别人买去就不好修房子了，他们要想卖地，也就卖不成了。这一招果然灵，他爸知道永远这样说的意思，不再说话，气冲冲地走了。

七

一年过去了，永远家的地没卖，馆子开得也还不错，他的作坊做得还可以，一切都没有多大变化，最大的变化是秋琳生了个女儿，一家人高兴那就不用说了。秋琳的导游有好久没做了，从怀上小姑娘几个月就不再去了。现在她找到石龙大酒店去上班的工作，工资肯定是没有导游的多，但是上一天班休息一天。这样多有一点时间在家里照看女儿，宾馆服务员的工作轻松，上班也是休息。她在女儿满月后就去上班，女儿有永远妈照看。秋琳下班后，多是看管他们在网上开的店，永远妈妈的绣品销售很好，有时候他们也帮村里的三姑四婆卖一点刺绣产品，特别是那花三姑，高兴地说：“这个世界现在变得这么小，又这么玄乎，我们是搞不懂的了，只有靠永远他们这些有知识的娃娃啰。”

永远秋琳，现在每天业余时间做得最多的事情还是吹唢呐，两个人的唢呐是越吹越好，有时候二人陶醉，常常忘了还没有做晚饭。有时候，秋琳去婆婆店里看娃娃，就把两个人的饭带回来，吃了，好有时间吹唢呐。婆婆总是说："娃娃就让她在我这里，你们只管放心，做你们自己的事情，那是大事。"秋琳有些舍不得女儿，但不这样，带她回家就什么事也做不成了。永远做事又是那样的认真，对自己的要求高，永远都是那句话，没有最好只有更好。秋琳觉得每天都过得很充实。

前几天永远又有了个新想法，准备办一个民族文化站，名字都想好了，就叫"石龙洞民族文化窝"。他为这个"窝"字感到骄傲，有特色、形象。以唢呐吹打和山歌刺绣蜡染为基础，开展民族文化的一些活动，唢呐吹打有他家两口子，二毛还有他的几个小徒弟现在还可以吹一点了，需要时还有他的父亲和哥哥，不过要争取这两个人来，那是需要时间的。山歌有花三姑还有福来叔他们，刺绣蜡染主要有他的妈妈，还有一大批会刺绣蜡染的娘娘姑婆。平时大家在一起交流玩耍，哪家有个大小事，组织去热闹热闹，还可以对外做一些有偿服务。在旅游旺季可以做一些参与性的活动。山歌主要是带一下小孩子、年轻人，做一点传承性的活动，游客也非常喜欢。刺绣蜡染就不必说了，有时间让这些娘娘姑婆带点新手，也可以作为民族工艺品让它上一个层次，集中优势，避免以前的各自为政，相互压价，质量难提高。平时在这里把村里的书屋很好地管理起来，电脑学习上网等什么的教大家，这当然主要是他的任务，现在秋琳也可以承担。这样他们的这个民族文化窝就可以搞起来。

永远把他的设想告诉村支书，村支书认为这是好事，要他尽快着手进行，村里是全力支持。永远想把他的这个"窝"搞在自己的酿酒作坊的旁边，坝子有宽的，只要把作坊让一块出来就行了。这样做，主要考虑还是永远可以兼顾两边的事情，都不耽误。不会出现以前村里搞的那些读书屋，在那里，书是有一些，没有很好地管理起来，也就没有利用起来，很少有人去读，形同虚设，就是摆在那里做样子。

八

永远正在紧锣密鼓地准备"石龙洞民族文化窝"的事情，接到州里的通知，要他家两口子到州里报道和另外一个吹笛子的三人组成一个队，应邀参加法国的"国际唢呐音乐节"。永远接到通知，兴奋幸福得不知怎样表达，拿着唢呐吹着去秋琳上班的宾馆，宾馆的人不知是什么事，都走出大门来看，只见永远一个人在门口吹得欢，看那神情，宾馆的人说，他这个样子，那一定是有天大的喜事！“现在这年月，有哪样事情值得这样欢喜，除非是中了大奖！注意了，我们看他家两口子中了哪样大奖，他们必须请客，不要放过他们。”

这时候秋琳出来了，一听这唢呐声音，她就知道是永远来了，不过她想不出有哪样事情让永远的唢呐声里，包含这样抑制不住的喜悦。永远看见秋琳，高高举起手上的通知单，大声地说：“我们被邀请参加法国‘国际唢呐音乐节’啦！”周围的人一听是这个事情，有些失望，又没有中大奖，做得这个样子！有的说：“我看是有神经病。”有人说：“可以理解。”

永远对秋琳说：“我们还得赶快准备。你去给经理请假，我们马上就回去准备。”

永远他们的出国手续很快办下来了。一家人高兴，响垄村旋塘村的人那几天就像过年一样，人们是见面就说这个事。村长组织大家特意到永远家来恭贺，福来叔走到众人面前说：“我从来就说，永远这个娃崽的唢呐是最好的，今天不是吹到外国了，去和外国人比试比试。”永远说：“福来叔，也不是比赛，不过就是邀请去参加个音乐节。”福来叔大声地强调：“参加音乐节也就是比赛。大家在一起吹，不就有一个好坏，还用得着一定要有名次。永远你们可是要好好准备，不能认为就是去参加个什么音乐节，玩玩就回来哈。”永远说：“叔，你放心，这一点你老人家提醒得好，我们就要像参加比赛一样去对待这次音乐节。”

福来叔看着到永远家来的人大声地说：“大家都看好了，永远家两口子，人家这才是过日子，你们，你们一天都在做些哪样，想的做的那就是一件事情，找钱。一天都在钱上，现在羡慕人家了吧。我们这个唢呐村现在还有好多唢呐在响，想想看吧？”

在大家的欢送下，永远他们出了村。现在交通方便了，两个小时他们就到了州里。在州里简短地开了一个会，交代了这一路的事情。第二天就上了路。他们一行四人，他们夫妻二人，还有一个吹笛子，一个带队的。本次“国际唢呐音乐节”在法国的布列塔尼举行。他们到北京转机，再用十一个小时，到了法国巴黎，再乘火车到了布列塔尼。一路走来，小两口像是在做梦一般，自己怎么就这么容易到外国逛逛，特别是秋琳，从来就是想着这辈子嫁个好老公，就不愁吃穿。这就是人生的最大幸福了，从来没有想过，她还能到这样的地方来走走。这一切都是唢呐，当然都是永远，是永远的唢呐把他们带到了这里来。

在这里他们结识了好多外国朋友，有法国的朋友，还有阿塞拜疆、印度尼西亚、坦桑尼亚等国家的朋友。永远没有想到的是唢呐还有这样多国家的人喜欢，而且他们做得非常好。法国唢呐节是一年一度的，他们参加的这次唢呐节，是中国唢呐队第三次参加法国的国际音乐节。这要感谢去年他们参加州里举行的唢呐大赛，在大赛上得了金奖，名声出去了，可没想到，他们会得到这样一个机会。

永远他们在法国，最感动的是在布列塔尼大剧院的演出的日子。中午领队拿来节目安排，其中一个节目是永远他们将与法国朋友一起演奏的《法国圆舞曲》。这对他们来说是新内容，他们只有两三个小时的练习时间，随便吃了两块面包，喝点水，加紧练习。

晚上演出的气氛是那样的热烈，人好多，第一个节目就是中法两国同台演出《法国圆舞曲》，主持人说完，他们也不知道在说什么，领队告诉他们该出场了，永远秋琳一时间也不知道紧张了，跟着两个法国音乐家，一起走了出去。他们彼此什么都没有说，只有一个点头一个微笑，永远举起唢呐，吹响了第一声。音乐把他们连在一起，大家演奏得是那样的默契，在热烈的掌声中他们完成了演奏。

接下来是永远和秋琳的《喜洋洋》《正月十五闹灯花》《啦呱》，这三个曲子他们准备了好久，是他们配合得最为默契的曲子。他们忘记了时间地点，一切只在唢呐中，看到的是石龙洞朝阳升起，夕阳伴着月的落下，在那美丽的自然境界中完成着他们的曲子。一个高潮接着一个高潮，这时候，永远看到有的观众站起来在乐曲中翩翩起舞，他吹得更有激情，台下有人在向他挥手，他在间隙也挥了挥手，大声地说："谢谢！谢谢!"突然想起这样说他们听不懂，秋琳在一边用英语说："谢谢！谢谢!"唢呐声把台上台下自然地融为一体，永远秋琳太激动了，他们被围在起舞的人群中，来不及擦擦额头上不断流下的汗珠，害怕耽误了曲子的演奏，影响了欢乐的人们。两个人自然调节，总有一把唢呐在响，有一人和大家交流。

演出结束，他们一次又一次地谢幕，观众整齐而有节奏的掌声经久不息。他们再一次演奏开始，一遍又一遍地重复他们的曲目，可观众好像就没有让他们停下来的意思。他们的演出一直到深夜两点多钟。

近十天的交流演出，永远难以忘怀，更坚定了他唢呐之路。他们坐上离开布列塔尼的火车，回家的路上永远看着窗外诗画一样的风景不断从眼前流过，永远感叹："太美了法国。你的美丽、你的音乐无处不在，有那样多的唢呐爱好者，用唢呐与世界交流，用音乐与世人共乐。我羡慕，但这里不是我的归宿，我感谢你，感谢你给我快乐，更感激你让我对生存有了新的理解。我也要在我的家乡把唢呐吹响。让天下喜欢唢呐的人，来我家一起吹唢呐。"

永远夫妻的唢呐在法国吹响了，回来后各级媒体作了宣传报道，特别是中央电视台华人网的采访报道，让他们的名声大震。中央电视台华人网的节目主持人问永远："你的唢呐在国际拿了奖，这一点对你的生活有什么改变？"永远笑着说："有什么改变？什么都没有，我还是我，我还是做我的农民，守我家的那一亩三分地，酿我的本地酒。回去把我的'石龙洞民族文化窝'搞起来，让唢呐在我的家乡吹响。让家乡人茶余饭后能有音乐的欢乐，我就满足了。"

永远秋琳满是兴致地回到家。正是旅游的大好时节，村里人在忙着旅游的事，没有想象中的村里人的夹道欢迎。他们回来，好像没有人看见。就是见到的也就当他们从来就没有出去过。在路上遇见二狗，二狗笑着问："永远兄弟回来了，这次出去前后有个把月吧，挣了多少钱，肯定比我们多，该你请客。"永远看他那样子，心里知道他们这些人在想那样，也笑了笑说："二狗，我哪里能挣钱！不过这次的这个客，我是要请的。麻烦你去告诉大家我请客，就我们两个村的人家，每家都要请到，就在明天，石龙洞酒馆，大家一定要到哦。这个事情就全权拜托你了，一定要给我都通知到咯！"

"那好，一定！一定！出国的人就是有钱，应该请。"二狗说着走了。

第二天请客，是在永远他家馆子里，两个村的每一家人都有人来，这样的酒席，又不用送礼，哪有不来的，家家都来了，有的还带着娃娃崽崽，开饭的时候是坐的坐，站的站。热闹得让人说话很费力，说小声了听不见。村长大声地对永远说："永远哪，你们这次可是给我们村争了面子，现在十里八方都知道我们石龙洞，石龙洞有个永远的唢呐！"永远说："村长我有好多想法希望得到你的支持。""那只要是你的事情我都支持！"永远最高兴的也就是有村长的这句话。

这时候有人提议说："老伍伯的唢呐是吹得最好的，今天给我们大家吹一个？"他们是在叫永远的爸爸呢。这时候好几个人跟着喊"老伍伯吹一个"。永远父亲尴尬地说：“多年不吹，已经合不上嘴了。现在都忙，哪有工夫吹它。我还忙着给大家做吃的！”说着忙着弄菜去了。

花三姑对永远说：“你代替你爸给大家吹一个吧，没有你爸的唢呐，哪有你的。”永远拿起唢呐说：“今天我代老爷子吹一个，感谢大家的关心，祝大家财源滚滚，阖家幸福！我给大家吹一个《好日子》。”一曲《好日子》吹响了，吹得人们激动，有的人跟着唱，“今天是个好日子，心想的事儿都能成……”

唢呐声结束了，酒席也摆好了。饭桌上，有人对永远说：“永远你家大房子开始动工了，那可是我们这里现在最大的私家宾馆了！你们家了不得！”永远笑笑，没有说什么，走到一边。看着远处正热闹的一片工地，永远的心里隐隐作痛。

对于父兄的房子问题，永远不再想说什么，这个问题他已经说得很多了。昨天回来他就已经看到了，一亩三分地已经不见了，有的是一片挖得乱七八糟的工地。他去法国的这前前后后一个月里，父亲兄长，已经把一亩三分地变成了工地，现在他说什么也没有用了。他总觉得自己找不到应该把自己放在哪里，他这个农民大学生，现在没有一点土地，还是农民吗？是大学生在这里能做点什么？没有了根，他好难过，不敢多想。现在他只有他的石龙洞民族文化窝，不过他知道要把他的这个“窝”建筑起来，那只有一个字，难。他拿起他的唢呐，吹起了《黄土情》。唢呐传出了深情，永远闭着眼，两个手机械地动着，这是他吹过多少遍的曲子，今天吹来好像就是那么难。秋琳知道他的心思，也拿来唢呐和着。永远觉得现在只有那唢呐还是他的，其他什么也没有。

本文发表于《普者黑》2012年7期

清风吹过小镇

一阵清风吹来，我甩了一下围巾，忙着按住桌上一张张大红的春联纸。几个围观的农民赶紧来帮忙，“不晓得这些春联多少钱一幅?”一个农民一边帮着把吹到地上的纸捡起一边说。一个农民自言自语地试探着说：“人家这是不是不要钱的噢?”“现在哪有不要钱的东西？请人写，工钱十块钱一幅!”帮忙裁纸的农民说。我笑了笑说：“我们就是来给大家免费写的，不要钱。你们看着要是喜欢就拿去!”“有这种好事！啊，我就来两幅。”“你老写个什么内容的?”“我是请师随师！我又不认字!”听他这样说，我想还蛮有文化的，虽说不认识字，说话还挺拋文。看来这方土地的人，文化风情厚。

我把裁好的纸一一摆放好，最先开口要春联的那位老人就过来帮我倒墨铺纸，“我来侍候笔墨，当不了学生当书童”，老人边说边做。“老书童呢!”旁边的人嘻嘻笑。“老书童也是书童!”我写完一幅，他两个手提着珍惜地放到一边。这时候围观的人越发多了起来。看着他们喜欢，我们一群人都很卖力。

我们一行七八个人应乡里领导的邀请，到龙岗乡为这里的农民写春联。每年贴春联，老百姓多是靠买印刷品，一家用在春联上的钱，少则几十块钱，多的要一两百块钱。

乡里的领导认为，文化人下乡写春联，就像一阵文化清风吹下来，文化清风吹起来，文化氛围浓起来；也给农民办点花钱不多农民却喜欢的实在事。我们就来到这里，给农民免费写春联。

到了场上，有人说，为什么不选在赶场的时间，可以有更多的人能够得到春联。乡里的人告诉我们，那样的话，我们是没办法“写完”的。有一年他们就是安排在赶场天，不但现场写，还提前几天就写好了几百幅。到赶场那天，几个人提笔就忙开了，写不赢就用现成的送，最后一直写到天黑，还有好多人排着等，结果空手而归——写手们无所谓，但有的农民家住几十里外，等不起了。所以今年就不敢安排在赶场天。就算不在赶场天，也是忙够呛。

乡里给我们准备的场地在汽车站外的坝子前，宽敞，来往人多。但这里既宽敞，就是一风口。三九之日，是一年最冷的时候。我们站在清风凛冽的风口上，总是在和风作斗争，有时候吹得我们是一只手拿笔，一只手忙着按住桌上总被吹起的春联纸，哪一头都顾不过来。农民们就纷纷上前帮忙。有趣的是，有时候，风正把纸吹起，我们也正在运笔，于是就纸上悬空起舞着写，不要说，这样的书写还真是有些感觉，这才是乡间写春联的现场感。看到乡亲们喜欢，你也总有一种说不出来的喜悦感。看着他们拿着一幅幅春联满意的神情，就像他们看着自己的一头头猪出栏，一背背粮食背进家，你就晓得，农家人，也需要精神享受。

一个在几张桌子前走过来走过去的老人在我的桌前站定，说：“我还是来这里，我看过了，他们几个都写得好，不过现在书法写得好的人多，女娃儿家的写得好的就不多了，我还是请她给我写。”他的夸奖，我自然喜滋滋的。但我心想你老人家是只看表面，我写得快，看起来好像不错，实际上他们都是书家，我也就只有在乡下写写春联的水平。不过，农民们在乎的是过年就要贴春联，讲究一个喜庆，大红纸贴满家里的所有门，就好。现场写的，对他们来说，就是一个稀罕，女生写，在他们看来，更稀罕，而已。

这时来了几个中学生也围着看，你推我挤的。我写着，他们轻声念着。一个男孩小声地说：“我们怕是一辈子也写不到这样好！”

“天天写呗！”

“没时间！放学回家，我妈还给我们安排一大堆事情，作业都做不完。”

“哎，你妈来了！”

这时候一个四十岁左右的妇女急匆匆走到前面说：“对不起大家，我急得很，让我先写吧！我家老公公早就要我去找人写，说是买的那种没意思，电脑写的，死得很，没人气。今天正好遇着了，我又还要招呼生意，你们就让我一个先，我感谢大家。”她看着在一旁围着看的几个孩子，对着自己的孩子说：

“放学了，还不回家，在这里看热闹，快回去做事！你们都快走，家里人等着你们。”几个孩子埋着头走了。我说：“大嫂，你别赶他们，让他们看看，也是一种学习。”她有些不在意地说：“现在学这个有哪样用，能找饭吃？你们在这里写一天不是没有一分钱吗？”看来和她一时也说不清楚，我继续埋头写。

我写着，大嫂在一边说，她家正房、厢房、柴房、猪牛栏都要贴上。这考到我了，准备好的这些春联内容，只合适贴在正房子的所谓的大门二门哪怕窗门上，哪里有她要的那些。听她说完要求，只有请教旁边忙着的对联专家。他听完我说的要求，停下笔说：“哦，这个不难，你记一记。”他悄悄地念，我赶忙用钢笔记在一张纸上。我回到我的桌子前，高兴地说：“大嫂你的要求经过我拜师求教，能够完成任务了，包你满意。”大家都正急着尽早拿到自己的，就有人对那位妇女说：“我说你这个人，自己一到就要先写，我们没说你，还有这么多事情，写哪样不是一样，我们就是那句话，请师随师，你倒还搬盘。”看到他们着急，我赶快说：“不急，我加紧给大家写就是了，到时候大家都能拿得到。”说着我就按大嫂的要求照着纸条上写。写完大门的，边上就有人在念了：

门启新春迎喜色

三阳开泰送丰年

横批：开门大吉

“好，好！”大家一阵喊好声。大嫂笑得合不上嘴。其实这大门的好写，我准备的春联都是贴大门的。我说接下来我们就写栏圈的。

“以前我们贴，也不管内容，贴一个就行，她这个要有特定的内容就不那么容易了，那不好写啰，这就是考老师！”他们议论着。而我有了刚才的“锦囊妙计”，提笔疾书，栏圈的：

高栏六畜正兴旺

大廪五粮还丰登

横批：年丰岁足

起居的：

健康人生幸福久

和睦家庭喜事多

横批：平安吉祥

我写完一幅，旁边的人齐齐念一幅。大嫂笑得合不上嘴，直说谢谢你的吉言。有人说："这个大姐，你不要高兴得不知道内容，把栏圈的贴你家卧房门上，就笑死人了。"她笑笑，不好意思地说："其实我还是认得几个字的，不会错的。今天我在这里得罪大家了哈，不过把我家老公公的任务完成了，要特别谢谢老师妹子。拿着这么多，我就走了。我在那边做生意，你们这里弄完了，到我们那里去喝杯茶嘛。"有人说："邀请去喝杯酒还差不多，只喊人家喝茶算个哪样。""人家女孩子就应该是喝茶，一定要是喝酒吗？我可是诚心诚意呢。"

我说："大嫂，那些都不必了。今天给你写这样一些，是你家老人有文化，我今后还要在这方面好好学习，不过我有个建议给你，你记住我就满意了。"

"你说，我照办就是!"

"刚才看到你家娃娃，看得出他是爱写毛笔字，你以后多给他一点学习的时间，让他们今后在这里给大家写春联!"

大嫂知道我在说她刚才的话，不好意思地说："妹子，你今天给我说的，我记住了，回去就叫娃娃写字，还真是，要不以后就找不到人写春联了。你说是不是!"

大嫂拿着她的春联走了。围观的农民们接着铺纸的铺纸，倒墨的倒墨，笑语声声，正如这一阵阵清风吹过小镇。

本文发表于《白云文学》2015 年 4 期

天凝冻

2008年元月21日凌晨，人们还在熟睡，中国联通江口分公司突然得到德旺乡苗王坡基站电力中断的消息。怎么办？天寒地冻的，外面是一片黢黑，公司领导看着运维部的同志们说："我分公司90%以上基站均出现电力中断，情况十分紧急。大家奋勇拼搏、吃苦耐劳已经连续抢战了好多个日日夜夜。大家都是冒着生命危险，克服一切困难，在冰山雪海中艰难地工作。现在我们面对的是苗王坡，大家看怎么办？"

德旺乡苗王坡是江口县至印江县、思南县的主要交通要道，是省道必经之地。雪山天险，武陵山主峰梵净山一脉的苗王坡，山高路险，冰雪封冻，任务十分艰巨。

这时候，有人说："现在深更半夜的，苗王坡那么陡，又想得了哪样办法，不如等天亮再看行不行！"时间一分一秒地过去，没有人说话。这时候一个稳健的声音响起："不行！必须现在就去抢修，这样的灾情，救灾抢险，情况严峻，通讯是至关重要的，多耽误一分钟，就多一分钟的险情，苗王坡，我去！"果断地站出来的是高明勇。大家用佩服而又异样的眼光看着他。

高明勇33岁，曾在北京军区28军某部当过三年侦察兵，2004年10月，招考进入江口联通分公司运维部。危难之时，以他军人的素质——"这就是任务，下了就要完成"，侦察兵的机智——"想尽一切办法去完成"，接受了这一艰巨的任务。

在这样的凝冻天，汽车早已不能通行，铜仁地区西行路上的各处救助点上，滞留了大量归家的旅客，他们与外界失去了联系，在艰难的路上，一心想着家人的期盼，他们需要联通；铜仁地区交通局正在组织打通交通要道苗王坡，各方面的联通至关重要；苗王坡基站还是一个传输环上的节点站，它的中断将直接影响江口联通公司在闵孝镇仅存的一个通信及印江县缠溪镇的通信。县委县政府提出，必须保证该乡的通信需求，让滞留旅客能够及时向家人报一声平安，让打通交通主道苗王坡的战役顺利进行，因此，保障该站的通信刻不容缓。

元月21日凌晨4点左右，运维部的高明勇、田中及驾驶员雷平向德旺乡苗王坡出发了。高明勇以他三年侦察兵的经验准备好了锄头、稻草等物品。车到加油站，听说他们要上德旺乡，抢修苗王坡基站，加油站的职工一个个瞪大眼睛盯着他们说："这样的天，上苗王坡？你们知不知道这有多危险呀？不要去找死了！"

"哪怕是鬼门关我们也得闯！"高明勇果断地说。在场的人都敬佩地点着头。一路上，他们小心地行驶着，平时四十分钟的车程，这一次一走就是三个小时。费了九牛二虎之力，总算来到了德旺苗王坡山脚。由于武陵山主峰梵净山一脉的苗王坡山高路陡，地势险恶，路窄弯多，山上结满五十多厘米的冰层，早在凌冻雨刚来临之时，就已封路。

这时天亮了，灰蒙蒙的天空"毛凌"还在飞舞，苗王坡一片银白，巍巍而不可一世。看着路边动不了的车，还有那时时出现的无助的人，面对这一座让人不寒而栗的大山，高明勇在心里暗暗为自己打气：就是爬也要爬上山，将基站抢修好，保住德旺这个大乡重镇的通信畅通，让滞留旅客能够及时向家人报声平安。

冒着随时可能滑下坡、滚下崖的危险，他拿出了做侦察兵的精神，手拿挖锄，稻草捆脚，再侦察好前进路线，往上一锄锄地挖，在厚冰上凿出一级级的冰梯。挖完一段路，又返回来，在坡脚接应田中和雷平。扛上汽油，沿着刚才凿开的冰梯艰难地爬上去，爬完一段，他又继续挖冰凿路。往返不知道多少次。在下面等他开路的雷平说："给你照张相，把你侦察兵的形象留下来做个纪念吧！"原来，高明勇在抗凝这些天特意穿上他当兵时的军裤，用他的话说，是"摸爬滚打，耐脏一点，也是个纪念"。

他们上苗王坡，不仅是人要爬上山，主要任务还要把这桶汽油送上去。汽油上不去，人上去了也没有用。这就是最大的难处了，这样的路况，人能够爬上去都难以想象，何况还要带这桶油。又是一个塑料桶，人摔了可以爬起来，汽油那就难保全了。我们的侦察兵高明勇自有办法，他在油桶底脚捆一块木板，拴上一根绳子，他们一会儿拖着汽油桶爬，一会儿抬着汽油桶走。一次次摔倒又爬起来继续走。不知摔了多少跤，但一路化险为夷，汽油桶却安然无恙。他们艰难地往上攀登，天寒地冻，手脚都麻木了。脚摔伤了，手摔肿了，却完全不知一点痛，只觉得手脚不听使唤。常走的这段坡路，半个小时就差不多，今天，他们爬了三个多小时，终于爬上了苗王坡山顶。

到了基站后，他们顾不得一路的劳累，赶忙加油发电。重要通讯节点基站德旺乡的通信网络终于正常了。他们完成了一件让旁人看来几乎不可能的事。事后，当人们问他们上山时害不害怕，高明勇说："当时只想早点到基站发电，哪里顾得害怕哟!"

当他们下山准备运送第二桶汽油时，他才感到是那样的饿，出门时走得急，什么干粮都没有带，只吃了几口路边树上的"大冰棒"。他还打趣地对同伴说："有这个'大冰棒'，我们就不怕，三五天也能挺过。"

当他们下到德旺乡，人们围着他们，交通部门的同志和滞留旅客都鼓掌欢呼！高明勇脸上露出了微笑，那微笑带走了所有的伤痛，带走了所有的疲惫，看着这白茫茫的凝冻天地，他感到难以言表的成就和满足。

本文发表于《让一切联通》（人民文学出版社2008年4月出版）

补 来

太累了，小琪一屁股坐在路边石头上，说："我们歇一会儿再走吧。"

小江说："马上就进遵义城了，我们抓紧时间，还可以去会址看看。"说着，坐下弄自己的鞋。早就穿不住了，一个的大脚丫出来吃水来了，一个的鞋跟就要掉了。两个人提着鞋，展示。

文华看着他们两个的表演，笑着说："走三天，鞋就不行了，前面的路还长呢。"他们计划是要走到湖南韶山。鞋，这是个必须解决的问题。吃饭睡觉都不是问题，到地方，就有吃有住的。衣服可就这一身，有机会就洗，没有时间，就这样穿着也不是问题，天热，热得可以什么都不穿。鞋子没有是不行的，他们哪有钱买鞋呢？

小江突然发现，他们鞋的问题可以解决一半，他拿过小琪的鞋说："你看这样，我们两个的鞋都是一只坏了，另一只还好，又正好是配对的，那就是说，我们其中一个人可以有好的鞋穿，另一个人的只有去买一双了，钱只有大家凑了，要不，你们说怎么办。"看来只有这个办法，三个人收出了身上所有的钱，准备去买一双鞋。

进了遵义城，鞋买了，一双解放鞋，黄色球鞋。那时候，这鞋最为时尚的，说好三个人换着穿，每人穿一天。第一天，就是小琪穿，他把好的一只给了小江配对，自己是光着脚走进遵义城的。穿上新鞋的小琪，扎实高兴了一阵子。对小江说："我这叫做先苦后甜。"小江说："注意点，不要弄脏了，明天该我穿了。"

到了遵义会址，会址这样的房子，二层楼的洋房，他们是从来没有见过的。青砖，青砖间用白色镶嵌，欧式加中国式的样子，来这里的人应该是都没有见过这样的建筑，好漂亮。进门，大家都在一棵老槐树下照相，这里是最好的角度，能照着会址的全貌。看到大家都在照相，他们也走了过去，对照相师傅说："我们照相!"照相师傅在忙着，没说话。照相师傅的助手说："照相人多，大家先在这里登记，排队，一会儿喊到名字的时候，来这里准备。"

他们先登记过来，看着长长的队伍，没有一个小时是等不到的。小琪在那里排队，小江和文华到里面去看。大约一个小时的时间，排到了他们。"照相的，来这里先把钱交了。"有人在叫他们，还要交钱？小琪愣了一下，哪里有钱来交？

"我们没钱怎么办?"

"没钱就不要照，这个很简单。"

"那咋个行，我们好不容易走到这里，这里是革命的转折之地，遵义会议召开的地方，我们哪里能够不留个影，还要收钱。我们还要到天安门前留个影，那不会也要收钱吧?"

"那个我是不知道，不过在我们这里，照相是要交钱的!"照相师没有多话，反正是要先给钱，后照相，不给钱不照相，这还不简单。"你们照不照？不照就在一边去玩，后面的人上来照!"

小琪把进去看的小江文华叫来了，小江拉着照相师说："师傅，你们怎么回事？还要交钱，我们刚才参观会址都没有交钱，现在照个相还要收钱，我们是红卫兵，"说着抬一下左臂膀。"我们今天没钱，就要照相了"，说着唱了起来：

我们是毛主席的红卫兵，
大风浪里炼红心，
毛泽东思想来武装，
横扫一切害人虫，
敢批评敢斗争，
革命造反永不停，
彻底砸烂旧世界，
革命江山万年红。

三个革命小将唱着，走到照相机的前面，"你们照不照，不照，我们就一直站在这里，哪个都照不成!”

见他们的这种样，排队照相的人七嘴八舌地说着，指责这种行为，可是没有用，面前的这三个十六七岁的娃娃，他们是红卫兵小将，串联出来了，他们从都儒走出来，走过三个县，走到哪里都有接待站安排吃住，现在身上也没有钱，走到遵义会议，这样一个地方，他们不能不照相。三个人成一排，站在槐树下，好像什么也没看，什么也不管，就在那里挡着镜头所对的背景，照相机移动，他们也移动，照相师傅没有办法，大家也只有看着。

僵持了一阵，照相师想遇到这样的人没有办法，得想办法。他想出一辙，以恶治恶，你们是红卫兵，我没有办法，和你们一样的人应该能治你们。他对身边的小助理说：“去找几个我们遵义的红卫兵来，让他们来为我们遵义人说句话。”他的目的是很清楚的，你们凶我，我不敢碰你们，找几个和你们一样的人来整治你们，我看你们怎么样。助理急匆匆地走了。

照相师傅和几个红卫兵就这么耗着，你抱着手，我也抱着手。你看天，我也看天。排队照相的人还在排着，不时有人吼几句。

这时从队伍中走出一个穿工人工作服的人，从模样看，不像工人，那时候穿工人制服也是一种时尚，当然，最好的是解放军的黄色军装。穿工人制服的人，走到照相师傅面前，说：“师傅你看这样好不好，他们几个小将，没得钱，又要在这里照相，留个纪念，这也是革命的行动，你就给他们照一个，行不行。”

“不行，都是这种革命行动，哪个愿意开照相馆照，我收拾摊摊回家喽。我也不怕他们，他们是红卫兵，我也是三代贫农！三代贫农根红苗正，也是了不得的人。”

“那这样，你看这样好不好，你给他们照，钱，我给你。”

“那也不行，为哪样，要你给钱!”

正说着，助理找来了几个当地的红卫兵，他们走到照相师傅前，问了一下情况，又走过去和小琪他们说。小江拉着一个红卫兵头头模样的，走到一边个叽叽咕咕地说了一阵。那个头头，走到照相师傅的面前，照相师傅以为问题解决了，正准备开工了。

那人却说：“我代表遵义红卫兵战斗队正式通知你，免费给他们照相!”

说完，几个人头也不回，走了。照相师傅一下傻了眼，愣了一会儿，没有办法了，只有给几个一直站在镜头前的革命小将把相照了。后来小琪问小江了："你给那个红卫兵说了什么悄悄话?"小江说："也没说什么呀，我就对他说，我们天下的红卫兵是一家哦!"

照片出来后，几个人抢看，大家都想看看，自己照得是不是精神。小琪看完说："你们看，我们就像是英勇就义一样，每个人手拿毛主席语录在胸前，小江穿着补疤裤，文华的一个裤脚挽着，个个面目沉重。"

小江说："沉重了吗？那叫庄重，在这革命的圣地，我们当然要庄重，衣服吗就这样，没什么丢人的。"

"给我看看"，文华一下抢过来，小江拿得紧，嚓的一声，照片成了两半。大家呆了，这是把革命圣地遵义会址撕成了两半。这个照片是不能要了，如果被人看到，给你上纲上线，说严重就严重了。又舍不得这张照片，它是经过斗争才得到的，要能再印一张就好了。小琪说："我看这样，我们找他们，再给我们洗一张，就说他的这张没给我们弄好，我们把它撕了!"

"哪里没弄好?"文华说，"你说哪里没有弄好?"

"这样的，你们看看其他人的照片，右上角都有一首毛主席语录：'毛主席语录：只在到了遵义会议（一九三五年一月在贵州遵义召开的中央政治局会议）以后，党才彻底地走上了布尔什维克化的道路……'这段毛主席语录，我们照片上就没有，你们看!"

"对！是没有！我们就说，为这个我们，我们认为它不够神圣，不要了，要他加上这段毛主席语录，重新给我们洗一张。"小江反应很快，说出了小琪要说的话。

就这样，他们找到照相师傅，把想好的话说了一遍。小江还强调说："你为什么不给我们写这段毛主席语录，难道就是因为我们没有交钱吗？你知道不，我们是毛主席的红卫兵，在毛主席的圣地照相还要交钱，有这个道理吗？要不要给毛主席打个电话，问一下是不是有这个道理?"小江说着很在理地看看围观的人。围观的人说给他们洗一张就算了，又没得好大个事。照相师傅他看着这一伙子红卫兵娃娃说："今天遇着你们，倒霉了！给你们洗。"

他们在遵义城里走了两天，去了凤凰山下的红军山，又去了娄山关。1935年2月，红军在这里鏖战。四渡赤水，二攻娄山，红军大获全胜，展示毛泽东用兵如神的军事天才。从此"赤水河""娄山关"成了传统教育的圣地。毛泽东在娄山鏖战结束，远望苍山夕阳，写下千古名词《忆秦娥·娄山关》，他把博大的胸襟，美丽的画卷留在了这里。他们一定要求看看。

他们打听到有一辆专门送红卫兵到娄山关的车，找得了，乘着那辆去娄山关的解放牌大卡车，一车红卫兵，大家一路欢歌一路笑地赶到娄山关山脚下，汽车不能走了，上山的路还没有完全修好，得走路上去。这段路程不短，修了公路，已说不上险。抄小道，陡险之处也时有出现。不过既有红军攻打娄山关的精神激励，一路红卫兵，一帮少男少女在一起，也不知何为困难。他们直走小路，把曲折盘亘的公路远远地甩在了脚下。登上山来，指点之间，仿佛听到红军当年攻打娄山关时的冲锋号再次响起。大家一起唱道："西风烈，长空雁叫霜层月。霜层月，马蹄声脆，喇叭声咽；雄关漫道真如铁，而今迈步从头越。从头越，苍山如海，残阳如雪。"歌声激越。

从娄山关回来后，三人商量，已经到遵义了，就去当年红军经过的仁怀茅台镇，说是当年红军到这里，毛主席，党和国家领导人在这里都喝过茅台，当地老百姓，用茅台酒给战士们洗伤口，茅台从此有了红色情结。他们觉得也应该去喝点茅台酒。

去茅台的路很艰苦，一路基本见不着车。在走得有些疲惫时，见有一马车过来，一空车，他们没商量地就跳，车把式只好停下，让他们坐上，说："你们慢一点，摔下来就不好啰！"

走了一段，车把式说："我要在这里分路了，送不到你们了，你们就顺着这公路走，要加紧走，要不天黑前走不到哦。"

他们只好下了马车。继续走。走一段，见路边有一拉粮食的货车，师傅在小店吃饭。他们上去打听，是去茅台的，他们要求搭车，师傅说，装粮食的车不便带人。三人没说什么，在一边躲着，只等师傅吃完饭，坐上驾驶室，车开始动了，他们从后面猫着腰，爬到货车上。

车行茅台镇马鞍山上，就让那芬芳"茅台云"陶醉了，离茅台镇还有十来公里呢，那神秘芬芳多情的"茅台云"，送来茅台酒香，让人沉醉。看见了茅台，从山中，一个巨大的盆地，一湾清清的河水，那样优雅地流过，那就是著名的美酒河——赤水河了。

车行着，就要到茅台了，三个人要从开着的车上爬下来，这是要有技术的，搞不好就是鼻青脸肿，胳膊断。小江说："下车要双手先在车上吊着，双脚慢慢着地，跟着车跑，跑到你的速度和车的一样的时候，慢慢放手，不要停，跟着车继续跑。最后停下来，就安全了，你们看着我的样子做。”

他们跟着小江的动作做，还好，都安全着地。他们走了一段，到了茅台镇。

1935年遵义会议后，工农红军四渡赤水，来到茅台，进行着“茅台策划”。茅台人多次用茅台酒为红军战士疗伤慰问，毛泽东、周恩来、朱德、邓小平等红军领袖和红军战士，对茅台酒赞赏有加。周恩来总理曾说：红军长征的胜利，也有茅台酒的一大功劳。1949年开国大典前夜，周恩来总理在中南海怀仁堂召开会议，确定茅台酒为开国大典国宴用酒，并在北京饭店用茅台酒招待嘉宾，从此每年国庆招待会，均指定用茅台酒。

这是个靠江的小镇，沿路有几家买卖酒的，几家小饭店。小琪他们打听下来，这里没有红卫兵接待站。要吃饭，只有是进饭店了。

他们进了一家饭店，招牌写着，向阳饭店。店经理上前迎接，说：“几位小将，吃点哪样？”小琪说：“你们有些哪样菜，随便给我们炒两个，最好是有花生米和卤豆腐干，好下酒。”“要酒，来茅台那当然就是要喝茅台酒了！”

“你不要说，我们人不大，喝酒不好，我们会少喝点的，总不能到了这里，不体会一下当年毛主席他们老一辈革命家喝过的酒吧？”文华看着老板的脸上有些疑惑，在那里自言自语地说。

经理说：“你们可以喝，只是我们这里只有散装的茅台酒，不过它和罐装的一样的，在茅台镇，酒都是货真价实的，价钱便宜，瓶装一斤五块，散装的，一斤只要两块钱。”经理边说，一边安排上菜，上酒。心想，就算你们还不是大人，要喝我也管够，到时候按价收钱，我正好有生意。这时候，又来了几个客，他忙着去招呼。客人说：“茅台就是茅台，走在街上，风都是飘着酒香，今天在这里一醉方休了。”店经理正和客人说得起兴，突然发现小琪他们三个吃完了，准备走了，他跑过来喊道：“哎，哎！你们还没有付钱，站到，站到！”他们三个人就像没听见，不理他，神态自若继续走。他跑上去，抓住走在后的小江。小江并不跑，好像就是在等他来抓。

小江说：“你搞哪样？”

“搞哪样？吃饭给钱！”

“给钱？我们红卫兵串联，吃住，在哪里要收钱？”

“不收钱？那是在接待站，那你们就应该去红卫兵接待站吃，我这里，是饭店，就没得这个规矩。我们这里是公私合营饭店，你们不给钱，这个钱算哪个的？”

“不给，你要做哪样嘛？”小江做出一副天不怕地不怕的样子，双手叉腰。一个女服务员出来，看他这样只好说：“小兄弟，好好说，毛主席说，不拿群众一针一线，我们红卫兵一定是听毛主席话的哟。”

小江说：“我不听毛主席的话了吗？我拿一针一线了吗？”

经理说：“哪里是一针一线的问题，今天是吃饭不给钱，就是不要想走得脱。”

小江看着经理，狡黠地笑着说：“我给，我给！”说着右手摸到左胸口。老板希望的目光落在小江左胸上，那里鼓鼓的，应该是钱包吧？心想，幸好出来看到了他们，抓住这个，要不是这顿饭的钱就滑脱了。看到小江在摸钱了，老板安心了，饭钱收到了！他回头对刚才的女服务员笑了笑，对小江说：“半斤酒，八角钱的菜，共一块八角钱。”

小江就像没听见，继续在他的怀里摸。小琪文华见小江没出来，又返回饭店来叫他。文华见小江在怀里摸，知道他是没有钱的，不仅他没有，他们三个都没有。进遵义城的时候，买鞋就是他们三人身上的所有钱了，现在从哪里去找，只不过是在做做样子，想对策。文华对店经理说：“经理，我们是出来串联的，身上就没有钱，你就放过我们嘛。”店经理说：“放过你们，这个饭钱算哪个的？拿不出钱来，你们就留一个人在这里，去把钱找来再说。”

小琪见经理这样说，心想，不来点横的，今天是走不了的。对经理说：“好得很，我们就是出来串联的，走到哪里，哪里就是我们的家。那今天我们都在这点，在这里吃住都有了，就是我们的家了！”说着什么也不管，找了一把躺椅，躺下了，闭上眼睛，双手抱在胸前，一副回家安睡的样子。

经理见小琪这样，一下意识到今天遇到的事情麻烦了，这三个红卫兵小将要真是吃住都赖在这里，还不知道该怎么办。他动摇了一下，抓小江的手有些放松，正想开口说“你们走啰，走啰，我怕你们！”可话还没出口，只见小江很快从胸口摸出个红本本，往桌子上一拽说：“补来！”

店经理一看，拽在桌子上的是一本毛主席语录，认为钱是放在语录本里面的，忙拿起来，翻看着，他从前到后翻看，又提着抖了抖说：“没得钱呀，补哪样？”

“补来!”

店经理奇怪了，他的钱在哪里，有多少钱，要我补来。他又仔细地翻了翻，看着一脸得意的小江，说：“小兄弟，你是在这里看到的，你这里头哪样都没有，就是一本毛主席语录，你叫我补你哪样?”

小江放大了口气说：“补来！补哪样？你说补哪样？毛泽东思想是无价之宝，它‘无价’，你说补哪样?”

店经理一听，愣了!

本文发表于《普者黑》2015 年第 2 期

生命之轻

美丽的女人

“学制要缩短，教育要革命”，在这样的号召下教学体制缩短，把小学六年、初中高中各三年十三年，改为小学五年，初中高中各两年，共九年。我们在读高中的时候，学习就是每天的“批林批孔”，写大字报，排节目，学生们比在初中的时候成熟多了。初中时每天就知道玩，打球游泳，做恶作剧，欺侮老师，现在我们讲的是革命，是斗争，是干社会主义。我们不再批判老师，更希望从老师那里学东西，也不知道要学些什么，反正老师教什么我们就学什么，不过政治斗争是不能忘的，现在的“大字报”都是有关批评林彪、孔老二的。正如歌词中唱到的，“叛徒林彪，孔老二，都是坏东西，嘴上讲仁义，肚里闹诡计，鼓吹克己复礼，一心想复辟”。

凤县一中高一班来了个新老师，说是新老师，他一进来好多学生就都认识他，就是以前的造反派田有福，当了几年造反派头头，后来推荐工农兵上大学时，他是第一批去的，到南京大学读书，现在毕业了，分到我们凤县一中任政治老师。他一进来大家都给镇住了，他本来就长得高大英俊，浓浓的眉毛下，一双自负的眼睛，在大学里读了四年书，他比以前看起来更添了许多潇洒。说话很少，声音很好听，洪亮而又有磁性，很有阳刚之气。这也许是他当年在造反派里喊口号练的。不过他上课可不怎么样，最大的特点就是，从进教室开始到下课铃声响起他都在黑板上写，不知为什么，他上课总是抄黑板，抄完一板又一板，学生们头抬痛了，眼也看花了，手也抄酸了。他总是拿一些报纸来给我们抄，一次有学生提出来："老师那个字是什么字？怎么写的？"他回答很简单："管它什么，你跟到弯嘛!"头也不回地继续抄。后来大家也不问，反正一节课就是抄，不会写的字就是"跟到弯"。一节课下来要抄好几篇笔记，翻起来倒是很好看，整整齐齐的一大本，只是写什么就不甚了解了。到后来，无论上什么课，只要有同学不清楚黑板上写的什么，画的是什么，发出提问时，还没等他问完，下面就有同学先说了"跟到弯嘛!"

他上课的时候还有一个口头禅，那就是"阶级斗争要年年讲，月月讲，天天讲"。他把那个"讲"字的鼻音说得很重很长，特别引人注意。"从两千多年前的孔老二，到现在的林彪，不都在复辟，阶级斗争时时存在，毛主席说，阶级斗争要年年讲、月月讲、天天讲。"他语气激昂，神采飞扬。他说多了，只要一说到这里，有的同学就小声地跟着他说，他倒从来不生气，有时候脸上还有一点得意。

他每天下课都有一个漂亮的女人在教学楼的下面等着他，然后两个人一起慢慢走到操场边的小屋。学生们发现这个情况以后，每次他下课走出教室，大家就要爬在窗前欣赏这一幕，那时的学生从来没有看到过这样的情节，这样浪漫的情调，美满的婚姻。也不知道田老师的爱人是干什么的。有同学说，她是一个小学老师，现在正办调动，田老师把她从一个乡下的民校教师，调到县城一小。

田老师的爱人很漂亮，那脸什么时候都是红扑扑的，像是上过胭脂。一根长辫子拖在背后，走起路来那腰，一闪闪的，有多少双眼睛在看。男生女生都喜欢看他们这一对，特别是看田老师的爱人，因为只有这个时候他们才能看到她。不过她脸上的笑容总让人觉得有些凄苦，也很少说话。田老师对她倒是很好，每次都勾着她的手走。

一天，一个同学神秘地说，她看到了田老师的爱人，另一个同学说那有什么稀奇的，我们不都是天天看到吗？她说那不一样，她是很近的距离看到的，很奇怪，在她的脖子上隐约可以看到一块块青紫色，还有手上也有。"那有什么，可能是摔的？""不，不对，那种样子只能是被人打的。"她会被谁打呢？同学们在猜测。

秘密终于在一天下午被揭开。那天学生们一样在上课，又是田老师的政治课，他一进教室，同学们总喜欢朝外面看看，看看她的爱人来没有。来了，今天她来得很早，在楼下的杨柳树下走着，低着头，好像在找什么东西，慢慢地走过去又走过来，那样子有些奇怪。

教室里安静下来，田老师在黑板上写了一板又一板，大家都习惯了田老师这样的上课，一上课拿着笔就抄，害怕还没有抄完，老师就擦掉了。突然一个同学说："老师我有个问题?""你说!"

"什么叫做'克己复礼'?"那个同学大声地说，同学们一阵的笑，田老师转过脸来，对大家说："有什么好笑的!'克己复礼'就是孔老二要克服自己复辟周礼!"

"复辟周礼，那有什么不好的?"

"复辟，就是坏的，就像林彪篡党夺权一样！这就是阶级斗争，一个阶级战胜另一个阶级的斗争!"

田老师讲完大家好像懂了，又在继续抄。教室里很安静。这时候一个靠窗边坐的同学突然大声喊道："她是怎么了？她倒下了!"

"不要说话，不要管窗外的事!"田老师很严肃地对大家说。大家还是不安地看着窗外，有的跑到了窗子边，大家都在紧张地看着窗外路边的那个人。

"田老师，不好，不好了，是她倒在了树边!"

田老师见大家的样子，就感到是有什么特别的情况，急急地走到窗边一看，脸色马上就变白了，拉开门冲出了教室，大家也跟着跑了出去。

一会儿，围了好多人，田老师在那里哭，也不知道要做什么。有人在那里说，现在还有什么好哭的，人都快不行了。有人赶快跑去叫校医去了。有两个老师把她放在地上，人平平地放好。一个棕色的瓶子还滚在一边，上面的"敌敌畏"三个字是那样的扎眼。躺在这里的人就是田老师的爱人小陶，一瓶敌敌畏空了，看来是一点救都没有了，慢慢地她脸上身上开始发青，嘴里还吐着污浊的白泡泡，样子好怕人。

校医很快来了，摸了摸她脖子，翻起眼睛看了看，说是已经没有救了，喝得太多了，不过还是赶快送到医院去，看能不能抢救。几个老师找来一把躺椅，抬着她往医院的方向跑去。学校离医院较远，又没有汽车。全校只有一辆给学校食堂拉煤、拉菜的货车，说是早就出去了。这一路平时很少有汽车，要拦截个过路车都没有。从学校抬到医院，最少也要二十分钟。田老师这时候好像什么都不知道，只是蹲在那里，双手抱着头哭，嘴里不停地咕噜，一会儿说，是他害死了小陶，一会儿又说，这样的人有什么好同情的，死有余辜，地主阶级的孝子贤孙。

小陶可真是可怜哪！她和田有福是中学的同学，就因为长得漂亮，说话轻言细语，特别让人怜爱。也就因为这样，在上中学的时候田有福就一定要和她好，而且告诉小陶不能跟别人玩，特别是男生，她只要跟其他的男人说话，就有她好看的。这些小陶都能做到，她一般情况很少跟人打交道，更不跟男人在一块，有什么事说完就走。男人们想跟她多说一句话也是不可以的，小陶早就走开了。这一点田有福是有数的，他知道小陶是不管他在不在都是一个样，即使是他在南京上大学的四年中，都没有任何他不满意的事情发生。小陶在一个公社的小学教书，每天就管她的那几十个学生，每天就是教室寝室，赶场天买一点东西够一个星期吃和用，就不去什么地方，她在努力地去按田有福的要求去塑造自己，不为自己，只为家人。

小陶家在农村，那时候不是靠劳动就能有饭吃的，就能过一个安稳日子的时候。她家是地主成分，凡是搞批斗都有他爸爸的份，就是后来的“批林批孔”大会，还有他爸爸的份。在农村对于孔老二、林彪都是些古鬼、新魂，只晓得有这个名字，是个什么模样这些农村人哪里知道，大家批着也没兴趣。开他们的批斗会，台上除了发言人，没有人站在上面接受批判，空空的，像批判大会吗，当然是要结合当地本村的阶级斗争情况来批判。当地的阶级斗争对象就是“四类分子”，每次批林批孔的时候都要把他们叫来站在台上批判。对于小陶的爸爸这个地主分子来说，批判不要紧，反正都是些乡里乡亲的，大家不会把他怎么样，也就是让他们站在台子上，贫下中农们站在台下，不过台上台下都是站，没有多大的区别，台上人少，台下人多而已。都是站着听发言的人读批林批孔的报纸，要不就是在上面说一些生产队里的什么事，处理张家李家的纠纷，大家记一个工的工分，被批判的人也有一个工的工分。

小陶的爸爸最怕的是派去做义务工，公社、大队里的挖水库、修檐沟、烧砖瓦等最苦最累的事，一去就是一两个月，还要自带粮食。这两个月，干的活是没有工分的，没工分，到生产队里分粮食什么的，是按每个人的劳动工分的多少来分的。这样他就比别人少得多。这样的劳动派多了，就成了自己也不能养活自己了，一家人的生活就更有问题了。小陶为这事多次央求田有福，要他找找他的战友，帮她爸爸的这个义务工的事情看看。一天田有福高兴地对小陶说："喜喜，这是个非原则性的事，我去帮你说说，不过你可不能得尺进丈!"田有福终于答应了小陶的请求，小陶的脸上有了笑容，这可是她对父母能尽到的一点孝道。田有福当年造反派时的战友是小陶家那里的公社书记，田有福对他说要他在这个方面关照一下，"其他的你就不用管，该怎么批就怎么批，这是原则问题!"田有福是很革命的，他不会为小陶去做违反原则的事。就这个要求都是小陶说过多次，说是她母亲长年生病，就一个弟弟挣工分，要养活三个人，实在是没有办法。弟弟本来可以出来读高中的，就因为她一直在外面读书、工作，家里没有人挣工分，秋后分粮，她家三个人的有时候还抵不上有的人家一个人的多。小陶省吃俭用的给家里点钱，也仅仅能够让母亲去看看病。小陶每次说到这些，就是眼泪洗脸。田有福对她的这种行为很不理解。"我给你说过多次，要与他们划清界限，你总是这样！你要我这样的人，去为你们地主阶级做什么，尽孝？我看你是白日做梦、痴心妄想!"

这样的时候小陶只有哭，不敢说一句话，尽管这样，小陶还是要被骂得狗血淋头。"给我滚开一点，我见不得你的这副奴才相，地主阶级的孝子贤孙!"田有福是越说越气，双手叉腰，一副指点江山的样子，他想，这辈子，为什么就有这样一个女人，她为什么不能生在一个贫下中农的家庭，他是那样地喜欢她的美丽的脸蛋，婀娜的身姿，贤顺的性格，可她偏偏就是一个地主子女，尽管是她的爷爷是地主，总归是地主阶级的根。他这样一个三代贫农的人怎么会去和这个地主阶级的人走到一条路上去呢？他不知道自己是怎么回事，走到邪路上去了。但这么多年了，每当他下决心要甩掉这个包袱的时候，又舍不得她这样一个美人，甩了她就不可能找得到像她这样的人了。他骂了一阵，便走过去叫着她："走！我们出去逛逛!"于是又牵着他的这位大美人出入在人群之中，又引来多少羡慕的目光。

到南京读书四年，田有福不放心的就是小陶，他除了给小陶规定不许与其他男人说话以外，还规定了她一个学期只能回家一次，而且不能是在假期，假期的每一分钟都是属于他的。尽管小陶的学校离她的家只有几里路，小陶用不了一个小时就能够走到。可她不能回去，家里的情况只能是通过来赶场乡亲那里了解，她的兄弟有时候带她的母亲来看病，那是不能去她的寝室，这是田有福规定的，她只有跑出来看看他们，又送他们上路，每次都是挥泪告别。这些年中，小陶几次想和田有福分手，她不想过这样的日子，她觉得这与坐监狱没有什么区别，她实在难以忍受。可是话一出口，田有福就把她给打住了，“你死了这份心吧，你陶喜喜今生就是我的人，死了也是我的鬼！我要你怎样，你就怎样。要想离开我，那你去死吧！”小陶什么也不敢再说了，只有偷偷地擦泪。

田有福在小陶所在的公社、学校，分头找了几个人暗里看着她。每年的寒暑假他都要来这里，来看小陶，分别接见他的眼线，各路情况都很好，他是非常地放心，在这一方面他很满意。

但是事情总是不可能十全十美，最让他心烦的就是小陶的家庭出身，很多时候他一看到小陶，就看到了地主阶级的那些劣根性，作为根红苗正的他哪里容得，也就难免出语伤人，不过在这个问题上他是毫无办法的，很多时候让他在人前抬不起头，说不起硬话。在这样的时候田有福就想到他造反夺权的时候，那是多威风，没有哪一个人找得到他的软处，自从跟小陶结了婚，形势就变了，改变了他的地位和权威。特别是这一阶段，他是校革命委员会的主任候选人，本来当主任是没有问题的，他家是贫农出身，他是最革命的造反派头头，又是推荐的南京大学的工农兵大学生，这样的条件，在这个小县城里要想再找第二个是不可能的。组织上查了他的祖宗三代，都没有问题，可是他最担心的事还是发生了，一查到他的配偶，就不行了，他被从校革命委员会的主任人选的名单上抹了下来，另外一个他最看不起的人上去了。他这有多大的火呀，不过这次他还是忍了，在小陶的面前并没有大发雷霆，只是轻描淡写地把这个事情说了一下。小陶心里就不用说有多难过了，想着前不久，他掐着她脖子，咬牙切齿地对她说要她去死的情景，她只恨自己为什么没有死的勇气，如果当时就那样做了，他今天的校革委主任也就当成了，所有的事情都会改变一个样。可她想过多次都没有这样做，她不怕死去，是怕死的这一过程。她恨自己为什么要是生在这样一个家庭，不能和其他人一样好好生活。她想过多次，如果不是在这个家庭，她的生活会是什么样，和田有福还是可以好好过日子的，他不就是要求她不要和其他男人说话吗？不就是说下了班就必须回家吗？这些她都能做到，做不到的就是改变她的出身，对爸爸妈妈恨不起来，他们也不想是这个家庭成分，他们也没有办法，他们还要接受批判，接受劳动改造，日子不好过，又找谁呢？毛主席都说了，出身不由己，道路可以选择。可他们能选择什么呢？

想到这些，小陶下了决心，死！尽管听别人说，喝敌敌畏在死之前是最难过的，但是死得最快的一种。当然除了用刀枪，用刀枪显然是办不到的。她拿了早就准备好的一瓶敌敌畏，田有福一出门上课，她也就跟着出来了。走到了教学楼下面的一排柳树下，这里是她这一段时间，每天都要到的地方，她总是到这里来接田有福，这是田有福对她的要求，说是这样才能体现他们的感情。这里的一切都跟前几天一样，是那样的幽静，不时能够听到教室那边传来上课的声音，她对这种声音太熟悉了，想到乡下的学生，他们都知道老师调到城里来了，不知道老师死了，他们要知道老师死了，会怎么想？爸爸妈妈知道她死了会怎么样？只是可怜妈妈，她好像从来就没有过过一天舒心的日子，不过不管怎么样，只要有弟弟照顾他们，也就行了，她现在的这个样子跟她不在人世有什么区别，要不在这个人世，他们还少一分牵挂，感到死了最轻松的是她自己，她不会再去影响别人，当然也就不会有人以她的家庭来指责她。她最想知道的是人死以后，是不是还知道自己在干什么，她想体会一下那种一身轻的感觉。

教室里传来的读书声，打断了她的思路，一个声音在催促着她，她捏了捏手中的瓶子，闭着眼睛一口气把它全喝了下去。好像并不是那样难喝，就像又苦又涩的中药，气味怪怪的，不过她很庆幸，她一口气把它全喝完了。不知是什么时间，只感觉全身的一阵难过，要吐又吐不出来，只有一个感觉，要死了，接下来就什么也不知道了。

小陶送到医院的结论是，人已经死了。她是多么的年轻，还不到 25 岁。学生们遗憾的是今后看不到她那漂亮的脸蛋、婀娜的身姿了，看不到她与田老师勾着手在操场上走，慢慢消失在远处小屋边的那一幕了。田老师有两天没来上课，他很悲伤。

小琴的故事

小琴他们走出东门，到了下坝，看到了箭塔，它还安然无恙，静静地立在那里。那是全靠这一坝黄稻谷保住了坝子中间的箭塔，去年的今天，一大伙人是着了魔似的要去砸掉箭塔，说是它属于四旧，封建的东西。农民不答应，不管它是属于什么东西，你们进去砸损坏了即将收割的庄稼，我们吃哪样？一坝稻谷保住了箭塔。今天又是一年稻谷黄的时候，想起去年的情景，就在眼前，那时他们正在母儿的舅妈家玩，吃苞谷花，现在又走到母儿的舅妈这里了，有人说：“母儿，到你舅妈家了，去要一点苞谷花来吃。”

母儿说："好，看在你给我背你的漂亮语录板的份上，我进去看看。你们就在这里等着我。"说着，他飞一样地跑去了。一会儿他就回来了，手里提了一大包，气喘呼呼地说："来，给你们这帮要饭的，找东西来了！"小琴跟他认真起来，"你说谁是要饭的，我们是毛泽东思想宣传队，是去串联的红小兵"。

"那你不是要饭的，你就不要吃，谁不知道你是什么红小兵呀？"母儿没好气地说，他话中有话。他们几个在学校没有加入红小兵的，就只有卉卉和小琴。小琴的爸爸是历史反革命，没有资格加入，卉卉就因为在出身成分的地方填写的是"贫农"，作为一个地主阶级的子女怎么能这样填写呢？按老师的话说"这是欺骗组织"，犯了原则性的错误，不管表现得再好也没有能加入红小兵。老师说，以后会考虑的。不过在他们自己的红小兵战斗队中她们发展为红小兵，大家都赞成。在这样的大革命时代，每人都有一个红袖章戴着，也没人管你是怎么得到的，反正大家都有一个戴着，也没有什么不可以的。

母儿这样说，她们两个都有些不高兴。小琴首先发话："母儿你今天把话说清楚一点，什么就我是什么红小兵？我是毛泽东思想红小兵！不要以为你工人阶级有什么了不起！毛主席说工人阶级领导一切，又没有说你领导一切！你是说我没有资格参加红小兵吧！那我今天就不去了，我回去！"小琴说着就往回走。

卉卉说："走，小琴，我们一起走，我们自己走我们自己的，不要和他走！"

张威赶忙跑到前面拦着她们，说："卉卉，跟着起什么哄？"

"不是起哄，我是觉得我们在什么地方都没有地位，我们自己找一个有地位的地方！"卉卉说着说着，更觉委屈。"走！小琴我们走！"她很坚决，一副一言既出驷马难追的样子。

张威："你们怎么回事，好好的就吵起来，今天还去不去呀？都是母儿的错！"

"我的错？是她说话好像吃了枪药一样！我好心好意地去给你们拿东西，说句玩笑话，就惹出这么大的祸，是我的错？"母儿也很不高兴。

争鸣一直都没有说什么，这时候他走过来说："大家都是好朋友，天天在一起，还要说这些。今天的事主要是母儿不对，你给大家拿吃的来，大家本来很高兴，你却揭别人的痛处。毛主席说，有成分不唯成分论，出身不由已道路可以选择。你应该给小琴她们认错！"

“我？认错？”母儿有些不服气。

“是你！认错！”

母儿站了一会儿说：“好，为了国家的安定，人民的团结，求大同、存小异，我认错。”母儿咕哝了一半天，走到小琴和卉卉的面前说：“今天是我的错，以后再也不说这样的混账话了，我向毛主席保证。”母儿这样一说她们都笑了，“我们也有错，大家都是好朋友，应该互相原谅”。

小琴没有能上初中，跑出去好久，她爸爸妈妈都很着急，到处找她。最后是她妈妈听人说，在东门外见过她，便到东门外守候。守了几天终于找到她了，她不愿回去，她认为是这个家害了她。让她初中都读不上，没脸见人。她在那里的一个铁匠铺，帮着做一些杂事。以前他们来这里玩的时候，经常来铁匠家找水喝，铁匠的老婆很好的，有时候还给他们吃烤红苕，在打铁炉火边烤出来红苕特别好吃。小琴到这里来，铁匠夫妻两个觉得她很可怜，就让她暂时住在那里，也帮着做点杂事。一晃就是两个多月。她在这里觉得生活很不错。她妈妈到处找她，找不到都已经绝望了，也不敢想她发生了什么事，认为今生再也见不到她了，就没有想到她会到这里来。大家又劝又拉地把她拽回了家。

没过几天的一个晚上，广播还响，正在播那句结束语“凤县人民广播电台，今天的第三次播音到此结束”，夜突然变得很寂静，一点声音都听不到。这时候小琴来找卉卉，她没有进门，在外面站着，以前她是一定要进来的，还要来找一点东西吃。今天她们站在门口，你看着我，我看着你，好一阵都没有说话。卉卉心里有好多要说的，不知道怎么讲，怕说得不好让小琴更是难受。最后还是小琴先开了口：“你帮我找找许师傅，我要到他那里去！”她没有半点商量的口气，一定要卉卉去帮她办，可是卉卉自从前次帮哥哥把工钱要到以后，就再也不知道他那里的情况了。从以前来看，许师傅那里是没有女孩的，做那些事女孩是吃不消的，没有空闲，一天24小时基本上都要在那里。又没有一个像样的床，热天在离石灰窑远一点的什么地方躺下，冷天就靠着石灰窑边睡。再说一个女孩就跟那些人睡在一起有多不方便。卉卉问她为什么想到要到那里去，做点什么其他的事也可以，她说：“你只说，你帮不帮我办！”

卉卉没有什么好说的，她是铁了心肠要去，怎么能不帮她办。她没有书读，不愿回那个家，叫她做什么，只有做小工。卉卉决定一定要帮帮小琴。

第二天，正是每个学期一次的“学工、学农活动”开始的第一天。这些年来大中小学校都响应毛主席的“学生也是这样，也要学工、学农、学军，也要批判资产阶级”的号召，每个学期都有一次学习的活动，都已经形成定式，三种形式交换着搞，这里的学校搞得最多的也就是学农。因为，学农比较方便，每年的五月“双抢”时节，都要到附近的生产队帮助“抢收、抢种”，具体的劳动也就是割麦子、插秧。十月秋收的时候帮助收苞谷、收谷子，虽然学生们都不会农活，但在农民的带领下，还是可以做一点事的。生产队的人能够得到这样的只管饭的劳动力，也是很喜欢的，再说他们也有对学生进行教育的责任，学校不都按照毛主席的号召，有贫下中农管理的“农宣队”吗？学生也都盼望着每个学期的这个时候，可以有两个星期的时间名正言顺地不上课，出去劳动，又很好玩。

第一天让准备学农的工具，学农地点很近，就在学校后面的一个生产队，是班上的一个同学去联系的，他家就在这个生产队。他帮着给大家准备割麦子的镰刀，他们的刀好，割着省力。

乘准备工具的这天时间，卉卉带小琴去找许师傅。好不容易才找到他，一见到他，他没好气地说：“张卉卉，我不会还差你家工钱吧?!”

“不，许师傅，许叔叔，我是来求你的!”

“求我？你们逼我给钱的时候，想过会求我吗?”

“许师傅，我哥哥也是一个人在农村没有办法，有你给的那些钱添着，加上他的安家费，他在下乡的那里修了个房子，安了家，准备在农村扎根一辈子。下次他回来的时候会来看你。”

“我才不稀罕他来看我！说吧，有什么要求我的?”

“我的好朋友小琴，想来你这里做小工。”小琴听卉卉一说，忙站上前来叫了声许师傅。

“来我这里做小工？还是个小姑娘？就不怕我不给工钱?”

听他的话，卉卉知道今天小琴是可以留下来了，忙拉了一下小琴的衣服，要她说话。小琴说：“许师傅，那是不会的。我什么苦都能吃，不就是打石头烧石灰吗？我以前和小卉来过，见过她哥哥他们做，你让我做几天，不行，就让我走!”

“那就做两天看吧!”

她们没想到许师傅会这么爽快地就答应了，高兴得一下子抱在一起，小琴哭着说："卉卉，谢谢你！这下我可以不回家了！这里有吃有住的！"

卉卉说："小琴，他们这里以前没有女娃娃，都是睡在窑边，或用'牛毛毡'搭的简陋的棚里，很不方便的。"小琴却很轻松地说："有什么稀奇，男生女生不就是多点少点吗？"她擦了擦眼泪对卉卉说："你回去吧，谢谢你了，我一辈子都记你的这份情，不要告诉任何人，你以后也不要来这里，我在这里靠劳动养活自己，不丢人！生活没什么了不起的！"

她推卉卉赶快走，卉卉要给她带点需要用的东西来，她坚决不要，说是那样是你不相信我能养活我自己了。可她到底会怎么样卉卉的心总悬着。

自从小琴在许师傅那里去做小工以后，两年大家跟她也就没多少联系，她可能也是有意躲着以前的同学。有两次卉卉在路上碰着她，没说两句话就匆匆地走了。她说在那里还做得不错，许师傅也没有欠她的工钱。每个月的钱还够用。只是那以后她再也没有回家了，她的家人也不再找她了。按她的话说，她现在是完全自由、彻底解放了。那时她才十四岁，卉卉有时候想到她很可怜，就这样一个人在外面浪。有时候想到她又觉得她很自由、很幸福，不用读书，也没有大人管，什么事都是自己一个人，想做什么就做什么，那不是最好吗？卉卉去许师傅那里找过她，许师傅说她已经没有在那里干了。其原因是什么，他们也不愿意说。

后来才知道，小琴在那里干了半年多，活路是很苦，小琴还能吃那个苦。每天干得很欢，不分白天黑夜地干。小琴要强，什么事都与那几个男孩一样地干，大家是吃住都在一起，除了工钱各自放着以外，其他的什么都不分彼此。小琴的衣服他们扯来穿，小琴也穿他们的。不过那时候大家的衣服，颜色基本上都是一样，式样也就是劳动布做的工作服、自己做的军装。他们的衣服已经看不到颜色和式样了。好久好久才洗一次，有时候洗完还没有干就被她的师兄收去穿了。开始小琴不依不饶，要他们脱下来，就是脱下来了也没用，第二天，又会被别人拿去穿。以后小琴也懒得要了，她看到哪一件好，就穿哪一件，反正小琴也就只有出门时穿的那套衣服，其他几个有时还回去拿衣服，正好小琴也有穿的，要不天冷了小琴还真不知道拿什么衣服穿。每天只要一有空就在石灰窑边舍不得离开，不过，窑上冒出来的气是不好闻的，它并不呛人，只是气味很特殊，说是有毒，小琴并不那样认为，他们这些人有的在这里干了两三年了，也没有见有人被毒死。小琴总是只要一有空就在窑子边，靠着窑子站着，背上一股热流过，比什么衣服都顶事。晚上就睡在窑子边，也没有什么盖的被子，大家都蜷曲着，躺在那里，倒是跟北方的炕一样暖和。

几个师兄都提出要和她睡觉，小琴是泼着闹着坚决不肯，怎么打闹都可以，就是不能做那事。有一次闹得可大了，被那三个比她大一点的男娃娃按在地上，把她衣服裤子都脱光了，准备下手，小琴的反抗是没有用的，她只有大声地哭叫，这时候，许师傅出来了。许师傅赶走了他们，把小琴从地上抱起来，小琴这时候好像回到母亲的怀抱，是那样的安全、那样的温暖，她的眼泪不住地往下流。许师傅帮小琴把衣服穿好，把她抱到他的住处，也就是"牛毛毡"搭的一个临时工棚。小琴觉得这里是多么漂亮，有一张床，一个桌子，还有一个温水瓶，这些东西她是好久没见到了。许师傅给她冲了一杯糖开水，这是特别的待遇，在家里一般情况都是要生病才能喝糖开水的。小琴慢慢地伸出手，一双黑乎乎的手在发抖，这双手每天是和煤粑、石头、石灰打交道的，满手的冰口，透入好多细煤灰，变成了一道道黑黑的裂痕，这哪里是一个小姑娘的手，这是一双饱经风霜的手。这双手伸出去，又缩了回来，两手握在一起搓搓，眼泪又涌了出来。许师傅微笑着，抬了抬头示意她赶快拿去喝。小琴接过糖开水，想着想着又大声哭起来。许师傅对她说："不要哭了，不要哭了，以后你听我的话，他们没有人敢再欺负你的。"小琴慢慢地不再哭了，喝下那一杯糖开水，好大一杯糖开水，好甜，好甜，喝完她就迷迷糊糊地睡着了，这一觉她做了好多好多美梦。

小琴一觉醒来，发现什么都改变了，那几个师兄想做而没有做的事，许师傅做了，小琴光着身子睡在被窝里。她有好久没有一床被窝盖了，它是那样的柔软，那样的暖和，只是现在小琴觉得它是那样的恶心，她使劲扎开这个臭东西，抱着她的衣服坐在那里。小琴没有哭，也不再闹了。她已经没有力气闹了，再闹也没有任何意义了。许师傅已经出去了，工棚里就只有小琴一人，她穿好衣服，把头发整理了一下。从工棚里走了出来，几个师兄都用异样的眼光看着她，他们不知道应该对她说什么。小琴冷冷地扫了他们一眼，走到一个穿着她的衣服的师兄面前说："把我的衣服脱下来！"那个师兄把小琴的衣服脱下来给她，小琴脱下他的一件旧棉衣要给他。师兄对她说："你穿吧，很冷的！"小琴把棉衣往地上一扔，穿着她的那件劳动布的工作服就走。师兄们在后面喊："天都黑了，你上哪去！""是我们错了，你不要走嘛！"小琴头也不回地走了。

小琴要往哪去，她也不知道，反正她是不能再在这里烧石灰了。

从那以后，小琴就没有固定的居所，白天有什么小工就去做，到了晚上，就跟一伙人打牌。他们打字牌，小琴几下就学会了，有了这个东西很好，晚上的时间就很好打发，困了就在主人家的什么地方睡一下。如有人要提出跟她睡觉，小琴一口答应，不过那是有条件的，一顿饭、两个馒头什么的，就可以解决问题。和她睡觉的人都是他们一天做工的、打牌的，大家成天也都打打闹闹惯了，她也成他们公用的一样，也没人在意什么。大家一起打工的时候，他们都很照顾她，都是男的就她一个女的，而且她是最小的。小琴觉得这时候她是最幸福的人，每天的劳动，虽说很辛苦，有这么多人的照顾，她也不用做那么多，工钱和大家一样。有时候还可以把饭钱留下来，买一点自己喜欢的东西。就这样过了一月又一月，每天都是出工，吃饭，打牌，睡觉，又有男人庇护着，小琴觉得这就是她最希望的幸福日子。她每天都觉得很高兴，时时都处于一种兴奋状态。

跟这些男人睡觉是不分时间地点的，只要想睡，他们就嘻嘻哈哈地抱着她走到一个稍微僻静一点的地方，很快完事。这样的事情每天的情况不一样，有时候她一天要接待他们几次，有时候就什么事都没有，就是听他们在那里说那些他们认为最过瘾的话。不过慢慢地他们好像有一条暗暗的规矩，小琴只能跟他们其中的三个人睡觉，不许她与别的男人有什么交往。小琴无所谓，只要有她现在这样的日子过，就是再好不过的了。

不过这样日子过不了多久就不行了。小琴发现她的那个“老朋友”好久没来了，到底有多久她自己也搞不清楚，反正最少也有两三个月了。一天天的精神不怎么好，总是很困，她以为自己是生病了，不过也没什么地方痛，每天还是和以前一样跟他们吃、玩、睡。

终于她觉得事情不好了，她的肚子开始大了，慢慢地大得不能见人了，她知道自己做错了什么事，因为在前两年搞批斗的时候，被批斗的就有一种人，那是叫“破鞋”，就是乱搞男女关系的，还要把头发从中间剃了，剃成一个飞机头，实在是呕心。小琴想，她的这种情况就是属于乱搞男女关系的。现在倒没有见到要抓起来批斗，也就没人来剃她的飞机头，只是自己没脸见人，她才是一个刚满十六岁的姑娘，还只能算一个小姑娘，怎么办？小琴只能用布带一道一道地捆，捆得自己都动弹不得了她还在捆，她把布条的一头拴在柱头上，另一头缠在身上死劲用力缠。每天只有到晚上才可以放松一下。就是这样小琴都害怕出门，每天都用一件很大的衣服穿在外面，去上工尽量走那些小巷。不过凤县就那么大点，谁不认识谁，谁家的米缸有几斗米都很清楚。小琴的事从一开始，那些人都知道。小琴以前从家里出来的时候，街头巷尾的议论都是同情她的，所有议论集中一个中心，“为什么不让小孩读书，毛主席还说呢，出身不由己道路可以选择吗?”“多好的孩子，能生活就不错了!”现在议论的中心转了，大家不允许出现有这样的不正常的男女关系的人，特别是像小琴这样的姑娘。“‘破鞋’，什么样的家庭出什么样的人，反革命的家庭里，出来的东西自然不会有好的!”小琴虽然没有亲耳听到他们在说什么，就看见他们一个个的眼光，就够受的了。

小琴不想再出门了，不出门她又没地方呆，她总得想一个办法。一天在工地上她对那三个男人提出了这个问题。这个问题很棘手，三个人没一个能回答。都认为这是小琴自己的事情，与他们有什么关系呢？小琴没有办法，是的，这到底与他们哪一个有关系呢？小琴说不出来，自然只有小琴自己来管了。下工回来以后，小琴没吃饭，也没和他们打牌，收拾了她的东西，鼓鼓囊囊有一大包，提着出了门。没一个人问她要去哪里，他们各自玩自己的。小琴没有眼泪，提着她从家里出来两年多以后的全部家当，又走到了街上，她在考虑到哪里去，今后的日子怎么过？

她相信她能够养活自己，会有幸福生活的！

她把凤县的大街小巷都走了一遍，还没有想出现在应该怎么办。天已经很晚了，广播里的革命样板戏也唱完了，“凤县人民广播电台，今天的第三次播音到此结束”。广播里的这个声音，小琴不知道听过多少遍，只有在今天她听到这个声音觉得是这样的害怕。接下来，路灯熄了，各家各户的灯也熄了，全城一片死寂。小琴不敢再走了，走到县门前一家粉店门口，那里灶台上的火还燎着蓝蓝的火苗，一股煤烟还在往上蹿。她靠着灶头坐在那里，很热和的，她太累了，松开身上的布带，管不了那么多了，一切只有天亮再说。她很快就睡着了。

她还在懵懂地睡，总觉有人在敲她，她揉揉惺忪的眼睛，看到眼前有一辆马车，这马车她很熟悉，是的，就是县门口祥花家的马车，再一看，祥花就站在她的面前。“你在这里干什么，你准备怎么办?”祥花问她。

小琴呆木地看着祥花，一句话也说不出来：一下哇地哭了出来，“我不知道。”

“走，到我家去！你不要害怕，不行就给我当媳妇，有哪样大不了的！”

小琴一个劲地哭，没想到会有这样的好人，在这样的时候要她去做儿媳妇，她不多想，拖着疲惫的身子，把东西丢到了马车上，跟着祥花回去。

祥花家就在县委大门口，丈夫十年前就突然就死了，也没见有什么病，一觉睡了就没醒来。当时的祥花也遭到很多的闲话，说是她害死的，是她克死的。祥花什么也不说，她没有这个精力，她有四个小孩要吃要喝，要她来养活，最大的才七岁，小的才一岁多，还有一个六十多岁的婆婆，她怎么办？只有接过马鞭背着小儿子，带着大儿子，跳上马车，帮别人拉煤、砖瓦、石灰什么的。小琴在以前就知道她，因为每天上学都能看到她背着娃娃赶着车的这一幕，后来在烧石灰的时候，她经常来拉石灰，也认识她的那个大儿子，人还是很不错的，比小琴大一两岁，就是没有读过几天书。不过，赶马车吃饭，读不读书都没有关系，现在不是说读书无用吗？

小琴一进祥花家的门，就看见祥花的大儿子，黑狗。小琴好久没见了，好高一个。“妈，怎么回来了？”祥花大声说道：“来，黑狗，妈给你找个媳妇来了，从今天起，她就是你的媳妇，不管怎样，你都要好好待她，没得二话可讲！听到没得？”

“好，我听妈的。”

“去，去把你楼上收拾一下，让你媳妇上去！”

黑狗去了，小琴在屋里坐了一会儿，这屋里就一个方桌靠墙放，桌子两边一边一把椅子，门口有两张长凳子，还有一个破柜子。东西都很旧，不过还擦得干净。这个家，小琴以前在县门口看到过，因为旁边就是以前和卉卉经常去的那个地下书屋，他们几个经常去那里看书，每次去书屋，都要从这里经过，也看到这家的婆婆经常坐在门口。不过她怎么也没想到几年后自己会走进这样一个家，在这里做人家的媳妇。

黑狗的婆从里屋走出来，七十多岁的老人了，背很驼，祥花在和她说什么，她只在一个劲地点头，没说什么。祥花对着小琴说：“小琴，你过来，喊婆。”小琴走过去，叫了一声“婆！”就跪在那里了，一脸的泪。

“起来，起来！这么小一个姑娘，这是造的哪样孽呕！？莫哭，莫哭，来了就好，来了就好，不要怕，到这里就是到家了，以后好好过日子!”婆婆佝着背，拉小琴起来，努力抬头看着小琴说。

黑狗从楼上下来了，祥花对小琴说：“去吧，上去吧，我去帮你找两件衣服来换。”小琴转过身对着祥花，叫了声“妈!”祥花说：“去吧，去吧！不要那样多礼数。”

小琴跟着黑狗上楼，这哪里是楼，只是一个屋顶的角，有的地方人都站不直。小床边有一个一本书大的洞，就算是窗户，四边的墙就是用竹子块拦的，上面用纸壳、报纸糊上挡风。小琴坐在床边，觉得很舒服，她知道这里以后就是她的家，她将在这里开始她新的生活，她很满足，老天爷对她很好，正是她一直都在想的一句话“天无绝人之路”。她看着黑狗手脚无束地站在那里，就叫他过来坐。黑狗说：“你睡一会儿，吃饭的时候，我来叫你。”说完出去了。

那天卉卉他们从学校出来以后，不知道这个事情怎么办，只听说，小琴出大事了，给一个拉马车的人当媳妇。这样的事哪里是他们帮得上忙的，就急急地去小琴的家。小琴的妈妈正要出去上班，她是一个小单位的头头，因为她的出身好，几代的工人家庭。她一见他们，就说：“你们来这里干哪样？我家早就没有那个人了!”

他们赶紧把知道的情况说了一遍：“刘阿姨，你要再不去看，小琴可就完了!”卉卉带着哭腔央求她说。

“不去，我丢不起这个脸!”小琴的妈妈不耐烦地说。不管他们怎么说她都不去，没有办法，只有走人。刚走没几步，就听见小琴的爸爸在后面骂，他具体骂些什么也听不太清楚，好像是说小琴这样的人是自绝于党，自绝于人民。大家都说，他还有权利说别人是自绝于党，自绝于人民，都是他害的小琴。他们决定去祥花家看看小琴，到底怎么样。不管她怎样大家以前是好朋友，也应该去看看，要不她可真是太可怜了。

他们快要走到县门前的时候，看到小琴的妈妈不知什么时候跟来了。他们慢慢走，让她先进祥花家。小琴的妈妈一进门就说：“我家那个不要脸的东西呢?!”

祥花说：“你找哪个，有你这样当妈的吗？当妈的有你这样说话的吗?”

“我骂我家姑娘，关你屁事!”

“这里没有你家姑娘，只有我家媳妇!”

“你家媳妇?”小琴的妈妈怒气冲冲地闯进屋去，最后找到楼上，一下掀开小琴的被窝，“起来！给我滚回去!”

“回去？我回哪去？你们不是早就不要我了吗？现在我成这个样子，你还来叫我回去，我能回去吗?”小琴边说边哭，声音越哭越大。小琴的妈妈这时候一句话也没有，站在那里看着小琴大着肚子的那样子，后悔当初没把她看好，让她跑出来吃了多少苦，弄成这个样子。这两年他们也没有再找找她，帮帮她，是对不起她呀！看着看着，她忍不住在那里哭起来。哭了一会儿，她回过头对小琴说：“琴，跟妈妈回去，以前都是妈妈的错，让你成这个样子，你回去妈妈会有办法的。妈妈一定好好对你!”

不管她怎么说，小琴就是不说话，一个劲地哭。最后，小琴的妈妈只有哭着走了。卉卉走上前去叫她，这时候，她用被子一下蒙住了头。大家在那里说了很多话，说着说着也都哭了，不管他们怎样说，小琴也没看他们一眼，没说一句话。最后大家只有走。走到外面路上，卉卉回头看到阁楼的小窗户上有一对眼睛，卉卉不敢多看一眼，怕忍不住会哭出来。

小琴的事一段时间里是满城风雨，人们茶余饭后又多了一个可谈的话题。不过没过多久也没人再对这件事情感兴趣了。

忧伤的笛声

一九六九年春节，赵姨要结婚了。赵姨就住在我家隔壁，一人一小间房，仅够放一张床、一个桌子，不过她布置得很好，干净清爽，每次走到她的房间，都有一股好闻的味道，是香皂还是香水也难分辨。赵姨人很漂亮，也很讲究，打扮得很好看。人们穿的衣服都是那几个颜色，她穿的都是各色的花布衣，小碎花、格子花，也不知道她在什么地方买到的，我们每次要买一点花布，都是老早就要去排长队，有时候还不一定买到。她的各种花衣服，还有各种好看的式样，我们是最羡慕的。一根长辫子一直拖到脚弯，走路时常常有咯噔咯噔的皮鞋声，这是一般人没有的。一般人没有皮鞋穿，有皮鞋穿的也没有走出这种声音。她自己做饭吃，她说一天闲着没事，自己做饭干净。有一次我去水管洗菜，那时候我们是一个院子只有一个水龙头，大家共用，我洗一家人的一大盆白菜，她洗一个人的一小棵白菜，我洗完了她还在那里洗。我有些奇怪，就注意看她是在怎么洗，人爱说的一句话，“是不是要做出一朵花来”。这下我才发现，她在那里慢慢地一根一根地，把每一片白菜的筋，一一抽出来，一片好好的白菜被她搞得烂兮兮的。我问她为什么要这样，她说这菜筋吞不下去，不把它抽了怎么吃呢。我觉得太好笑了，这不是典型的资产阶级吗？就因为这些，她讲吃、讲穿、讲漂亮，我们在背后给她取了一个很美妙但当时却很不光彩的名字叫“王光美”。“王光美”就是资产阶级的典型代表。不过我们一点也不让她知道，我们也从不在她的面前说。当面我们都叫她赵姨，我们是很喜欢她的，她经常给我们脸上擦点香脂。

赵姨嗓子好，说话就跟唱歌一样的好听。她平时做得最多的事就是唱歌。她的男朋友，刘叔叔也住在这个院子里，只不过是在对面的楼上。他会吹笛子，他们经常是隔着院坝，一个吹一个唱，给我们院子增添许多欢乐和情意。他们都是省农业技术学校毕业的，分来凤县都已经两三年了，什么事也没有，乐得他们玩。他们哪一派都不是，大家都说他们是逍遥派，什么事都与他们没有关系。他们经常来我家玩，妈妈爱开他们的玩笑，前不久都还听妈妈在逗他们说“什么时候吃你们的糖”，赵姨笑嘻嘻地，用她铃铛般的嗓音说“还早，我要多玩两年”。我们跟爸爸到“五七”干校去玩，才去两个月回来，这样的情形就改变了。

回来后，有好一段时间赵姨没唱歌，刘叔的笛子还时常响着，这是以前没有的情景，以前都是两人一起，一吹一唱，完美的搭配。今天的这笛声跟以前的不一样，同样是悠远婉转，但听起来总有几丝哀愁。我总觉得这里面有什么问题。

那天早上，妈妈和几个阿姨一早就在忙着给赵姨缝被子，铺床，给赵姨准备新房。赵姨好像并不高兴，没有她以往那铃铛般的声音，只在那坐着不动。

“手续办完了吗？”妈妈问赵姨。

“办完了。”赵姨的声音很小。“不要紧，今天把这事办了就好了。一样地过日子，没什么大不了的。”妈妈对赵姨说。

悠远的笛声还在吹响，那丝哀愁还是那样的清晰。妈妈只在忙着布置屋子，见贴的一张毛主席接见红卫兵的画像有些歪了，就在那里指挥着把它贴好。“我看把这几张毛主席像都贴上，这才有喜气！”

新房布置得差不多了，我们孩子几个最满足的是葵花、花生，我们吃得很高兴。

外面楼上悠远的笛声还在响着，小刘叔叔还没有过来。洪阿姨说："我去小刘那里看看！这个小刘今天怎么回事？他的人生大事一点也不关心！"

"不用去！"赵姨说着就要哭了。妈妈对洪阿姨说："你不要去，该下来的时候，他会下来的。"

我们在外面玩，不知什么时候我突然觉得笛声没有了，顿时就像少了什么一样。不一会儿，就看见小刘叔叔抱着被子走下楼来，走进了新房。我们也跟在后面，想看个究竟。

小刘叔叔的突然出现，新房里的人一阵高兴，最高兴的当然是赵姨，赵姨的表情有些奇怪，是高兴，是难过？都说不清楚。小刘叔叔说："该请的人我都请了，革委会牛主任说，他亲自来主持，要我们等着他。今天的事我在这里谢谢几位大姐，谢谢了！"说着他深深地鞠了一个躬，眼眶里有泪光在闪动。

妈妈赶快说："不要这样，都是邻居，大姐们应该帮你，就不用客气了。对了，刚才隔壁的小方过来说，他愿意用他的这间房子换你的那一间，这样你们的两间房就在一起了。你看怎么样？"

"那当然是求之不得的事，只是现在来不及搬了，过了这两天再说，你替我先谢谢他。我先过去了，我那里还有一大堆从乡下回来换的衣服，我去收拾一下，一会儿再过来！"说完小刘叔叔回去了。

"这个小刘今天是怎么回事，他平常不是这个样子的！"洪阿姨看到小刘叔叔的情景说。

妈妈说："下乡搞累了，来这两年，从来没有下过乡。"

"从来都不下乡，现在为什么要下乡，不是刚过年吗？现在到农村去又没有什么农活可做？"洪阿姨是农村张大的，对农村的情况她很了解。

"革委会牛主任说，要在三凤区建一个农科所，现在不是要农业学大寨吗？我们县的试点就搞在那里，就叫小刘去先打头阵。也不过才去十几天。"妈妈说完，对我们几个说："你们几个出去玩，大人说话你们在这里听什么！"我们几个快快地走到走廊上，跳皮筋。赵姨走出来，说是去帮小刘叔叔收拾衣服。

洪阿姨见他们出去了就问妈妈："我总觉得今天这事有些怪，结婚的大事，现在虽然都是搞革命化的，也不能这样匆忙，不是说他们结婚还早吗？怎么今天突然就结呢？是不是出了什么事？"

妈妈说："这事本来我也不想说，我们帮他们把事情办了就行。今天你们已经看出来了，我再替他们瞒着你也不好。不过我在这里说了就算了，他们已经是很痛苦的事了，不能再让他们难过了，我们做好事就做到底。这对年轻人他们很亲密，这是我们都看到的，随时形影不离。小赵这个漂亮人儿，在我们县找不到第二个。这就出问题了，牛主任安排小刘下乡。这以后牛主任就天天叫小赵去他的办公室，要小赵汇报思想，和她谈得很亲密。小赵给我说过这事，还说牛主任这个人不错，又有文化，又有风度，对人很好。我还提醒她，你一个姑娘家，凡事要多个心眼，最好不要一个人去他那里。小赵就是那样的可爱，笑眯眯地说：'你想到哪里去了，他就像我的父亲一样，绝对不会有什么的。他说我的思想很成熟，要介绍我入党。'你说，这个姑娘是不是太单纯？没有两天她就哭着来找我，说是牛主任要和她上床，她也没有办法，那时候她只有害怕，就和他上了，这个事情怎么办？我告诉她，你现在的办法只有一个，赶快叫小刘回来，马上结婚！她担心小刘不接受这个现实，我对她说不管怎样，你还是要把这个事情告诉小刘，小刘会正确对待的。小赵还是一个劲地哭，说是她无脸见人。"

洪阿姨说："这是个阴谋，应该去告他！"

"告他做什么？你去哪里告，我怕是他没告着，自己却是身败名裂，说你破鞋，勾引革委会主任！"妈妈说。

"那这事就算了？"洪阿姨问。

妈妈说："不是算了，你还要怎么样？只求今后无事就行了！"

"他还有脸来主持婚礼！"洪阿姨说。

我们拿着杯子，提着水来的时候，有的客人已经到了，桌子上放了几套毛主席著作，是客人送来的礼物。小刘叔叔、赵姨在请客人吃瓜子，脸上带着笑容的。赵姨接过茶杯给他们倒茶，小屋子一下挤满了人。这比过年还闹热。我们在人群中穿来穿去，客人还在来，他们手上不是拿毛主席的石膏像，就是那"雄文四卷"，不一会儿，桌子上、床上都堆满了毛主席的石膏像和各种毛主席语录、毛主席著作。

牛主任来了，穿一套军装，没忘围他的那条围巾，围巾的一头很潇洒地搭在后面。不一会儿，里面传来了牛主任的声音："今天两个新人的婚礼！首先，让我们敬祝毛主席万寿无疆！敬祝林副主席身体健康，永远健康！"接着大家把这两句话重复了一遍。"第二，让我们高唱革命歌曲，《敬爱的毛主席，我们心中的太阳》。"牛主任起了一个头，大家一起，起起落落地唱完了。"第三，两个新人互敬革命歌曲!”这时候停了一会儿，赵姨唱的是《我爱北京天安门》，声音还是那样的好听。她刚一唱完，牛主任就带头鼓掌。接下来是小刘叔叔唱，小刘叔叔说：“我吹个笛子吧!”他拿出笛子，吹了一首《唱支山歌给党听》。小刘叔叔的笛子赢得大家的一阵掌声。“第四，由两位新人给大家献一首歌。”他们商量了一下给大家唱了一首歌，《我们走在大路上》，唱着唱着大家也一起跟着唱起来。顿时新房里是一片的欢喜，大家都以这歌声为他们祝福。歌声结束后，婚礼在一片掌声中完成。

客人都走了，两个新人面对一屋子的毛主席语录、毛主席的著作、毛主席的石膏像犯愁，不知道怎么办。送的礼物里面还是有一件能用的，那就是在门后的痰盂。赵姨走过去拿起痰盂，上面还有一个红双喜。整个新房里就只有这一个红双喜，是临时说结婚，找不到人做，妈妈和几个阿姨也都不会搞这些，再说了现在都是贴毛主席画像也不兴搞什么双喜。赵姨在那个双喜字上细细地摸了一下，慢慢地欣赏着这个痰盂。是哪个有心人送的，想得可真周到。她正在想这个人是谁，刚才人多根本没有看见是谁送来的。突然她发现痰盂里面有一张纸，背面写着：一切都会好的！刘林全家贺。这是妈妈送给他们的。赵姨抱着这个痰盂在那里埋着头，眼泪从她的脸上滚下来。

小刘叔叔在一边收拾好那些毛主席语录、毛主席像，最后只好把他毕业分配时买的一个大皮箱子腾出来，里面的东西找一块布包好，放在床头，把桌子上放不下的毛主席著作、毛主席像恭恭敬敬地放在箱子里。桌子上放一套毛主席著作，几本不同形式的精装的毛主席语录放在两边，再把一个石膏毛主席半身像放在上面的正中间，还是很好看的。他很满意他的这个摆放，在那里欣赏着。回头见赵姨抱着个痰盂坐着，在那里埋着头哭，就走了过来，轻轻地梳弄着她的头发，好一阵没有说话。他又拿着他的笛子吹响了，屋里忧伤的气氛又在云绕。过了一会儿，他慢慢地坐在赵姨的身旁，小声地对赵姨说：“我们完全跟以前一样，什么事也没有发生。你完全没有必要哭，只要我们在一起就好。”小刘叔叔说了好多话，赵姨靠在小刘叔叔的怀里睡着了。他们也就这样靠在一起，慢慢地都睡着了，直到第二天早上门外走廊上传来孩子们的喧闹声。

本文发表于《玉屏文学》2014 年第 1 期

一星期

引子：假期还我自由季

假期是个补课季，高中的家长们都在算计自己的孩子。孩子们不得安生，家长就安心了。高一的学生，被高二的学哥学姐视为木瓜，高二的学生，被高三的学哥学姐视为疲鸟，高三的学哥学姐们，拍拍翅膀，他们终于可以飞向一望无际的蓝天，做一个自由客。

但高一（二）班的副班长军，是个自由控，不大屈服于常规。期末班会一结束，他就招呼写作活动小组的哥们姐们——鸿、文和满，燕和琳，要他们留下来，他有事商量。

其他同学都离开教室了，满问军："嘿，哥们，是不是老爸给零花钱太多，想请大家伙腐败腐败?"

军说："爆你个腐败头！放假了，不知诸位有什么打算?"

大家互相看了看，不明白军的意思。满说："是不是你老爸安排你补课，你想叫我们陪读?"

军故作夸张地说："错！我的意思，至少我们出去自由自在地玩一个星期再说!"

满先笑了，但笑着笑着就变成了苦瓜脸："想法倒是弓虽，你家老爸老妈开明。我能想象，我给老爸开口的结果，肯定是个茶杯。"这一下，大家笑倒一片。

文向大家招招手，慢慢地说："大家不要慌，军既然提出了他的想法，我猜他一定是胸有成竹，早有安排。”

军说：“其实，想法不是我提出来的，燕，你给大家说说你的想法。”

在一旁先没吭气的燕点点头，说：“大家已经紧张了一个学年，下学期，我们就要升高二了，老师和家长会越来越逼得紧。所以，我想我们写作活动小组的，大家一起找一个山清水秀，没有考场烟尘，没有升学压力的地方，住上一星期，让我们的肺和脑只剩下轻松和愉快。”燕看了看大家，大家脸上都挂着几个字——“接着说”。燕就接着说：“但无聊白痴地玩，我们也不是小孩子了，我跟军组长说，我们都是自愿的写作热爱者，都有一个美好的文学梦，我们这次的山野放风，和我们的写作追求结合起来，岂不是一举两得?”

鸿在燕的背后慢条斯理地附和说：“哦，这不是压力而是自愿，这样，我们就玩得有价值，玩得有档次。这是一个最大公倍数。”

满说：“哎呀，听你们说得挺好的。后天，老师们要给我们压暑期作业了，不知会不会回到旧社会，三座大山压得人喘不过气，更不知道老爸老妈是不是能够同意哟!”

“这就是我给你们的假期作业。”教室门口忽然有人说话，大家转身一看，原来是语文老师斯宏，大家叫了一声“斯宏老师”，鼓掌欢迎。斯宏走过来，说：“今年暑假，我们改变一下假期思维，不布置其它的假期作业，但可以举行自己的假期兴趣活动，至于补习呀，培训呀，题海训练呀，那都是学生自己的个人选择，怎么都无可非议。正好燕提出了她的想法，正是投我所好，我就给大家找了一个好地方。满呀，既然是假期作业，又是老师的布置，想来，爸爸妈妈不会反对了吧?”满大喜说：“我老爸老妈呀，只要是老师的布置，你就是到罗布泊去，恐怕他们也会觉得是合理的!”大家都笑起来，琳说：“你这个人，真没治!”

斯宏走过来坐下，对军说：“还是你这个组长把计划给大家说一说。”

军说：“我们这次去一个叫高坡的寨子。高坡其实不高，有宽宽的坝子，清澈的河流，只是高坡河的上游有一座拔地而起的山坡，所以叫高坡。离省城有二十四五公里的样子。那里是作家斯宏老师的创作基地，老师已经为我们联系安排好了一切，我们这次去，住在一家农民家里。今天回去，大家要做好这样几件事：第一，给家长报告这次假期作业的意义。第二，收拾好换洗衣物和洗漱用具。三、背上电脑，要背相机也欢迎，注意不要忘记充电设备，还记得带一个纸质笔记本。四、从出发那天起，每天的活动，我们都要用日记的形式记录下来。过了后天，我们就出发。五、在本次体验生活的活动中，我们主要是体验和提高记叙文的写作水平。”

说到这里，军故意停顿了一下，加重语气说：“也就是说……”军话未说完，鸿插话说：“也就是说，我们至少还有三次这样的活动：议论文写作、说明文写作、应用文写作!”满一下跳起来说：“哎呀鸿，你这颗数理化脑袋，的确是个大虾呀!”

军接着说：“哥们姐们，大家记住，大后天下午一点钟我们在学校集中，这次，我们徒步去高坡，大家穿上旅游鞋。去高坡的路上，很美，也很好玩，路上，我们还有很精彩的活动。”

军一口气把计划讲完，看看斯宏老师：“斯宏老师，你还有什么事情要吩咐没有?”

斯宏拍拍手说：“不用了，你交代得十分清楚了。只有一句话大家要回去体会，这次郊游，我们就是要在真正的社会实际中，在大自然美丽的怀抱里，体会写作的真谛！这，就是这次郊游的价值。”。

第四天，年轻人们收拾了背包，背上电脑，出发去高坡。

那么，去高坡的路上，他们会遇见些什么呢？高坡，到底是一个什么样的村寨呢？

一、小满大闹苹果园

斯宏老师的妻子开了一辆别克商务车把大家送到城外。一个高速公路出口，通向一条平整的柏油公路。车不多，路的前方，两边平缓的山坡上，树木葱茏，田野里，稻谷已经开始灌浆，黑压压的苞谷沿着山脚延伸，像厚实的城墙。

斯宏招呼大家下了车，指着前方说：“我们就从这里开始徒步，途中也要穿过很多林中小道，很有意思。今天天气好，没有雨，但云很多，太阳也辣不起来。同学们，看来老天爷也十分欢迎大家这次的活动。我们向高坡进发吧!”

大家都欢呼起来：“向高坡前进!”

夏天，高原省城的郊外并不炎热，走在路上，只见太阳不时地隐藏在云层里，路边行道树的高大乔木郁郁葱葱，凡是有树影的地方，太阳的热力立马消失。风顺着山谷吹过坝子，吹到人的身上，格外凉爽。绿黄色的稻田里，一会儿叽叽喳喳飞起几只麻雀，一会儿飞起两只翅膀拍打得噗噗作响的斑鸠，山坡上，悠闲的牛羊低着头，静静地吃草，只见牛尾巴在背后甩来甩去，显得很惬意。琳轻轻叹了一口气：“我从来没有这样自由自在地在田间野外走过，真美！”

满“嘁”地笑了一声说：“你们看，那样抒情的方式，在琳这里都变成叹气。”

燕说：“这是人家的自由，你管得着吗？”

文说：“嘿嘿，你不知道，那是典型的女孩子表达方式。你知道《大卫·科波菲尔》里面的多拉吗，为什么科波菲尔没有首先爱上应该爱的艾莉丝而爱上了多拉，就是因为多拉会叹气呗：‘我这些可怜的美丽的花哟！’”

文的话，引起了一片惊叹，燕说：“斯宏老师，其实，我这个课代表应该让给文来做的，你看他对文学多熟悉呀！”

文说：“我哪能行？语文课代表，那不光是一个文学的问题。是不是，斯宏老师？”

斯宏笑笑：“本来，应该就是一个问题，但是我们的考试机制决定了它们不完全是一个问题，文说得有道理，作为语文课的课代表，燕应该更合适一些。”

满摸摸头说：“深奥，你们都是魔人，我只好开个奔四了。”

斯宏老师带年轻人们走进了一个树林子，松柏森森，灌木茂盛。走不多久，就听前面扑拉拉一声响，猝不及防，大家吓了一跳！两个女孩子吓得抱在一起，嘴里却不敢叫出声。

只听一连串的嘎嘎声，两只拖着长尾的鸟儿从一棵柏树飞到一棵松树上，你追我赶地在树枝上跳上跳下，一边喳喳地叫个不停。大家从吓了一跳马上又转为兴奋异常，轻轻地惊叹：“多漂亮的鸟啊！”

这两只鸟形状像喜鹊，但比喜鹊长大，黑白中夹杂着艳丽的彩色羽毛，鲜红的嘴，长长的尾，它们在林间穿来穿去地追逐，喳喳的叫声一听就知道那是在两情相悦。军问斯宏老师：“斯宏老师，这是什么鸟啊，我们在森林公园的树林里也经常碰到。”斯宏说：“鸿，你也许是知道的吧。”鸿说：“斯宏老师，应该是红嘴蓝鹊吧？”斯宏老师说：“没错，就是红嘴蓝鹊。一种从体态形状到名字称呼都很美的鸟。这种鸟喜欢乔木树林，人们看见它的时候，一般都是两只在一起，很恩爱的鸟呢！”

林子里真的很漂亮。一会儿树上会窜过几只松鼠，一会儿灌木丛中会飞起一群画眉，路两旁开着许多无名的小花，都是一大片一大片的，花本身不起眼，但形成了规模就十分动人。年轻人们纷纷掏出相机，咔嚓咔嚓地乱照一气。满和文叫着跳着，要去拍那灌木深处无比艳丽的花朵。斯宏伸手拦住了他们："不要离开道路乱跑，知道那灌木丛底下，除了画眉、山雀以外还有什么吗?"军故意压低了声音说："还有爬行动物呐!"燕和琳都"啊"了一声，紧紧地跟在斯宏老师的身后，斯宏安抚她们说："不要紧的，只要不像满他们那样乱钻，一般是不容易碰到的。"

他们走出了这片美丽的林子，斯宏指着前面公路的一条岔道说："我们马上要去的地方，是一个规模很大的果园，市里很多水果，特别是板车推的水果，很多都来自这些果园。今天我们就来一个果园实地看。"

他们沿着一座平缓的坡地慢慢地往上走，到了坡顶，眼前豁然开朗，没有想到这坡顶后竟然是另一个天地，一个斜斜的，很宽阔的坝子，一直到目不能及的远方。坡上到坡脚，是一层层的李树、桃树、苹果树；坝子里，是一望无边的葡萄架。树上，架子上，无论是已经熟过的，还是马上就熟的，还是丰收在望的，都是硕果累累，十分壮观迷人。

斯宏老师显然与这里的果农都很熟悉，每个人见了都很亲切地叫他"斯老师"。斯宏一一地应答，一边说："还有没摘完的李子、桃子和葡萄没有?"一个果农说："有啊有啊，多得很。"斯宏说："你叫人带这两个姑娘去摘葡萄，带这四个小伙子去摘桃子和李子，让他们乐一乐。"

这时，满见一个果农在给苹果园浇水，只见他捏着长长的胶管，水就像消防水龙头一样喷洒出去，到很远的地方。满叫着"好玩"，跑过去要浇水。果农笑着把胶管递给他，那水就完全不喷射，一大股的流向地上，原来胶管头上什么也没有，是果农用自己的手捏住胶管，形成一个龙头一样的小孔，水压就把水喷射到很远的地方。满接过胶管，当他捏的时候，却不是那么简单，只见他把胶管一捏，水就四处乱喷，他赶忙用左手去帮忙，没想到反而挡住了水的去路，顿时水花四射，旁边的同学和果农们躲都躲不及，水更是喷了满自己一身，水越喷，他越不知所措，他越不知所措，水越乱喷。看见满狼狈的样子，大家都哈哈大笑，斯宏老师喊一声："放开手!"满才醒悟过来松开捏住胶管的手，水立刻就不喷射，乖乖地流到了地上。果农才走过去，说："你不要随便捏，而是捏住一边，水就从另外一边直直地喷出去，然后你越把喷水的孔道捏小一点，水就越喷得远，但你捏的这一面一定不能松开，水就不会乱喷了。"满按照果农的方法去捏，果然，那水就像一道彩虹，从天空飘飘洒洒地喷到了苹果树那里。满高兴得大叫，两个姑娘也高兴地在旁边拍手。

年轻人们在果园里采摘了大筐大筐的水果，也吃得肚子滚圆。斯宏老师就叫军招呼大家都到李子园的亭子里集中。当大家都心满意足地在凉亭里坐下，军就布置任务："现在给大家两个钟头的时间，把今天的经过用日记形式记下来。写完之后，大家就都把自己的日记念一念，然后讨论。"琳问："讨论什么呀？"军说："讨论大家的日记怎么样啊。"大家点点头，明白了。果园里响起一片电脑键盘声。

每个人的日记都写得不错，但大家一致认为，文和满的日记有自己的特色，应该奖励他们每人唱一首歌，文说不怕吓着大家唱就唱，满说先存着生利息以后有了机会多唱几个。

文的日记，把一天的事情经过都记得很清楚，但他随着事情的经过着重把自己的感受和感情记录了下来，不但发挥了日记记事的功能，而且相当于一篇优美的散文，很有味道，他用感情记叙的形式，也有很好的创意。用斯宏老师的话说："文的日记，不但记了事，而且记了情。这样的日记，会在人的岁月当中留下更真切深刻的回忆。作为写作的人，我认可文的日记形式。"

满的日记，很干脆，就是一条一条的流水账似的记录，但把事情的经过记得十分具体清楚，如果把日记作为今后创作的资料，满的日记发挥了"资料库"的作用。

下面就是文和满的日记：

文的日记：

2012年7月8日，天气：多云——在高原省城，这样的天气就像亲爱的母亲，充满了热烈的爱，但表现得却很温柔。

也许我对天气的这种感觉，源自于今天是一个特别令人高兴的日子，我们写作活动小组，将要开展一次我们从未体验过的别开生面的旅行活动。也源自于妈妈给我的一杯早餐奶。

早上八点，我睁开了眼睛，窗外已经阳光明媚。我赶紧起床洗漱。当我走到起居室那里，昨晚备课到深夜的妈妈已经把我的早餐放在桌子上，一杯早餐奶，几片烤全麦面包，一个煮鸡蛋。今天的早餐奶，不同于往常，那是一杯黑中透着各种颜色斑点的营养豆浆。我知道，做这样的豆浆是比较复杂的，因为这里面打进了很多高营养的食品，如果要列数的话，我可以开一个单子：核桃、花生、燕麦、薏仁、黄豆、黑豆、芸豆、黑芝麻、紫米、枸杞、红枣。一般，在重要的日子和节假日，妈妈就会做这样的营养豆浆。显然，妈妈把我们这次的活动，作为了我人生中的一个重要的日子。我知道，这不是一杯一般的营养豆浆，而是一个母亲对儿子默默的人生关注，记得爸爸提处长和妈妈升教授，妈妈也没有做这样的早餐呢！

我喝下了妈妈做的营养豆浆，暖暖而温和的豆浆，好像一直流到了我的心里，放心吧，妈妈，我知道我该怎么对待我们这次活动了，我知道任何一寸青春时光都是不能虚度的！

吃完早餐，我就收拾好了我的行装。我有幸生长在这样一个好的家庭，我的电脑是白色的苹果笔记本。我吻了吻我的电脑，把它轻轻地放到旅行电脑包里。我是一个电脑控，但我拒绝玩游戏，我不做深沉秀，但我必须成熟。妈妈给我买最好的笔记本，她没有说任何话，但我知道她不是给我买的游戏机。

吃过中饭，爸爸送我到学校，我的几个亲密的伙伴都已经来了，大家牵了牵手，都很兴奋，我们六个伙伴在一起，最深的感受就是融洽和信任。不一会儿，斯宏老师来了，是年轻漂亮的师母开了一辆别克商务车送他来的，但师母开这辆车，其实不是为了送斯宏老师，而是为了送我们到城外。我觉得我总是很幸运，进入高中，我们遇上了斯宏老师。斯宏老师是一个作家，他的身上总是透着与众不同的气质，他有很深的学问和造诣，在省文学界也小有名气，但他随和、开朗、洒脱，平易近人，也很潮，有很多和同学们接近的思想，因此，他几乎就是我们的偶像，高一（二）班没有追星族，没有明星控，就是斯宏老师用他的思想言行给了我们很好的影响。我的妈妈曾经对我说过，你们斯宏老师不是一个教书匠，他具有为师风范，你要好好向他学。妈妈的话很深奥，我不能很快完全理解“教书匠”和“为师风范”有什么深刻的区别，但我能体会这里的不同，随着学习时间的推移，我想，我渐渐地懂得了妈妈的话意。

今天的确是个好日子，天气没得说，竟然也不堵车，不过用了一刻钟，师母——其实我在心里是叫她姐姐的——就送我们到了郊外。在一个岔路口，我们下了车，师母吻了两个姑娘的额头——我真希望我也有这样的待遇。

我们开始了徒步之旅。

郊外真美啊。原野宽阔，郁郁葱葱，一望无边的稻田和玉米地，都已经丰收在望，空气这么新鲜，天空不时掠过鸟儿的身影。在青山绿水中，斯宏老师和伙伴们显得越发的漂亮，我心里充满了爱意。感谢燕的创意，感谢军的决定，感谢斯宏老师为我们如此意想不到的安排。

其实，我们也不是第一次在森林里散步，但在斯宏老师的指点下，我感觉到了真的不同于以往。其实，那些松鼠啊，画眉啊，山雀啊，斑鸠啊，以往也不是没有碰见，但没有斯宏老师的提示，我们以往真没有对这些小生命加以关注，除了空气好树林漂亮之外，我们真不知道在这林子里感受什么。这次，我们真的发现了这些小动物小鸟们给这森林增加了生命的活力，林子不再是林子，而是有着生命韵律的有机世界。

我们第一次知道了那些在森林公园经常看见的美丽的长尾巴鸟，有着和它们的形象一样美丽的名字——红嘴蓝鹊。斯宏老师令人起敬的魅力就在这些地方，他就能够了解鸿知道这些鸟的名字，鸿热爱数学，没有想到他对于生物学也这么专业。我们还知道了在有些地方，这种鸦科的鸟，嘴是黄色的，就叫黄嘴蓝鹊，还知道了有一种更美丽的蓝鹊叫台湾暗蓝鹊，羽毛如蓝宝石般漂亮。以前我们只知道喜鹊这种鸟，没有想到在雀目鸦科里，以鹊命名的，就有十几种，喜鹊只是其中一种而已。和斯宏老师和伙伴们在一起的旅行，真是一种高境界的旅行。我相信，在与斯宏老师和我的五个伙伴进一步的接触中，我会不断发现他们值得我敬佩学习的地方，我爱他们。

林中有很多美丽的野花，耀人眼目，有些在灌木深处，特别漂亮，我和满想过去拍照，斯宏老师和军都说灌木中往往有蛇，为避免意外，就没有敢过去。军其实是一个阳刚之气十足的青年，作为副班长和写作活动小组的组长，他又往往比我们理智和稳重，但他也是一个正直和坦诚的人，我觉得军是一个前途不可限量的能人。

以前，大人们也带我们去过一些果园，但那是钱与商品的交易，双方都带着讨价还价和欺诈的心理，除了亲身摘几个果子之外，也无法真正享受到果园劳动的快感。但这次不同了，由于斯宏老师的友谊，果农们与我们达到了心与心的交流，他们给我们认真介绍了关于果树栽培的一些知识，并认真地给我们讲解摘果子的道理，摘什么，暂时不能摘什么。我们知道了真正成熟的果子那种从“内心”里透出来的明亮感，这是一种奇妙的感觉，没有内行的指点，你是不可能明白的。我们也知道了在采摘中的分类搁放，理解了同是熟了的果子，品质也是有高下之分的。在以往的所谓采摘活动中，你会不自觉地发现人的丑，而在这样的交流中，你发现的是人性中的美。

没有满这样的伙伴，你会觉得生活差一味，快乐的满，对生活充满了乐观，他把水喷了自己一身的情节，你一点也没有感觉他的“笨”，而是感觉了一个率真的心灵，在他淋湿了自己的同时，他以自己的快乐带给了别人快乐，我的家庭环境也许比满要好一些，但他那种发自内心的乐观，却让我敬佩，什么叫真性情，满就叫真性情。

以上，是7月8日五点半之前的日记，“写日记”，在这次活动里是“任务”，但这些点点滴滴的经历，让我预期，以后的活动会越来越精彩。

满的日记：

2012年7月8日，多云间晴

早上起来，帮妈妈打扫卫生，妈妈要上班，我得帮她，她就可以从容轻松一点。

吃过早餐，我收拾背包。老爸要求我上午还要做作业，我把数学和物理化学题都做了一些。

今天老爸轮休。开公交大巴，必须要轮休，才能保证安全。因此老爸有空亲自下厨做中饭。老爸的厨艺一流，但平时我很少有这样的待遇。因为我说这次旅行是斯宏老师安排的作业，所以他特别重视。

吃完饭，我上黄叔叔的公交车，老爸不准我蹭车，所以黄叔叔没有能够阻拦得住我往无人售票机里丢钱。但他在我们学校门口刹了一脚，还是违规给我特殊待遇。

我来得比较早，因为我要将就黄叔叔的开车时间。其他几个哥们，家里没有车的，比如鸿，也来得早。而军、燕、琳和文的老爸有私家车，他们就可以按时来。文的老爸有车，他家又近，因此文是最后来。最后来的，欢迎他的人就最多。

师母开车来送我们，让我们避过城里这一段路。我们都崇拜斯宏老师，我们都喜欢年轻漂亮温柔的师母，我希望我以后找到斯宏师母这样的老婆。

车一点准时出发，15 分钟后，到了望城坡路口，我们下车。师母与两个女生吻别。

我们甩正步去高坡。大家都穿旅游鞋登山鞋，背旅行电脑包，精神抖擞。

一路看风景，拍照。风景美，天气好，我们这里是凉爽之城，并不热，走了大约一个钟头，没有觉得累。

军要给两个女生背包，两个女生不同意，你不要看她们漂漂亮亮的，其实很坚强。我觉得燕和琳都是班里最好的女生，她们都是我们写作兴趣活动组的，听说班上有好多男生有些嫉妒呢。

斯宏老师带我们走进了一座阴凉阴凉的树林，感觉好，就不用阴森这个词。林子很大，有高大的松树、柏树和杉树，还有枫树，也有很多矮矮的灌木，听说有灌木山藤之类的树林才算原始森林，看来这里也是原始森林了。

树林里有很多小动物和鸟类，我们看见的，有松鼠、画眉鸟、斑鸠，还有一些不知名的小山雀。斯宏老师说这里还有狐狸和野兔，但这条道走的人较多，很难碰到。

忽然从高大的松树上飞出来两只漂亮的长尾巴鸟，像喜鹊，比喜鹊大一些，漂亮多了。鸟儿边飞边叫，大家猝不及防，都吓了一跳，结果看见是两只漂亮的鸟儿，又都十分兴奋。以前也看见过这种鸟，但是不知道叫什么名字，经过斯宏老师和鸿的介绍，我们才知道这种漂亮的鸟儿叫红嘴蓝鹊，名字很洋气。还知道了这种鸟是属于雀目鸦科。

我和文爱动，看见灌木丛后面有很多特别漂亮的花，就想去拍照，结果斯宏老师和军阻止了我们，夏天，灌木丛中难免有蛇。我和文都既羞愧又感激。

一会儿，我们又走出了树林，斯宏老师带我们去到一个大规模的果园。我们都去采摘了很多李子、桃子和葡萄。大家既体会了果园生活，也吃了一个饱。进入采摘活动之前，我看见一个果农叔叔在浇水，很好玩，就过去接过来体会。事情看似简单，但忽然一下，也是不好把握的，我自己把自己喷了一身的水，但大家都很开心，我也很愉快。其实，掌握好不好，在于捏管子要紧，不能松手，只留一边的一个通道，水就不会乱喷射。

采摘活动结束后，我们用了两个钟头的时间写日记，时间很充足。大家写得很认真，除了文一直写到最后，大家基本上都是提前完成了任务。日记写好了，下面是讨论。但讨论情况只有在下一篇日记里记录了，因为讨论的就是日记，这篇日记的完成当然在讨论之先。

以上是今天的日记。

当文和满宣读他们的日记时，他们赢得了最热烈的掌声。大家都明白了，一个写作的人，如果能够坚持做这样的日记，也就是说，坚持这样去观察感受生活，创作起来的时候，自然而然就会有很多实实在在的内容，就不会觉得难以下笔了。

燕兴奋地说："以前，斯宏老师要我们叙事描写不要写空泛的套话，不要堆砌词语，可是，很多时候我们只能写套话，只能堆砌词语，因为我们没有生活的实际体验，我们只能把我们在书上看到的东西变化一下写出来。今天，我们接触了这么多实际，觉得不用去考虑用什么词语，就有很多东西可以写出来。"

斯宏老师说："这就是观察体验生活、积累材料对于写作的重要性。"

军说："我明白了，所以，生活是写作的源泉，材料是写作的基础。"

大家一齐鼓掌大笑，说："斯宏老师，你以前给我们讲解演绎了几节课的知识，今天不用你解释一句话，我们全明白了！"

斯宏老师也鼓掌大笑说："你们接下来，会有更多的体会。你们就没事偷着乐吧！"

二、迷人乡村第一夜

大家依依不舍地告别了果园的叔叔伯伯和阿姨，精神十足地继续向前进发。慢慢地，太阳把远方山顶上的云层烧成了炼钢炉一样的颜色，树林的上空飞起云一般的群鸟，整个山野都笼罩在一层薄纱一样的暮霭中。风，像水涟漪一样漫过原野。公路旁，有一道宽宽的与公路一道延伸的草地，偶尔长着一丛丛的刺梨。大家互相看了看，军把手一挥，年轻人们呼喊着跑上了草地，一直往前跑去，当他们再一次冲上一个坡顶，夕阳正照在一条波光粼粼的小河面上，闪耀出万点金光！小河的对岸，出现了一个绿树环抱的村庄！

大家站在坡顶上，屏住了呼吸，晚风、夕阳，六个孩子，一群美丽的雕像。只听咔的一声，斯宏老师拍下了这个迷人的画面。

斯宏指着河对面的村庄说："同学们，那，就是高坡寨！"

六个年轻人异口同声："啊，太美了！"

公路跨过一道水泥拱桥，河水就在桥下映照出绿树红房的倒影。几辆皮卡车和小面包从桥上驶过，驶进了村庄，也有几辆亮闪闪的轿车从村里开出来，向他们身后的田野驶去。

过了桥，孩子们就走在了高坡寨的街道上。

眼前，到处是红红绿绿的楼房，平平整整的水泥街道，华丽的路灯。只有一点不同，那就是街道不长，看得见四山郁郁葱葱的树木。

他们东瞧瞧，西看看，满和琳都忍不住说："这是农村吗？这是乡下吗？和我们想象的完全不一样！"

斯宏笑了："你们想象的是什么呢？"

燕说："路是黄泥路，房是茅草房，路上堆着马屎牛粪，人们穿着灰布衣裳……"

军拍拍满："哈哈，那是我们自以为是城里人才想象出来的乡下！"

斯宏老师告诉他们，这里是省城的远郊，这里的农民早已不是单单种种粮食的农民，他们发展的是多种经营和旅游产业，与过去的农民和农村，已经不是一个概念，"你们刚才碰见的几辆出村的轿车，那就是市里来玩的游客"。

斯宏说："下一次，我给你们联系一个外县的乡村，你们再去体验，那里的农村，与你们今天看见的就完全不一样了，与你们想象的倒差不多。"

孩子们听了，都十分激动，巴不得马上就去真正的"乡下"，看看真正的"农村"。斯宏老师笑了说："要去那里的乡下，要经过充分的准备，包括吃苦的思想准备。仓促，是达不到目的的。"

斯宏老师告诉孩子们说："其实，农村就是农村，你们站在这街道上，觉得与城市没有什么不同。等一会儿你们到了农民家里，就会发现，这里的农家，与城市的家居生活，还是有很大的区别的。我们去的这一家，也许比我们都有钱，但他们的生活，不会像城市家庭那样精致的。作为写作的爱好者，你们必须观察到这些具有本质属性的细节。"

斯宏老师带孩子们来到一家农户，三层楼房，黑柱头，红墙壁，黄色的琉璃瓦。大门外，站着一个老爷爷，白衬衣，黄裤子。燕说："这是一个区别了，城市人，绝不会白衬衣配上黄裤子。"斯宏说："对，要观察生活，就是要从这样的细节入手。”他一边对孩子们说话，一边早挥手打招呼：“彭大爷，我们来了!”老人一边对斯宏点头，一边对门里招手说：“奶奶，快，他们来了，客人们来了!”

立刻，从屋里出来了一位老奶奶，一位年轻的婶婶，还有一位小姑娘和小弟弟跟在小婶婶的身后，却不断地躲在婶婶的背后去。和他们在一起的，还有一只摇头摆尾的黑花大狗。

老奶奶招招手：“小宏啊，你们才来呀，我们都不敢下米炒菜呢。快进屋吧。”

斯宏招呼年轻人们快走两步，只见军走上前，鞠了一躬说：“爷爷奶奶好，阿姨好!”年轻婶婶就有些不好意思：“好，好，哎呀，稀客呀，快叫大家进屋吧。”

那条大狗就摇尾跑过来，蹭斯宏和军的裤子，军抱着黑花，亲了亲它的脑壳。满已经叫喊着跑过来：“哎呀，真好看，我也可以亲一亲没问题吧!”他不由分说就亲了一下，狗就伸出舌头舔了舔他的手，满就喊：“啊，真乖！斯宏老师，等大狗生了小狗狗，给彭爷爷说一说，我要一只狗宝宝!”斯宏笑了说：“你仔细看看，这是一只狗先生呢。”大家一齐笑了。

大家进了门，发现进门后却是一个院子，院子里有假山水池，显着主人家境的殷实。穿过院坝，进到堂屋，奶奶就对婶婶说：“娟娘啊，你赶紧去淘米下锅，这里我来给他们倒水。娟，祥子，过来，你们看，城里的哥哥姐姐们多懂事大方，你们不要尽躲到妈妈背后去，啊。”

两个娃娃就慢慢地蹭到了前面，低着头，但两双眼睛却骨碌碌地转，望着城里的这些大哥哥大姐姐。军和鸿就把他们的大背包拿过来，从里面取出给孩子的礼物：两个最新款的书包，两个装满文具的文具盒，一堆图书，燕还拿出一个漂亮的发卡，两包巧克力豆。他们把礼物递给两个孩子。

两个孩子既不好意思又十分兴奋，他们红着脸接过礼物，不知说什么好，彭爷爷说：“嘿，谢谢呀。”两个孩子就低声说：“谢谢大哥哥大姐姐!”一边说，一边把礼物放在了堂屋中间的大方桌上。看得出两个孩子虽然害羞，却很有礼貌，也懂得自尊。

斯宏说：“爷爷奶奶，你们就不要陪他们了，自己想做什么就做什么。我带他们来，就是让他们自由地看看你们的家，了解现代农村的实际情况。”爷爷就对奶奶说："就这样，你去厨房帮忙。我去给彭老大打个电话，告诉他，斯宏老师和小客人们已经到了，让他和老二生意再忙，也抽个时间回来见见面。"两位老人带着两个孩子，抱着年轻人们给他们的礼物都离开了堂屋。

年轻人们纷纷站起来，参观这间堂屋。他们一下就理解了斯宏老师说的话，从外面看，现代化了的郊区农村，与城市的差别不是很大，街道上有各种商店、网吧、汽车修理铺，街道两旁停着汽车，显示着与城市生活同样的节律。但进了屋，区别是明显的。

斯宏说："啊，只要一看，区别还是明显的，但作为写作的人，我们需要梳理梳理，到底有哪些区别，才可能进入我们的写作题材当中，你们说说，区别在哪里？"

文说："这间堂屋就是一个显著的区别，城里接待客人是在客厅里，而农村接待客人是在堂屋，'客厅'和'堂屋'区别还是比较明显的。客厅的格局和堂屋显然是很不同的，堂屋中间墙上的'天地君亲师'牌位，也不可能出现在城市的客厅里。"

军说："供'天地君亲师'牌位的地方叫做'香火'。还有，堂屋里，因了香火下面的供桌，就无法摆放沙发，我和斯宏老师去过其他一些农户，大方桌周围放着很多长凳，人来了，就坐在长凳上。像彭爷爷家家庭情况比较好，方桌两边和堂屋的两面就摆放的是桃木椅，屋子两面的椅子中间摆放着这种高高的小方茶几，这都是和城市的客厅完全不同的概念。"

燕补充说："城市里也有把客厅装修成这种中式特点的，但椅子大多是红木沙发椅，一般是发了财的人家这样装饰。"

满说："我发现了，他们也不是不用沙发，沙发都在旁边的卧室里，电视机也在卧室里。"

鸿说："准确地说，旁边的屋子，隔为两间，里间是卧室，外间如果按照书面的语言，应该叫起居室，沙发和电视，摆放在起居室里。"

满又说："旁边的屋子，也不都是卧室，另外一头是厨房。"

琳问："那么，爷爷奶奶和孩子们住哪里呢？"

燕说："你看堂屋这一角有个小门，刚才我看了一下，门后就是一个过道，过道里是楼梯，通向二楼，楼上一定还有很多房间。"

鸿说："刚才进院子的时候，看见院子两边是厢房，一边全是房间，一边楼下是牛栏羊圈和猪圈，楼上也是房间。这样的房屋建筑，显示的是农村的生活需要，显示了乡村里并没有脱离土地的农民，他们即使有了钱，但他们并不愿意放弃自给自足的健康生活，所以他们还要养猪养牛养羊。”

鸿说的话，显示了他严密的逻辑思维和细致的观察力，大家不禁鼓起掌来。军说：“斯宏老师啊，如果我们这次策划的主题不是记叙文的写作体验的话，是不是鸿的话，很有点乡村调查报告的味道。”

斯宏说：“嗯，不错。只要大家有热情，不怕苦，下次我们去尚未现代化的农村看一看，你们就可以做一个乡村调查报告的活动，那会在你们的人生道路上产生非常积极的影响。”满急切地说：“老师，我们不怕苦！”大家都笑了起来。斯宏说：“不要着急，我们先把这次的事情办完。”斯宏朝隔壁叫道：“小娟，小祥。”两个孩子从厨房里跑过来：“斯宏叔叔。”

斯宏说：“你们带哥哥姐姐们到后面的院子看一看，让他们好好看看你们的沼气池。军，你把今天的安排给大家说一说。”

军说：“按照计划，我们今天的活动叫做‘乡村第一夜’，大家体验一下一个殷实之家的农户，接待我们的丰富晚餐。”军的话未说完，年轻人就兴奋地鼓起掌来。

军接着说：“但是，即使第一天晚上，我们还是要办正事，今天的任务很简单，第一，参观彭爷爷的家，注意观察；第二，晚饭后，用不同的表达方式写一段有关‘沼气与乡村晚宴’的文字，字数在三五千。经过斯宏老师与我和燕的商量，具体安排是这样的：

琳，性格文静，用“叙述”的表达方式；
文，喜欢文学，用“描写”的表达方式；
燕，感情丰富，用“抒情”的表达方式；
军，喜欢雄辩，用“议论”的表达方式；
鸿，喜欢科学，用“说明”的表达方式；
满，活泼爱动，用“对话”的表达方式。”

军刚说完安排，大家就已经哈哈大笑起来，连他自己也忍俊不禁。斯宏在旁边虽然只是微笑，但看得出来，他也是在努力地控制自己不笑出声来。

军忍住笑，继续说：“写好后，照样大家都把自己的文字念一念，我们请斯宏老师给我们点评。”

小娟和小祥带着哥哥姐姐们从厨房旁边的巷子来到屋后的院子。住房后面的院子，主要是猪圈、牛羊圈，还有鸡圈。石板铺的院子里，鸡在散步，地下难免有鸡屎。院子的两边还有两排水龙头和洗漱台，娟赶紧跑在前面，从拖把池上的龙头拿起一根长长的胶管，一边说："军哥哥，你们等一下。"一边冲洗地下的鸡粪。满在旁边笑说："这是满哥哥的专利嘛。"大家都笑起来说："小娟子的技术比你强多了。"

燕摸摸娟的发辫，问："小娟子，你读几年级了？"小娟说："我读六年级，弟弟读三年级。"

燕说："哦，马上读初中了，想不想到市里去读呢？"

娟说："就是想到城里去读。本来斯宏叔叔帮爸爸已经在城里给我找好了学校。但是我走了，弟弟就只有一个人去上学了。我们学校在镇里，离我们村还有五公里。镇里的初中也不错的，每年都有考上市里高中的。我在镇里读完初中，弟弟正好考初中，我们一起考到城里去读。"听了小娟的话，大家都十分惊叹，琳又叹了一口气说："真是感人的小妹妹，我觉得我还没她成熟呢！"

两个孩子带哥哥姐姐们走到牛圈的旁边，原来厕所就在这里。厕所是水泥修的，非常漂亮，平平的屋顶，四周漆成天蓝色的边，雪白的墙，四周也用天蓝色漆上边，像城里的公厕一样，分为男女两间，显示出彭爷爷家平时的客人不少。两个门也是天蓝色的。厕所里边是冲水式蹲便器，但旁边有一个阀门一样的东西，这是连接沼气池的设备。厕所后面是一个宽宽的水泥台板，上面有几个圆形的盖板，这就是沼气池。沼气池四周种植着很多花草。解手排出的粪便和猪、牛、鸡粪都冲到密封的池中，经过发酵，就产生沼气，沼气顺着安装的管子，就到了厨房里的沼气炉中，农户们就像城里人使用液化气一样，扭开炉子开关，蓝色的火焰就冒出来了。

几个年轻人随着两个孩子来到厨房后面，厨房后连着一间蓝白相间的水泥房，窗户开得很高，娟指着说："这里是洗澡间，也是用的沼气。晚上，你们就可以在这里洗澡。"

这时，一句话都没有说过的小祥子忽然说："我们知道哥哥姐姐们城里人讲究，天天洗澡，你们的住处，妈妈全部都是买的新床单新被套，你们住到我家，包你们舒舒服服！"娟忙说："小东西乱说话……"话未说完，却见几个哥哥姐姐反而笑得十分开心，她放下心来，也跟着笑了。

他们来到了厨房，奶奶和小婶婶正在忙着做饭。灶台上是一个双眼沼气炉。一个火上放着蒸锅，随着蒸汽飘出来的，是腊肉香肠的诱人香气。一个火上，小婶婶正从锅里把煮到八九成熟的米饭捞起来，放到一个大筲箕里，米汤就漏到下面的饭盆里。然后，再把快熟的米倒到甑子里去蒸，这样做出的饭，饭粒分明，松软爽口，米汤也是极好的佐餐饮料。旁边的一个电磁炉上，奶奶在用酸汤点水豆腐，眼看一满锅白白的豆浆，奶奶从锅的四围缓缓把酸汤倒进去，慢慢地，液体的豆浆就凝固成了一团白色的固体，四周的液体变成了透明的淡黄浅绿的清水，白色的固体越来越浓缩，慢慢就显示出，那就是年轻人们都吃过的水豆腐。大家都惊叹起来："哦！啊！"

小婶婶把蒸锅抬到旁边的案桌上，架上炒锅，炒了几个鲜嫩翠绿的蔬菜。斯宏就指挥大家把堂屋中间的大方桌抬到屋子的中间，在方桌上安装上转动圆桌，四周放好椅子和方凳，小婶和小娟就把菜端上了桌，年轻人们一看，又发出了阵阵惊叹声！

这是一桌地道的乡村宴席：

十二道热菜：蒸腊肉、蒸香肠、粉蒸排骨、蒸小母鸡、蒸珍珠圆子、红烧肉、炝炒剪刀菜、蒜泥绿豆芽、清炒西兰花、油焖臭豆腐、油炸小河鱼、爆炒鲜河虾；一个拼盘：蒸玉米、蒸红薯、蒸芋头、蒸老南瓜、煮花生、炸薯片；还有一大盆现磨水豆腐；最后端上来的，叫燕和琳忍不住叫了起来："天啊！真漂亮！"原来是一盘鲜红发亮的泡红辣椒和青皮脆萝卜！

军从旁边屋里请出彭爷爷，把爷爷奶奶扶到正中的位置坐好，斯宏老师坐在旁边，两个孩子挨着燕和琳坐，小婶婶却不坐，要在旁边给大家盛饭。彭爷爷说："你们让她给你们添饭，她心里还安逸些，你们就乖乖坐下吃你们的。"年轻人们就看着斯宏老师，斯宏老师点点头说："这是农村的待客之道，你们就多说几个谢谢吧！"大家就站起来对婶婶说："谢谢阿姨！阿姨辛苦了！"这一下，搞得年轻的婶婶既不好意思，也咧开了嘴从内心里高兴。

年轻人们走了一天的路，面对如此丰盛的农家盛宴，自然是狼吞虎咽，风卷残云。吃完饭，两个女孩子要帮着收拾，被奶奶和小婶婶坚决地推开去。

军给大家说："吃得太饱，我们先到后面的果园散散步，先构思，回来后，我们每人用半个钟头完成写作任务，九点半，我们集中，大家朗诵自己的短文，请斯宏老师点评。"

一切按照计划进行，心情格外舒畅的年轻人们回到小婶婶为他们安排的厢房房间里，打开电脑，很快就完成了自己的写作任务。

下面是孩子们的短文：

琳的短文（叙述）：

彭爷爷的家是一个现代化的农村家庭，他们的生活条件比我们这些城里人还要好，我们有的东西，他们家一样不缺，娟的小房间里，就摆着一台手提电脑。而他们有的东西，我们却只在老师的讲课中听说过。听说小娟的爸爸和叔叔到城里做农产品批发生意，是开着尼桑皮卡轿车来去。而彭爷爷家的后院里，停放着一台拖拉机，恐怕我爸爸一辈子也不会摆弄到这个东西。

彭爷爷家后院，还有一个很大的沼气池，使用的燃料就是猪牛羊鸡和人的粪便，这样形成了真正的“循环经济”，“低碳环保”、“绿色生态”，这些每天耳熟能详的词语，我们在这里得到了真正的诠释。听彭爷爷说，过去用火烧柴和烧煤的时代，不但空气污浊，做饭的人每天被烟熏火燎，而且烧柴对森林的破坏特别大，用电呢成本又太高，一般村民户根本烧不起。现在用沼气，既经济又环保，除了设施建设，用气基本不花钱，厨房里清清爽爽，做饭的人干干净净。彭爷爷说：“如果是烧柴和烧煤，你们哪里能够挤在厨房里看她们煮饭呢！”我想也是。

我们使用的煤气，掌握在煤气公司那里，有一次，我家所在的小区，几家住户因为收费问题与煤气公司发生了矛盾，结果整个小区的煤气都被停掉，有时，做饭的时间，小区内集中使用的量太大，炉子里只能冒出微弱的火焰，很令人着急。而彭爷爷家的沼气，却掌握在他们自己手里，除了偶尔会出现任何设施都会出现的故障外，不会有人能够掌控他们用气的自由，而且他们有着用之不竭的天然原材料。

我们顺着沼气管子，来到了干干净净的厨房，他们的厨房，用一个字形容最贴切，那就是“大”。那么宽大的案桌，那么宽大的灶台，那么大的锅！第一次，我们亲眼看见了豆浆怎么变成了豆腐，我们看见刚从地里采摘回来的鲜淋淋的蔬菜，洗干净了马上就下锅。听着沼气炉子嚯嚯的火焰声，我们就期待着这一餐丰盛的乡村晚宴，给我们的味蕾，一定会留下永生难忘的“绿色记忆”！

极其丰盛的饭菜端上了桌子，我们除了惊叹，已不会使用语言。但晚宴的盛况，还是留给文去形容，我却在心里回味呢！

文的短文（描写）：

“咔嚓”，你不会相信，这是一个农村阿姨扭开了她的炉子，瞬间，像蓝色精灵一般闪烁的火焰，就跳动着生命之舞，向你招手：“来呀！让我成就你舌尖的幸福吧！”

在一个远离城市喧闹的远郊农民之家，蓝色和白色组成了“绿色环保”的画境。你不会相信，那雪白的墙面，那天蓝色的框架，竟是乡间的“五谷轮回之所”！你也不会相信，那墙边竞相绽放的五颜六色的花朵，竟是一池污秽的遮盖掩体。美，我从来没有预料到，与污浊紧密相关的沼气池，给我的第一感受，竟是这个绝对意外的形容词！

一排排的蓝色火焰，闪动着亮光，如云如雾的蒸汽，卷挟着令人流涎的肉香，蒸腾而上，充满了房间，我恍恍惚惚，竟觉得整个厨房变成了瑶池仙境，那一盘盘的美味，如盛开的仙花。

哈，等着饕餮般的享受吧！你看军和鸿抿着嘴，吭哧吭哧地抬来那么大一个圆桌面，燕手一展，铺开雪白的桌布，满早把玻璃转盘安放了上去，我呢，我和琳在端碗筷篮子呀，当然我只端着篮子，你看琳一双一双地，像插花一样专注地摆放碗筷。娟和奶奶端着盘子钵子来了，蒸汽缭绕在她们的发梢旁，香气瞬间弥漫了整间堂屋了！

端上来了，这一桌盛宴！那鲜嫩爽滑的小母鸡，浸润在一泓晶莹透亮的淡黄色汁液里，犹如一尊巨大的琥珀。那鲜红明亮的小河虾，被绿色的青椒围缀，犹如翡翠中的红玛瑙。那翠绿如玉的西兰花，像一堆……诶，我不知道有没有绿色的珊瑚，或者是，玲珑的绿玉？那一盆刚磨出来的水豆腐，不是强加给它的称呼，那就是一尊白玉！啊，怪不得两个美丽的姑娘轻轻地拍着手，脸上绽放出如花的笑容，你看那鼓鼓的红辣椒，那玻璃般晶莹的水萝卜，盛在盘中，那不是红玉和青玉，难道会是其它的东西！

你看彭爷爷和彭奶奶，满脸慈祥的笑容，眼角向下，嘴角向上，那又是什么呢？唉，那就是蓬莱的寿星双老呀！

燕的短文（抒情）：

如果，你曾经以为你是一个都市人而感到骄傲，如果，你曾经蔑视那满脚黄泥的乡巴佬，我愿意与你一起自省：我们，多么幼稚，多么浅薄！

请你来到高坡寨，这个风景秀丽，阳光明媚的村庄。你来吧，来放飞你的久被囚笼住了的心情，来舒展你的已经生锈发涩的肢体，来享受原野清新的春风夏雾，来放肆地“弹琴复长啸”，你将明白，东坡先生那“羽化而成仙”的境界，就在这乡野之间呐！

哦，不，这里并不缺乏美丽的街道，并不缺乏奔驰的汽车，并不缺乏衣食住行，不缺乏最新增加的一切现代化的内容，也不缺乏那神奇而神秘的让地球变为村庄的数字电波！

我们看到的，也不是那种脏乱差的猪栏牛圈，是那阿摩尼亚气体弥漫的……茅厕！而是雪一样白也雪一样净的沼气卫生设备。这里，乡村，反而叫我们都市人觉得少见多怪了！

扭开开关，不要以为都市煤气是环保设备，乡村沼气更加绿色！

没有黑烟，没有灰尘，没有添加柴火和黑煤的烦恼，身为乡村农妇的彭家小婶子，穿着雪白的围裙，轻松自得地为我们营造一顿丰盛的大餐，人说锅碗瓢盆交响曲，泰戈尔说“女人呀，当你的双手一接触器皿，秩序就如音乐一般产生了”，依我看，大致年轻的彭家婶子才能做到！

当我们优雅的都市妙龄也无法抑制自己，变成狼吞虎咽的恐龙的时候，你猜我在想什么？我在想，等一会儿，我该怎么享受那沼气送热的莲蓬雨，梳理我跟白雪公主一样如乌木般黑的秀发呀！

军的短文（议论）：

乡村现代化，不是空话也不是空想，但是，请注意这里的词组，它是由两个词组成——乡村、现代化！你不要小看了这个似乎再明白不过也再简单不过的语法分析，如果小看了，就说明我们其实没有懂得什么叫乡村现代化。

农民都进城了，他们脱离了土地，他们也许能够踩着城市现代化的尾巴，享受一点现代化的余羹，但，他们的现代化，还能叫“乡村”吗？

脸朝黄土背朝天，土里刨食一百年，在乡间，祖祖辈辈一脉相传的贫寒生活亘古不变，跟着牛屁股，吃着季节粮，这样的农民，被捆在土地上，乡村自然乡村了，但他们的乡村，能叫“现代化”吗？

故而，这两个词的组合，不是那么简单！

高坡寨，就是乡村现代化的写照。他们没有脱离祖祖辈辈生活于斯成长于斯的土地，他们依赖土地而创造美好。他们养着猪养着牛养着羊养着鸡，他们也开着车玩着手机看着电视摆弄着电脑，他们从网络里面获取致富信息。

由于有了电，他们享受着城里的一切，由于有了乡村沼气，他们彻底解决了困扰千千万万农民生活的烦恼。他们再也不会无可奈何地去砍伐毁灭森林，只为解决“灶楔子”（燃料）问题。从此，他们享受着卫生，享受着干净，这是千百年来，农民不可能享受的两样奢侈品。彭家奶奶和小婶子，边与我们摆谈，边为我们料理出让我们惊叹不已的农家盛宴，她们只需要扭一下开关，如城市人一般！

我坐在餐桌前享受宴席，我想说的是，当彭家大叔和二叔开着皮卡轿车回到家里，你一定不要惊讶，当彭家大叔和二叔开着院子后面那辆拖拉机到他们的土地里去的时候，你同样不要惊讶。这就是乡村现代化！

鸿的短文（说明）：

彭爷爷家基本实现了沼气化生活。利用沼气，可以实现煮饭、照明、沐浴一体化的无忧生活。由于电照明更方便，彭爷爷家的照明没有利用沼气，而煮饭洗澡则充分利用了沼气，由于燃气用量大，可以和他们原料多、用肥多的情况达到平衡。

彭爷爷家使用的是“四结合”的“无活动盖底层出料水压式沼气池”，“四结合”就是厕所、猪圈、温室大棚和沼气池连成一体，人畜粪便可以直接打扫到沼气池里进行发酵。我们参观了他们的厕所、猪牛羊圈和沼气池，还没有来得及参观他们的温室大棚，斯宏老师会在以后的几天安排我们参观。脆皮萝卜就来自大棚，当然施的是沼气出料的天然农家肥。

彭爷爷家的沼气，通过输送管道，主要走向两个地方，一个是厨房，一个是洗澡间。厨房使用的是电子点火不锈钢双眼灶，压力为1600帕，灶体结实，火苗燃烧效率高，蓝绿色的火焰，显示了喷嘴孔运行良好，风道调试合适。

彭爷爷家的淋浴装置是水控制式沼气热水器，设有离子火焰检测熄火安全保护装置，即热水器意外熄火时，能够自动关闭气阀门，保护沐浴者的安全；还有过水压保护功能，可在水压超高时自动泄压。热水器安装在厨房与浴室之间的过道里，两边通风，上面有屋顶，很符合安全要求。

彭爷爷家的沼气设备，都是质量较好，档次较高的装备配置，而且经过观察，每一个安装工序技术都合乎要求，细致认真，没有农村电器安装中往往存在的马虎了事、偷工减料的问题，比如农村电器安装中一般都会出现的少装螺丝的问题，就是在城市也相当普遍，因为目前的安装工基本都是没有经过正规培训的农民工，但我认真观察，彭爷爷家的电器安装都不存在这些问题。

我认为，这与彭爷爷家比较有钱并无太大的联系，而是彭爷爷家具有较高的文化素质和追求，对事情要求较高所致。这一点，从彭奶奶和小婶子做饭的时候，很讲究卫生和程序可以看得出来，也可以从她们丰富盛宴的菜肴搭配可以感受得到，认真研究奶奶和小婶子的菜谱，你可以发现，这桌宴席，完全具备了“色香味美，营养保健”的健康饮食标准。

其实，彭爷爷家的以上生活习惯和追求，是目前农村发展中最难做到的东西，但也是现代化农村发展最需要的东西。

满的短文（对话）：

这一家人，使我们产生了极大的兴趣，虽然不过几个小时的接触，我们却油然而生敬意，这样说，完全不是过奖。

首先，彭爷爷话不多，但显然很具权威性。你看我们刚到的时候，彭爷爷只有一句话：“奶奶，快，他们来了，客人们来了！”

剩下的，都是奶奶在发声。奶奶对斯宏老师说：“小宏啊，你们才来呀，我们都不敢下米炒菜呢。快进屋吧。”奶奶对斯宏老师的称呼，显得奶奶是个性情中人。

大家进到堂屋，又是奶奶在说：“娟娘啊，你赶紧去淘米下锅，这里我来给他们倒水。娟，祥子，过来，你们看，城里的哥哥姐姐们多懂事大方，你们不要尽躲到妈妈背后去，啊。”爷爷没有说话。

当小娟和祥子接过我们的礼物，有些不知所措的时候，彭爷爷却立马及时发话了：“嘿，谢谢呀。”两个孩子就说：“谢谢大哥哥大姐姐！”可见，彭爷爷不干涉内政，但于家庭形象最重要的外交技术，总是他很快做出正确决断。比如斯宏老师委婉地表示，我们的活动不需要干扰的时候，彭爷爷非常迅速地就理解了斯宏老师的意思，这时候，彭奶奶也在他的指挥之下：“就这样，你去厨房帮忙。我去给彭老大打个电话，告诉他，斯宏老师和小客人们已经到了，让他和老二生意再忙，也抽个时间回来见见面。”这话说得多得体，能说他不是一个外交家吗？

还有厨房中的对话，简直具有音乐般的旋律。你听听：

婶婶：“妈，你听听蒸锅的水，有没有烧干的吱吱声。我把饭沥起来。”

奶奶：“好，不要让米汤太稠，这边你就甩手。”

婶婶："妈，把刷子递我，饭上甑了。"

奶奶："给。小心汽蒸了手。"

婶婶："妈，腾开案板，我要端蒸锅了。"

奶奶："已经腾空了。端锅要用湿毛巾啊！"

婶婶："晓得了。"

婶婶："妈，你揭蒸锅。娟子，架锅，妈要炒菜了。"

小娟："妈，架好了。"

婶婶："我洗锅了。好，递给我油瓶。"

小娟："妈，油瓶。"

小娟："妈，配料瓶。"

小娟："妈，调料瓶。"

小娟："妈，菜簸箕。"

婶婶（连续不断）："娟，端过去。"……

婶婶："娟，看圆桌安好没有？"

小娟："妈，圆桌碗筷都摆好了。"

婶婶："娟啦，上菜！"

小娟（兴奋地）："妈，我就端过去了。"

哎呀，这厨房中对话，简直是节奏鲜明，简洁明快，表意准确，铿锵有致。你在哪个厨房听见如此默契的对话呢？不管你认为有没有，反正我是相信没有的！

随着大家朗诵自己的短文，堂屋里就欢声不断。爷爷奶奶，小婶婶和两个小家伙也加入了听众的队伍。大家一会儿惊叹，一会儿点头，一会儿激动，一会儿会心微笑。当鸿朗读他的短文，奶奶和婶婶虽然专注地听，但眼神茫然，而爷爷虽然皱眉侧耳，但时而有恍然大悟的表情。当满朗读他的对话时，大家一片笑声，尤其是奶奶和小婶婶、小娟子，几张嘴，差点张开就合不拢了！

斯宏老师点评，年轻人们都掏出了笔记本。而彭爷爷一家人，不知他们能不能听懂，但脸上却露出肃然而恭敬的神情。

下面是斯宏老师的点评：

今天的练习，非常成功。有些出乎我的预料，说明我们写作小组"学习与活动同步进行，学习与活动相互促进，学习是理想追求的手段，活动是理想追求的阶梯”的宗旨贯彻得很好，没有影响学习的要求，也提高了写作水平。

下面我们一项项进行点评：

叙述是对客观事物和事件的介绍讲述，叙述必须清楚明了，逻辑分明。

琳的叙述显然达到了要求，尤其值得一提的，是她在有条不紊的叙述中，表达了自己独特的观察和感受，平稳的叙述中，你能够感受到她叙述的生动和脉脉的感情。对琳的叙述，我没有很多点评，但大家可以仔细地回味一下，她的文字，叙述的特点是非常显著的。短短一篇叙述，她还运用了插叙、补叙等叙述手法，很不简单。

描写是对客观事物和事件生动的刻画。描写必须形象，语言必须具有动人的文采，好的描写还具有情节的动感和细节刻画。

文的短文，一开始就用了一个声形皆备的描写：“‘咔嚓’，你不会相信，这是一个农村阿姨扭开了她的炉子，瞬间，像蓝色精灵一般闪烁的火焰，就跳动着生命之舞，向你招手：‘来呀！让我成就你舌尖的幸福吧！’”一句话中，象声、比喻、拟人、夸张等修辞，同时运用，却很自然。全文的描写，有很多独到的富于形象化的想象。尤其值得我们注意的，是文并没有去摹写所有的菜肴，而是抓住他最有感受的几种食物，作典型的刻画，却达到了整体描写的效果。在描写中，大部分是直接正面描写客观对象，但在描写菜肴的色彩之美丽时，还运用了侧面描写，用“两个姑娘”的表现，来衬托那盘鲜艳的泡菜。还值得注意的，是短文的最后，用对人的描写来结尾，可算是“文眼”，同时比喻非常得体，使全文更加鲜活，具有了灵气。

抒情是在叙述描写议论的表达中尤其注重突出感情的表达。

这是最不好掌握的一种表达方式，使用不当，就会陷入两个极端，要么空洞无物，大话连篇，要么没有分寸，变成了描写和议论。燕的抒情分寸感把握得非常到位，感情充沛，却全部落实到实实在在的实际事物上，绝无空洞的套话，但抒情的特点很显著。之所以能够达到这一点，你们可以发现，她的感情表达，是真实的感受，是独具思想的感受，她才能达到如此深刻的感情抒发。在她的抒情运用中，恰如其分地引用了文学大师们具有强烈感情色彩的名诗名句，文学味很浓。在燕的抒情运用中，直接的感情抒发并不多，只有第二段，结尾也可以算是直接抒情，其他的大部分抒情，都是通过描写议论等方式进行的间接抒情，掌握非常好。实际上，真正好的抒情运用，大部分都是间接抒情，直接抒情只在关键时运用。

议论是讲道理，谈想法的表达方式。

说起来，议论的定义好像是明确的，关键的是我们很多道理其实是大话加套话，自说自话，强词夺理，读者被精神强迫，却达不到开阔思维，拓展精神的目的。

过去，议论文有一种定义，叫“讲道理，明是非”。

“明是非”，就是一种强迫的意思，世界上很多道理，并不是“非是即否”，世界上也有很多议论，并不一定要“明是非”，凤凰台主持人有一句话，“我的讨论，不是要说服你，而是给你的思考多提供一个思路”，说得多好！

议论还有一种定义：“摆事实，讲道理”。

这样的定义，就比较科学客观，军的议论，不知不觉地达到了这一个境界。他的开头，好像是要“明是非”，但其实他并没有强迫读者去接受他的观点，明显是一种“设问”的修辞手段。以设问为依据，他在论证过程中列举了大量的事实，来说明他的理解和认识，这些理解和认识，我们可以说是“论点”和“分论点”，但千万不要说是“观点”，用“观点”这个词，就有一点肯定自己，否定他人的味道，我们不提倡这样的“讲道理”。军没有强迫人家接受他的观点，因此，他的议论反而是雄辩的。这就是“以理服人”，而不是“以理压人”。军的议论，基础是他对生活的热爱之情和独到的理解，而他的行文，很生动。我们需要这样的议论。

“说明”的表达方式，就是介绍某一方面的科学知识和有关科学的一些普遍常识，让非专业的读者能够明白有关的科学原理。

在大家的任务中，其实最难以完成的，是说明的表达方式。

“文，你说说，为什么说‘说明’的表达方式最难以完成?”斯宏笑着问文。

文看了看大伙，然后说：“不具备科学知识，就无法运用‘说明’的表达方式。就像鸿的这篇短文，我肯定写不出来，因为我对于沼气这个东东，完全不懂。硬要写的话，我就只能从尺寸和位置这些方面去勉强敷衍了。”

斯宏连连点头，接着说：

的确是这样。我们在写作中，觉得某个事物，需要把它的有关原理知识介绍一下，才能达到对事物的透彻理解，就需要用“说明”这种表达方式，但是，如果你自己就不了解这方面的原理和知识，你怎么可能去给别人介绍呢？为什么我们把“说明”的表达方式交给鸿去完成，就是考虑到忽然之间，也许只有平时就关注科学知识的鸿能够做到。他果然做到了，因此，鸿呀，斯宏老师也只能佩服你了！

听斯宏老师这样评价鸿的短文，大家也油然而生敬意，鼓起掌来。

而谦虚的鸿只好用网语来自我解嘲了：“不要喜欢哥，哥只是个传说。”大家一齐大笑。

斯宏老师接着点评：

对话，是一种叙述描写人物谈话（包括对话和演讲、独白）的表达方式。

在一般中学的教材和教学中，并没有“对话”这一表达方式的说法，但文章中比比皆是的对话，你难以说是以上任何一种表达方式。因此，我们采用了大学中文专业的体系，把“对话”作为一种表达方式。

用对话这种表达方式不难，“对话”嘛，写出人们互相之间的谈话就是。但用好“对话”这种表达方式很难。很多对话，写得要么毫无“生活语言”可言，通篇书面语，像电脑生成的语言，干巴巴，不像人们在生活中说的话。要么写成大话套话，每个人的话千篇一律，一个模样。最好的对话，有个性，生动形象，能够打动读者。满的“对话”表达，别开生面，抓住了个性和特点，引人入胜，所以大家听了自然而然地发出会心的欢笑。

最后，斯宏老师问：“刚才，我们运用了六种表达方式。但我们这次的活动是记叙文写作，我想问一下，什么是记叙文呢？它和议论文、说明文在表达方式的运用上有什么区别呢？”

大家异口同声地回答：

“记叙文是记叙事件，刻画人物，描写景物的文字。它主要运用的表达方式是叙述、描写、抒情和对话；适当地运用议论和说明，能够增加记叙文的表现力。但议论的表达方式，主要运用在议论文中，说明的表达方式，主要运用在说明文中。”

斯宏老师哈哈大笑：“教条主义不是个好东西，但教条却是条理化的知识系统，走入教条主义的歧途，文章就会僵化，但没有教条的指导，写作就会茫然，文章就会失范。看来，你们是理论与实际相结合的高手。我难不住你们！天不早了，祝大家在乡村的第一夜，做个甜蜜的好梦！彭爷爷还等着我去和他喝茶呢，军，你把明天的活动给大家说说吧。”

三、犊子岗事件

一天的兴奋和劳累，年轻人们虽然精神十足，但其实都疲倦了。军就撵大家到后院刷牙，让两个女孩子先享受沼气淋浴。两个姑娘鲜红粉白，拖着水淋淋的长发到宿舍去了后，几个小伙子一窝蜂进去，嘻嘻哈哈洗完。回到宿舍，头一沾床，眼睛还没有来得及闭上，已经睡得人事不知。

当军在窗外叫喊："快起来看一看呀，屁股被太阳晒成猴屁屁没有啊！"大家感觉好像与昨天只间隔了几分钟，拉开窗帘一看，太阳果然已经老高了。

大家赶紧洗漱。小娟跑来叫哥哥姐姐去吃早餐。早餐很丰富：豆浆、绿豆稀饭、煮鸡蛋、烤红薯、蒸馒头、凉拌脆皮萝卜和黄瓜。

斯宏老师已经坐在旁边的桃木椅子上和彭爷爷喝茶。燕叫小娟和小祥过来和他们一起进餐，娟说："我们都已经吃过早饭了，就你们几个没吃呢。"斯宏老师说："军是没有问题的，你们几个也还挺有精神的，没有喊累，就很不错了。明天早上，就不会这么不知醒了。"

斯宏老师要去镇里讲课，正在等镇里的汽车。

年轻人们的活动，是和两个小家伙去放牛羊。写作任务是景物描写和人物描写。

大家吃完早餐，就跟小娟和小祥来到后院。两姐弟，一人拿了一根细细的竹竿，竹子不粗，但很有韧性，节上有黑色，小竹竿好像用油抹过，闪闪发亮。满问小娟："小娟子，你手上的竹条真好看，是什么竹子呀？"小娟说："是金竹条，用桐油浸过的，赶牛好用，又轻又不会伤着牛。但它要不听话，用力抽一下还是很疼的。"说着，小娟摆动一下竹条，发出"嗖"的一声。琳说："啊，小小一根赶牛鞭子，也有这些讲究。"

大黑花也跑来赶热闹，满一看见，跑过去抚摸它，说："嘿，昨天你到哪里去了？怎么不陪陪朋友呢，你也太没礼貌了。"大黑花摇摇尾巴，算是回答。小娟说："满哥哥，你要喜欢的话，我跟小冬说一下，黑花和他家的白狼配上了，生了小狗，我叫他给你选一只和黑花一样的小狗崽。"

燕说："小娟子，不要便宜他，让他爸爸带你和小祥子坐环城大巴，省城大观光。满的爸爸是开环城大巴的，那是市里最漂亮的公交车。"满说："那有什么问题，我给你们一人买一杯奶茶，一袋薯片，让你们舒舒服服好好看看省城全貌。”小祥说：“那太好了，回来我就让小冬他们羡慕死我了。”小娟说：“嘿，不红脸，爷爷说，为朋友做事不能想着回报的。”琳过去搂了搂小娟：“可爱的小姑娘，你爱死我了！”小娟有些害羞，但她没有明白这些哥哥姐姐为什么这么对她。

山坡上太美了！山不高，圆圆的像老面馒头，但向南的山脚又稍稍冒出了一个小山包，这样，整座山就很像一头蜷卧着的肥牛，所以叫犊子岗。坡顶上是一片松柏杉树林，夹杂着很多他们不能叫出名字的杂树。林子外面，微微的斜坡，是缓缓铺开去的草地，一直延伸到远远的坡脚，坡脚是一路上常见的风景，高处是挺拔的苞谷林，坝子里是厚密的稻谷田。草地上，这里那里，点缀着一片片的无名小花，还有在这个高原省总是不会缺少的刺梨丛、牛奶果刺丛，还点缀着一株株的红果树，真是美极！

一群少年和孩子赶着牛羊上了山，使这如画的风景充满了勃勃生机。小娟向远处挥挥手，喊了一声：“喔嚯——”她并没有那么使劲，银铃般的声音却具有穿透力，传得很远。远方也传来“喔嚯——”的喊声，原来那边也有一些牛羊，假期，放羊的也是几个孩子。

这里真是高坡寨的理想牧场，坡不高，却不小，像小娟他们这样的牛羊群，尽可以放上很多群。军问：“小娟子，你们的牛羊是养着卖吗？”小娟说：“不是。羊主要是喂肥了招待客人，吃不了的卖几只，我们自己也吃不了好多。牛主要是养来犁田，拖拉机去不了的田土，就要靠牛，那两只筋强力壮的黄牯，肩上长着肩包，那就是耕牛，气力大得很，再硬的田土，它们拉上就像拉空铧，呼呼地往前犇。像那几只，肥肥的，是菜牛，季节上忙不过来的时候，也可以帮忙铧土，但它们铧得不快，主要还是有大名小事的时候，杀了办席。”

“啊！”大家都赞叹这个小姑娘，对生活和生产这么熟悉。琳说：“天啦，这个了不起的小美女，我们像她那么大的时候，只会在爸爸妈妈面前撒娇呢！”燕说：“我观察，这都是彭爷爷的家教。其实，以他们的家境，这两个小家伙完全可以过得比我们优裕。”

“那，这里离城这么近，你们为什么不养了牛羊去城里卖呢？”军又问。

小娟找了一棵结实的红果树，用一根长长的软棕绳把一只特别壮实的羊拴住。站起身说：“卖呀，卖到城里。那得好多羊！我们村有好几家养羊专业户呢，他们养的羊和牛，少的几十，多的两三百，专门的棚子，专门的草场，哪里会到这里来！他们的牛羊，都是通过我爹和二叔统一销售，出羊的时候，那是几辆大汽车呼呼地来，生意好得很呢。”

“哦！不简单，不简单！这个小姑娘，你不要看她那么淳朴，生意经却比我们熟悉多了！”

“环境造人啦！”

鸿注意到小娟拴羊的细节，问：“小娟子，你拴的那只羊是头羊吧？”

“鸿哥哥什么都知道，就是头羊，拴在这里，其他羊就不会跑远了！”

小娟说完，就叫小祥：“祥，那边那墩石头上，你该做作业了，昨天晚上你听哥哥姐姐们读文章，假期作业落下了，妈妈叫你一定要补上。”

小祥乖乖地把背上的书包放下来，掏出书本，在一片树荫下，做起作业来。娟对哥哥姐姐说：“军哥哥，你们玩到，我背完书来和你们玩。”

平平的的山坡上，宽宽的青草地，到处开着成片的小花，高高的松树下，一个小男孩在作业，一个小姑娘在背书，一只漂亮的大黑花狗，蹲在他们的旁边，四周漫步着悠然自得吃草的牛羊。远处的背景是青山绿树，山沟坝子里是绿中泛黄的庄稼。这是多么美的画面啊！大家都掏出相机，用心拍下了这动人的镜头。

喜爱画画的琳打开了背包里的写生夹，取出炭精笔，流利的线条很快勾勒出一幅动人的画面，文说：“线条简单而画面动人，琳，你的线条画已经很出神入化了呢？”

琳说：“诶——，你这个词用得太过了，要是其他人，我真要以为是在讽刺我了呢。”

文说：“也不过，你就是太谨慎。要不是你肯定可以拿很多奖的。”

琳笑笑，叹了一口气说：“唉，……”

文打断她的话说：“你不说我们也知道你想说什么：要拿就拿真正的奖，那些遍地开花的奖，哪里能够说明你的艺术水平呢！是吧？”

满说：“哎呀，你们说话真累人。要我说，你们两个的想法都无所谓，琳，不管什么，总之你的画我们看了舒服，我觉得这就够意思了！”

燕说：“啊，这次，满说了一句非常有哲理有层次有水平的话，大师级的话呢!”

正在这时，忽听背后呼啦一声，接着是羊惊慌的咩咩叫声，大家吓了一跳，不知是什么事情。只见小娟一下把书丢掉，喊道：“小祥，快，小羊掉坑里去了!”

祥子放下笔，从包里掏出一把小砍刀，喊：“啊，姐，我来了!”

小娟和小祥向一丛灌木树丛跑去，大家跟着跑过去，原来灌木丛是一个消坑的坑口，消坑崖壁很陡，长满树木藤蔓，隐隐约约，看得见小羊在深深的坑底着急地转来转去咩咩叫，一只母羊在坑口边也转来转去地咩咩叫。军说：“我下去!”鸿说：“把拴羊的那棵绳子拿来拴住你的腰，我们慢慢地放，才安全。”

小娟说：“不怕，让小祥下去，你们不熟悉，小祥知道这坑壁上落脚的地方。”军还没有来得及说话，只见小祥把小砍刀别在背后的裤带上，抓住树枝藤蔓，在崖壁上左移右移，像走之字拐小路一般，渐渐地掩没在树丛中，只看得见隐隐约约的身影。大家都屏住呼吸，紧张地张望，只有小娟反而很镇定。一会儿，就听小祥在坑底喊：“姐姐，我已经到了！怎么办?”小娟大声回答：“好！你砍一根葛藤，把小羊的两对脚捆住，背在你背上!”小祥说：“好!”

一会儿，就听见坑底窸窸窣窣的声音越来越近，渐渐看见小祥的头从树丛里冒了出来，接着看见一只小羊头从他背上咩咩地也冒了出来。很快，小祥就抓着树枝和藤蔓，整个身子都冒了出来。小羊的两对脚被藤子捆住然后用两根粗壮的葛藤扭在一起，吊住两对脚，像背书包一样背在肩上，小羊被捆住脚，动弹不得，乖乖地被小祥背了上来。军和鸿抓住小祥的手，把他提了上来。解开小羊，小羊叫着一直跑向母羊，这一对母子叫着，互相擦着颈根。

这一群哥哥姐姐才认识到，农村孩子在这山野之间，养成了很强的生存本领，是他们远远不及的，原以为十来岁的小祥，只会对姐姐撒娇，这一下，他们才知道他的本领。这一对小姐弟，叫他们赞叹不已。

太阳当顶了。小娟喊：“黑花，把羊子赶过来。”黑花汪汪地叫着，从四处把羊往这边赶，黑花一跑近，羊们就把头低下来用角对着它，黑花退后一步，又汪汪叫着往前扑，羊们都被赶了过来。小祥甩着竹鞭，把几头牛也赶了过来。小娟又“喔嚯——”地叫了一声，山坡上，好几个地方都响起了“喔嚯——”

的喊声，有女孩子的，也有男孩子的。此起彼伏的喊声中，山上的牛羊群，都开始往山下朝着各自的方向走去。

愉快的放羊之晨，就这样过去了。黑花打头阵，大家嘻嘻哈哈，热热闹闹地跟在牛羊群后，回到家。斯宏老师和彭爷爷在后院接着他们。斯宏问："怎么样，同学们?"大家都拍手高兴，军说："长了知识，也见识了两个小俊杰。"燕说："他们的生存能力，叫我们惭愧。"彭爷爷笑了说："两个懵虫子，今后多跟跟这些哥哥姐姐，还要斯宏老弟多调教。我看你带的这些娃娃，和我见过的很多小孩都不同，不俗，真是不错!"几个年轻人听见彭爷爷说出"不俗"这个词，很吃惊，不觉对这个乡村老人油然而生敬意。

奶奶和小婶婶已经摆好了饭。吃完饭，大家睡了午觉，起来完成景物描写和人物描写的"作业"。

大家经过讨论，一致认为，文的景物描写和军的人物描写写得最生动感人。

景物描写（文）：

这是高原的夏天早晨。阳光透过薄薄的云层，轻轻地洒在犊子岗上。请相信我的话，你不曾见过这么美的山坡。名字就已经让你浮想联翩了吧!

远方，是无穷无尽连绵起伏山的海洋。天边，一带浅浅的蓝，分不出这山和那山，就如画工用淡淡的彩笔一抹，在天际留下那么一痕，那一痕，其实是无数牵连不断的山；而远方的天，也不是天，是似有非有的烟霭。

慢慢地，你的目光渐渐收拢，于是，蓝色便越来越浓，渐渐浓到变成了黑绿和黄绿，你可以模模糊糊地分清，黑绿是山上的森林，黄绿是坝子里的庄稼。

山不高，坡不陡，坝子很开阔，这是高坡原野的特点，就如这迷人的犊子岗。当你的目光聚焦到犊子岗时，你不由在心里发出一声由衷的赞叹：这美丽的山啊——

山脚，是一片一片的丰收在望的稻谷和玉米，这时，最后的色块，是那用画刀铲起颜料直接涂上去的厚厚的绿中透黄的奇妙色彩。草地很宽，斜斜地，缓缓地往上，长长地顺着缓坡延伸到山后。可以想象，山后与山前是同样美丽的景象。草是浓浓的绿，花是浅浅的粉；草地上的刺梨树，刺梨果开始染上淡淡的黄；刺梨丛边的牛奶子刺，浆果还是微微的青；而那遒劲带刺的红果树呢，黄黄的小圆果开始泛出望秋的红!

山顶树林，是葱茏的绿，绿到颜色化不开，恍恍惚惚，你生怕那绿竟然是蓝，揉揉你的眼，原来那还是深深的绿！

最可喜，最动人，是那绿草地上黄白黑花的牛和羊，它们像缓缓游动的彩云，浮在绿色的草地上，更像一颗颗随意抛洒的玛瑙玉石，点缀在绿色的天鹅绒上！

这时，山坡上响起了银铃般的笑声。循声望去，呀！那甩动着小发辫的小姑娘，那追逐着牧羊狗的小男崽，他们那灵动的身影，使这宁静的山野，忽地，充满了勃勃的生机！

我内心里充满了感动，我听见一个声音在叹息：犊子岗，你就是那一直打动着我的《蒙特枫丹的回忆》吗？

（注：《蒙特枫丹的回忆》，法国著名风景画家柯罗的代表作之一）

人物描写（军）：

我第一次见到娟子和祥子的时候，心里就充满了喜爱。

娟是一个13岁的小女孩，穿着素色的衣装。上衣是一件绿色连帽T恤，下装是一件薄型牛仔裤，脚上蹬一双手绘球鞋，浑身上下看上去那么干净利落。娟的家很富裕，一个富裕的农家女孩，穿着却这么有品位，令人感到有些意外。斯宏老师告诉我，娟子的爷爷虽然后来一直在乡村务农，但其实在旧式学校读过很多书，至今还有良好的读书习惯。

娟子很文静也很灿烂，一双大大的眼睛，瞳仁很黑，黑得深邃，总是流露着对世界的好奇也流露着对世界的理解，我不知道我这样形容一个13岁的乡村女孩是不是贴切，但这就是我的感觉。娟子的发辫很有点艺术的造型，在脑后随意地编了几个松松的麻花，用红头绳扎上，辫尾留的，却比辫子长多了，甩起来的时候，既有麻花辫的淳朴又有马尾辫的轻灵。

祥子初见人时不好意思说话，但是熟悉了你会发现他的话并不少。祥子是那种活蹦乱跳、精力旺盛的崽崽，一双眼珠子骨碌碌的，很圆转。花T恤，休闲短裤，旅游鞋，是那种活泼精干的小小少年。

娟子虽然年纪不大，但因为是姐姐，就显得很成熟，当然也可能是聪明的原因。娟子对祥，有做姐姐的宽容，也有做姐姐的严厉。而祥子，在他的伙伴那里，是一个十分精明能干的中心人物，但在娟子这里，他却完全是一个乖乖崽。

今天早上，阳光刚刚洒在坡顶上的时候，我的伙伴们都还在沉睡中。街道上传来“冲啊”的喊声，祥子带着黑花在街上和几个伙伴奔跑，他们在比赛谁的狗跑得更快。小婶子出门喊：“祥子，回来准备吆牛上山啦哈。”祥子边跑边回答：“好的，妈。三战两胜，我马上就要赢了！”小婶子强调说：“那就快点啊！”祥子挥手喊：“啊，好！”娟子出来了，她并没有大声喊，只是提高一点声音说：“祥子！”祥子马上站住了：“黑花，回来！哎，小冬，二蛋小勇，你们玩，我还要去陪城里来的哥哥姐姐，有空再和你们玩啦哈。”乖乖地，回来了！

娟子把一支牙刷递给祥子，牙刷上挤好一条白蓝相间的牙膏，又把一张红蓝条格的毛巾搭在他肩上，顺手给他擦了擦额头上的汗水。祥子说：“姐，我很快就洗好啦！”啊！这一对小姐弟！

我在一株树下，边锻炼边观察这温馨的一幕，心里很有些触动。

没有想到，在山上放羊的时候发生的一幕，更叫我们感慨万分了！

当我们跟着姐弟俩把牛羊赶到了山上，牛羊散开吃起草来后，小娟就叫祥子：“祥，该做作业了。”祥子马上放下书包，说：“姐，你也该背课文了吧？嘻嘻！”小娟点点祥子的额头说：“还用你说，姐陪你。”于是祥子在一块平整的大石头上，一笔一划地写了起来。娟子也掏出书，看一段课文，又把书捂在胸前，眼睛看着天，嘴里念念有词地背起课文来，专心致志，旁若无人。

早上的阳光照过来，只见树荫下，一个站着的女孩看着书，一个坐着的男孩在青石板上写着作业，一只狗一动不动地蹲在他们的脚边，四周吃草的牛羊，轻轻甩着头，喷着鼻息。多么美的一幅风景画啊！

我们正陶醉在这样一幅画境中，忽然，唰啦啦一声，传来小羊惊慌的叫声，我们都吓了一跳，不知发生了什么事。正在仰天背书的小娟“忽啦”丢下书，说：“祥子，快！羊子掉到消坑里了！”话音未落，她已经向一丛树木跑去。祥子打开书包东摸西摸说：“啊，姐，我来了！”摸一摸的，他竟然在书包里摸出一把小砍刀，他看看小砍刀，在面前晃了晃，用手拍拍，去追姐姐！

原来，这丛树木中间有一个深深的消坑，坑里长满了灌木。坑底，透过枝叶的缝隙，隐约看得见一只小羊的身影，小羊在咩咩地叫。我想下去救小羊，却不知道怎么能够下去。小娟勾了勾耳朵边的头发，说：“军哥哥，不要紧，让祥子下去，他熟悉坑壁上落脚的地方。”

嘿！只见祥子这小家伙，把砍刀往背上一别，一把抓住坑壁上的枝条，脚往左一踩，手往右一抓，手脚交替，像只壁虎一样，很快就下到了坑里。

下到坑里的祥子却又喊姐姐："姐，怎么办啦？"

我们互相看了看，不知该怎么办，小娟却很快回答："割藤条，把羊子的两对脚分别捆住。"

很快，祥子又在喊："姐，捆好了，现在怎么办啦？"

小娟似乎想都没有想就喊道："用两根粗藤子把脚连起来，像背书包一样背到背上！"

一会儿，只听坑里传来窸窸窣窣的声响，我们都十分紧张，看看小娟，只见她眼睛不眨地看着坑里，脸上却很平静！

很快，小祥子就背着小羊，又像一只壁虎一样爬了上来。我们大家拉住他的手和捆羊的藤条，一起用力，祥子和羊，上来啦！我们都高兴得跳了起来，小娟和祥子却微笑着，好像什么也没发生！

回来的路上，我问祥子："那么深的坑，羊掉进去，你们怎么好像一点不害怕呢？"

祥子说："那有什么害怕的？经常有羊吊下去呢。"

我接着问了一个刚才就想问的问题："如果你没在，小娟怎么办呢？"

祥子马上大声地回答："哈，你不知道，姐姐下到坑里比我多了去啦！我小的时候，在草地上踢球，球滚到了坑里，就是姐姐下去给我捡起来的。那时候，我还根本不敢下去呢！"

我又问了一个刚才就想问的问题："如果是大羊掉下去了怎么办呢？"

祥子瞪了瞪眼，没回答，却转过脸去喊："姐——"哈哈，这小家伙！

小娟仰头看了看我，犹犹豫豫地说："军哥哥，大羊不会掉下去。"见我看着她，意思是让她接着说，她就接下去说："最会攀崖的动物就是羊。但是有一回，两只羊打架，被顶下去了一只。那就要喊四山的伙伴们来帮忙，先砍大葛藤，把葛藤吊下去，人再下去，捆好了羊，下去的人在下面推，大家一齐在上面拉，才能够慢慢地弄上来。但如果我们气力不够，就只有打手机喊大人了！"

燕抱住小娟说："哎呀，了不起的小美女啊！"小娟的脸红了一下，又抬起眼睛看看我，充满笑意的眼神透出些茫然和不知所措。

其实，我也真想抱抱这个了不起的小妹妹，但小归小，始终那是个姑娘。再说，燕正抱着她呢，我就更不敢啦！

听了文关于景物描写的朗读，小伙子们点头赞叹，而两个女生则感动地说：

“真唯美啊！”

而听了军关于人物描写的朗读，大家不断鼓掌，听到结尾，大家不禁受到感染，哈哈大笑。小娟听文章里那么夸奖她，她的小脸一直红红的，很不好意思，但显然还是很感动。而小祥子则高兴得坐都坐不住，笑着喊：“军哥哥，你，你太好玩啦！”彭爷爷、奶奶和小婶婶都微笑着没有说话，但看得出来，他们的内心其实正充满着幸福感呢！

斯宏老师说：“既然大家都说文和军的短文比较有特色，那就一定有充分的道理，作为今后对写作的借鉴启发，我想问问大家，他们的特色在哪里呢？对任何写作现象和作品，我们都有必要总结梳理，把感觉变成思考，把感性变成理性，把现象变成理论，我们的水平才会不断提高。”

于是，大家七嘴八舌，争先恐后，很快就把两篇短文的写作特色梳理了出来。

下面就是大家对文和军的短文写作特点的总结梳理：

一、文的景物描写，意境很美，引人遐想，充满了情感和意蕴，体现了以下几方面的特点：

1. 意境创造，引人遐想：

文描写景物好像展开很多油画的画面，或者像电影镜头，不是就景写景，而是以画面来展现特色美，比如：“远方，是无穷无尽连绵起伏山的海洋。天边，一带浅浅的蓝，分不出这山和那山，就如画工用淡淡的彩笔一抹，在天际留下那么一痕。”对画面的描写富有蕴意，包含了丰富深刻的哲理和心灵感受，引人遐想，意境很美。

2. 动静结合、远近结合：

把原野群山、蓝天白云、森林草地等静景与吃草的牛羊等活生生的动景融汇在一起进行描述，尤其重要的是在景物描写中把放牛羊的两姐弟放在重要的中心位置，景物中有了人的参与，就写活了景物，比如：“这时，山坡上响起了银铃般的笑声。循声望去，呀！那甩动着小发辫的小姑娘，那追逐着牧羊狗的小男崽，他们那灵动的身影，使这宁静的山野，忽地，充满了勃勃的生机！”在写景中，人物的参与是写活景物的关键点；

同时，远景的描写和近景的刻画，宏观描写和微观描写相结合，好似摄影镜头的推移和切换，比如：“远方，是无穷无尽连绵起伏山的海洋”，“慢慢地，你的目光渐渐收拢”，“当你的目光聚焦到犊子岗时，你不由在心里发出一声由衷的赞叹：这美丽的山啊——”“可以想象，山后与山前是同样美丽的景象。草是浓浓的绿，花是浅浅的粉；草地上的刺梨树，刺梨果开始染上淡淡的黄；刺梨从边的牛奶子刺，浆果还是微微的青；而那遒劲带刺的红果树呢，黄黄的小圆果开始泛出望秋的红！”这样，由远及近，镜头移动，由全景的宏观描写，逐渐聚焦于中心景物的细部描写，也是写活景物的重要原因。

3. 融情入景、情景交融：

为什么说文的景物描写不是就景写景，而是富有意蕴，就是因为在文的景物描写中，充分展开了作者的想象，融注了作者的感情，比如：“当你的目光聚焦到犊子岗时，你不由在心里发出一声由衷的赞叹：这美丽的山啊——”“我内心里充满了感动，我听见一个声音在叹息：犊子岗，你就是那一直打动着我的《蒙特枫丹的回忆》吗？”既有实景的描写，也有想象的幻景，既有客观的景物，也有主观的体验，景物要写活，意境要深远，这是最重要的本质原因。

由于此次描写对象是犊子岗的风景，文的景物描写主要是风景描写，写得很美。

二、军的人物描写，充分运用了人物描写的手法，相当全面，体现了以下特点：

1. 运用了肖像描写，符合人物性格：

对姐弟俩天真无邪善良单纯的外表容貌描写分寸感把握很好，符合人物特征，比如：

娟是一个十三岁的小女孩，穿着素色的衣装。上衣是一件绿色连帽T恤，下装是一件薄型牛仔裤，脚上蹬一双手绘球鞋，浑身上下看上去那么干净利落；

娟子很文静也很灿烂，一双大大的眼睛，瞳仁很黑，黑得深邃，总是流露着对世界的好奇也流露着对世界的理解；

祥子是那种活蹦乱跳、精力旺盛的崽崽，一双眼珠子骨碌碌的，很圆转。花T恤，休闲短裤，旅游鞋，是那种活泼精干的小小少年。

在肖像描写中，既有外形，也有神态，比如“一双眼珠子骨碌碌的，很圆转”。

2. 运用了行为描写，行为动作各有特点，符合人物性格：

文章中描写姐弟俩的行为举止，动作表情，生动活泼，各有重点，能够体现人物不同的性格，比如：正在仰天背书的小娟“忽啦”丢下书，说：“祥子，快！羊子掉到消坑里了！”话音未落，她已经向一丛树木跑去。祥子打开书包东摸西摸说：“啊，姐，我来了！”摸一摸的，他竟然在书包里摸出一把小砍刀，他看看小砍刀，在面前晃了晃，用手拍拍，去追姐姐！

3. 运用了对话描写，展示了人物性格，表现了人物内心：

姐弟俩的对话生动形象，突出了他们的性格，表现了他们的心理活动，比如：

我接着问了一个刚才就想问的问题：“如果你没在，小娟怎么办呢？”

祥子马上大声地回答：“哈，你不知道，姐姐下到坑里比我多了去啦！我小的时候，在草地上踢球，球滚到了坑里，就是姐姐下去给我捡起来的。那时候，我还根本不敢下去呢！”

我又问了一个刚才就想问的问题：“如果是大羊掉下去了怎么办呢？”

祥子瞪了瞪眼，没回答，却转过脸去喊：“姐——”哈哈，这小家伙！

小娟仰头看了看我，犹犹豫豫地说：“军哥哥，大羊不会掉下去。”见我看着她，意思是让她接着说，她就接下去说：“最会攀崖的动物就是羊。但是有一回，两只羊打架，被顶下去了一只。那就要喊四山的伙伴们来帮忙，先砍大葛藤，把葛藤吊下去，人再下去，捆好了羊，下去的人在下面推，大家一齐在上面拉，才能够慢慢地弄上来。但如果我们气力不够，就只有打手机喊大人了！”

4. 运用了心理描写，增加了对人物的表现力：

在描写中，通过行为、对话和细节，展示了人物的心理活动，增加了文章对人物的表现力和描写的生动性。比如：

小娟仰头看了看我，犹犹豫豫地说：“军哥哥，大羊不会掉下去。”见我看着她，意思是让她接着说，她就接下去说：……

燕抱住小娟说：“哎呀，了不起的小美女啊！”小娟的脸红了一下，又抬起眼睛看看我，充满笑意的眼神透出些茫然和不知所措。

5. 运用了细节描写，生动形象地突出了人物的性格特征：

在描写两个孩子的时候，通过他们的细小的动作和表情来展示，因此，很能够打动人，也充分表现了姐姐和弟弟的性格和感情。

比如：

娟子出来了，她并没有大声喊，只是提高一点声音说："祥子！"祥子马上站住了。

娟子把一支牙刷递给祥子，牙刷上挤好一条白蓝相间的牙膏，又把一张红蓝条格的毛巾搭在他肩上，顺手给他擦了擦额头上的汗水。

娟子也掏出书，看一段课文，又把书捂在胸前，眼睛看着天，嘴里念念有词地背起课文来。

正在仰天背书的小娟"忽啦"丢下书，……

他看看小砍刀，在面前晃了晃，用手拍拍，去追姐姐！

小娟勾了勾耳朵边的头发，说：……

祥子瞪了瞪眼，没回答，却转过脸去喊："姐——"

这样一些细节，通过人物的一个细致具体的动作表情，生动传神地刻画了人物的性格，突出了描写的意义。

大家把文和军的描写特点，一条条地归纳出来，斯宏老师总结说："还是跟在路上写的日记一样，其实大家都写得很不错，只是从某个角度来感受分析，文的景物描写和军的人物描写更典型一些。通过大家的总结梳理，我们已经从理论上认识了他们的文章'好'在哪里，从而进一步理解了记叙文写作的道理。"

四、古老神秘的祭祀渔猎

第三天的早上，几个年轻人刚刚起床，大家伙都端着洗漱用具到后院去刷牙洗脸，只见祥子兴奋地跑进来说："打鱼啦，打鱼啦！"大家问："什么叫做'打鱼'了？"祥子说："今天河塘里打鱼，爷爷让你们去打鱼！"

这时，斯宏走过来说："哈哈，这都是彭爷爷的功劳，村里的养鱼户听说彭爷爷家来了省城的客人，专门给你们安排了一次捕鱼活动，让你们去体验体验大网打鱼的感受。"大伙兴奋起来，飞快地完成了洗漱，飞快地吃完早餐，就跟着彭爷爷来到高坡河边。

斯宏边走边告诉他们：现在是公历 7 月农历五月，如果是像以前，打鱼指的是在河里自然生长的野生鱼，为了保护资源，一般已经开始休渔，到农历六月，就禁止打鱼，因为正是鱼的产卵期。但这次一是因为现在还是五月，虽是休渔期但不是禁渔期，所以说是给你们破例，二主要是现在是专业户们在自建的河塘里养的鱼，与野生资源没有关系，所以打不打，完全是他们自己做主。这样，热情的村民们就要为你们举行一次仪式隆重的打鱼活动。

只见高坡河边已经站了很多人，河滩上，几个农民在整理白色的渔网。看见他们来了，一个中年汉子高声说："欢迎省城来的小客人啦——"河边的人都鼓起掌来，几个年轻人情不自禁地举起手，用力地鼓掌。很多人都过来和斯宏老师打招呼、握手。显然，斯宏老师和这里的村民们都很熟悉。

这里的地势平缓开阔，高坡河流到这里，也就河面开阔，水流平缓，河水清澈见底，岸边有很宽的卵石沙滩。

军们一看，就明白了刚才斯宏老师为什么不说"鱼塘"而说"河塘"，原来这里是在上游开了一条引水渠，把水引到河旁边一个自然形成的洼地里，然后在下游又开了一个引水渠，河水又流回到了河里。在洼地进口和出口的地方各修建了一道栅门，就变成了一个非常理想的鱼塘。实际上，这是根据地形，把这里临时变成了两条并行的高坡河，在鱼塘里养的鱼，是地地道道的河鱼而非塘鱼。

捕鱼仪式开始了。

只见几个精壮汉子抬过一个高高的案桌，摆在高坡河与河塘中间的平地上，摆上香烛和猪头、公鸡、果蔬、米面粑粑等，再把红烛和线香点上。然后在祭品的前面摆上几大排小土碗，抬出一坛村酿米酒，把一排排的小碗倒上酒。一时，红烛火焰闪闪，香烟袅袅而上，酒香四溢。

中年汉子走过来，请彭爷爷、斯宏老师和年轻人们站到案桌前的中间，彭爷爷和斯宏大大方方地站了过去，几个年轻人却有些惶恐和羞怯了，好在有斯宏老师在前，他们也就红着脸，互相推挤着，忍住笑，站到了彭爷爷和斯宏老师的后面。接着，围观的乡民们都站到了他们的后面。中年的汉子带着两个青壮汉子大步走到前面，中年汉子大声说："高坡的列祖列宗、先辈高人；高坡的河神大爷、龙王老祖、各位神仙：奉承祖宗和神仙照顾，我高坡人有粮吃，有衣穿，有房住。今天，我们在此开网打鱼，特此祭告祖宗和神灵：一切皆有根，一切皆有源，一切皆有道，一切皆有规，我高坡人开网，向祖宗和神灵起誓：

打一网，放一网，打一盆，放一盆，六月不打，苗子不打，不干不净不打。请祖宗神灵保佑我高坡五谷丰登，年年有余！拜啊！”

说着，三个汉子就跪在了地上，彭爷爷和斯宏老师也跪下了，几个年轻人赶忙跟着跪下，虽然想笑，但却感到一种肃穆的气氛在心里升起，于是，慢慢地，大家也就为气氛所感染，慢慢庄重起来。

所有在场的乡民们，都跪下了！

中年汉子喊：“一拜！”

大家就跟着叩首。

这样拜了三拜。大家站起来，旁边又上来几个小伙子，把酒碗一一地端到大家手里，望着满满的一碗酒，几个年轻人有些惊惶，尤其是燕和琳，端着酒完全不知所措，斯宏老师轻轻说：“没关系的，你们能喝多少就喝多少，燕和琳做个样子就行。”他们才放了心。

中年汉子端着酒碗，右手中指蘸了蘸酒，向天上弹一下，向地上弹一下，再向前方弹一下，说：“一敬天，二敬地，三敬祖宗。干啦！”

乡民们仰头就喝干了酒，军们几个男孩子看着斯宏老师也豪爽地一口喝干了他碗中的酒，很羡慕地望着自己手中的碗，有些跃跃欲试，斯宏说：“没有锻炼，不能一下就喝猛酒，要倒的，算了罢。”几个小伙子虽然心有不甘，只好遗憾地放下碗。

几个村民分成两拨人，抓住河滩上渔网的两头，把渔网拉到入水栅门那里，然后，就慢慢地把网沉到水里，往前走了几步。中年汉子和另外几个村民就过来招呼几个客人，也把他们分成两拨，各自站到河塘的两边，和拉网的村民一起拉住网绳。然后再往河塘中央前走，中年汉子和几个村民拿起一根长长的竹竿，竹竿的头上留着几片竹叶，他们用竹竿从下游慢慢地往上游在水里轻轻地摆动，渐渐地，军他们就觉得手里的网绳重了起来。靠高坡河那一面的人就拉住网绳从栅门那里慢慢地移动到了同一个岸边，当两组人靠近的时候，中年汉子就喊：“起啊！”两组人一起大喊：“起啊——”一边把渔网往岸上拉。所有的村民都跑过来抓住网绳，一起大喊：“起啊——！起啊——！”

水面上渐渐翻起了波浪，接着，很多鱼儿就在河面上噼噼啪啪地跳动！

渔网已经拉到岸边的水里，只见网里，鱼们拥挤着，翻滚着。阳光照射过来了，照在翻滚的鱼群上，鱼鳞闪闪发光！两个汉子拿来两根木橛子，用大木槌把橛子钉进土里，把网绳捆在木橛子上。几个人就拿来几个网瓢，网瓢用竹竿做成长长的柄。他们把网瓢递到几个年轻客人的手里。受宠若惊，不知所措的年轻人先是拿着网瓢不知怎么办，斯宏老师指着渔网里的鱼说："舀啊！"

军们恍然大悟，兴高采烈地举着网瓢，伸到渔网里去舀鱼！他们把网瓢伸到网里一舀，用力地把网瓢举起来，就见满满一篼的鱼！几个男生挺着腰，撑住手，沉甸甸的鱼，涨红了他们的脸，他们"呀呀"地大叫，感受到前所未有的收获满足感，他们又是叫又是笑，村民们早就拿来了一个大水桶，帮着他们把鱼倒在桶里。两个姑娘则只把网瓢举出水面，网兜就"哗啦"一声往水里落下去，她们绯红着脸，尖声大叫，旁边的村民一边忍不住大笑，一边跑过去帮忙，七手八脚，终于举起网瓢，把鱼倒在了桶里。然后，旁边的村民接过姑娘们的网瓢，哗哗啦啦，几下就舀满了几只水桶。

中年汉子另外拿了一只装满清水的木桶，从鱼桶里选了一些大鱼放在里面，说："斯老师，这一桶鱼，你们提到彭老伯家。本来想请你们过去吃鱼餐，但是彭家嫂嫂比我们会做，她家烧的酒也比我们烧的酒香醇，我们就不弯酸了。彭大伯，斯老师，你们带着客人先行一步。我把这几桶鱼分给来凑热闹的乡亲们，见者有份。大网里的鱼，我们要放回河塘里，等古历七月再开网。年轻人们，再见啦，欢迎你们9 月份来参加我们的开网节！"

在河边一片欢闹声中，彭爷爷和斯宏老师就领着几个年轻人与中年汉子他们握手告别，高高兴兴地提着一大桶鱼，回家去！

中饭，小婶子为他们摆上了一桌鱼餐！他们拎回来的鱼，被做成了很多道菜，这是真正的鱼餐：姜丝葱花鲜鱼汤、椒盐鸡蛋炸鱼柳、木耳鸡汁溜鱼片、菊花鱼、红焖鲶鱼块、糟辣西红柿鲶鱼头、干椒炝锅鱼、凉拌酥鱼片。

小婶子的鱼餐引起大家的一阵惊叹，满说："婶子，你干脆去省城开个鱼馆，你一定会横扫省城鱼馆！"小婶子笑笑说："就这几盘菜，哪里就能开馆子。"祥子说："妈妈炒菜还是奶奶教的，奶奶都没有开馆子！"祥子的话引起大家一片笑声，搞得小家伙莫名其妙，不知大家笑什么。

在愉快的笑声里，大家结束了"华丽鱼餐"，回房休息后，就纷纷打开电脑，认真构思撰写自己的文章。按照军宣布的计划，今天的记叙文，主要是突出文章的构思，比如：“文章的结构方式、文章的结构线索、叙述的方法运用、开头和结尾的方法、文章叙述视角（人称运用）”等，大家讨论推选出来的范文，要能够体现构思的水平。

经过讨论，大家认为，这一次，鸿和燕的文章构思很有特色。

鸿的文章：

长大至今，这是我品尝过的最好的鱼宴！

彭家小婶子和奶奶，用我们刚从高坡河拎来的新鲜活鱼下锅。鱼席一端上桌，两个姑娘就不断发出惊叹声！当最后一道菜端上来的时候，我们全都只有把嘴张开合不拢的份：满满一桌菜肴，全是鱼做的！

我想我还是报报菜名吧，以证明我完全没有夸饰：姜丝葱花鲜鱼汤、椒盐鸡蛋炸鱼柳、木耳鸡汁溜鱼片、菊花鱼、红焖鲶鱼块、糟辣西红柿鲶鱼头、干椒炝锅鱼、凉拌酥鱼片。

全鱼席，我们全没见识过。文的爸爸在政府部门做处长，宴席一事，见多识广，后来我问文，他的回答是，“这样纯粹的鱼席，也从来没有见过”。他还说，用鱼做的菜肴，他跟着他老爸吃得不少，他的妈妈是一个美食家，烹饪高手，用鱼做过的菜品丰富之至，但至少有三道菜——椒盐鸡蛋炸鱼柳、木耳鸡汁溜鱼片、凉拌酥鱼片——他从没吃过。

接下来，每尝一道菜，大家惊叹一次。小婶的手艺自然超一流，而刚从河里捞起来的活鱼，新鲜下锅，那清醇的鲜味，无疑会成为永远的美好记忆。

但是，更会成为永恒美好记忆的，当然是上午高坡河神奇而美妙的打鱼活动了！

那真是难以想象的经历，你只能说在电视里面似乎见过这样的场面，或许即便是电视里面的场景，比起来，都显得太简单太肤浅！即便电视那些场景配置得有音乐，有声效，有明星的夸张表演，有蒙太奇的切换，那也比不上神圣的高坡河开网祭祀仪式！

祭黄帝陵仪式？

哦，当然，那排场，那装备，那壮观，与高坡捕鱼活动当然不可同日而语。但不管怎么钟鼓齐鸣，不管怎么丝管悠扬，不管男优女俳怎么翩翩起舞，不管华丽旗幡怎么迎风飘扬，你看去看来，还不是作秀！

是的，高坡河开网仪式，只有一张案桌，只有两支红烛四炷签香四样贡品，只有家酿米酒，却是在场人均一碗！关键是，高坡河的开网仪式，没有观众，人人都是参与者！祭祀是捕鱼人自己内心的需要，他们不是做给人看的！当河塘主人邀请我们走到祭拜队伍的前排，众目睽睽之下，从来没有参与过这种活动的我们开始有些怪异感，但当你看看旁边的人，人人脸上透出庄严之情，我们的心中不知不觉就充满了神圣和肃穆的感觉。

我想起舅舅带我去观看过一次收割的祭祀仪式。地方是在一个山脚下，搭起了一个高台。高台后边是一块铲平的坝子，坝子的前面摆放着一排铺了桌布的桌子，桌子后面的人坐在一排椅子上，桌子上放着有点甜的矿泉水；椅子后面是一排排的凳子，凳子上坐的有最时尚的御姐，也有上穿劲霸衬衣下穿李宁运动裤的乡村干部。台子正对着百亩良田。台子上，一群穿着戏装的人在做戏，演绎祭祀仪式的过程。坐在椅子和凳子上的人，除了仪式开始时站起来了几分钟，坐下后就开始喝水，嗑瓜子，嚼口香糖，举相机，大家都兴高采烈，交头接耳。整个仪式，台上的人声嘶力竭，汗流满面，台下的人事不关己，笑观热闹。仪式过后，台子上还继续表演着民族歌舞和地方杂技比如爬刀架、踩火盆等节目。活动结束后，坐在椅子上的人被邀请去参加长桌宴，坐凳子的人们则到坝子旁边的小吃广场掏钱品尝各种风味食品。当时，我以为所谓祭祀仪式，就是那样的形式了，大家热热闹闹，做一群狂欢的斯巴达。

参加了高坡河捕鱼开网仪式，我才明白，过去所看过的所谓“祭祀”，不过是表演娱乐而已。而高坡的祭祀，则是一种重要的生产劳动文化。他不是表演给任何人看的。他欢迎任何人来参加他的仪式，但参加者不是观众，同样是仪式参与人。

案桌上的红烛和签香被点燃了！在香烟缭绕中，只有祭祀人的祭告声在河滩上回荡：“高坡的列祖列宗、先辈高人；高坡的河神大爷、龙王老祖、各位神仙：奉承祖宗和神仙照顾，我高坡人有粮吃，有衣穿，有房住。今天，我们在此开网打鱼，特此祭告祖宗和神灵：一切皆有根，一切皆有源，一切皆有道，一切皆有规，我高坡人开网，向祖宗和神灵起誓：打一网，放一网，打一盆，放一盆，六月不打，苗子不打，不干不净不打。请祖宗神灵保佑我高坡五谷丰登，年年有余！拜啊！”

随着祭祀人一声长呼："拜啊——"所有的人都跪下了！

我们先是不知所措，但看斯宏老师也神色庄重地跪下了，大家也赶忙跪下。这是我们有生以来从没有遭遇过的举动，起初，大家有些窘窘地想笑，但很快周围的气氛就感染了我们，一种非常奇怪的神圣感和庄严感不知不觉地抓住了我们的心！我们自然而然地跟着大家一起伏地三次。这时，河滩一片宁静，只听见高坡河的流水声，和夏风吹动河边柳树沙沙的轻响。我们感到，我们的心真正融入了大自然的怀抱，进入了天人合一的境界！

当我们站起来的时候，我们已经不再有好笑和窘迫的感觉。当村民把满满的一碗酒递到我们的手里，我们虽然有些害怕，毕竟我们从来没有喝过这么一大碗酒，但当祭祀人喊道"一敬天，二敬地，三敬祖宗，干啦"的时候，我们的内心有着一干而尽的强烈冲动，要不是斯宏老师劝阻了我们，我们一定会把酒喝干的！

经过了这样的仪式，我觉得身上有一股神秘的力量，这种神秘的力量有一种想宣泄的冲动。就在这时，村民们把网绳递到了我们的手里，我们拉着网绳往前走，忽然，我们觉得手里的网绳变得沉甸甸起来，一种巨大的抖动也传到掌心。我马上就兴奋起来，我当然意识到啦，那是成千上万的鱼已经被网到了我们的大网里啦！

这时，祭祀人一声大喊："起啊——"即刻，大家伙都用了来自丹田的力气大声喊起来："起啊——"随着喊声，大家一起用力抓住网绳往上拽。

忽然，河塘水面翻起了水花，啊！成百上千条鱼在空中跃起！早上的阳光照过来，河里已经像煮开的饺子，那么多的鱼在翻腾，在跳跃，在阳光下反射出万点金光！

我们从来没有看见过这么壮观的景象，当村民们把我们手中的网绳接过去，捆在地桩上的时候，我看着那翻滚的鱼群，完全看呆了！

这时，村民们把一把把长长的网瓢递到我们的手里，我还在如梦如痴地发呆呢。看着军举起网瓢冲过去，到那煮饺子一样的大网里舀那活蹦乱跳的鱼儿，我才大梦方醒，也举着网瓢冲了过去！文、满也举着网瓢跑过来了，燕和琳，这两个漂亮的女生，也举着网瓢跑过来了！我把网瓢伸到大网里，立刻，我的手就在剧烈地抖动，我把网瓢抬起来，啊，满满一兜的鱼啊！我的手已经举不动了，我使劲地把长长的柄顶在我的腰上，我觉得全身的血都往脸上冒，我不由地喊了起来："嗨——呀——"幸好旁边的村民跑过来帮助我，帮我举起了网瓢，一起移动到了那几只大桶的上面。我放下网瓢，跑过去，拉起网兜底部往装满了清水的桶里翻倒过去，"哗啦啦"，倒在水里的鱼们，甩尾摆头，水花四溅！

在我手忙脚乱抓鱼的时候，我看见燕和琳，又是跳，又是叫，又是笑，又是喊，扑在地上捉拿掉在地上的鱼儿，旁边的村民们围着她俩，也是又是喊又是笑，一起过来帮她们捉鱼。这两个文静漂亮，喜爱干净的姑娘，全然不顾鱼儿挣扎溅了她们一身的水，欢乐忘情，全变了一个样！

后来，燕告诉我，她们把鱼舀到网瓢里之后，根本就抬不起来，村民们纷纷跑过来，帮她们举起网瓢，慢慢地移到水桶这里，当她们往桶里倒鱼的时候，鱼儿在网兜里剧烈地挣扎跳跃，她们又是感到好玩又是有些害怕，鱼就掉到桶外去了。琳轻轻拍着心口说："呃——，简直太有感觉啦！我永远都不会忘记的！"

祭祀的大叔，就是鱼塘的主人，专门给我们拣了很多特大的鱼放到一个桶里，让我们提回去，叫小婶婶给我们办鱼宴。斯宏老师和彭爷爷谢过了大叔，我们也一一过去给大叔道谢，给乡亲们挥手告别。于是，我们就提着满满的一木桶大鱼，一路欢声笑语，回到了村里。

彭爷爷让我们把鱼拎到后院，交给了小婶婶和彭奶奶。大家高高兴兴地洗脸换衣。彭爷爷叫我们到堂屋里喝茶嗑瓜子。大家正在叽叽喳喳又说又笑的时候，小婶婶已经把鱼宴端上桌了！

这一桌丰盛的鱼宴，八道鱼菜，如八件工艺品，让我们眼界大开；香味四溢，扑鼻而来，刺激得劳累兴奋了一上午的我们，胃口也大开，大家惊叹不已，蠢蠢欲动。当彭爷爷叫我们动筷的时候，大家立即迫不及待地伸出筷子，夹住各自心仪的目标，往嘴里送。我首先夹住的，是木耳鸡汁溜鱼片，鱼片和木耳一起送到嘴里。啊！这是一种什么味道啊！鸡汁当然是那么的鲜美，但鸡汁却完全没有掩盖鱼的鲜味，滑滑的木耳，也增加了鱼片的口感，我才知道，那食谱书上介绍的"鲜、香、爽、滑"，是怎么一回事了！

长大至今，这是我参加过的最隆重而神圣的祭祀活动，这是我从未体验过的激情捕鱼。

这是我品尝过的最好的鱼宴！

燕的文章：

你用拖网在河里打过鱼吗？你参加过古老而神秘的祭祀仪式吗？

那么，你来吧，你到高坡来吧。

这里有郁郁苍苍的山冈，这里有平畴远风的田坝，这里有硕果累累的果园，这里有如诗如画的田舍。牛羊在草坡上吃草，狗儿在田间小道上奔跑。你一定会想起孟浩然的诗句："绿树村边合，青山郭外斜。"也一定会想起陶渊明的诗句："狗吠深巷中，鸡鸣桑树颠。"这就是高坡。

这里还有清粼秀丽的高坡河。高坡河真是一条美丽的河啊，河水清澈见底，可以看见河底细密而均匀的鹅卵石，岸边长满了河柳芦苇和水竹，树丛间到处是金银花和凌霄花，真是美轮美奂！当你来到高坡河，你一定会忍不住脱掉你的外衣，跳进河里，让清澈的河水抚摸你身体的肌肤，你一定会惬意地举起双手，仰头向大自然致以你衷心的谢意！

那么，你来吧！你来高坡河，陶醉于这青山绿水，你来高坡河，参加高坡村民的捕鱼活动，参与他们神秘的开网仪式吧！

那是多么激动人心的渔猎活动啊！那是多么庄严而神圣的祭祀仪式啊！

当你站在那一群庄重肃穆的劳动者中间，成为仪式密不可分的成员，你一定会忘记你的外客身份，你恍如这片美丽土地出生成长的儿女，你恍如回到了你生息发育的故乡，你的呼吸变得粗重而悠长，与身旁这些汉子和女人的呼吸融为一体，和高坡河轻轻的流水声融为一体！

你听见祭祀大叔苍茫回荡的声音，越过田畴，飞向峡谷，你的感受中，那是来自远古的祈祷："高坡的列祖列宗、先辈高人；高坡的河神大爷、龙王老祖、各位神仙：奉承祖宗和神仙照顾，我高坡人有粮吃，有衣穿，有房住。今天，我们在此开网打鱼，特此祭告祖宗和神灵：一切皆有根，一切皆有源，一切皆有道，一切皆有规，我高坡人开网，向祖宗和神灵起誓：打一网，放一网，打一盆，放一盆，六月不打，苗子不打，不干不净不打。请祖宗神灵保佑我高坡五谷丰登，年年有余！拜啊！"

你一定会觉得，那是一种穿越时空的天籁之声，如千年前隐隐的雷声、千年前扬扬的雨声、千年前浩浩的风声，你不能不感动！你不能不匍匐于地，不能不将你高贵的头向亘古而生的祖宗神灵低下，你感觉到人类的祖先、我们这块土地上的祖先，一双巨手柔柔地抚摸过你的头顶，你觉得你的心灵顿时充满了神圣，充满了伟大，充满了壮阔无比的庄严！

一碗碗清冽的米酒端在了每一个人的手中，等待那干杯的一刻。祭祀大叔那优美的中指以手蘸酒，劲力一弹，宛如金庸作品中的弹指神通，他向天向地向前方虚空连弹三下，酒滴优美地在空中画了三道弧线，象征着祭天祭地祭祖宗！当你听见他一声大喝："干啦——"你会情不自禁地从丹田喊出来："干啦——"你来吧，你一定为那几个小男人小女人可惜，因为他们还不具备大碗喝酒的实力，只能象征性地抿上一口，不能显摆那豪气干云的气概！你来吧，你自然会动情地干掉那一碗满酒，如那些豪爽的汉子和女人！

你来吧！好客热情的村民会把那结实的网绳递到你的手里，虽然你也许是柔弱的也许是斯文的，手臂没有擒龙捉虎的劲力，但不要紧，通过那一双双紧握网绳的手，他们会把一种无形的力量传递到你的身上，你会觉得神奇发生，因为你觉得你的手忽然变得强壮有力。

你会在村民们的带动之下，紧抓网绳，往前迈进。你一定会十分惊喜，因为你觉得手中的网绳忽然沉重而颤抖，你已经感觉到成千上万的活蹦乱跳的东西在拥挤，在挣扎，你欣喜地更加用力与大家一起抓紧网绳往河岸边拉，你不由大喊："起啊——"你很快发现，不是你一个人在大喊，其实是全体的人都在大喊："起啊——"包括旁边没有拉网的村民。大家一起声震霄汉："起啊——"

啊！当此时，你一定会惊喜地跳起来！因为你看见，河面上鱼群翻滚，万点金光！成千上万的鱼，拥挤着，它们都在你手握的巨网中，只等你或者迫不及待地，或者慢慢悠悠地伸出长长的网瓢，如囊中探物，实则是"网中舀鱼"！

你来吧，来体会这平生未见的渔猎，这激动人心的丰收！你觉得你有过这样的体验吗？没有吧？当然没有！

这就是高坡！这就是高坡河的神秘祭祀，这就是高坡河的激情捕鱼！你一定会感觉到，那哪里是祭祀？哪里是捕鱼？那是你的生命和热血，在迸放沸腾的激情，在体验永恒的感动！

你来吧！这里就是高坡！你只要来过一次，就会永生难忘的美丽村庄——高坡啊！

大家对鸿的文章的评价分析如下：

这一次，数理化头脑的鸿，在构思上，颇有创意。

一、在结构方式上，其他的伙伴用的都是“以时间发展为线索”或者“以地点转换为线索”的“顺叙结构”，而鸿却用了“倒叙”和“首尾照应”的结构方式。以中饭对美味鱼餐的感受“开头”，再倒回去写早上的活动，最后，“结尾”又回到中饭美味鱼餐上来，“用鱼餐美味作为线索”，形成了一个“首尾照应”的结构形式，既使文章形成了一个很完整的回环结构，又突出了“鱼”和“渔”的独特感受。

二、运用了“补叙”的叙述手法。在叙述中，插入了文与他的对话，以文对鱼宴的高度评价，补充说明了小婶子鱼宴的可贵性。

三、运用了“插叙”的叙述手法。在捕鱼祭祀活动的叙述过程中，他回忆了舅舅带他参加其他祭祀活动的情景，以此映衬了高坡开网祭祀活动的真实性、庄重性和神圣性，

四、运用了“分叙”的叙述手法。在叙述欢腾生动的捕鱼活动的时候，他以自己在捕鱼时所见的角度，叙述了同时发生的燕和琳捕鱼的生动场景，强化渲染了高坡河捕鱼的欢乐感。

鸿的文章，构思很有创意，运用“倒叙结构”恰当自然，增强了文章的整体效果。同时，鸿在这次写作中，基本运用了所有的叙述手法，手法多姿多彩，富于变化。

大家对燕的文章的评价分析如下：

第一，这次写作，其他伙伴用的都是“第一人称”的叙述手法，而富于感情表现的燕，大胆采用了“第二人称”的叙述；

第二，运用了“设问式的开头”，引起读者的好奇；

第三，采用了“召唤式”语句“你来吧”作为贯穿全文的“线索”，情感色彩很浓；

因此，燕的文章从开头到结尾，都表现了对高坡美的感受，营造了一个非常浓烈的感情氛围，增强了读者的阅读情感，也强化了文章主题的表达。

五、岩鹰大战铁鹞群

昨天晚上讨论完鸿和燕的文章后，军就给大家说：“明天，我们准备沿着高坡河观光，到高坡溶洞野餐，大家把旅行帽找出来。”

第二天起来，天气仍然是多云晴好，很适宜野外旅行。早餐后，小婶子和

奶奶为他们准备了一大包食品，装在军和鸿的背包里。文和满就有想法，可是奶奶说："你们两个，一个太斯文，一个还小。东西不多，就不要争了。啊，路上他们累了，你们可以替换一下，啊。"满苦笑了笑，一边走，一边嘟哝："你倒还好，太斯文。我呢，还太小！这个评价！我太小吗？燕，琳，我比他们三个大虾矮许多吗？这么就成了'太小'？"琳说："唉，这还不清楚，你得回去问你妈。"满有些疑惑："问我老妈干吗？"燕说："谁叫她给你养得像个小香猪似的，那个嫩劲！"大家终于忍不住哈哈大笑，满没有办法，只有跟着大家笑。文呢，苦笑了一下："可惜我没有机会告诉她们，我还是校足球队的边锋呢！"

他们沿着高坡河向上游走去。

高坡河两岸，鸟儿啁啾，太阳在云层后若隐若现。一路上，时而出现宽阔的河滩，时而看见陡峭的河岸，时而有白鹭掠过河面，时而看见水鸭子一对对地在水面嬉戏，时而从稻田里飞出几只斑鸠，甚至于他们还惊起了躲在灌木丛中美丽的雉鸡，嘎嘎叫着，拖着沉重而色彩斑斓的长尾，向河对面的小山噼里啪啦地飞去。伙伴们不断地发出惊喜的叫声，用相机拍个不停。

一会儿，坡路渐陡，河谷渐窄，河水开始从上方跌落下来，水声越来越响，出现了叠水瀑布，空气变得凉爽起来，斯宏说："再往上爬两个崖口，就是溶洞了，那就是高坡河的源头。风景很美丽。"他回过头问两个姑娘："琳，你们累不累，需不需要休息一下？"琳却回答："诶——斯宏老师，未必我们给你的印象就是娇滴滴？"斯宏笑了，说："好，那好。军，我们放慢一点速度。乡下有句话，叫有理不和坡打斗呢！"文和满过来要帮两个女生背包，燕笑了问："知道'管人闲'下一句是什么吗？"文就拉住满，等两个姑娘走过去，满问文："'管人闲'下一句是什么？"文说："很好的话都不知道？'招人厌'呀！"大家都笑了起来。满说："咦，御姐是不是？"大家又笑。

果然，上了一个崖口，又上了一个崖口，几叠瀑布从崖上跌落下去，如雷的水声忽然不见了，大家已经翻上了一个崖顶，上面却又是一马平川，又是宽宽的稻田玉米地，又是平平缓缓的河流。站在崖边一眺，高坡坝子在远远的地方，就如文的景物描写一般，烟霭蒙蒙。

再往前走几分钟，一大片枫树林后，忽然怪石嶙峋，一座山峰，迎面而来，虽然并非险峻高耸，但确有拔地而起的气势。山脚下，一个巨大的溶洞出现在眼前！

溶洞十分壮观，里面深不可测，钟乳倒挂，凉风袭人，军打开手电往里面射去，白蒙蒙的光像一块雾，消融在深深的黑暗中，什么也没有照亮，只有水声如雷！大家站在那里看了一会儿，就被斯宏叫了回来。

洞口却十分开阔，如雷的暗河从洞里流到洞口，变得平缓而有力，显示水量的充分。宽敞的溶洞大厅是一片鹅卵石的河滩，往外望去，头上洞顶藤蔓倒挂，外面的田坝、河流、树林都收为一幅亮丽的水彩画，十分动人。

此时，大家眼观美景，身心凉爽，军和鸿取出防水布铺开，取出婶婶和奶奶给他们准备的食物：香肠、酱牛肉、卤肘子、泡红椒、生黄瓜、面包，最有意思的是鸿从包里取出一个圆圆的东西，不知是什么，打开外面的布包，里面却是一个保暖锅，揭开盖子一看，大家都“哦”地叫了一声，原来竟是一锅还冒着热气的葱花蛋炒饭！鸿摸了摸背包底，又拿出一个包，打开一看，原来是一叠塑料碗和小勺子！大家都十分惊叹。

于是，每人取了碗和勺，围着坐了一圈，美美地享受这丰盛的野餐。

吃完野餐，大家正靠在光滑的石头上休息，忽然听到斯宏老师在外面招呼大家：“快来，快来！拿上相机，快！”

大家不知道是什么事，飞快地跑出去，听见有什么嘎嘎和戛戛的叫声，斯宏老师正拿着摄像机，他指着枫树林那里，一座小石山顶上说：“快看，看见那只大鹰啦吗？”

啊！石山上空，一只鹰拍打着翅膀，一边吱吱地叫，大家惊奇地看见，一群黑黑的小鸟，一边嘎嘎地叫，一边奋不顾身地向那只硕大的苍鹰冲过去！

大鹰嘎嘎地叫，一边用尖利的喙啄向冲过来的小鸟，或者用扇子般的翅膀拍打小鸟，但黑色小鸟并不惧怕，全都奋不顾身冲过来，被苍鹰打得往下掉的，翻个身，又飞起冲过来！没有被打中的，直扑大鹰身上就啄！

大鹰很凶，但黑色小鸟却毫不畏惧，轮番攻击，一片嘎嘎的叫声，天空中翻飞着黄色和黑色的羽毛！真是惊心动魄！

终于，孤军作战的大鹰顾此失彼，应接不暇，拍拍翅膀，长叫了一声，向蓝天飞去，飞过枫林，留下飘飘的羽毛，很快消失在远处。这一群黑色的小鸟，追了几米，又飞快地绕了回来，飞落在石山顶上的灌木丛中，吱吱嘎嘎地叫成一片。大家有的用相机抢下了很多精彩的镜头，有的用摄像机摄下了整个惊心动魄的过程。

完了，大家问斯宏老师，这是什么鸟，怎么这么勇敢，鹰都斗不过它们。斯宏告诉他们，那群黑色的小鸟，当地叫它们铁夹子，是一种很凶猛的鸟，估计也是一种鹞鹰类的鸟，主要它们遇见危险都是群体作战，不管什么大鸟，它们群起而攻之，绝不贪生怕死，而那些大鹰都是单身独行，所以最后都输给铁夹子。刚才那只大鹰，当地叫岩鹰，本来是一种很凶猛的鹰，但寡不敌众，遇上拼命的铁夹子，只有败下阵来。

刚才战斗的发生，估计是岩鹰发现了小鸟的雏或者蛋，或者就是小鸟本身吧，准备捕猎，没有想到这种鸟都是群居，更没有想到它们会这么奋不顾身，只有落败而逃了。

斯宏说："铁夹子打老鹰，在乡里还是时有所发生，但很难遇见，这种很少发生的禽鸟大战却被你们不期而遇地碰上了，作为写作的人，你们真是一群福娃！本来我就在想，我们通过几天的练习交流，作文水平有了很大的提高，今天写什么呢？好像题材难免重复，达不到更好的训练效果，好了，现在好了，这是一个前所未有的题材，不到这乡间野外多走走，可能一辈子也难以碰见。军，我们就写这题材吧。回去以后，大家尽情发挥自己的聪明才智，写出更好的技巧来！"

意外收获，心满意得，兴高采烈的一群人，回到了彭爷爷家。没有人休息，每间屋里，都响起键盘的哒哒声。晚饭后，是包括爷爷奶奶婶婶、弟弟妹妹在内的大家伙都期盼的"朗诵会"。

大家伙朗诵的文章如下：

军的文章：

我的摄像机呢

我的摄像机呢？

我大声叫鸿，是鸿在给我收拾包。可是鸿已经跑远了，他倒赶得快！但这个细心的家伙倒还边跑边回答了我："包底！"我赶快抄底一摸，哈，得了！

我们刚刚享受完一次极其丰盛的野餐，正摸着肚子咪瞌睡呢，斯宏老师在洞口外急吼吼地叫我们，不知是什么紧急情况，这个偶像型的老师，我们的好哥们，从来没有这么自损形象的。那就快呗，有什么事，我不上，那就太对不住人啦！

百米冲刺，我用比博尔特还快的速度冲了出去，我来啦！

结果，不是什么紧急情况，倒是斯宏老师叫我们赶上了千古奇观——小鸟大战雄鹰！

回来的路上，斯宏老师告诉我们，这在乡间野外，倒也不是千古奇观，也算随常景象。看来不出来走走，坐在书斋里面，的确是耳塞目瞽。但后来鸿又告诉我们，其实网络上也有小鸟战巨鹰的视频，他可以搜给我们看。哦，这又叫我想起书上说过的话，“秀才不出门，能知天下事”。唉，到底哪个道理是贴切的呢？文又说了：“都对，不同的空间，不同的感受。不看资料，不知世界之大，无奇不有；不去耳闻目睹，不知书中所载，是虚是实，再说，观看视频，哪里能有亲眼所见感受那么强烈，那么快感呢！”唉，文说得真有道理。燕在旁边又说：“斯宏老师说过，积累材料，一要实践，二要阅读，难道忘记太史公爷爷说的‘读万卷书，行万里路了’?”嘿，这小丫头！司马老祖的千古名言，我们“搞写作的”（嘿嘿，汗颜了），哪能忘记呢？不过是有了快感，就要喊喊而已。

我的摄像机呢？

斯宏老师指着天上，说，快打开呀！我赶紧摁下了录像键。我还是要说那句话：千古奇观！

就是没有看见过嘛！你看，那大鹰煽动着它那强壮有力的翅膀，凶猛无比地张开它的利喙，嘎——，一声长叫。应该是百禽披靡吧？不，你看，那一群黑铁般的小鸟，果然硬似钢铁，它们迎着猛鹰的巨翅和尖喙冲过去了！不，准确地说，是从四面包抄过去。高明，如果巨鹰一味地只顾往前冲，那它已经腹背受敌，显然，那铁一般黑的鸟儿，小小的尖喙也必然铁一般的坚硬。老鹰只有腾空而起，避开了小鸟的一波誓死冲击。

小鸟们并没有追击，而是在空中扇着翅膀，叽叽喳喳的尖利叫声，响成一片。它们只是严阵以待。

噢，后来斯宏老师又告诉我们，在当地，农民们把这些小鸟叫做铁夹子。斯宏老师说，他翻了中国野生动物保护协会编绘的《中国鸟类图鉴》，这个所谓的铁夹子，应该是属于鹰科和隼科的鸟，但他再查找资料，却没有查到小型的鹰科和隼科鸟儿有群居的介绍，因此这种勇敢的小鸟到底属于哪一种类型，不能肯定。鸿也说，他看见的视频资料，那与老鹰战斗的小鸟，也只是单独的一只，一只也击败了大鹰，那种鸟叫必胜鸟，学名叫霸翁。这种鸟显然不是铁夹子。不过，照我看，铁夹子这名字就非常好，这些勇敢的小鸟，还真像铁夹子一样，坚硬，有力。

哦，我的摄像机呢？

快看，那不知死活的老鹰，不甘心于它的失败，它又向铁夹子群冲过来了！啊！羽毛纷飞，一只小鸟从半空坠落！

啊——我的摄像机，跟不上了！

好，这勇敢的小鸟，又飞起来了，它又出现在我的镜头里了！啊！羽毛纷飞，哈哈，这次是大鹰羽毛与小鸟羽毛齐飞了！其它的小鸟奋不顾身从鹰的背后袭击，铁钉一样啄向大鹰！你听那叽叽喳喳的冲锋吼声！好，好！大鹰终于觉得没有取胜的希望，你看，它翻动翅膀，向高空直飞而上，向远方——倒应该用“从容”这个修饰词——逃窜了！几只喳喳叫的小鸟，追了几米，大家飞回了石山顶上的小树丛。精彩的战斗结束了。再不结束，我用的感叹号就过多了是不是。哈哈。

咦，我的摄像机呢？

你看伙伴们，纷纷都在翻看自己的摄录像机，我们一行伙伴，长这么大，谁也没有见过这种绝无仅有的奇观吧？难道我悄悄地翻看翻看，就不行吗？

哦，还是燕和琳两个小丫头，是不是比我们有情趣得多呢，你看她们干什么？她们跑到那石山下做什么？哈哈，真想不到，她们去捡那战斗中掉下的羽毛去了！

我的摄像机呢？

快录下这两个清丽天真的影像。啊，我的镜头，是不是特有份儿：河流，瀑布，山崖，溶洞，鸟儿大战，两个姑娘拾羽毛。是不是特有意思？

回到屋，两个姑娘跟我要她们的录像。

嘿，我给她们说，“叫哥，叫哥就给”，这两个黄毛丫头死活不叫，我也无法，只好把机子给她们——哦，别信，我哪能跟她们开这样的玩笑，在文章中虚构一下而已。机子是给了的，玩笑是一点也没有开的。

哎，我的摄像机呢？

我向满叫道。这家伙，每个人的机子都摆弄了一遍。其实也没有什么，哪里会弄一下就出问题的，六个伙伴，都是数码高手，现在要搞写作，不玩数码哪行？但我还是放心不下，哪怕他摆弄我的钱包呢，钱没了，可以向老爸要，摄像机没了，那记录的——我还是要说——千古奇观，我向谁要去！

诶，我的摄像机呢！

点评：军的文章采用的写作技巧非常多，所以文章具有丰富多彩的阅读感。

一、“珍珠串联法”。在叙述小鸟斗鹰的摄像过程中，他用了很多插叙，使文章起伏跌宕，过程曲折；但由于他用“我的摄像机呢”这句话作为全文的串联线索，所以，无论他穿插了多少相连的内容，全文却上下通顺，全文畅达。

二、“首尾相应法”。由于开头和结尾都用了“我的摄像机呢”这句话，所以形成了开头和结尾照应的结构，使文章显得结构完整；同时由于用了一句具有特殊语气的句子，文章就具有了幽默感。

三、“题文照应法”。标题与开头、中间的过渡、结尾共同具有的“我的摄像机呢”这句话，都形成了照应，主题非常突出。

四、“欲扬故抑法”。文章一开始就在叙述小鸟斗鹰的场面，但由于插叙的不断运用，不断打断叙述的进行，使文章老是进入不了场面描写，所以达到了欲扬故抑的效果，提高了读者的阅读愿望。插叙得很好。

燕的文章：

美的行进

高坡河，还是一如既往的美，高坡坝子，还是一如既往的美，天气，还是一如既往的好。

哦，不，今天，高坡，比平常还要美！绿树更绿，青草更青，天空更蓝，白云更像洁净的棉花，鸟儿叫声呢，也更加啁啾！

昨天夜里下了一场大雨。4 点，我偷偷起来掀开一角窗帘往外看，按计划，明天，哦，不，已经是今天了，要考察溶洞，下着雨，道路泥泞，怎么去呢。

要不是怕吵醒了琳，我真要拍手欢呼了——不知什么时候，雨已经停了，月亮像一个害羞的姑娘，在云纱后面半遮半掩的一会儿露一点芳容。我放心地正要躺下，却真的叫了一声，什么时候我的床头多了一个人影！我的心正要从喉咙里跳出来，“影子”却“嘻”地笑了一声。原来是琳，她也爬起来了。我忍不住骂她：“不声不响像一个幽灵，你想吓死我呀！干吗呢？”琳轻声轻气地说：“你干什么我就干什么呗，我还不是担心呐。”

好了，我们两个都安心了，一躺下也不知怎么就睡着的。只知道又是军在外面叫，我们才一激灵，天已经大亮了！

洗漱，吃早餐，收拾包，戴上太阳帽和墨镜，气宇轩昂，风姿绰约——我问过琳，是用“风姿绰约”好呢，还是用“英姿飒爽”好，琳坚持说：“风姿绰约。什么英姿飒爽，你又不是穆柯寨的野丫头！”我只好顺从了她。

走，真美！“望见南山阳，白露霭悠悠。青皋丽已净，绿树郁如浮。”

走，真美！“水满田畴稻叶齐，日光穿树晓烟低。黄莺也爱新凉好，飞过青山影里啼。”

走，真美！你看那一顶顶太阳帽，白色、蓝色、黄色、红色，宛然浮动在那绿树青草丛中，而斯宏老师，独戴一顶黑色 jeep 长檐帽，就像好的文学作品，并不艳丽，却质量高端。酷！

上山啦！军在前面招手。

路，渐渐抬头，水，湍声渐起。

无疑，景色更加迷人。河水从那又大又宽又厚的、暗紫色的、天然的石台阶上哗哗地泻下，形成一个一个的叠瀑。路渐渐演变成了大石包，没有凹凸的地方，乡民们都用钢钎凿成一个个的小石梯。

空气变得凉爽，河水也变成了喧嚣，跌落在石台下碧绿的潭水中，有隐隐雷声的感觉！

水边那一个个的青石包，刚被大雨洗刷，又被太阳晒干，看上去竟有软绵绵的感觉，我和琳实在忍不住，跑上去摆姿势，让文给我们拍照。我们也正好趁机休息一下。

这时，军在一个崖口招手：到顶啦！

什么叫做到顶啦？我们爬起来继续走。军把手伸给我们，来！来？这是我们的最后一步吗？

正是，当我们抓住军的手，往上登了一步，就一步……

啊！真神奇呀！我和琳，都忍不住跳了起来。

这是山顶吗？怎么又是宽宽的田野，又是缓缓的河流，稻田，玉米地。回首，远远的山脚下，那平畴小山，不是高坡吗？再回首，眼前，这平畴小山，还是高坡吗？

走吧，继续往前走吧。不，不用走了。前面是一排高大的枫树，转过枫树，啊！一座山峰，陡然出现在我们的眼前，赫然地，是一个巨大的溶洞。哗哗的河水，从洞里流出，穿过嶙峋的怪石，跌落下去，就变成了斯斯文文的高坡河。

我们都高举着双手，向洞里跑去，这么宽，这么高，当然，也那么深，里面黑洞洞，深不可测。军用手电照了照，深处什么也看不见，光柱很快就消失于无形！

好吧，斯宏老师招呼我们，回到洞口的大厅里，大厅全是鹅卵石，右边稍低，河水就从那里宣泄而出。

军和鸿从包里取出野餐，我和琳拉开防水布，铺在地上。小婶婶准备的野餐极其丰盛，尤其神奇的是还用保暖锅盛着热腾腾的葱花鸡蛋饭。走了这么长的路，大家都饱食一顿。除了鸿在收拾盘盒，大家都有点昏昏欲睡。洞口很凉爽，巨大的鹅卵石很平滑，斯宏老师让我们小憩片刻。洞里除了水声，一时安静下来。我靠在一块鹅卵石上，眼皮渐渐沉重起来……

忽然，我被一阵急促的叫声惊醒，是斯宏老师！只听他在洞口外面喊道："快来快来，拿上相机，快来！"我们赶快抄起相机跑了过去。正要问发生了什么事……

啊，不用问了，天空中，一群小鸟正和一只老鹰斗殴。只见小鸟勇敢地向老鹰冲去，老鹰扑打叼啄，天空中飘飞着黑色和黄色的羽毛！一只小鸟被啄得往下坠落，又奋勇地飞了起来！老鹰往天上飞去，又俯冲下来，群鸟毫不害怕，喳喳地叫着，奋不顾身地迎上去。老鹰终于抵挡不住群鸟的攻击，翅膀一拍，冲天而起，往远处飞得无影无踪。

天啦！这是多么神奇的空中大战啊！大家没有迟疑，举起相机和摄像机，留下这平生难遇的珍贵镜头！

石头山下，羽毛飘落在地上。我和琳跑过去，捡起这些具有特殊回忆的羽毛。军在后面大喊："两个丫头，定格！"

我和琳，转身，举起羽毛，摆了一个巴顿式的造型！

点评：燕的文章，有意运用了技巧手法，但这些手法使用得却不是很明显，让读者感觉到效果却感觉不到手法，这正是文章写作高明的地方。

一、“标题暗示法”。文章结构和主题的表现都采用了渐渐深入的方法，但又不是很显性，同时也是一种主题的构思，所以采用了“美的行进”这个标题，不但暗示了结构，而且也是文章主题所在。

二、“有张有弛，波澜起伏法”。文章的每一个部分，或者两段之间，总有一个一般描述和出人意料事件的相结合，比如在一般的描写叙述中，一些特殊情况出现：“影子”的突然出现、突然出现的新景色、由昏昏欲睡到小鸟斗鹰的忽然出现等。

三、“层层深入法”。文章确如标题所展示的，一种美的行进，这种行进，就像文章描写的景色，总是越来越精彩，最后以鹰鸟大战和美的造型来结尾，达到高潮。

满的文章：

强者之歌

嗖——

这是一只小小的铁鸟，在空中划的弧线。这条弧线的指向，是一只巨大的鹰！

雄鹰，当然是禽鸟中最凶猛的王者，它张开翅膀和吴钩一样的硬嘴，上拍下打，左叼右啄。黑色的羽毛飞起！

但是，这些小小的铁鸟——这是我给这些黑色的小鸟命的名字——没有畏惧。

嗖——

一只！

嗖——

两只！

嗖——

三只！

嗖嗖嗖！

一群！

没有一只小鸟逃跑和畏惧不前，它们像出膛的枪弹，直向老鹰射去！

混战！戛戛嘎嘎的叫声、翅膀扑打的噗噗声，响成一片，构成一种惊心动魄的肉搏之声！羽毛飘飞，黄黑俱下，显然，谁也没有占上便宜！

老鹰发出尖利的呼啸，腾空而起，闪电般在天空划了一个半圆，嘎——，它又利箭般射了回来！向那黑鸟群再次发动攻击！

谁怕谁呢！这些铁鸟！它们拍打着小小的翅膀，喳喳大叫。老鹰俯冲下来啦，唰唰唰，这是小鸟们扇动着翅膀的声音。它们迎上去了！

一片叽叽喳喳的叫声，就像人类战士在喊："冲啊！冲啊！"

稀里哗啦，砰砰啪啪！又是羽毛翻飞，黄黑俱下！

弧线，弧线，弧线……黑色的闪电！

哈哈！终于，那只巨大的鸟，急剧上升，冲向天际，再不回头！

小鸟们叽叽喳喳，落在石头山的顶上，一片欢声！

——这是我的相机在高坡溶洞口外连拍的镜头。

枫树如屏风，溶洞如广场，这一群小小的黑鸟，就是守卫家园的无敌尖兵！

面对凶猛的来敌，它们是强者！

点评：满的文章，特点十分突出，篇幅短小而十分精彩。有这样一些技巧：

一、"聚焦特写"。这是满构思的最巧妙的手法。他根本不去写整个过程，直接切入小鸟斗鹰的特写镜头，效果非常显著。

二、"画面蒙太奇法"。这也是满的文章的突出特点，他没有采取一般的循序渐进的展开描写方式，而是抓住一个一个的镜头，组合起来，像电影镜头一样，所以画面感特别强，特别具有生动性和特效性。

三、"题文照应法"。标题是"强者之歌"，结尾也是同样的词组，形成标题与文章正文的照应，突出了主题——谁是强者。

四、"收束点题法"。除了标题，在文章正文的行文当中，主题从哪里显现呢，结尾，结尾显现主题，能够达到恍然顿悟和掩卷思考的效果。

文的文章：

敲开了高坡的芝麻之门

这是怎么样一个神奇的地方呢？

这里还有多少探寻不尽的神秘呢？

我们还会遇见多少令人大出意外的神奇事物呢？

啊！高坡……

那美丽的果园，那温馨的农家，那心旷神怡的牧羊坡，那古老而神秘的渔猎祭祀，不过几天里，我们遇上了多少好像一生也难以遇见的神奇事物，我们好像已经“阅尽人间春色”……

谁也没有料想到，更神奇的精彩却还在后面等着我们，我们好像敲开了高坡文化风物的芝麻之门……

夜里一场大雨来而又去，洗涤过的高坡原野像一块巨大的翡翠。缓缓的高坡河，如碧玉般晶莹。沿着绿茵铺路的河边漫步，这样的词句自然浮现在脑际：“岸芷汀兰，郁郁苍苍”；“虹销雨霁，彩彻云衢”。

那么，“穷睇眄于中天，极娱游于暇日”，就正是我们这次写作旅行的心情写照了。你看军、鸿和满，青年才俊，雄姿英发；燕和琳，清纯艳丽，光彩照人。哈，斯宏老师今天，登山恤，登山裤，登山鞋，一顶黑色吉普登山帽。浑身上下，掩不住一派潇洒气度。和这样一群人走在这迷人山水间，你的心灵怎么会不油然而升华澄净！

我们就这样走，脚到眼到心也到，相机的咔嚓声伴随着随风而去的笑语声。

总是军走在前面，总是军背负着大家的用品，你不要看他雄赳赳气昂昂的样子，他的包里有我们大家的中午饭呢。开始上山了，总是军在前面挥手给大家鼓劲：“上山啦！”

这就是高坡的妙处，上山了，砂土黄泥路却变成了彩色石头路，这里的石头，有红色的，那是卡斯特地貌常有的颜色；有大青石，这是随处可见的随常石头，还有红绿色和青绿色，大家都可能猜得出，那是红石和青石上长满了绿苔。

这些石头路，是高坡河水千年冲刷出来的大石包包，像馒头似的，十分光滑但却十分留脚，走在上面，你觉得它会凹下去又弹回来，感觉十分奇妙。

如果说之前我们见过的平缓的高坡河，是一个娴静的女子，那么现在飞流激荡的高坡河，则如一个粗犷的男人，水流从一个又一个大石包上跳跃而下，水花涌溅，吼声如雷。

山石沟壑，绿荫夹道，凉爽无比。正当我们有些流连，军却站在一个崖顶喊道："快上呀！你们快来看呀，又是一个'高坡'呀！"

我们奋力快登，当我们都拉住军的手，一跃而上，啊！每一个人都不由发出一声惊叹："真神奇呀！"

崖顶上，又是一派"新晴原野旷，极目无氛垢"的景色，原野，小山，河流，完全是我们所来处高坡的复制。燕和琳已经惊喜得又跳又叫。

哦，不，这还不是即将给你的意外惊喜，因为我们今天的行程目标是高坡溶洞。溶洞呢？那么继续往前走吧。

这是我们今天锁定目标的神奇之处，其实，一座高坡就在你的面前，但你暂时还不能看到，因为你刚刚翻上崖顶，你的左前方是展向天边的原野河流和牵连不断的小山，而你的正前方，是一片高耸入云的千年古枫树，它们遮蔽了前方的一切。

军又在前方挥手，在枫林小路的路口。

我们就跟着走吧……

啊！惊喜连连——当你走出枫林的那一刹那，一座高峰陡然出现在你的眼前，山的下面，就是一个巨大的溶洞！单是那洞口，就像一个小型的足球场！一股清澈无比的水流从洞内流出来，哗啦啦地欢跳着，穿过一堆怪石，然后跌落到下面的河床中，就变成了平缓安静的高坡河。

我们高举着双手，喊叫着，向溶洞跑去。

这是一个多么巨大而深邃无比的洞啊，军打开带来的手电，向洞内照去，明亮的电光变得弱小无比，就像对天而打的探照灯，除了短短的光柱本身，就是无边的空蒙和黑暗。

倒是洞口的大厅很适宜于留连，地下全是晶莹洁净的鹅卵石，你一看，就有躺倒的欲望。河水自从右边的凹槽里奔流出去，给旅行者留下这宽阔的活动场所。

我们铺开防水野餐布，取出丰盛无比的野餐——感谢无微不至的小婶和奶奶！

享受了野餐，洞厅里有很多巨大如床的巨型卵石，我们且甜甜地享受这天造的静谧。

咹？意外的惊喜静静地退幕了？

哦，哈哈，不，惊喜还没有发生呢！

就在大家沉沉地入梦的时候，忽然被斯宏老师急迫的喊声惊醒了！

“快来！大家快来！拿上相机！快！”

大家猛地醒来，什么也没有想，斯宏老师的喊声，不容你考虑。大家拿上相机和摄像机，飞快地跑过去！斯宏老师在洞口外！

只要跑出洞口，什么也不用说，平生所见的惊喜就在你的眼前！

一座小小的石山顶上，半空里，一群黑色的小鸟，正与一只凶猛的老鹰激战！

奇观就在眼前，偶尔，在网上看见一两则小鸟斗巨鹰的图片新闻和几分钟的视频，总怀疑那是现实中不可能的电脑技术合成。绝对没有想到，这样的奇观，我们在高坡亲眼看见了！

一分钟也没有迟疑，六架相机和摄像机像防空火阵一样对准了天空！哦，是七架，斯宏老师早就打开了他的摄像机呢！

如果说那巨大的雄鹰像巨无霸似的航空母舰，那么，一群小鸟就像四周飙射的鱼雷，它们用敢于自我牺牲的勇敢精神，像黑色的闪电在天空闪过，射向巨鹰。

巨鹰长啸，钢爪铁翅利喙一齐施展，而黑色小鸟则毫不畏惧从四面包抄，直冲而上！

一个回合，羽毛翻飞。巨鹰没有驱散小鸟。它长啸而起，再度进攻，而黑色小鸟叽叽嘎嘎，声如枪发，严阵以待。唰啦——，两个回合，毛羽四起，黑色小鸟更不断奋勇发起连番冲击。巨鹰冲天而起——，不过，这次不是再次进攻，而是巨翅一展，向天边飞去。这只鸟中英雄，终于主动退出了战斗，正可谓铩羽而归了！

后来，军称这次奇遇为千古奇观，虽然网上有那么一两起大致相近的新闻，但，我却赞成军的说法。

这就是在高坡的奇遇，如果我们还要继续在高坡体验生活，我真不知道，我们敲开了高坡的芝麻之门以后，还会发现什么闪光的宝藏……

点评：文的文章，运用了几种写作技巧，而这几种技巧是环环相扣，互有关联的，这就达到了一定的效果。

一、“解问行文法”。文章用设问来提起开头，这是一般的设问开头的方法，但文的文章有所不同的是，他在这问之后，马上就进行了回答，而回答不是为了回答，而是造成了一个更深的悬疑。

二、“解疑深入法”。文章提出了更深的悬疑后，就开始了回答，但每一个部分作者都否定了回答，这样层层推进，最后才是答案，也是主题所在。

三、“步步造新法”。文章的每一个部分否定了回答后，又推出一个新的内容，又否定，又推出，直到结尾的新回答。

四、“照应圆合法”。1. 题文照应：标题和开头结尾照应；2. 首尾照应：开头和结尾照应。几种照应都运用上了，所以采用有的教材的说法：“照应圆合”。

琳的文章：

留个巴顿将军式的影

手里举着美丽的羽毛，这是一只凶猛的大鹰和一群勇敢的小鸟，不，应该说是一群勇敢的小鸟和一只凶猛的大鹰搏斗时飘落的羽毛。大鹰逃跑了，小鸟胜利了，激烈的战斗，所幸没有伤者，因为地上飘落的大都是一些绒毛。我和燕跑过去，把它们捡起来，夹到我们的笔记本里，因为这是刚才惊心动魄的空中激战留下的痕迹，是这永远难忘的神奇一幕留下的珍贵记忆。

刚才发生在高坡河溶洞外面的那一幕，简直太神奇了，太激动人心了！

诶——，军在叫我们，要给我们留个影。

军是个好头，他这个副班长兼写作活动组的组长，主要是给大家服务，我们大家得到军帮助的地方可不少，但军在班上是个很有号召力的哥们。其实军的年龄也和我们一样大，但是因为他个子高大，乐于助人，遇事有主意，所以我们都把他当成了大哥一样的人物。我唯一不满的，是他老是叫我“丫头”，我的不满，也不是因为他把我叫得像个小辈一样，而是他叫我丫头，那不是把他自己弄得好像老了一样？想到他好像老了一样，我心里不舒服。

你看，他又在叫：“两个丫头，摆个姿势。这样的千古奇观，不留个影太对不起人啦。”

哈，他这是捆绑买卖，平时，他哪敢叫燕“丫头”的。燕可是个能干的小女人，我们高一（2）班的语文排名一直在年级排名数一数二，她这个课代表可是功劳大大的。除了班长副班长，班上的人都听她的摆布。当然，我们女生，是因为她成绩好而不显摆，如果她显摆的话，大家才不买账。男生嘛，除了佩服她的成绩外嘛——，我看崇拜她的美貌也不能说不是一个重要原因吧！噢，不，没有一点妒忌的心理，燕可是我的好姐们，她只比我大一个月，但我觉得她就像我的姐姐一样，只要她和我在一起，没有哪个男生敢跟我嬉皮笑脸。所以平时军哪敢叫燕“丫头”，他这是浑水摸鱼罢。

不过军的摄影水平可不低，校园摄影、市摄影大赛，他可是经常拿奖的，他们摄影圈里，都知道我们学校有个摄影神童。你看他一幅行家样子，叫我们摆姿势，又是我站高一点，又是燕头扭一点。他说神奇大战后的留影，要摆一个巴顿将军式的造型。

刚才那一幕，的确是神奇大战，千古奇观，你们不知道，我们看得，真是惊心动魄。你看那阿帕奇一样的老鹰，你看那黑色闪电一样的小鸟……

斯宏老师告诉我们，那黑色的小鸟，农户们叫它们铁夹子，哎呀，你看它们钢铁般的嘴，连老鹰都惧怕，不是铁夹子是什么呢？这次到高坡来，我们才知道，农民的智慧，有时很值得研究学习的。斯宏老师还告诉我们，那个铁夹子鸟儿，参考《中国鸟类图鉴》，应该是属于鹰隼科的。斯宏老师是个了不起的偶像型男人，不但我们高一（2）班的女生，我看全校的女生都在疯狂地暗恋斯宏老师。所以我们高一（2）班不追星，那些看不见摸不着的，哪里比得上活生生就在面前的！

这个情况，是个公开的秘密，学校领导和老师没有不了解的，但我们学校没有发生任何情况。我听燕说，斯宏老师在教师会上开诚布公地说了这个问题，斯宏老师说，这个问题会不会成为一个问题，关键是看他自己的把控，他作为作协的一个年轻会员，这是一个误打误撞的事实——这真是一个作家对于语言的把握，他不说自己高大英俊，只说自己是作家，再说自己成为作家是误打误撞，让所有的人都找到了心理平衡点——只有他自己明确自己教师的身份，切实注意自己的一言一行，学高为师比不上其他老师，但身正为范是无论如何要争取做好的。大家在学生面前都不要提这个问题，这个问题随着时间也就消于无形了。

这就是斯宏老师啊。再说，斯宏老师在学校聚会的时候，带着华姐姐来了一次——我们在表面上都叫她斯宏师母，但我和燕私下都叫她华姐姐，华姐姐是省歌舞团的首席小提琴师，服装设计公司的兼职模特，惊若天人。一切风波自然平息。

为什么女生们没有蜂拥挤到写作活动组来？这就是军的聪明，作为组长，军设置了一个门槛，凡是参加写作活动组的，必须在正规刊物发表过文章或者至少在政府机构组织的市级作文大赛获过二等奖。哈哈，就只有我们六个伙伴啰。

军大喊："好，别动，举着羽毛，笑，但是英雄气一点，不要忘记是巴顿式的留影。"

这个留影值得。想起刚才那一幕，心，还在跳动。

那鹰，那么硕大，翅膀张开来，像两扇簸箕，那爪子，就像钢钩子，眼看一只奋不顾身冲上来的小鸟就要葬身于铁爪之下，但是更多的小鸟像连发的导弹一般，飕飕直冲老鹰，铁嘴勇啄鹰背，老鹰只有转身避让，用它强有力的翅膀扑打过去。但是所有的小鸟都没有躲避，勇敢地直扑而上。于是，天空中飘飞起一阵的羽毛雪花。

鹰腾空，再冲击！小鸟再排成半圆，迎上去！

鹰啸鸟叫，羽毛再飞！

鹰再腾空，但它这次是退却了，逃跑了，向天边窜不见了！

小鸟们，唱着凯歌，在石头山顶叽叽喳喳欢庆。我和燕，就在它们欢庆的石头山下，像巴顿将军一样，留影！

点评：琳的文章也很有特色，本来三个技巧手法是有所区别的，但为了突出她的写作特色，我们把这三个手法合在一起表达，更能说明问题。

一、“欲擒故纵，欲扬先抑，一波三折”。燕的文章，与军的构思有接近的特点，但仔细分析，并不完全相同。军是用一句话来把文章各个部分连接起来，具有过渡的特点。而燕的文章，却是用相近的一段话，军招呼她们照相的话，来把一个现场的叙述有意割裂，割裂之后，插入的叙述，都是关于过去事情的回忆，以一个现场的展示带出大量内容的叙述，本来文章一开始就要描写鸟斗鹰和照相的情景，结果老是被岔开去，一直到文章的结尾，文章一开始就“欲写”的内容，最后才出来。所以，要把“欲擒故纵，欲扬先抑，一波三折”这三个手法的运用合在一起表述。

二、“题文照应法”。标题和结尾照应。

鸿的文章：

意外的奇遇

我的电脑资料库里，有一组神奇的图片和一段奇妙的视频。

图片，记载的是一只小小的王鸟如何勇敢机智地斗败了比它巨大几十倍的老鹰；视频，记载的是成千上万只小小的椋鸟排列成鹰形战阵对抗攻击它们的凶猛兀鹰。资料相当宝贵，奇观千载难逢。我相信，凡是看过这两个资料的，都会在心里说，我是不可能亲眼看见这样的奇观了，哪里会遇上这样的机会呢！

我也是这样想的。资料是保存了，但根本就没有期望过会有这样的机会。

这次到高坡来，我自自然然地就把这两个资料的事完全丢到脑后去了。

在高坡的这几天，我们看见了太多的神奇景观，经历了太多神奇美妙的事情，和这些亲密和谐的伙伴们无间生活在一起的日子，真是美好至极，我每天都沉浸在一种奇妙的感觉中，我希望能够这样多与伙伴们生活在一起，希望能够在彭爷爷家多住些日子。

彭爷爷、彭奶奶、小婶子、小娟子、小祥子，还有黑花，我想，如果我回到了省城，我会想念他们的。

我会想念他们那干干净净明亮的厨房，想念那今生吃过的最美的菜肴，想念那美丽的犊子岗，想念犊子岗上抢救小羊的勇敢可人的小姐弟，想念风光秀丽的高坡河，更想念那神圣而神秘的打鱼祭祀活动，想念那“网中舀鱼”的捕鱼场景……

所幸我们还没有离开，我们还在继续品味这乡村韵味。今天，我们又要去探险了。说探险，那是因为我们没有去过高坡溶洞，其实也没有什么险的，我们知道，斯宏老师和军，早就来这里为我们探好了路，踩好了点，他们的辛苦，保障了我们的安全。危险他们已经尝试过了，他们让我们享受的，只是丰富多彩和引人入胜，只是壮观和精彩，他们不会让我们面临危险。我们有幸，有这样的老师和伙伴。

当然，我们更要感谢彭爷爷一家。他们为我们提供的这一切条件，我觉得，已经超出了一般探险旅游团的规格。他们给我们提供的美餐，我们只听那些有钱大款们能够享受。我们天天美味，天天淋浴，做什么，人家都先把条件准备好了。斯宏老师说，这一切，都是免费的。因为斯宏老师是我们最敬爱的老师，我们像哥们一样亲密无间，所以大家口头上都没有表示什么，但大家心里还是十分过意不去，我们知道彭爷爷家很富有，也知道这一切，他们是冲着他们的好朋友斯宏老师而给的。但大家肯定心里过意不去。我自己呢，我想，我也没有条件报答斯宏老师，只有好好念书，考个好大学，还要争取实现自己的文学梦，我想这是对斯宏老师最好的报答了吧。

我们今天出门，奶奶和小婶子在我和军的背包里塞了好多的美味食品和用具啊，我相信等一下我们摆出来的时候，一定会让大家惊艳无比的。

我们就这样上路了，昨晚下了一场雨，天气格外清新，原野格外秀丽，高坡河两岸的树木格外青翠。我们愉快地享受美丽风景，手中的相机和摄像机大有用武之地。

上了山的高坡当然是美丽的，高坡溶洞，当然也是神奇的，彭奶奶和小婶子为我们准备的丰盛的溶洞野餐，当然引起了所有人的惊叹。当然，这些美好我们会永远记住，但这也是属于高坡美的自然组成部分，也就是说，这是这些天美的延续。

我要说的是，接下来的奇观，那是发生于我们的预期之外的，可以说，是一种突破性的美，是一种出乎意料的奇遇！

当我们都在溶洞干净凉爽的洞口大厅昏昏入睡的时候，斯宏老师用他从来没有过的异常的叫喊惊起了我们："快来！快来呀！拿上相机呀！快来呀！"

我没有多想，第一个拿起相机冲了出去！军在后面问他的摄像机，我回答了他时，我人已经在洞外了！

啊！啊啊！我不能不用一连串的“啊”来表示我的激动！为什么呢？等等再告诉你吧，我不能错过这千载难逢的好机会。尽管后来我跟军说，也不是千古奇观，因为这不是绝无仅有的情况，但我还是得承认这是千载难逢。

我举起相机，咔咔连拍：这千载难逢的小鸟战巨鹰的奇观，竟然不期而遇！

鹰凶猛，鸟，勇敢。

鹰直扑小鸟，按说，那自然是它的口中之食，一般小鸟遇上了，要么拍翅而逃，能够逃得过就是福分，逃不过就只能成为牺牲。

但今天，鹰碰上对手了，这群小鸟，哪里愿意自己的家园被强敌侵犯，自己的骨肉被他人鱼肉。你看它们勇敢地迎了上去，它们用一片喳喳的叫声，互相鼓动起勇气，它们群起而攻之，浑不惧死，它们无畏。一片噗噗之声，鸟儿们没有掉下来，倒是鹰被这一场混战搞得不知哪一个才是它的攻击目标，它只有冲天而起，再度俯冲，以图调整目标，一击告成。

但这群小鸟显然不是弱者，没有一只鸟退却，它们全喳喳叫着，列成一个半圆形的战阵，鹰在俯冲中还没对准目标呢，它们却早已一哄而上，个个似离弦之矢，目标只有一个，那个巨无霸！

噗啦啦，半空中又是一阵血肉拼搏之声！老鹰长啸一声，再次飞起，却逃向远方，再也没有回头！

真是离奇的遭遇！我满意地摆弄着我的相机，等一会儿，再和军交换他的摄像，我的电脑资料库里那两个资料，比之远远不及了！

嗨，我以为不可能遇见的奇观，就这样遇见了！

点评：几篇文章，写一个题材，手法难免有相近的，但是运用处理却很不相同，自有特色。鸿的文章就是这样的。

一、“切换转移法”。这是根据鸿的文章特点，临时给出的一个命名。

鸿的文章也是采用了“题文照应、欲扬先抑、欲擒故纵”法。但他的处理不同在哪里呢？一般的题文照应，虽然内容必然是相连的，但总是通过相近或相同的一句话或者一个词来照应，而鸿，整个全篇文章其实都在回答标题所示的内容，但应在哪里呢，在开头和结尾，点了题，不是“明点”（语句词汇相同相近），而是“暗点”（只是明确提到这个问题的三个分布：标题、开头、结尾）这样造成了照应。

而他的“欲扬先抑”，也与其它文章相同手法在运用上完全不同。他是先否定了后面的内容，然后表面上好像已经完全放弃了开头提出的内容——“亲眼看见小鸟斗鹰的机会”——而转入了对这几天经历的回忆。其它的文章，比较明显是故意宕开主要内容，以达到效果，而鸿的文章不到结尾，是看不出这一点的，好像文章就是放弃了开头的问题，好像文章就是要写回忆，结果到了结尾，忽然转入了开头提出的问题，这种“欲擒故纵”的“擒”，是一种忽然爆炸似的出现。

二、“照应圆合法”。与文的文章一样，几种照应都运用上了。1. 题文照应：标题和开头结尾照应；2. 首尾照应：开头和结尾照应。

当大家都朗读完了自己的文章后，不同于以往的意外情况发生了。没有像以往那样热烈的掌声和欢笑声，而是静穆。足足有一分钟的静穆！

这时，斯宏老师微笑着拍起了手，大家才像从梦中醒来一样，一阵暴风雨般的掌声响起，似乎就再也不想停下。好不容易，掌声慢慢歇了下来。大家却激动得什么话也说不出来。结果，还是最不喜欢发言的琳先开了口，她捂着自己的心窝，用似乎有些颤抖的声音说：“天！这是我们写的文章吗？我，我都不敢相信，一个小鸟战巨鹰，我们竟然写出了这样的六篇文章吗？天啦！”

满终于忍不住站了起来，喊道：“这是我们写的文章吗？咹！这是我们写的文章吗？”

六个年轻人终于忍不住，跑了过去，拥抱斯宏老师，欢呼，跳跃！娟和祥，两个小家伙也不管三七二十一，跑过去拉住哥哥姐姐的手，又蹦又跳！

彭爷爷、彭奶奶、小婶婶在旁边擦眼睛，彭爷爷说：“这才像老师和学生，这才像老师和学生！你们知道他们高兴什么？觉得自己学习有出息呀！现在谁为这个这么高兴？”小婶婶说：“让小娟小祥多跟跟斯宏兄弟，多跟跟这几个年轻人！”奶奶也说：“是要多跟跟，跟着改匠撬猪，跟着秀才读书！”

尾声：别情依依满载归

夜里，又是一场大雨，清晨，又是漫天彩云。

鸟声如铃。

雨洗如翠的高坡，慢慢地从晨曦中醒来。

但，在彭爷爷家，却早已是一片繁忙。奶奶和小婶婶早在厨房忙碌，蒸汽裹挟着香气喧腾而缭绕。小娟和祥子早在院子里跑来跑去，这个房间门口看看，那个房间门口瞧瞧，一副不知所措的样子。

斯宏和彭爷爷，早已经坐在方桌旁喝茶。

军们都早已起来，早已漱洗完毕，大家都在收拾行装。

他们，终于要离开了！

虽然这是大家都最不愿意面对的时刻，但这一时刻终究会来的。

早餐摆上来了！虽然只是早餐，但是奶奶和小婶婶给他们整理了怎样的一顿早餐啊！炸荷包蛋、炸松糕、炸红薯条、炸南瓜饼；黄豆面裹糍粑；蒸红豆包、蒸高粱发糕、蒸荞麦馒头、蒸小米粽子；鲜豆浆、鲜牛奶，熬八宝粥；素菜大拼盘；最后，每人还有一碗鲜汤牛肉粉！

斯宏笑了说："这是不考虑吃得下吃不下的问题。"

彭爷爷也笑了说："正是正是，这算是为孩子们送行的仪式吧。"

早餐摆好了，但彭爷爷没有叫大家入座，和斯宏走到了院子里，奶奶和小婶子也向院门张望了几次！

终于，院门外传来了汽车马达声，一辆黑色的别克商务车在门口停下了。一个女子拉开车门走了下来。

小娟和祥子早就发现了，大叫着跑了出去："华阿姨！华阿姨！"

燕和琳也早就发现了，欢叫着跑了过去："华姐姐！"

四个小伙子也跑了过去，他们却不知道该怎么叫了："华……师母！"脸红了半天，他们终于还是叫了"师母"！

彭爷爷笑了，斯宏也笑了，说："你看这称呼，都乱七八糟，不知所云了。"两人哈哈大笑。

奶奶和小婶子早笑眯了眼，走过去拉住华的手，迎到屋里。

进了屋，华惊讶地笑了说："奶奶，你们的早餐，比昨天省里招待我们的早餐还要丰盛得多呢！"

奶奶说："娃娃们要走了，我们都舍不得呀！"

入席了。彭爷爷说："小娟娘，给大家斟一杯米酒。娃娃们，你们来了一个星期，我们觉得，你们已经成了我们自己家里的人了。你们真是你们斯宏老师的好弟子，我们真想你们能够长住下去，说这话是表示我们的心意，但是希望你们能够常来常往，我和奶奶，你们小婶子，小娟和祥子都真心地等待你们再来！来，大家干了这一杯！吃早餐！”

一阵“叮当”声，大家的杯都碰在一起了！

离别的时间终于来临了，年轻人们都忍不住与爷爷奶奶他们拥抱，虽然彭爷爷他们还很不习惯这种告别方式，但是他们还是红着脸笑着让孩子们按照自己的方式告别。而小娟和祥子则抱着哥哥姐姐们大哭起来！

车子开动了！

彭爷爷、奶奶、小婶子、小娟和祥子，不断地挥动着他们的手。年轻人们都涌到车窗边，使劲地招手：

再见了，美丽的高坡！再见了，爷爷奶奶！再见了，小婶子！再见了，小娟祥子！在你们这里，我们满载而归，我们了解了什么是现代化的乡村，我们了解了什么是善良的农民！我们真正理解了社会实践是写作丰富源泉的深刻道理，我们真正懂得了应该怎么去写作，懂得了好文章从何而来！一星期，我们长大了许多，我们成熟了许多，我们深刻了许多，我们会永远记住你们，记住美丽的高坡！

本文发表于《草海》2014 年第 2 期